don't forge
Pati L

don't forget to feel

PATI LYN

Don't Forget Band 3

Bibliografische Information der Deutschen Nationalbibliothek: Die Deutsche Nationalbibliothek verzeichnet diese Publikation in der Deutschen Nationalbibliografie; detaillierte bibliografische Daten sind im Internet über dnb.dnb.de abrufbar.

1. Auflage November 2024

Copyright © 2024 by Pati Lyn

Verlag: BoD • Books on Demand GmbH, In de Tarpen 42, 22848 Norderstedt
Druck: Libri Plureos GmbH, Friedensallee 273, 22763 Hamburg
Umschlaggestaltung: Cover Up – Buchcoverdesign Bianca Wagner
Lektorat & Korrektorat: Lektorat Mariposa Patrizia Langolf
Satz: Pati Lyn
Grafiken: Canva Pro
Illustration: Pati Lyn

Instagram: patilynpati

ISBN: 978-3-7597-7638-9

Anmerkung der Autorin

In dieser Geschichte kommt ungeschützter Geschlechtsverkehr vor. So wie im Buch beschrieben ist nicht der gängige Umgang, wenn man sich entscheidet, mit jemandem intim zu werden. Sich zu schützen ist wichtig, um Krankheiten vorzubeugen, vor allem, wenn euch euer Gegenüber nicht so vertraut ist. Bitte nehmt euch hier ran kein Beispiel. Dies wurde so umschrieben, um die Szenen zu verschönern. Beachtet, dass Fiktion und Realität miteinander verwoben werden können, wenn es um Bücher geht.

Liebe Leser:innen,

dieses Buch enthält triggernde Inhalte.
Deshalb findet ihr auf der letzten Seite eine Triggerwarnung.

Achtung:
Diese enthält Spoiler für das gesamte Buch.

An alle, die mir gesagt haben, ich solle mich umbringen.
Ihr seid grausam und ich wünsche euch, dass ihr niemals am eigenen Leib erfahren werdet, was ihr mir angetan habt.

&

Für alle, die sich in Dizee wiedererkennen.
Ihr seid stark und liebenswert. Immer.
Und ihr könnte ***alles*** schaffen, solange ihr an euch glaubt.

Playlist

I Was Never There – The Weeknd, Gesaffelstein

Earned It – The Weeknd

All The Time – Jeremih, Lil Wayne

Just the Two of Us – Camo Columbo

Who You Are – Jessie J

Maneater – Daryl Hall & John Oates

Stay – Hurts

Six Feet Under – Billie Eilish

Only Love Can Hurt Like This – Paloma Faith, sped up + slowed

Infinity – Jaymes Young

Love Is a Bitch – Two Feet

Je quitte – Charlotte Cardin

Lady Marmalade – Christina Aguilera, Lil' Kim, Mya, P!nk

Die For You – The Weeknd

Nothing's Gonna Hurt You Baby – Cigarettes After Sex

Under The Influence – Chris Brown

Alors On Danse – Stromae

Spark – Ed Sheeran

Hola Senorita – GIMS, Maluma

1
David
Juli 2024

»Oh ja, genau da!«

»Oh mein Gott, David, ich ... Ich komme ... Oh Gott!«

Ich drückte meine Hand auf ihren Mund, der diese ganze Geschichte überhaupt anfangen ließ, als er sich um meinen Penis schloss. Doch jetzt sprudelten zu viele Worte aus ihm heraus.

Ich stieß ein letztes Mal in die Blondine und sah ihr dabei zu, wie sie ihre Augen so weit nach hinten drehte, dass ich mich darum sorgte, sie könne nie mehr geradeaus schauen.

Für meinen Orgasmus hatte es jedoch nicht ausgereicht. Nicht, dass es sich nicht gut angefühlt hätte. Doch ich zog diese Leier schon so lange ab. Langsam bereitete bedeutungsloser Sex mehr Mühsal als Vergnügen. Dass mir die Freude daran immer weiter entging, lief jetzt schon seit Wochen so. Oder sollte ich besser sagen, es kam seit Wochen kein Tropfen mehr aus dem Schlauch? Wie auch immer.

Es fand sich stets eine Frau, die für etwas Spaß zu haben war. Dann küssten wir uns, fummelten, ein wenig Oralverkehr und letztlich Sex. Aber nie ein Orgasmus.

Zumindest was mich betraf. Den Frauen gab ich das, wofür ich sie mitgenommen hatte, und es lag schließlich auch nicht an ihnen, dass mein Penis keine Lust auf einen Höhepunkt hatte. Sie waren allesamt wunderschön und sexy. Aber welche Ursache es hatte, wusste ich trotzdem nicht.

Ich zog mich aus Amy oder Amanda oder ... – ach, keine Ahnung, wie ihr Name war – heraus und lief ins Badezimmer, das sich in meinem Schlafzimmer befand. Ich säuberte mich, ehe Ashley ebenfalls das Badezimmer betrat und sich aufs Klo setzte. Stumm mit einem dümmlichen Grinsen im Gesicht, sah sie mir dabei zu, wie ich meinen Pimmel am Waschbecken von ihrem Sekret abwusch. Dann ertönte das leise Geräusch ihres Pipis, das in meiner Toilette landete.

Wow, das war sowas von merkwürdig. Das hatte noch keine der Frauen gemacht, die ich mit zu mir nahm. Machte man sowas nicht nur in einer Beziehung? Bei einem One-Night-Stand fand ich das schon schräg. Okay, was hieß One-Night-Stand. Es war nicht Nacht und sie blieb auch sicherlich nicht *über* Nacht. Diese Quasseltante ertrug ich ja schon jetzt nicht mehr.

»Wollen wir das wiederholen?«, fragte sie mich, nachdem sie heruntergespült und ihre ungewaschenen Hände um meine Taille schloss.

Pfui!

Automatisch rümpfte ich meine Nase und zog die Oberlippe hoch. Mit meinen Fingerspitzen nahm ich zimperlich ihre schmalen Finger von mir.

»Hör mal, es war nett, aber ich denke, du gehst jetzt besser.«

»Jetzt schon? Du bist doch noch gar nicht gekommen, oder? Soll ich das nicht ändern?«, sprach sie in einem verführerischen Ton.

»Nein, ist schon in Ordnung, Amber.«

»Stacy.«

Oh. Ich war mir sicher, ihr Name fing mit einem A an.

Ich zuckte mit den Schultern als Antwort und schlüpfte in meine Klamotten.

Ihr Mund klappte entsetzt auf. »Du bist ein Arschloch, David Del Gazzio.«

»Warum? Weil ich mich nicht an deinen Namen erinnere, und du zugestimmt hast, mich für Sex zu benutzen, so wie ich dich dafür benutzt habe?«

»Ähm, ja?!«, sagte sie, so, als wäre es offensichtlich.

Ich schmunzelte und wusste nicht genau, wo das Problem war. Wir wollten nur Sex. Was interessierte einen dann der Name der Person? Man würde sich ohnehin nicht wiedersehen.

Dass sie meinen Namen kannte, war kein großes Wunder. Ich bin dabei, einer der erfolgreichsten Filmregisseure in L.A. zu werden – ohne angeben zu wollen, es war nun mal die Wahrheit.

Gerade als ich Stella – ich meinte Stacy – rauswerfen wollte, klingelte mein Smartphone, das auf meinem Nachttisch lag. Auf dem erleuchteten Display las ich den Namen meiner Anruferin.

Es war Syd.

Meine Rettung!

»Hey, Syd. Was gibts?«

Mit dem Handy am Ohr lief ich zu meiner Haustür, vor der meine Bodyguards postiert waren. Ich tippte dem Rechten – sein Name war Carlos – auf die Schulter und zeigte mit meinem Daumen hinter mich. Dieses Spiel war für die beiden nicht neu. Carlos wusste, was zu tun war.

»Ja, okay. Wir sehen uns bei Jimmy's. Bis gleich.«

Ich legte auf, da lief Carlos mit *Stacy* auf seiner breiten Schulter an mir vorbei.

Wieder eine, die die Zicke spielte und nicht verschwinden wollte, weil sie sich einbildete, sie wäre etwas Besonderes, nur, weil ich – David Del Gazzio – mit ihr gepoppt hatte.

»Lass mich runter, du Gorilla!«, kreischte sie und klopfte auf Carlos Rücken. Er ließ sich noch nie an sowas stören. Für Carlos waren diese kleinen Schläge wie Fliegenschisse, die an seinem Rücken abprallten.

»Hey, Stacy.«

Carlos blieb stehen, damit ich mit ihr sprechen konnte.

Stacy war nun still, blickte mich jedoch wütend an.

»Triff klügere Entscheidungen und denke gründlich nach, bevor du etwas tust. Du bist mehr wert, als eine Runde Spaß mit einem Fremden. Du bist eine schöne Frau, kenne deinen Wert, okay?«

Ihr Blick wurde ganz weich.

»Oh, David ...«

»Lass sie runter«, befahl ich Carlos, der dem Befehl sofort folgte.

Und so, Ladies und Gentleman, wurde das Arschloch, zu einem Mann, der Herzen schmelzen ließ.

Stacy kam mir nah, legte ihre Hand an meine Wange und stellte die Frage, die ich schon oft von Frauen gestellt bekam, nachdem ich sie für Sex ausnutzte.

»Welche Frau hat dir nur so das Herz gebrochen?«

2
David

»Hey Honey, alles klar?«, begrüßte ich Syd und nahm sie fest in den Arm.

»Um ehrlich zu sein, ist heute einer der Tage, an denen es mir nicht so gut geht. Deswegen brauche ich dich, Davy-Baby.«

Ich lachte bei dem Spitznamen. Sie war nicht die Erste, die mich so genannt hatte. Doch nur bei einem Mädchen, hatte es mein Herz hüpfen lassen, obwohl – zugegeben – der Kosename echt fremdschämend war. Aber ich wollte nicht in den Erinnerungen meiner Vergangenheit schwelgen.

»Ich bin immer für dich da, das weißt du doch und das Angebot steht ebenfalls noch.«

Sie grinste schief. »Du weißt, dass ich nicht darauf eingehen kann.«

»Weil du in mich verliebt bist«, stellte ich fest und grinste selbstsicher.

»Ich -«

»Kann ich Ihnen schon etwas zu trinken bringen?«, unterbrach die Kellnerin unser Gespräch.

»Für mich ein Grüntee Latte, bitte«, antwortete Syd ihr.

»Ich hätte gern ein Pumpkin Spice Latte. Danke.«

»Pumpkin Spice?«, fragte Sydney, »Ist das nicht mehr was für den Herbst?«

»Weil du so denkst, entgeht dir der Genuss dieses Getränks, den du jeden Tag haben könntest. Also nein, Honey, es ist nicht nur für den Herbst bestimmt.«

Sie lachte.

»Zurück zum Thema.«

Sie sah mich mit ihren großen dunklen Augen an. Fast so dunkel wie bei ...

Nein! Ich werde jetzt nicht an sie denken.

Ich wollte das Syd auf die »Freunde mit gewissen Vorzügen« Sache einging. Vielleicht könnte sich mehr aus uns entwickeln. Sie war so süß und wir waren bereits so gute Freunde geworden. Außerdem meinte ich es vorhin ernst. Ich wurde das Gefühl nicht los, dass sie in mich verliebt war und nur deswegen das Angebot ablehnte. Was auch absolut nachvollziehbar war.

Sydney atmete tief ein und aus.

Jetzt würde sie es mir endlich Angesicht zu Angesicht sagen. Ich wusste es. Ich habe es die ganze Zeit gewusst, dass-

»Ich bin verliebt in Summer.«

Was?!

Ich öffnete meinen Mund, um etwas zu sagen, aber mein Wortschatz war plötzlich nicht mehr vorhanden.

»David?« Sie winkte mit ihrer Hand vor meinem Gesicht. »Bist du noch anwesend?« Ein hörbares Schnauben verließ ihren Mund. »David, deine Reaktion macht das Ganze nicht leichter für mich.«

Mist. Syd fühlte sich unbehaglich, weil ich mich hier wie ein Idiot aufführte.

»Entschuldige, ich ... Ich hab das einfach nicht erwartet. Bist du bisexuell?«

Sie schüttelte mit dem Kopf.

»Ich stehe auf Frauen. Nur auf Frauen. Du bist der Erste, dem ich das anvertraue.«

»Oh Sydney.« Es berührte mich, dass sie mir so sehr vertraute. Ich zog einen Schmollmund und nahm ihre Hand in meine.

»Wie geht es dir?«, fragte ich und bereute, diese Frage nicht als Erstes gestellt zu haben, denn das war im Moment das Wichtigste.

»Es ist hart in ihrer Nähe zu sein. Ich weiß, dass sie sich zu Cyrus hingezogen fühlt, und ich wünsche mir auch, dass die beiden zueinanderfinden, weil ich will, dass sie glücklich ist. Aber es ist echt schwer. Ich hab sie sogar angelogen und behauptet, ich sei in dich verliebt und dass ich deswegen keine lockere Sache mit dir eingehen will.«

»Es ist unvorstellbar für mich, was du durchmachen musst. Wenn ich die Frau, die ich liebe, mit einem anderen sehen würde, würde es mir jede Sekunde mein Herz zerreißen. So oft und so lange, bis nur noch Konfetti davon übrig ist.«

Sie schmunzelte bei meinem Vergleich, und das, obwohl ich wusste, dass es sich tatsächlich genauso anfühlen musste.

»Du liebst also auch jemanden?«

Scheiße, ich hatte mich verraten.

»Was? Nein. Ich ...«, versuchte ich zurückzurudern, aber Syd war nicht dumm.

Sie zog eine Augenbraue sowie ihren rechten Mundwinkel hoch.

»Ja okay, erwischt. Aber wir reden nicht über mich, sondern über dich. Also wie wär's, wenn wir heute Abend etwas unternehmen, dass dich von Summer ablenkt?«

»Was schwebt dir da vor?«

Ich grinste spitzbübisch und rieb mir meine Handflächen wie ein Bösewicht in einem Zeichentrickfilm.

3
Dizee

Der Song spielte ein – das war mein Zeichen.

Ich stieg schnell in die schwarzen mit Swarovskisteinen besetzten High Heels, richtete meine Brüste und stolzierte eilig auf die Bühne. Noch war alles dunkel, nur die Bodenbeleuchtung ließ meine Silhouette erkennen. Schon da riefen die Männer voller Vorfreude meinen Namen.

»Da ist sie endlich, unsere Rose!«, hörte ich einen meiner Stammkunden.

Einige laute Pfiffe, dann begann The Weekend seinen Song »Earned it« zu singen. Die dunkelroten Lichter sprangen an, was so viel bedeutete wie: *Die Bühne gehört nun dir. Das ist deine Show.*

Ich schwang verführerisch meine Hüften hin und her, während ich langsam den Steg der Bühne entlanglief. Vorne angekommen ging ich in die Hocke und öffnete meine Schenkel schnell zum Takt der Musik. Ich schaute von einem Mann zum nächsten, sah ihnen tief in die Augen und schenkte ihnen den heißesten Schlafzimmerblick, der sich für sie aufbringen ließ.

Alle von ihnen sahen gleich aus. Sie alle hatten einen offenstehenden Mund. Vielleicht waren einige bereits dabei zu sabbern. Ich konnte es ihnen nicht verdenken. Eine heiße, wunderschöne Frau verführte sie alle mit ein paar Bewegungen.

Hier mein Rezept, um Männer in einen Trancezustand zu versetzen:

Eine Prise sexy Song für die Stimmung. Ein heißes Outfit, das viel Haut zeigte. Ein Löffelchen voll Hüftschwung und natürlich die Stange und all die Moves, die die Boxershorts der Männer eng werden oder natürlich den süßen Slip meiner Kundinnen feucht werden ließ.

Gerade war ich auf den Knien und vollbrachte einen *Dive down*, nun lag ich auf dem Rücken und machte mein Publikum mit meinen *Fan Kicks* glücklich. Ich umschloss die Stange mit meiner rechten Kniebeuge, drehte mich auf dem Boden und streckte dann elegant das rechte Bein in die Luft. Nun war ich mit meinen Kunden wieder Angesicht zu Angesicht. Ich zog mich an der Stange mit einem *Pop Up* hoch und startete nun mit der eingeübten Choreographie an der Stange. Als der Song vorbei war, spielte direkt der Nächste ein. Doch wir wechselten uns mit den Mädels ab.

Ich erntete viel Jubel, Applaus und laute Pfiffe. Leider flogen auch Sätze wie, »Hol deine Titten raus, Süße!« Aber ich war daran gewöhnt. Das hier war kein Stripclub, in dem es Nippel zu sehen gab. Knappe Outfits, sexy Frauen und auch mal Shows. Ganz wie im Film Burlesque, den ich als Tennie gesehen hatte und mir schon damals schwor, eines Tages wie Christina Aguilera auf der Bühne zu stehen und Männer zu verführen. Nur, dass ich nicht so eine Gesangsstimme hatte, wie sie. Aber ich war heiß und mit meinem Sexappeal den Männern das Geld aus der Tasche zu ziehen war meine Superkraft. So profitierte der Club ebenso wie ich.

Gleich würde Cherry – ihr richtiger Name war Yasmine – an der Stange tanzen und die Leute unterhalten, falls diese denn überhaupt die Augen für sie hatten. Denn ich würde nun runtergehen und von Tisch zu Tisch Geld meiner Stammkunden und Kundinnen kassieren.

Ich steuerte gerade Susi an, mit der ich immer viel Spaß im *Private Room* hatte, als mir eine neue junge Frau ins Auge fiel. Eine asiatische Schönheit mit schwarzen Haaren, die glänzten wie Seide. Sie saß ganz unbehaglich da. Ihr Körper schrie förmlich »Ich bin gar nicht hier, beachtet mich nicht!«

So jemand wie sie war doch nicht allein hier sein, oder?

Aber ihre Begleitung war nicht zu sehen, sollte sie eine dabei haben. Also lief ich auf sie zu, mit der Hoffnung eine neue Kundin für mich zu gewinnen und ihr das unwohle Gefühl zu nehmen.

»Da bin ich wieder, Syd. Hast du schon – Oh Halloo!«, ertönte eine männliche Stimme, die die Begrüßung sehr melodisch von sich gab. Sicherlich war dieses begeisterte »Halloo« an mich gerichtet.

Die junge Frau – wie ich nun erfahren hatte, hieß sie Syd – starrte den Mann hinter mir an. Sie entspannte sich merklich, jetzt wo ihr Freund wieder da war. Hoffentlich war er schwul, denn seine Partnerin mit in einen Strip Club zu schleppen wäre schon irgendwie verletzend oder etwa nicht?

Ich drehte mich zu der tiefen maskulinen Stimme um und blickte in das schönste Paar grüne Augen, die nur bei ihm so aussahen wie ein dunkler Wald, der einen verschlang.

Mein Herz setzte gleich mehrere Schläge aus.

Vor mir stand David Del Gazzio.

David.

Mein Davy-Baby.

Dizee

2013

Ich öffnete meinen Spind und sofort fielen mehrere Tangas vor meine Füße, die mit Kunstblut vollgeschmiert wurden. Sehr einfallsreich ...

Einige Meter entfernt, standen das Hexentrio – Ashley und ihre Anhängsel Lea und Alyssa – und ein paar Jungs in einer Gruppe zusammen und lachten mich aus.

Der Vorfall, in dem ich einen blutigen Abdruck auf meinem Stuhl im Klassenzimmer hinterließ, ist schon zwei Wochen her und dennoch schien es so, dass mich das niemand vergessen lassen wollte. Wie eigentlich alles, was mir hier auf der Schule passierte.

Ashley kam zu mir rüber, ihr Gefolge hinter ihr her – wie in einem beschissenen Teeniefilm.

»Du siehst heute wieder ziemlich nuttig aus«, sagte sie und schaute kritisch drein.

»Okay, cool«, entgegnete ich knapp, schloss meinen Spind, nachdem ich meine Bücher herauskramte, packte die Tangas in einem Ruck und warf sie in die Mülltonne neben Ashley.

»Bist du bescheuert? Die Tangas waren teuer!«

Ich zuckte mit den Schultern und ging davon.

»Grüß deine Hure von Mutter!«, rief sie mir noch hinterher, weil sie es nicht auf sich sitzen lassen konnte, wenn ich ihr nicht die Aufmerksamkeit schenkte, die sie sich von mir erhoffte.

Noch eine Stunde Geschichte und eine Stunde Kunst, dann wäre ich endlich wieder raus aus dieser Hölle, nur um zur nächsten überzugehen – mein Zuhause.

Auf Kunst freute ich mich immerhin. Miss Babuvue hatte so wie ich französische Wurzeln und mochte mich sehr. Auch teilten wir unsere Liebe für Kunst. Dort fühlte ich mich wohl. Um ehrlich zu sein, war es sogar der einzige Ort, an dem ich mich wohlfühlte. So begeistert meine Kunstlehrerin auch von meiner Begabung war, ich war nicht die einzig gute Schülerin. Ein Junge namens David schien wohl ebenfalls Talent mit Pinsel und Stift zu haben.

Die besten Kunstwerke hingen für ein halbes Jahr an den Wänden der Schule, die sie – nebenbei bemerkt – dadurch extrem verschönerte. Jedes Mal sind Bilder von David und mir dabei. Und jedes Mal ziehen mich seine Werke in den Bann. Ich war mir sicher, dass er eines Tages ein großer Künstler werden würde, wenn er dieses Ziel verfolgte.

Nach der Geschichtsstunde, kurz vor Ende der Pause, lief ich schnell zur Toilette, ehe ich mich ins Klassenzimmer von Miss Babuvue begeben wollte. Doch an dem Tag kam es nicht dazu.

Ich trat aus der Kabine heraus und wusch mir die Hände, als Ashley, Lea und Alyssa rein kamen.

»Bleib an der Tür stehen. Es soll niemand reinkommen«, befahl Lea Alyssa. Sie befolgte Leas Anweisung.

»Was wollt ihr?«, fragte ich genervt.

Ashley grinste bösartig. »Weißt du, ich beneide dich, Daisy.«

»Ach ja?«, gab ich zur Antwort, noch immer desinteressiert.

»Du hast so schönes langes Haar ... die Jungs stehen auf lange Haare. Vermutlich kriegst du so jeden ins Bett, obwohl du eine so eklige Schlampe bist. Alyssa, Lea, haltet sie fest.«

Ehe ich mich versah, packten mich ihre beiden Lakaien an meiner Schulter und drückten mich mit aller Kraft auf den Boden.

»Scheiße, was soll der Mist?!« Ich strampelte mit den Füßen und versuchte, mich aus ihren Griffen zu befreien.

»Hör endlich auf, dich zu bewegen!«, zischte Ashley hasserfüllt und trat mir mit voller Wucht in den Bauch.

FUCK!

Mir blieb kurz die Luft weg, ehe ich vor Schmerz aufstöhnte.

»Ashley! Bist du verrückt geworden?« Alyssa wirkte schockiert darüber, was ihre Freundin in Wahrheit für ein Monster war.

Wenn sie das erst jetzt erkannte, war sie entweder naiv, blind oder einfach nur dumm. Sie ließ mich los, sodass ich mit einer Hand meinen Bauch halten konnte, als würde davon der Schmerz schneller verschwinden.

»Halt sie gefälligst fest, sonst sorge ich dafür, dass du von der Schule fliegst!«, drohte sie.

Ashley und ihre reichen Eltern. Warum Freunde mit Charakter für sich gewinnen, wenn man sie mit Angst auf ihre Seite ziehen konnte?

Alyssa nahm meinen Arm von meinem Bauch und hielt mich weiter fest. Sehr enttäuschend, aber nicht wirklich überraschend.

Ashley trat mir noch einmal in den Bauch.

Und noch einmal.

Und noch einmal.

Dann ging sie um mich herum und trat mit ihren dreckigen Schuhen auf meine Haare. Benutzte sie als Fußabtreter.

Ich schrie auf vor Schmerz und die Tränen brannten mir in den Augen.

Ashley kramte in ihrer Tasche nach etwas und kam zu mir zurück. »Weiterhin gut festhalten, Mädels. Wir sind gleich fertig mit ihr.«

Dann sah ich die Schere in ihrer Hand. Es war eine Schneiderschere. Die Dinger sind verdammt scharf.

»Du weißt, was das ist«, las sie mir vom Gesicht ab. »Ich habe sie extra für dich gekauft.«

Dennoch betrachtete ich die schöne Schneiderschere, die sie sogar extra aus einem französischen Stoffladen besorgt hatte, was mir die Gravur »Pointu Soie« verriet. *Scharfe Seide*.

Dass Ashley ein grausames Miststück war, war nichts Neues. Aber das ... das ging schon in Richtung »gestört sein«.

Ich wagte es nicht, um Gnade zu betteln. Alles, was meinen Mund verließ, war, »tu das nicht.«

Ich verfluchte mein Empfinden, denn die Tränen liefen mir nun die Wangen hinunter.

»Gefällt mir, wie du weinst, Gänseblümchen. Endlich mal was Neues.«

Scheiße ...

Sie kam auf mich zu und kniete sich zu mir runter. Dann wickelte Ashley meine langen Haare um ihre Hand und schnitt sie Stück für Stück ab. Hier paar Zentimeter, dort paar Zentimeter mehr.

Stumm liefen die Tränen mir aus den Augen. Meine Haare waren eines der wenigen Dinge, die ich an mir mochte. Mit jedem Tag nahm diese furchtbare Person mir mehr und mehr von mir selbst und verwandelte mich langsam aber sicher, zu Etwas, von dem sie wollte, dass ich es war. Ein hoffnungsloses Wrack, welches sich selbst hasste und keine Freude mehr empfand.

Da ich bisher ruhig geblieben war und es über mich ergehen ließ, glaubten sie wohl, ich würde nichts mehr tun. Also nutzte ich die Gelegenheit aus und versuchte, mich mit einem schnellen Ruck aus den Griffen von Lea und Alyssa zu befreien. Dabei rutschte Ashley mit der Schere ab, wollte direkt wieder an meinem Haar ansetzen, traf aber mit einem tiefen Schnitt meine linke Schulter. Die Wunde brannte wie Feuer, aber es war mir egal. Ich wollte nur entkommen.

Ashley packte mich am Haar, zog meinen Kopf ruckartig nach hinten.

»Ah!«

»Schade, dass es nur deine Schulter war. Tu uns allen den Gefallen und bring dich einfach um.«

Tränen sickerten weiter mein Gesicht entlang.

Sie sah zu der Schere und setzte sie wieder an meine Wunde.

»ARGH!«, kreischte ich erneut, aber deutlich lauter als vorher. Sofort wurde mir eine schwitzige Hand auf den Mund gepresst.

Sie ließ nach und präsentierte mir die Schneiderschere, die von meinem Blut getränkt war.

»Weißt du was? Du kannst die Schere behalten. Sie wird deine selbstgenähten Klamotten zwar nicht verschönern, aber damit kannst du den Kleidern denselben Schliff verpassen, wie deinen blutigen Unterhosen.« Sie gackerte los, woraufhin ihre Anhängsel verunsichert einstiegen.

Doch deren Schadenfreude erstickte im Keim, als sich die Tür öffnete und David aus dem Kunstunterricht eintrat.

5
Dizee
Juli 2024

Er sah mich nicht an, wie die anderen Männer hier im Raum. Nicht notgeil. Sondern sanftmütig und liebevoll. Als stünde ich nicht gerade in einem knappen Glitzeroutfit und Knöchelbrecher-Highheels vor ihm, sondern in einem luftigen Sommerkleidchen, wie Tami sie immer trug.

»Wow«, sagte er völlig fasziniert.

Kurz hatte ich Angst, dass er mich erkannte. Ich trug hellblaue Kontaktlinsen und eine blonde Perücke, die mir bis zu meiner Taille reichte. Aber es hätte dennoch sein können.

Ich würde ihn überall wiedererkennen.

»Du hast da oben wirklich super getanzt!«

Ich starrte ihn weiter an, ohne ein Wort zu sagen.

»Rose? Sind das neue Gäste? Wollt ihr etwas Privatsphäre mit mir, ihr zwei Süßen?«, Peach – eigentlich Nicole – war wie immer das hinterhältige Biest, das es nicht ertrug, dass nicht mehr sie, sondern ich die Nummer eins in diesem Club war. Sie versuchte stets, mich auszustechen, und trug dabei immer dieses verharmloste Grinsen im Gesicht, als wäre sie aus purem Zucker.

Glaubt mir, diese Sorte war die Schlimmste.

Ich realisierte, dass sie dabei war David in den *Private Room* zu locken.

Nur über meine Leiche, Bitch.

»Ja, unsere neuen Gäste. Aber ich war zuerst da und bin mir sicher, Da- ... dass dieser schöne Mann mit mir nach hinten gehen will. Hab ich recht?«

Mist, fast hätte ich seinen Namen genannt.

Ich biss mir verführerisch auf meine Unterlippe und betete gen Himmel, dass er nicht mit ihr mitgehen wollte.

»Und ob du recht hast.«

Yes!

»Ähm, David? Was ...?«, meldete sich Syd zu Wort.

»Oh, entschuldige«, er kramte sein Portmonee aus der Hosentasche und gab Syd mehrere hundert Dollar Scheine.

»Trink was, mach dich locker und genieß die Atmosphäre. Wenn du keinen Körperkontakt willst, mach es deutlich. Wenn dich jemand bedrängt, ruf nach mir und ich komme sofort. Okay?«

Dafür, dass sie vermutlich kein Paar waren, sorgte er sich aber sehr um sie.

Was lief zwischen den beiden?

Schon jetzt war ich eifersüchtig. Er hatte keine Ahnung, wer ich war, und so wie es mit uns ausging, hasste er mich vermutlich sowieso. Außerdem sind seither elf Jahre vergangen. Und dennoch war ich eifersüchtig.

Syd nahm das Geld und sah von David zu Peach. Dann stand sie auf und sagte, »Ich folge dir.«

Wow, okay. Das kam irgendwie unerwartet.

Ob sie wohl nur auf Frauen stand? Oder war sie so wie ich für beide Geschlechter offen? Denn wenn sie lesbisch war, hatte ich keinen Grund, eifersüchtig zu sein.

Ich schüttelte die Gedanken ab, als ich merkte, dass David mich die ganze Zeit beobachtete.

Warum starrte er denn so?

Oh. Verdammter. Mist.

Ich hatte ihn eingeladen mit mir nach hinten zu gehen.

Jetzt war es an der Zeit all meine Schauspielfähigkeiten zu nutzen – die ich mir im Strip Club angeeignet hatte – , damit er nicht merkte, wie nervös ich war.

Tu so, als hättest du keinen Schimmer, wer dieser Mann ist.

Ich nahm ihn bei der Hand. Da durchfuhr es meinen ganzen Körper – kleine elektrische Impulse, die vor Aufregung tanzten. Wenn du nur wüsstest, was du mit mir machst, Davy. Und das nach all den Jahren.

Ich zog ihn hinter mir her, bis wir im *Private Room* angekommen sind. Dann legte ich meine Hände auf seine Schultern und drückte ihn sanft runter. »Setz dich, entspann dich.«

Ich dimmte die Beleuchtung noch etwas. Dann fing ich an, vor ihm zu tanzen, berührte immer wieder seine Knie oder Oberschenkel. Er saß stumm da, sah mir nur gespannt dabei zu und genoss die Show, die nur für ihn bestimmt war. Das war intimer als jeder Tanz auf der Bühne, als jeder Striptease oder Lapdance, den ich je gegeben hatte. Das hier betraf nur uns beide. Das hier war nur für ihn.

Ich fühlte mich schon immer wohl in seiner Nähe, als könnte mir nie ein Leid zugefügt werden, wenn wir zusammen waren.

Da es David war, der vor mir saß, traute ich mich, etwas weiter zu gehen. Ich nahm seine Hand und legte sie auf das Schloss meines Minirocks. Er verstand, sah mich aber vorsichtshalber fragend an.

Ich nickte. »Würdest du etwas tun, was ich nicht will, hätte ich dir längst in dein bestes Stück gebissen.«

Statt angst zu haben, schmunzelte er nur. Mein Biss amüsierte ihn.

»Das würde ich nie wagen«, raunte er.

Ich weiß.

Er zog den Reißverschluss runter und mein Rock fiel zu Boden. Nun stand ich da mit einem Triangelbikini, der in Silber glitzerte, ebenso wie der Tanga. Nur, dass mein Oberteil kleiner war, als üblich und somit fast nur meine Nippel bedeckt waren.

»Wie heißt du eigentlich?«, fragte er auf einmal.

»Rose.«

Ich drehte mich von ihm weg, stellte mich breitbeinig hin und bückte mich, sodass er nun klare Sicht auf meinen Hintern hatte.

»Und wie heißt du wirklich?«

War ja klar, dass er diese Frage, als Nächstes stellen würde.

»Das wird ein Geheimnis bleiben. Was ist mit dir? Wie heißt du?«

»David.«

»Ein schöner Name«, antwortete ich nur knapp. Dann herrschte wieder Stille zwischen uns.

Ich wackelte mit meinem Hinterteil vor seinem Schoß, dann drehte ich mich wieder zu ihm, ging in die Hocke, um mich nun extra langsam und geschmeidig wieder nach oben zu schlängeln. Dabei streiften meine Brüste an seinem Oberschenkel entlang und landeten anschließend in seinem Gesicht.

Wie es schien, hatte ich ihn aus der Reserve gelockt und damit meinte ich nicht nur Davids Freund zwischen seinen Beinen. Denn David packte mich an der Taille und zog mich auf seinen Schoß.

Bei jedem anderen Mann hätte ich die Show nun abgebrochen. Die Stripperin hatte hier das Sagen, nicht der Gast.

Aber bei David ließ ich es zu. Ich konnte gar nicht anders. Ich liebte es, seine Finger auf meiner Haut zu spüren.

So lange war es her, als wir uns das letzte Mal berührt hatten. Unsere letzte Umarmung, von der ich befürchtete, nie wieder so etwas zu bekommen. Dieses Gefühl von »zu Hause sein«, wenn du von jemandes Armen gehalten wirst. Doch da hatte ich auch nicht geahnt, Tami zu begegnen.

Es war gut, dass ich ihn mit hierhernahm. So ließ sich die Chance nutzen, die Zeit mit ihm zu genießen und zu vergessen, was war. Schade nur, dass er nicht wusste, wer hier auf seinem Schoß tanzte. Aber es war besser so.

David fuhr mit seinen Händen meinen Rücken entlang, während ich meine empfindliche Stelle an seinen Schoß rieb und deutlich die große Beule in seiner Hose spürte. Ich warf meinen Kopf in den Nacken und stellte mir vor, wie es wäre, wenn unsere Kleidung nicht wie eine Mauer zwischen unseren Körpern stehen würde. David dachte nicht mehr darüber nach, was er tat, denn ich spürte sanft seine weichen Lippen an meinem Schlüsselbein.

Ganz in der Nähe meiner Narbe. Scheiße.

Ich sprach in Gedanken ein Gebet aus, der Herr solle David, die Narbe in dem schwummrigen Licht nicht in entdecken lassen.

So sehr das Verlangen in mir brodelte, ihn küssen zu wollen, ich würde es nicht zulassen. Wenn er mich küsste, dann nur, wenn ich Dizee war. Nicht Rose.

»David...«, flüsterte ich halbstöhnend in den Raum.

»Scheiße, entschuldige. Ich hätte das nicht tun dürfen.« Er war schon dabei mich von sich zu schieben, doch ich nahm sein Gesicht in beide Hände.

»Es ist in Ordnung. Das hat sich schön angefühlt.«

Er sah mich mit einem verliebten Blick an. Dann wanderten seine Augen runter auf meine Lippen. Ich tat es ihm gleich.

Gott, es war so verdammt schwer zu widerstehen.

David kam mir näher. Sein heißer Atem legte sich auf meinen Mund. Er befeuchtete seine Lippen mit seiner Zunge. *Das* hätte ich mir am liebsten noch hundertmal angeguckt.

Wie war es möglich, dass ein Mann bei allem, was er tat, sexy war?

Er schloss seine Augen und wollte gerade die Lücke zwischen uns endgültig schließen. Doch ich legte meine zierlichen Finger an seine Lippen und hielt ihn, schweren Herzens, davon ab.

Er öffnete seine Augen wieder, da schüttelte ich den Kopf.

»Wenn du *das* willst, verdiene es dir.«

Mit *das* hatte ich mehr die Gefühle gemeint, die ihm erlaubten, mich zu küssen, als den Kuss selbst.

David wäre niemals ein One-Night-Stand für mich oder jemand zum Spaß haben, wenn mir da nach war.

Er war und blieb immer mehr als das.

David grinste. »Weißt du, eigentlich bin ich kein Beziehungstyp.«

Autsch.

»Aber ich muss gestehen, ich habe schon sehr lange nicht sowas gefühlt, wie in diesem Moment«, flüsterte er, als wäre es sein größtes Geheimnis und nur ich durfte davon erfahren.

Er lachte leise.

Was für ein schöner Klang, bitte tu es nochmal.

»Du hältst mich bestimmt für bescheuert. Sowas zu einer halbnackten Stripperin zu sagen. Aber ich würde das auch fühlen, wenn du wie ein Eskimo angezogen wärst. Ich hab dich angesehen und einfach etwas gespürt. Es ist schon elf Jahre her, seit ich sowas das letzte Mal empfunden habe.«

Es ist schon elf Jahre her, seit ich sowas das letzte Mal empfunden habe.

Meine Herzschläge wurden schneller.

Sollte ich nun weinen oder lachen, bei dem, was ich eben erfahren hatte? Ich war die Einzige, bei der er je so empfand. Selbst jetzt, obwohl er mich nicht erkannte, fühlte er sich so zu mir hingezogen.

Die Menschen konnten glauben, was sie wollten, das hier war ein erneuter Beweis dafür, dass es sowas wie Schicksal gab. Es konnte nicht sein, dass alles nur aus Zufall geschah. Das war nicht möglich.

»Bist du dir sicher?«

»Zu hundert Prozent.«

»Wollen wir herausfinden, ob du die Wahrheit sagst?«, fragte ich, während ich immer noch auf seinem Schoß saß, meine Arme um seine Schultern gelegt, als wären wir ein Paar, das zu Hause auf dem Sofa saß und sich über ihre nächsten Pläne unterhielt.

»Ich geb dir meine Nummer und wir lernen uns ein wenig kennen«, schlug ich vor.

»Sehr gern.«

6
David

Rose kletterte von meinem Schoß. Sofort fehlte mir die Wärme ihres Körpers. Doch wenn ich nun wirklich ihre Nummer bekam, ließ sich darauf hoffen, sie bald wieder so nah bei mir haben zu dürfen.

Ich erhob mich von dem Stuhl und wir verließen gemeinsam den Private Room. Rose lief vor mir her und erst da fiel mir ein kleines Tattoo auf, das an ihrem rechten Oberschenkel entlang verlief. Jedoch in der Höhe ihres festen Hinterns. Verdammt sexy.

Es zeigte eine Rose, bei der die Mitte des Stängels durch den Buchstaben *D* ersetzt wurde.

Was für ein schöner Zufall.

»Schönes Tattoo. Das D steht doch hoffentlich für David«, ich zwinkerte ihr verspielt zu und beobachtete, wie ihre Wangen sich rosarot färbten.

Gott, wie süß!

Die Frau war heißer als die Hölle, hatte Biss und war süß – und das alles zur selben Zeit. Jackpot.

»Es könnte für nichts und niemand anderes stehen«, antwortete sie ernst.

Und ich – blind und naiv, wie der größte Volltrottel – glaubte ihr jedes Wort.

Als ich in meinem Portmonee nach Geldscheinen kramte, legte sie ihre Hand auf meine und sagte, »Ist schon gut. Ich hab die Zeit mit dir sehr genossen, ich will dafür kein Geld.«

»Das schmeichelt mir zwar sehr, Miss Rose, aber ich muss dich bezahlen, das ist dein Job.«

Ich drückte ihr die fetten Scheine in die Hand. »Ich habe genug Geld. Nimm es, bitte.«

Sie sträubte sich dagegen, wusste aber, dass ich sie sowieso zwingen würde, das Geld anzunehmen, also nahm sie es entgegen und steckte es sich in ihren Tanga.

»Könnte ich es nochmal haben? Ich glaub, ich hab mich verzählt«, witzelte ich und sie lachte.

Dieser Klang ... Ihr Lachen war dunkel und doch so melodisch, so schön. Nur leider erinnerte es mich an jemanden, was absolut nervte. Ich wollte nicht die erste Frau – *nach* Dizee –, für die ich etwas empfand, *mit* Dizee vergleichen, bei allem, was sie tat. Das war nicht fair.

Sie holte einen Schein aus ihrem Höschen, nahm mich bei der Hand und stolzierte mit mir zusammen zur Bartheke hinüber.

»Hey Simon, hast du mal einen Stift für mich?«, wendete sie sich an den Barkeeper.

Es dauerte nicht lange, da schrieb sie ihre Nummer auf den Geldschein und gab ihn mir zurück.

Sie zwinkerte mir zu, woraufhin mein Blut wieder ganz heiß wurde.

»Au revoir, David.«

Damit ging sie davon.

Scheiße. War sie etwa auch Französin? Ich hatte es mir schon bei ihrem leichten Akzent gedacht, doch jetzt ... Aber vielleicht beherrschte sie die Sprache bloß gut.

»Hey, bist du so weit oder wollen wir noch bleiben?«, riss Syd mich aus meinen Gedanken, in denen ich so tief versunken war, dass ich keine Ahnung hatte, wo sie plötzlich her kam.

Auch als ich zu Syd sah, war ich immer noch nicht wirklich anwesend.

Sie hob eine Augenbraue. »Alles in Ordnung?«

Ich nickte langsam. »Ja. Ja, entschuldige, lass uns gehen.«

David

Verdammt, was war das gerade? Hatte ich ernsthaft zu einer Stripperin gesagt, dass ich etwas für sie empfand? Und das, obwohl wir nur zehn Minuten miteinander verbrachten, in denen wir nicht mal viel geredet hatten?

Ich kam mir vor wie der letzte Vollidiot. Sie hatte mir doch bestimmt kein Wort geglaubt. Vermutlich hörte sie das fast jeden Tag von irgendwelchen notgeilen Typen, die dachten, sie verliebten sich in sie, dabei ist ihnen nur deren Schwanz im Weg.

Aber ich meinte es wirklich ernst, so bescheuert es vielleicht klang. Etwas löste diese Frau in mir aus. Etwas, was ich selbst nicht erklären konnte.

Ich schaute auf den Geldschein in meiner Hand, die blauen Ziffern darauf in der schönsten Handschrift, die ich bisher gesehen hatte. Das war bestimmt nicht ihre echte Handynummer.

Ich holte mein Smartphone aus der Hosentasche und speicherte sie unter meinen Kontakten ein. Für ihren Namen in meinem Handy benutzte ich nur ein Emoji. Eine welkende Rose. Welkend, da es etwas Dramatisches mit sich brachte, das gefiel mir.

David: Hallo schöne Rose.

Ihr Profilbild war noch nicht sichtbar, doch in ihrem Status las ich den Spruch, »Keep your Heels, Head and Standards high«.

Na, wenn das nicht passte. Es war also doch ihre richtige Nummer. Unglaublich ... Das würde sie aber nicht bei vielen Männern so machen, oder? Das war nämlich ziemlich gefährlich ...

Ich würde nun jede Sekunde im Auge behalten und verzweifelt auf eine Antwort von ihr warten. Ich sehnte mich danach, eine Frau kennenzulernen, in die ich mich Hals über Kopf verliebte. Sehnte mich nach dem Gefühl der neuen Liebe, von der man sich versprach, dass es diesmal die Eine wäre. Sehnte mich da nach, diese eine Frau nach all den Jahren aus meinem Kopf zu bekommen. Und was half da besser, als sich neu zu verlieben?

»Lass mich raten, sie hat mehr getan, als nur für dich getanzt oder?« Syd grinste mich verschmitzt an.

»Nein, sie ... «

»Jaaa?«, ihre Neugier wuchs.

»Ganz ehrlich, Syd, diese Frau hat etwas an sich, was mich nicht loslässt.«

»Ich dachte, du wärst in jemanden verliebt?«

»Ja ...«

»Also was ist dann mit dieser Frau?«

»Ich kenne sie seit meiner Teenagerzeit und bin auch seither in sie verliebt, aber wir haben auch seit elf Jahren keinen Kontakt mehr gehabt.«

»Und trotzdem liebst du sie? Nach all den Jahren konntest du sie nicht vergessen?«

Ich nickte stumm.

»O Gott, David. Ich wusste gar nicht, dass dein versteinertes Herz so romantisch sein kann.«

Ich boxte ihr leicht gegen den Oberarm.

Sie rieb ihn sich kichernd. »Dann ist es ein gutes Zeichen, dass du dich für jemand neues interessierst«, nahm sie wieder einen ernsten Ton an. »Vielleicht wird das ja wirklich was aus euch.«

»Meinst du echt?«, fragte ich hoffnungsvoll.

Sie zuckte mit den Schultern und schenkte mir ein aufrichtiges Lächeln. »Warum nicht?«

Vielleicht, weil sie eine Stripperin war und mir etwas vormachen könnte, um mir mehr Geld aus meinen Taschen zu ziehen. Aber warum hätte sie mir dann ihre Nummer geben sollen? Ich hätte ja auch irgendein notgeiler Psycho sein können. Sie gab bestimmt nicht jedem Mann, mit dem sie in diesem Raum war, ihre Nummer. Eigentlich war ich mir sicher, dass es bei beiden von uns gefunkt hatte, als wir den anderen erblickten.

Hoffentlich verrannte ich mich da nicht in etwas.

8
David
2013

»Was zur Hölle macht ihr hier?«

Ich traute meinen Augen kaum. Ashley und die anderen beiden Mädels, dessen Namen ich nicht mehr auf dem Schirm hatte, ließen von Dizee ab und verschwanden schleunigst durch die Tür.

Dizee drehte ihren Kopf weg, versuchte, ihren Schmerz vor mir zu verbergen.

Ich eilte zu ihr und ließ mich neben ihr auf den Boden sinken. Da bemerkte ich das Blut an ihrer Schulter. Gut, dass Mom mir immer Taschentücher in den Rucksack steckte, von denen ich immer dachte, sie nicht zu brauchen.

Das Blut floss herab und versaute ihr so das graue Top.

Meine Hand schwebte vor ihrer Wunde. »Darf ich?«, fragte ich, woraufhin sie knapp nickte.

Vorsichtig wischte ich das sickernde Blut weg. So ein Taschentuch brachte aber nicht viel, es sog sich schnell damit voll. Also packte ich die Ecke meines Hemdes und zerriss es.

Dizee schaute auf, total entsetzt darüber, dass ich gerade mein Kleidungsstück für sie opferte. »Was tust du denn da? Du kannst doch nicht einfach dein Hemd zerreißen«, schniefte sie.

»Na, hast du doch gerade gesehen, dass ich das sehr wohl kann«, entgegnete ich.

Mit großen Augen starrte sie mich an und dann ... schmunzelte sie und lächelte. Sie hatte eine tiefe Wunde, ihr langes Haar wurde ihr auf zornige weise abgeschnitten und doch lächelte sie mich gerade an. Sie war so schön, wenn ihre Mundwinkel oben waren. Dennoch erreichte es ihre Augen nicht. Aber auch das würde ich bestimmt noch schaffen. Ich hatte sie noch nie glücklich gesehen. Und ich musste es wissen, denn ich beobachtete sie im Kunstunterricht beinahe ständig.

Ich lächelte zurück und sah dabei zu, wie sie leicht errötete.

Man war sie süß! Das war zwar nichts Neues, aber jetzt fand ich sie noch süßer.

Ich drückte den Stoff auf ihre Wunde.

»Au!«, zischte sie harsch.

»Entschuldige, aber die Blutung muss gestoppt werden. Zumindest sehe ich immer in Filmen, dass man das so macht.«

Wieder grinste sie leicht. »Schon okay. Ich drücke es an«, antwortete sie leise.

Ich überlies ihr das Stück meines Hemdes. Im nächsten Moment dachte ich nicht nach und so strich ich mit meinem Daumen über ihre Wangen, um die verlaufene Mascara aus ihrem Gesicht zu wischen. Sie blieb still, gar reglos, als würde sie sich nicht mal trauen zu atmen.

»Verzeihung!«, rief ich etwas zu laut prompt in ihr Gesicht.

Scheiße, war das peinlich.

Ich erhob mich rasch und reichte ihr meine Hände, um ihr auf zu helfen. Sie ließ es zu. Als wir uns so gegenüber standen, legte ich vorsichtig meine Arme um sie und gab ihr die sanfteste Umarmung, die ich zustande brachte, um ihr nicht wehzutun.

Erst war sie wie erstarrt. Doch dann bemerkte ich, wie sich die Anspannung in ihren Muskeln löste und sie ihre Hände an meinen Rücken legte.

Plötzlich fing sie zu zittern an. Ihre Nägel bohrten sich in meinen Rücken. Dann schluchzte sie. Es klang wie leise schmerzerfüllte Schreie. Dieses Geräusch brach mein Herz in zwei.

Schon oft hatte ich mitbekommen, wie unsere Mitschüler und Mitschülerinnen sie mobben. Aber noch nie wurde es so extrem wie heute. Mobbing war immer das Letzte, doch die Aktion heute ging mehr, als zu weit.

»Sch sch«, machte ich, »es ist okay. Lass alles raus.«

Und das tat sie.

Als sie sich wieder etwas beruhigt hatte, schaute ich in ihre dunklen Augen und ließ sie an meinen Gedanken teilhaben. »Du bist so stark, weißt du das eigentlich?«

»Nein, bin ich nicht«, antwortete sie schniefend. »Ich tue nur so, als ob.«

»Tja, dann tust du das wohl schon so lange, dass du es nun wirklich bist.«

Sie blieb still, sagte nichts dazu.

»Dass du auch mal Zeiten hast, in denen du nicht stark sein kannst, ist total okay. Du darfst Schwäche zeigen, du darfst weinen, sauer und traurig sein.«

»Aber niemand soll mich sehen, wenn ich schwach bin.«

»Dann stehe es so lange wie möglich durch. Und wenn du eine Pause davon brauchst, den Schein zu wahren, komm zu mir.«

Mit verunsichertem Blick fragte sie, »Warum hilfst du mir?«

Welche Antwort gab ich ihr nun?

Sie sah so verloren aus, einsam und traurig. Und das wollte ich verhindern. Weshalb wusste ich nicht genau. Es war ihre Traurigkeit. Sie war so intensiv, dass sie mich die graue Farbe ihres Lebens spüren ließ. Ich wollte derjenige sein, der diese mit bunten Nuancen übermalt, bevor diese Kälte sie vollends verschlang – mit mir an ihrer Seite, da ich sie keinesfalls allein auf dieser leeren Leinwand lassen würde.

Doch ich erwiderte nur schulterzuckend, »Warum nicht?«

Wir schwänzten gemeinsam den Kunstunterricht. Dizee war nicht in der Lage in ihrem Zustand zur Kunststunde zu gehen. Außerdem hatte sie nicht vor die Petze zu spielen. Das würde alles nur für verschlimmern. Unsere Lehrer und Lehrerinnen waren uns ohnehin keine große Hilfe in solchen Situationen. Erst recht nicht, wenn es um Schülerinnen wie Ashley ging – die mit den reichen Eltern, die immer mit allem durchkamen. Zugegeben, ich bin einer dieser Schüler, aber ich bin immerhin kein Arschloch, das andere fertig macht.

»Ich kenne da eine nette Frau, die dir die Haare schneiden kann. Sie wird das in Ordnung bringen.«

Sie wirkte etwas skeptisch, entschloss sich aber dennoch dazu, mir zu vertrauen. Also nahm ich sie mit zu mir nach Hause.

»Mi casa es su casa«, hieß ich Dizee bei mir Willkommen.

Sie schaute in unserem großen Haus umher, als wäre es ein Palast.

»Bist du reich?«, fragte sie geradeheraus.

Ich lachte. »Mein Vater, nicht ich.«

»Ich dachte, alle die reich sind, sind so ...«

»So wie Ashley?«, beendete ich ihren Satz.

Sie nickte knapp.

»Dann hast du wohl das große Los gezogen.« Ich hob hochnäsig meinen Kopf, da fing sie an zu kichern.

Ich rief nach meiner Mutter, während wir uns ins Wohnzimmer begaben. Sie war in der offenstehenden Küche und bereitete gerade das Mittagessen vor.

Als sie unsere Schritte hörte, drehte sie sich zu uns. »Warum bist du denn schon zu Hause? Hast du nicht Kunstunt– ach, du meine Güte«, die letzten Worte entkamen ihr im Flüsterton.

»Es gab einen kleinen Zwischenfall. Mom, das ist Daisy. Daisy, meine Mom Leire.«

»Freut mich, dich kennenzulernen, meine Liebe. Darf ich mal sehen?«, fragte Mom und zeigte auf das blutgetränkte Stück Hemd, das sie immer noch an ihre Schulter presste.

Gut, dass die Schule nicht so weit entfernt war.

Daisy ließ ihre Hand mit dem Stoff sinken, woraufhin meine Mutter leicht erschrocken zurückwich.

»Wie ist das passiert?« Sie sah uns beide an, doch keiner von uns gab ihr eine Antwort.

»Na schön, das ist auch erst mal egal. Komm mit mir ins Bad, Daisy, ich versorge die Wunde.«

Sie schnappte sich noch einen hölzernen Kochlöffel aus der Küche, ehe sie zum Badezimmer lief.

Wofür braucht sie den denn?

Ich begleitete meine Mutter und Daisy, damit sie sich nicht zu unbehaglich fühlte.

Daisy saß auf dem Toilettensitz und ich auf dem Rand unserer Badewanne. Ich schenkte ihr ein aufmunterndes Lächeln, um ihr die Angst zu nehmen, was vermutlich nur wenig erfolgreich war.

Mom holte den kleinen Notfallkoffer, in dem sich alles befand, was man für eine tiefe Wunde brauchte. Verbandszeug, Klammerpflaster, Wunddesinfektion und so weiter.

Zuerst reinigte sie die Wunde mit einem feuchten Waschlappen. Nachdem Daisys Schulter wieder weniger nach Horrorfilm aussah, sagte Mom zu mir, »Halte ihre Hände fest.«

»Was?«, erwiderten wir gleichzeitig.

»Ich werde die Wunde jetzt desinfizieren und ich will dich nicht anlügen, Liebes, es wird höllisch wehtun. Also halte Davids Hände und beiß in den Kochlöffel.«

Oh, dafür ...

Daisys Augen waren voller Angst, aber sie nickte dennoch. Daraufhin steckte meine Mom ihr den Löffel zwischen die Zähne und ich kniete mich vor sie hin, um ihre Hände zu halten.

Dann zählte Mom von drei rückwärts und sprühte mehrfach die Wunddesinfektion auf den Schnitt. Prompt vergrößerten sich Daisys Augen vor Schmerz. Mit auf den Kochlöffel knirschenden Zähnen schrie sie auf und drückte zeitgleich meine Hände so fest, dass selbst ich vor Schmerz leicht aufstöhnte und befürchtete, dass diese gleich lila wären.

»So jetzt noch die Wundsalbe«, sagte Mom.

Mein Mitleid für Daisy ließ sich nicht in Worte fassen. Als ich zu ihr auf sah, entdeckte ich Tränen, die sich ihren Weg nach unten bahnten und ihren Hals hinunterflossen.

Wie von allein, malte ich Kreise auf ihre Handflächen, um sie zu trösten. Sie bemerkte diese Berührung und sah zu mir runter. Niemand von uns musste was sagen. Ihre Augen verrieten mir bereits, dass sie dankbar dafür war, dass ich ihre Hand hielt.

Auch bei der Wundsalbe empfand sie Schmerzen, die ich ihr am liebsten abnehmen wollte.

»Du hast es geschafft, schon vorbei. Das hast du gut gemacht, Liebes, du bist eine sehr starke junge Frau«, lobte Mom sie.

»Du natürlich auch, pequeño. Gut gemacht!«, wendete sie sich noch an mich.

»Jetzt musst du bitte den Raum verlassen, Schatz. Ich mach Daisy den Druckverband drum. Danach schneide ich ihr die Haare.«

Daisy nimmt den Löffel aus dem Mund. »Ich möchte nicht noch mehr Umstände bereiten.«

»Ach so ein Quatsch, du bleibst. Und wenn du erst mal eine schöne Frisur hast, essen wir ordentlich.«

Dizee sah mich verunsichert an.

Ich nickte ihr ermutigend zu und lächelte. Es wäre schön, wenn sie hierblieb und die Welt da draußen für einige Stunden vergaß.

»Okay.«

Ich ließ die beiden allein und deckte schon mal den Tisch für uns drei. Dad würde erst am späten Abend zu Hause sein.

Als die beiden in die Küche traten, erkannte ich, dass Dizee auch ihr Gesicht gewaschen hatte. Sie hatte die Mascara gar nicht gebraucht. Sie brauchte gar keine Schminke, so hübsch wie sie war.

Mom schnitt ihr die Haare, während im Backofen die leckere Lasagne für uns gebacken wurde. Der Duft erfüllte den ganzen Raum, sodass ich fast schon verhungerte.

Als Mom plötzlich rief, »So, fertig! Willst du mal in den Spiegel schauen?«, merkte ich, dass ich eingenickt war.

Doch ein Blick zu Daisy und ich wurde wieder hellwach.

Sie hatte nun einen kurzen Bob mit einem Pony, was mich an eine Puppe erinnerte.

Daisy betrachtete sich im Spiegel, wir waren ihr gefolgt, standen genau hinter ihr und warteten auf die Reaktion.

Tränen sammelten sich in ihren dunkelbraunen Augen und es dauerte nicht lang, bis sie diese verließen und hinunter kullerten.

»Oh je, gefällt es dir nicht?«, Mom sorgte sich, Dizee trauriger gemacht zu haben, als sie es vorher schon war.

Doch die drehte sich rasch um und umarmte meine Mutter. Ich lächelte in mich hinein.

»Ich liebe es! Vielen Dank!«

Meine Mutter hielt sie fest im Arm. »Gern geschehen, meine Liebe.«

»Was soll ich Ihnen dafür geben?«, fragte Daisy.

Mom lächelte traurig, denn sie war voller Mitgefühl für dieses kleine Mädchen. Sie legte ihre Hand an Daisys Kinn, hob ihren Kopf und antwortete, »deine Freudentränen sind mehr wert als jeder Cent.«

9
Dizee
Juli 2024

Es war sechs Uhr am Morgen, als meine Schicht ein Ende nahm und ich nach Hause fuhr. Damit ich beim Fahren nicht in einen Sekundenschlaf fiel, füllte ich mir einen Becher Kaffee auf der Arbeit ab.

Das Tanzen im Stripclub und Designen an meiner ersten Kollektion waren eine anstrengende Kombination. So sehr ich mir auch nicht frei nehmen wollte, es bestand keine andere Möglichkeit. Ich hatte auf mich acht zu geben. Sonst wäre ich dank eines Burnouts bald für nichts mehr zu gebrauchen und das konnte ich mir wirklich nicht erlauben.

Obwohl ich noch keinen Laden in Aussicht hatte, den ich in einigen Jahren eröffnete, arbeitete ich schon fleißig an meinen Kleidern. Ein schicker Modeladen wird mich ein Vermögen kosten, also war es gut, dass ich den Job als Stripperin hatte. Nach jedem Arbeitstag kam ich mit mehreren hundert Dollarscheinen nach Hause, manchmal waren es sogar über tausend Dollar. Doch das Leben in L.A. war verdammt teuer und essen musste ich schließlich auch noch. Bis ich also meine Fixkosten beglichen hatte, war nicht mehr so viel über, was sich zurücklegen ließ.

Wie lange würde es wohl noch dauern, bis ich genug Geld für diesen Laden zusammen hatte?

Das leerstehende Gebäude, in dem ich meine eigene Boutique eröffnen wollte, kostete fünfzigtausend Dollar und das ohne Renovierungskosten. Doch eine Schönheitsreparatur musste sein, damit die Menschen sich auch rein wagten. Mein Erspartes betrug gerade mal um die zwölftausend Dollar. Klang nach viel aber das war es nicht.

Doch ich würde meinen Traum nicht aufgeben, egal wie lange es dauern würde, bis ich ihn wahr machte. Ich besaß das Talent zur Modedesignerin. Ich würde mein eigenes Label eröffnen. Zum Teufel, selbst wenn ich es erst mit sechzig schaffte – ich würde es schaffen. Und das ganz allein. Nur dadurch, dass ich an mich glaubte und die Hoffnung nie aufgab.

Völlig in Gedanken wunderte ich mich, als ich auf einmal vor meiner Einfahrt stand. Ich hatte eine Einzimmerwohnung, die trotzdem teuer genug war. Hier quetschten sich Küche, Schreibtisch und Sofa in einem Raum zusammen. Mein Arbeitstisch sah katastrophal aus, auf dem Boden lagen mehrere Skizzen oder zerknülltes Papier, mit denen ich den Korb verfehlt hatte. Die Nähmaschine und mein Laptop kuscheln auf meinem Schreibtisch und mehrere Ankleidepuppen reihten sich an der Wand auf. Ich hatte selten die Zeit aufzuräumen, und wenn ich sie hatte, war ich oft zu erschöpft, um es zu erledigen. Immerhin hatte ich eine kleine Spülmaschine, sonst würde sich auch ein stinkender Geschirrturm in meiner Spüle aufbauen.

Vor meinem kleinen Wandspiegel im Bad, fummelte ich in meinen Augen herum, bis ich die blauen Kontaktlinsen erwischte und in die Aufbewahrungsbox zurücklegte. Ich riss mir die Perücke und das Haarnetz vom Kopf, und streifte meine Sneaker von den Füßen, ehe ich mich aufs Sofa fallen ließ. Für einen Moment schloss ich die Augen und genoss die Ruhe. Als ich sie wieder öffnete, hatte ich schon zwei Stunden geschlafen. Unter der Uhrzeit auf meinem Handydisplay sah ich eine Nachricht, die mir um zwei Uhr morgens geschickt wurde. Also vor sechs Stunden.

Sie war von David.

David: Hallo schöne Rose.

Dizee: Hallo gutaussehender Fremder.

Scheiße, was tat ich hier eigentlich?

Ich würde David die ganze Zeit etwas vorspielen müssen.

Was, wenn er sich mit mir treffen wollte?

Dann würde ich mir immer die Kontaktlinsen einsetzen und die blonde Perücke tragen müssen. Das war für meinen Lebensstandard etwas umständlich. Ich war jetzt schon froh, wenn ich nichts vergaß. Ich bin ein organisierter Mensch, aber wenn nun etwas hinzukam, würde meine Routine sofort durcheinandergeraten.

Ich würde ein Treffen so weit wie möglich hinauszögern. Oder sollte ich den Kontakt abbrechen?

Nein, das würde ich nicht. Ich hatte das hier nicht begonnen, nur um einige Stunden später zu sagen »habs mir überlegt, David, lieber doch nicht«, ohne eine plausible Erklärung.

Das wäre total bescheuert.

Außerdem wollte ich den Kontakt gar nicht abbrechen. Zwölf Jahre ohne ihn hatten mir gereicht. Obwohl ich diejenige war, die ihn damals verlassen hatte, wurde die Distanz zu ihm von Sekunde zu Sekunde schmerzhafter.

Mein Herz war nicht im Stande ihn jemals zu vergessen. Würde nie Platz schaffen können, für jemand Neues.

Es wollte immer nur ihn.

Ich wollte immer nur ihn.

Jetzt ist er wieder in meinem Leben, ohne zu wissen, wer ich in Wahrheit war. Doch ich würde mir diese Chance nicht entgehen lassen. Auch wenn ich ihm eines Tages die Wahrheit sagen musste. Ich würde ihn nicht einfach ignorieren oder zulassen, dass er sich in eine andere verliebte, wenn er doch hier bei mir war. Er hatte selbst zugegeben, dass er nur bei mir so empfand.

Nach all den Jahren wollen unsere Herzen noch immer nur uns.

Oh, David ...

Wie soll das mit uns funktionieren, wenn du erfährst, wer ich bin?

10 David

Ich hatte viel zu wenig Schlaf bekommen und bin auch noch zu spät aufgewacht. Daher ließ ich die Dusche aus, putzte mir rasch die Zähne und zog mir was Ordentliches an. Dann sprang ich ins Auto und fuhr zum Studio, wo Rus und Summer schon anwesend waren und sich unterhielten.

Wann machten die beiden es endlich offiziell?

Selbst ein Blinder würde erkennen, dass die beiden füreinander bestimmt waren.

»Na alles klar?«, begrüßte ich meinen besten Freund und schloss ihn in eine brüderliche Umarmung.

Auch Summer und ich tauschten uns mit einem netten »Hallo« aus.

»Bei mir schon und bei dir? Du kommst doch sonst nie so spät.«

Sofort dachte ich an letzte Nacht zurück. Ein breites Grinsen stiehl sich auf meine Lippen.

»Mir ging es lange nicht mehr so gut«, antwortete ich offen und ehrlich.

»So gut, dass du überall glitzerst«, meinte Rus und versuchte, das Glitzer von Wange und Hals zu streichen.

Er befeuchtete seinen Daumen, da wich ich erschreckend zurück. »Bleib mir bloß weg mit deinem Sabber, das ist ja ekelhaft.«

Cyrus lachte drauf los. Summer verfolgte die Unterhaltung, weshalb auch sie anfing, leise zu kichern.

»Willst du mir davon erzählen?«

»Erst mal nicht, aber irgendwann«, antwortete ich ihm ehrlich. Denn noch gab es nichts, wovon sich berichten ließe. Ich würde Rus in die Geschichte einweihen, wenn ich sicher war, dass sich daraus was Ernstes entwickelte.

Ich setzte mich in meinen Stuhl, an dessen Lehne das Wort »Regie« prangte.

Jedes Mal, wenn ich hier saß, wurde mir bewusst, was ich erreicht hatte. Ich hatte meinen Traum wahr werden lassen. Und nun ermöglichte ich meinem besten Freund, dass sein Buch – ein Teil seiner Lebensgeschichte – zum Kinofilm wurde. Ich ließ damit einer seiner Träume wahr werden und was gab es Besseres, als das zu ermöglichen?

»Sehr gut, Leute! Machen wir eine Pause.«

Die Truppe holte sich etwas zu essen oder ging für eine Zigarette nach draußen. Bevor auch ich aß, kramte ich mein Handy aus der Tasche. Vorhin war keine Zeit übrig, meine Nachrichten zu checken.

Eine von meiner Mutter, die mich fragte, wie es mir ging und wann ich sie das nächste Mal besuchen kam.

Eine von Rus, der mich heute Morgen fragte, wo ich blieb.

Und ... Mein Herzklopfen hallte in meinen Ohren.

Rose hatte mir geantwortet.

🌹: Hallo gutaussehender Fremder.

Ich lächelte dümmlich vor mich hin.

Wie führte ich das jetzt Gespräch weiter?

Für eine Einladung zu einem Date war es zu früh, oder?

Vielleicht sollten wir uns erst mal über digitalem Wege etwas kennenlernen, um zu sehen, ob wir auf einer Wellenlänge waren. Wenn das nicht der Fall war, konnten wir uns das Date sparen.

Aber das würde sicher nicht zutreffen. Gestern Nacht funkte es zwischen uns. So heftig, dass ich es sogar vor meinem inneren Auge sah und auch hörte – ja, wenn nicht sogar schmeckte! Sie sah das bestimmt auch so, sonst hätte sie mir nicht ihre Nummer gegeben. *Vielleicht lud ich sie doch auf ein Date ein ...*

Ich schrieb harmlos drauf los und stellte ihr eine irgendeine Frage, dann würde das Gespräch schon ins Rollen kommen.

David: Sag mal, was machst du, wenn du nicht gerade die beste Tänzerin der Welt bist?

Eine Frage gepaart mit einem Kompliment.

Das war für den Anfang doch perfekt.

Ihre Antwort ließ nicht lange auf sich warten. Sie schickte mir ein Foto. Als ich unseren Chat öffnete, zeigte sich mir ein chaotischer Schreibtisch. Darauf waren eine Nähmaschine, ein Laptop und mehrere Skizzen von Kleidern und Outfits.

War sie Modedesignerin?

Das hatte ich zwar nicht kommen sehen, aber ich war bereits fasziniert von ihr.

Dann war sie also eine Künstlerin. Genau wie ich.

Ich betrachtete ihre Skizzen diesmal genauer. Etwas an ihren Zeichnungen bereitete mir Magenschmerzen. Ebenso wie die Tatsache, dass sie Kleider nähte. Okay, es war nicht *etwas*, sondern die Erinnerung an jemanden, zu dem es haargenau passte ...

Aber nein, das konnte nicht sein. Die beiden sahen sich überhaupt nicht ähnlich.

Oh, man. Ich sollte dringend mal runterkommen, bevor ich noch wahnsinnig wurde.

David: Du bist also eine Künstlerin. Da haben wir bereits etwas gemeinsam.

🌹: Bist du ein richtiger Künstler, der malt? Oder eine andere Art von Kunst?

David: Beides. Ich male und zeichne in meiner Freizeit. Mein Geld verdiene ich als Filmregisseur. Hast du noch nie von David Del Gazzio gehört?

🌹: Doch, gestern erst. Aber sonst wohl nicht.

David: Bald wird ganz Hollywood und beinah die ganze Welt diesen Namen gehört haben, das schwöre ich. Ich arbeite an einem grandiosen Film.

🌹: Das glaube ich dir sofort. Ich wünsche dir diesen Erfolg!

Hach, sie war so süß.

David: Ich wünsche dir auch viel Erfolg für deine neue Kollektion! Wann wird sie auf dem Laufsteg vorgeführt? Ich will unbedingt einen Platz in der ersten Reihe, wo all die wichtigen Leute sitzen!

Diesmal verging etwas mehr Zeit, bis ihre Antwort kam.

🌹: Das weiß ich nicht. Ich habe noch kein Label, kein Geschäft. Eigentlich gar nichts, bis auf Skizzen und ein paar fertige Kleider. Und etwas erspartes Geld. Aber sollte es jemals so weit sein, wirst du den Platz in der ersten Reihe bekommen, versprochen.

David: Kleiner-Finger-Schwur?

🌹: Kleiner-Finger-Schwur.

David: Okay ... Es wird passieren, das verspreche ich dir. Du wirst eine große Modedesignerin.

🌹: Danke für deinen Zuspruch. Es tut gut sowas zu hören.

Ich beendete das Gespräch damit, dass ich weiter arbeiten musste.
Sie setzte sich nun auch wieder an ihre Nähmaschine und zauberte Kleider.
Ich klatschte laut in die Hände. »Okay, Leute, weiter geht's!«

11 Dizee

2013

»Was, wenn sie mich auslachen?«

»Dann ist es egal.«

»Und warum?«

»Weil es nicht um ihre Meinung geht. Es geht nur darum, wie du es findest. Andere werden immer etwas an dir bemängeln. Es muss dir egal sein, was andere denken.«

»Es ist mir aber nicht egal, was du denkst ...«, sprach ich leise meine Gedanken dazu aus.

»Ich denke, du bist das hübscheste Mädchen, das ich je gesehen habe.«

Ich schluckte und spürte, wie die Hitze mir ins Gesicht schoss. Vermutlich färbten sich gerade meine Wangen rot, wie so oft, wenn David liebe Worte an mich richtete.

»Und das nicht erst seit dem neuen Haarschnitt. Aber ich muss sagen, dass er sehr gut zu dir passt.«

»D-Danke.«

»Nicht dafür«, antwortete er gelassen.

»Nicht nur für das Kompliment. Auch für deine Hilfe und die deiner Mutter.«

Er lächelte mich an.

»Ich wette mit dir, sie werden überrascht sein dich zu sehen. Obwohl sie dir sowas angetan haben, kommst du am nächsten Tag wieder zur Schule und dann auch noch mit einer neuen Frisur. Das wird ihnen den Boden unter den Füßen reißen«, seine Augen funkelten vor Schadenfreude. Er konnte es kaum erwarten, ihre verdutzten Gesichter zu sehen.

»Weil es zeigt, dass ich stark bin«, fügte ich hinzu.

»Ganz genau. Und du bist wirklich stark, ich weiß es.«

Ein Lächeln überkam meine Lippen.

In wenigen Metern erreichten David und ich unsere Schule.

Nach der gestrigen Hilfsaktion von David und seiner Mutter, hatten wir ausgemacht uns an dem schicken Restaurant mit der schönen Rosenranke zu treffen und zusammen zur Schule zu laufen.

Das war nämlich die Mitte unserer Entfernung. Denn vom Restaurant aus verliefen zwei Abzweigungen. David und ich wohnten beide auf der jeweils anderen Straße. Wenn wir aber zur Schule liefen, kreuzten sich unsere Wege immer dort, wo die dunkelroten Rosen die Mauer hinaufkletterten.

Seit dem heutigen Tag war es unser Treffplatz.

Er war der einzige Freund, den ich hatte. Anfangs hatte ich noch Sarah. Doch sie hatte sich schnell von mir abgewandt, aus Angst, dass man sie ebenso fertig machen würde wie mich. Seither bin ich ein Einzelgänger gewesen.

Als David mir gestern auf dem Mädchenklo half, hatte ich nicht verstanden, weshalb. Ich erkannte nicht, welchen Vorteil er daraus zog. Traute ihm nicht über den Weg. Aber er hatte mich mit zu sich nach Hause genommen, mich seiner Mutter vorgestellt und dafür gesorgt, dass sie meine Haare rettete, meine Wunde versorgte und ich was Ordentliches im Magen hatte – was schon länger nicht mehr vorgekommen war. David half mir, weil er ein guter Mensch war. Das war der einzige Grund. Der letzte gute Mensch, den ich persönlich kannte, war mein Vater.

Aber auch er hatte Maman und mich irgendwann einfach verlassen und ist nicht wieder gekommen. Doch daran wollte ich jetzt gar nicht denken. David würde mich nicht einfach verlassen, dafür war er zu gut.

Hoffte ich jedenfalls ...

Obwohl wir uns erst seit gestern anfreundeten, war es, als würden wir uns schon länger kennen. Wir sind auf einer Wellenlänge. Ich schloss David bereits in mein Herz und wollte ihn nie wieder in meinem Leben missen.

Wir betraten gemeinsam den Eingang.

Auf einmal kam ich mir vor, als wäre ich in einem dieser mit Klischee vollgepackten Filme, wo das Mobbingopfer plötzlich wunderschön aussah und deshalb alle Blicke an sich riss. Dabei waren meine Haare nur kürzer. Sehr kurz im Gegensatz zu gestern Morgen.

Ich trug einen schwarzen Jeansrock, den ich selbst genäht hatte. Dazu ein schwarzes Oversized-Shirt. Um meine Taille schlang sich ein Gürtel aus Metallringen. Kniestrümpfe mit je einer Schleife auf der hinteren Seite des Bunds wärmen meine Unterschenkel. Nur meine fake Converse Sneaker waren nicht gerade ein Hingucker, da sie ziemlich kaputt waren. Aber wir hatten kein Geld, um mir neue Schuhe zu besorgen. Für neue Kleidung konnte ich selbst sorgen, doch Schuhe waren ein anderes Handwerk.

Dennoch wünschte ich mir gerne neue Kleidung. Oft schluckte ich meinen Neid hinunter, wenn Ashley wieder mit den teuersten Markenklamotten zur Schule kam. Aber ich war dennoch froh, überhaupt etwas zu haben. Außerdem war die Kleidung, die ich trug, einmalig, da es *meine* war.

Viele Schüler und Schülerinnen tuschelten miteinander, sobald David und ich an ihnen vorbeigingen.

David näherte sich mir und flüsterte, »Siehst du, wie du allen die Sprache verschlägst?«

Langsam aber sicher umspielte ein Grinsen meine Lippen. Ich fühlte mich wie eine selbstbewusste Bösewichtin.

Nun stolzierte ich, mein Kopf richtete sich automatisch ein Stückchen auf und zum ersten Mal genoss ich die Aufmerksamkeit, die mir zuteil wurde.

Dann kamen wir bei Ashley und ihren Mitläufern vorbei.

Und ... O mein Gott!

Ihren Blick würde ich nie wieder vergessen! Ich gab mich beim Vorbeigehen total cool und souverän. Doch als David und ich dann unseren gemeinsamen Kursraum betraten, fingen wir zeitgleich an zu lachen.

»Hast du gesehen, wie sie geguckt hat?«, David war ganz aus dem Häuschen.

»Ja! Ich glaube, dass hier wird einer der besten Erinnerungen meines Lebens!«

Gedankenlos fiel ich David um den Hals, vor so viel Aufregung und Freude. Aber vor allem auch aus Dankbarkeit. Nur wegen ihm hatte ich es geschafft, mich so selbstbewusst zu geben.

Er strich mir sanft über den Rücken.

Wann hatte ich mich zuletzt so geborgen gefühlt?

Ich erinnerte mich nicht daran.

»Oh wie süß! Die Tochter einer Hure und der Sohn eines Drogenbosses haben sich gefunden«, unterbrach uns die bittere Stimme von Ashley.

Dass meine Mutter als Hure beleidigt wurde, war nicht neu aber Drogenboss? Wovon sprach sie da?

»Ash, pass auf, was du sagst. Meine Eltern sagen, sein Vater ist sehr gefährlich«, warnte sie ein Junge mit schwarzem Haar.

Ich erinnerte mich nicht an seinen Namen, sah ihn aber immer in ihrer Nähe.

»Du hast Glück, dass du ihn jetzt an deiner Seite hast, Dizee. Aber irgendwann wird er dich auch fallen lassen. Dann können wir unsere Spielchen fortsetzen.«

Wie immer sprach sie meinen Namen auf Französisch aus – wie es nur meine Mutter tat – nur, dass sie es absichtlich falsch sagte. Sie machte sich über meinen Namen lustig, darüber wie er in meiner

Muttersprache klang. Nur David sprach es korrekt aus – wenn er mich mal so nannte. Meistens blieb er aber bei »Daisy«.

Nach ihrer Ansprache verließ sie das Klassenzimmer wieder.

»Was meinte sie damit?«, richtete ich mich an David.

Der blickte aber weg, um mir nicht ins Gesicht sehen zu müssen.

»Nichts. Es sind nur dumme Gerüchte. So wie das, was sie über dich und deine Mom sagen.«

Daraufhin setzte er sich ordentlich an seinen Platz und holte seine Schulsachen aus der Tasche.

Ich wollte ihm glauben. Aber seine Reaktion passte nicht zu seiner Antwort. Es steckte mehr dahinter. Doch was mir weitere Sorgen bereitete, war, dass er dachte, es seien bloß Gerüchte über mich und Maman.

Würde er mich wirklich fallen lassen, wie Ashley sagte, wenn er die Wahrheit erfuhr ...?

12 Dizee
Juli 2024

Ich saß stundenlang an der Nähmaschine. Mein Kopf explodierte fast nach so langer Zeit voller Konzentration. Daher legte ich eine kurze Pause ein. Ich kochte mir einen Tee und setzte mich zurück auf meinen Schreibtischstuhl, der eigentlich nur ein billiger Klappstuhl war. Mit an den Oberkörper gepressten Beinen, öffnete ich wieder den Chat von David und mir, obwohl wir nicht mehr getextet hatten.

Natürlich wusste ich, dass er Filmregisseur war. Cyrus hatte es mir bei unserem Treffen erzählt. Ich wusste, dass er Cyrus' Buch verfilmte und auch, dass David ein großartiger Künstler war.

Aber Rose wusste gar nichts über David. Und David wusste nichts über das Treffen von Cyrus und mir. Es war unser kleines Geheimnis, wofür ich ihm sehr dankbar war. Wer hätte auch schon ahnen können, dass er in meinem Stripclub auftauchen und wir uns nun doch wieder begegnen würden.

Ich wollte unbedingt mit ihm schreiben, telefonieren, reden. Alles. Schon damals hatten wir uns stundenlang über allmögliche Themen unterhalten. Es war egal, worum es ging. Wir hatten immer unseren Spaß, wenn wir nur zusammen waren. Bis unsere Familien alles zerstört hatten.

Dizee: Ich will mehr über dich wissen ... Hast du Geschwister?

Direkt nachdem die Nachricht angekommen war, hatte ich das Bedürfnis, meinen Kopf gegen den Schreibtisch zu hauen. Jetzt war ich so in Gedanken bei unseren Familien, dass ich ihn da nach fragte, obwohl das doch ein total beschissenes Thema für uns beide war.

David: Verwöhntes Einzelkind. Und du?

Dizee: Nur Einzelkind, ohne verwöhnt worden zu sein.

David: Noch eine Gemeinsamkeit.

Dizee: Dinge gibts ...

David: Die gibts gar nicht.

Dizee: Wir passen ja wirklich wie ...

David: Arsch auf Eimer.

Ich lachte vor mich hin. Mit David rumzualbern war eine meiner liebsten Unternehmungen auf der Welt gewesen.

Mich zu fühlen, als wäre ich wieder vierzehn. Die Einzige, die von diesem Jungen zum Lachen gebracht wurde – genauso wie heute – ließ mein Herz verliebt schneller schlagen. Ich wünschte mir nichts sehnlicher, als ihm zu offenbaren, wer ich war. Fürchtete mich aber zu sehr vor seiner Reaktion, weshalb ich dieses Spiel erst mal so weiterführen würde.

David: Hast du eigentlich noch Wurzeln außerhalb von Amerika?

Dizee: Frankreich

David: Das dachte ich mir, so wie du französisch gesprochen hast, klang es, als könntest du es fließend sprechen. Aber das muss ja nicht heißen, dass du auch Wurzeln dort hast.

Dizee: Das stimmt, aber du hattest Recht mit deiner Vermutung. Und du bist halber Spanier, richtig?

David: Si. Meine Mutter wurde in Spanien geboren. Ihre Schwester lebt jetzt aber in Mexiko, wo wir auch eine Zeitlang gewohnt haben.

Er hatte in Mexiko gewohnt? Wann war das passiert?

Dizee: Wie kam es dazu?

David: Meine Eltern haben sich getrennt. Meiner Mom war das Haus nicht gerade wichtig, sie wollte nur weg von meinem Dad. Also waren wir ein paar Jahre in Mexiko in Ensenada bei meiner Tante.

Dizee: Das tut mir leid.

Tat es nicht. Das war das Beste, was ihnen passieren konnte.

David: Muss es nicht, aber danke. Was ist mit deinen Eltern?

Dizee: Ganz ehrlich? Ich weiß es nicht. Also sie sind nicht zusammen, falls du das meintest, aber mehr weiß ich nicht.

Das war nur die halbe Wahrheit, aber mehr konnte ich ihm nicht sagen, ohne aufzufallen. Das mit der Kunst und Frankreich war ja schon genug, um Verdacht zu schöpfen.

Es tut mir leid, David. Ich will dich nicht anlügen, aber es geht nicht anders.

David: Das tut mir leid.

Dizee: Danke. Aber das muss es auch nicht.

David: Welches Parfüm trägst du?

Dizee: Was?

David: Der Duft geht mir nicht aus der Nase, ich wollte wissen, welches Parfüm es ist, dann kann ich es mir zum Einschlafen aufs Kissen sprühen.

Dizee: 🐥

David: Das kam total merkwürdig oder?

Dizee: Ein bisschen.

David: Oh man tut mir leid. Ich weiß auch nicht, was mit mir los ist. Ich hab sowas noch nie gemacht.

Dizee: Mit einer Frau Nachrichten hin und her geschickt?

David: Mich darum bemüht, dass eine Frau sich in mich verliebt.
David: Das war wieder komisch und zu viel oder?

Dizee: Etwas. Aber auch süß ... und irgendwie traurig, kommt auf die Perspektive an.

David: 🐱
David: Ich mag dich echt gerne, Rose.

Dizee: Ich dich auch.
Dizee: Chanel Eau Fraiche.

David: Eine sexy französische Modedesignerin, die Chanel Parfüm trägt – wer hätte darauf kommen können?
David: Danke! Jetzt kann ich wieder in Ruhe ausschlafen.

Das war das erste Mal, dass David mich sexy nannte.

Es gefiel mir, dass er mich so sah.

Vor elf Jahre hatte ich zwar auch schon eine relativ große Oberweite – für das Alter – , aber solche Worte wären damals niemals zwischen uns gefallen. Und es gab genug Vierzehnjährige, die alles Mögliche in diesem Alter schon sagten und taten.

Es gab jedoch diesen einen Tag, in dem David und ich zusammen in einer Umkleide waren. Da hatte er meinen Körper zum ersten Mal gesehen. Zwar nicht nackt, aber in einem figurbetonten Kleid. Man musste wirklich keine Professorin sein, um zu merken, wenn ihm ein gewisser Anblick gut gefiel.

Erst als ich mein iPhone beiseitelegte, spürte ich, wie das Grinsen in meinem Gesicht festgefroren war. Wir hatten tatsächlich schon elf Uhr am Abend. Meine Schicht würde in zwei Stunden losgehen, also würde ich mich langsam zurechtmachen und meine Choreo ein letztes Mal durchgehen, damit alles saß. Eigentlich konnte ich das alles schon im Schlaf, aber sich zu dehnen und ein wenig aufzuwärmen schadete nicht.

13 David
2013

So wie immer wartete ich an der Kreuzung, wo sich das Restaurant mit der schönen Rosenranke befand. Ich erkannte Daisy trotz zwanzig Meter Entfernung. Schon klopfte mein Herz stärker gegen meinen Brustkorb, als üblich.

Wir waren schon seit einigen Monaten eng miteinander befreundet. Nicht nur eng, wir waren richtige beste Freunde geworden. Deswegen wollte ich ihr nichts mehr über mich und meine Familie verheimlichen. Ich vertraute ihr. Daher sollte sie alles über mich erfahren und wissen dürfen.

Heute war wieder einer dieser Tage, an denen ich weder zu Hause noch in der Schule sein wollte. Am liebsten würde ich in den Flieger springen und mich an einen schönen Ort begeben, wo mir niemand auf den Sack ging. Bis auf Daisy, die würde ich natürlich mitnehmen. Wieder einmal hatten meine Eltern lautstark gestritten. Diese Art von Streit häufte sich immer mehr. Das lief jetzt schon einige Monate so. Trotz allem sagte mir keiner von ihnen, worum es da überhaupt ging. Ich vermutete, dass Dad trotz all seiner Versprechen Mom und mir gegenüber, Drogen verkaufte. Hoffentlich lag ich damit falsch.

Egal, wovon der Streit handelte, diesmal war er einen Schritt zu weit gegangen. So lange sie sich anbrüllten, war ich zwar oben in meinem Zimmer geblieben, doch, als ich etwas zerbrechen hörte, dass wie Glas klang, stürzte ich nach unten ins Wohnzimmer.

Dort stand er Mom bedrohlich gegenüber, sein Gesicht war erzürnt, seine Hände ballten Fäuste und von denen die rechte in Strömen blutete. Unsere Vitrine, in der hauptsächlich Familienbilder und

Erinnerungsstücke aufgereiht waren, hatte ein Loch in der gläsernen Tür. Ich dachte nicht lange nach und stellte mich vor Mom. Ich würde nicht zulassen, dass jemand – vor allem kein Mann – sie schlug. Tja, für diesen Mut bekam ich eine von meinem alten Herrn verpasst. Mom schrie ihn so lange an, bis er verschwand. Nachdem ich ihr mehrfach versicherte, dass ich in Ordnung war, zog ich ebenfalls Leine.

Na, wenn das kein aufregender Morgen war.

Und dann wurde noch erwartet, dass man sich in der Schule konzentrierte.

»Hey!«, begrüßte Daisy mich und riss mich somit aus der Rückblende der morgigen Ereignisse.

Sie breitete die Arme für unsere Umarmung aus.

O wie ich es liebte, sie zu umarmen.

Es fühlte sich immer so intensiv an. Als wären wir auf eine Art miteinander verbunden, die sich mir nicht erklären ließ. Keine Ahnung, ob es an meinen Hormonen lag, da ich mitten in der Pubertät steckte, oder ob es tatsächlich so war, wie eben beschrieben. Aber irgendetwas sagte mir, dass die Umarmungen mit all den Menschen, denen ich noch begegnen würde, sich niemals so anfühlen würden, wie mit Daisy.

Ich hielt sie fest in meinen Armen, genoss den Moment, ihre Wärme und ihren Duft, den ich tief einsog, aus Angst, ich würde ihn bald wieder vergessen.

Sie löste sich mit einem Lächeln von mir, »Wollen wir los?«

Ich schüttelte langsam den Kopf.

»Nein, heute nicht. Lass uns woanders hingehen.«

»Du meinst, wir sollen schwänzen?«

Ihre Nachfrage verunsicherte mich. »Ja? Hast du ein Problem damit, weil dann -«

»Pff, nein. Kein Problem, gehen wir!«

Ich wusste, warum ich sie so mochte.

Ich kramte mein Smartphone aus der Jeans. »Sag mal, hast du was dagegen, wenn ich dich ab und zu filme?«

»Mich filmen? Warum das?«, erwiderte sie verwirrt.

»Ich möchte eines Tages Filmregisseur werden. Filmen und Videos zusammenschneiden, macht mir einfach Spaß.«

Eben sah sie mich an, als hätte ich sie nicht alle. Doch jetzt, wo sie von meinem Traum und meinem Hobby erfuhr, grinste sie breit.

»Na klar, solange nur du es dir ansehen wirst!«

»Kleiner-Finger-Schwur!«, versprach ich und hielt ihr meinen kleinen Finger hin.

Sie hakte sich mit ihrem Finger ein und damit war der Schwur endgültig.

Wir liefen in Richtung Stadt. Ich machte dabei Aufnahmen von den schönen Gebäuden und von Daisy, die vor mir herlief und sich alles genau ansah, als wäre sie an einem fremden Ort. Als wäre sie noch nie hier gewesen, dabei wohne sie hier. Sie drehte sich zu mir, da zoomte ich an ihr Gesicht heran.

»Zoomst du etwa gerade?«, fragte sie mich genau in dem Moment und ich lachte nur vor mich hin.

Sie kam nicht drumherum und lachte ebenfalls. Da kam sie auf mich zu gerannt und hielt ihre Hand vor die Kameralinse.

Zu spät Daisy, dein wunderschönes Lachen ist nun auf Band und ich würde es mir immer und immer wieder ansehen, um diesen Moment auf ewig am Leben zu halten.

Ich tat ihr den Gefallen und hörte fürs Erste auf, zu filmen. Wir liefen noch ein Weilchen, bis wir beim Einkaufszentrum anhielten. Das Gebäude war sehr modern, wie fast alles im Herzen von L.A..

Der Shopping Center bestand hauptsächlich aus Glas und Metall, man erkannte das Leuchten der vielen Lichter im Inneren, was es sowohl edel als auch gemütlich aussehen ließ.

»Willst du da rein?«, fragte ich.

Sie sah zu dem gigantischen Bauwerk hoch und zuckte mit den Schultern. »Ich kann mir sowieso nichts leisten.«

»Wir kaufen auch nichts. Wir können uns die Sachen einfach anschauen oder anprobieren.«

»Na gut. Warum nicht?«

Die Drehtür gewährte uns Einlass, woraufhin eine frische klimatisierte Luft uns entgegenkam. Wir sind gerade mal ein paar Meter gelaufen, da hält Dizee schon wieder an. Sie stand vor einem Schaufenster, indem die Kleider glitzerten wie Sterne.

»Sind die nicht wunderschön?«

Ich nickte, sah aber gar nicht richtig hin, weil etwas noch Schöneres in meinem Fokus lag.

»Manchmal wünschte ich, ich hätte genug Geld, um mir sowas zu leisten. Na ja, vielleicht wenn ich erwachsen bin und einen guten Job habe.«

»Oder du nähst sie dir selbst«, kam mir spontan der Gedanke.

»Ich habe schon als Kind oft mit meiner Mama genäht. Sie hat es mir beigebracht.«

»Bist du jetzt kein Kind mehr?«, fragte ich belustigt.

Sie boxte gegen meine Schulter. »Nicht so ein Kind. Ich bin schon vierzehn!«

Ich lachte. »Okay, okay.«

»Warum nähst du dir dann nicht so ein Kleid?«

Sie sah wieder zu dem Schaufenster. »Die Stoffe ... das ist sehr viel Geld, Zeit und Mühe, was in dieses Kleid geflossen ist. Ich habe nichts davon und so gut bin ich noch nicht im Nähen. Außerdem nähe ich im Moment nur noch, wenn es notwendig ist. Wir haben nicht das Geld, um mir neue Sachen zu kaufen, weißt du? Also mache ich sie mir selbst. Aber an manchen Tagen bin ich schon froh, überhaupt aus dem Bett zu kommen.«

Wenn sie kein Geld hatten, wie kamen sie dann überhaupt aus? Hatten sie wenigstens genug zu essen? Ich traute mich nicht, sie das gerade heraus zu fragen. Aber ich musste es herausfinden. Wenn sie in so einer ernsten Lage war, würde ich ihr helfen.

Ich griff nach Daisys Hand und suchte ihren Blick. »Es tut mir leid, dass du es so schwer hast.«

Sie sah mich an und lächelte mir zu.

Seit wir uns kannten, sah ich sie schon viel häufiger lächeln, als sonst.

»Seit wir befreundet sind, ist alles sehr viel leichter.«

In meinem Bauch kribbelte wie wild. Mir ging es genauso.

»Außerdem weiß ich, dass du mit der Nadel sehr begabt bist. Eines Tages wirst du noch schönere Kleider nähen, als diese hier«, sprach ich ihr zu und nickte in Richtung der glitzernden Kleider.

»Es bedeutet mir viel, dass du das so siehst. Danke, Dave.«

Mit hochgezogenen Mundwinkeln liefen wir weiter und hielten erst wieder an, als uns der Duft von frischgebackenen Waffeln in die Nase stieg. Es dauerte nicht lange, bis wir den Laden entdeckten, von dem der Duft herüber strömte. Ohne zu zögern, kaufte ich uns jeweils zwei Waffeln mit Schokocreme und Banane.

»Mhhh ... Das ist so lecker!« Dizee rollte mit den Augen vor Genuss.

Vielleicht wäre ich eines Tages derjenige, der ihre Augen so zum Rollen brachte.

Okay, halt. Ich durfte jetzt nicht an sowas zu denken.

Ich stimmte ihr zu und hatte eine der Waffeln innerhalb von drei Bissen verschlungen.

»Ich kann mich nicht daran erinnern, wann ich das letzte Mal Waffeln gegessen habe«, sagte sie.

Das fand ich traurig. Ihre Kindheit war noch deprimierender als meine. Im Gegensatz zu ihr hatte ich immerhin alles, was man haben konnte und eine Mutter, die sich immer um mich sorgte. Nur die Probleme mit meinem Vater waren eine Baustelle unserer Familie.

»Deine Mutter macht sowas nicht für dich?«, hakte ich vorsichtig nach.

»Was? Waffeln? Das ist schon Jahre her. Meistens bin ich es, die uns etwas kocht.«

Wow. Nicht, dass man mit vierzehn nicht auch kochen konnte. Aber wer war die Erwachsene in deren Haushalt?

Ich blickte nicht ganz durch, was in ihren vier Wänden ablief. Dafür lässt Daisy mich nicht nah genug an sich heran.

Schade eigentlich. Denn ich würde ihr mein ganzes Leben anvertrauen.

Sie aß auf und beeilte sich damit, hier rauszukommen und das Einkaufszentrum weiter zu erkunden. Scheint, als wollte sie das Thema fallen lassen, also fragte ich sie nicht weiter da nach aus und folgte ihr.

»Danke, dass du die Waffeln für mich bezahlt hast. Ich gebe dir das Geld wieder.«

»Das brauchst du nicht, das habe ich gern getan.«

Bei meiner Antwort schaute sie verdutzt drein. Es dauerte nur eine Millisekunde, aber dennoch hatte ich es bemerkt. Nur verstand ich es nicht. Aber auch das ließ ich so stehen, damit sie sich nicht unbehaglich fühlte.

Daisy und ich schlichen uns in einen der Luxusläden, an denen am Eingang breitgebaute Männer in schwarzen Anzügen Wache hielten. Hier war der Eintritt nur den Menschen erlaubt, denen man ansah, dass sie ein Vermögen auf dem Konto hatten.

Wir sammelten heimlich Klamotten, die wir anprobieren wollten. Doch dann wurde die Situation brenzlich. Einer der Wachmänner hatte uns fast geschnappt, doch wir schafften es, zu entwischen, und versteckten uns nun gemeinsam in einer Umkleidekabine.

»O man, das war knapp«, Daisy war ganz aus der Puste.

»Du sagst es«, stimmte ich ihr zu und musste anfangen zu lachen. Mein Lachen steckte sie an. Nun waren wir in einer engen Kabine gefangen und kicherten vor uns hin, aufgrund von so viel Adrenalin.

»Dann probieren wir die Sachen mal an.«

Ohne darüber nachzudenken, zog ich mir mein T-Shirt über den Kopf und knöpfte meine Jeans auf.

Daisy verfolgte meine Handlungen und wurde knallrot im Gesicht. Als sie bemerkte, dass mir auffiel, wie sie mir dabei zusah, drehte sie sich abrupt um.

»Entschuldige! Ich habe nichts gesehen.«

Ich lachte. »Ich weiß, da gab es ja auch nichts zu sehen.«

Sie sah mich im Spiegelbild an und fragte hörbar nervös, »Drehst du dich auch um, damit ich ...?«

»O ja, ja natürlich.«

»Und nicht in den Spiegel schauen!«

»Klar.«

Ich drehte mich mit dem Rücken zu ihr und wollte wirklich ein respektvoller Gentleman sein, aber ich war in einem engen Raum mit Daisy und wir wurden gerade unsere Kleidung los. So sehr es mir leidtat, dass ich ihre Privatsphäre damit kurz missachtete, schaute ich in meinen Spiegel und erhaschte einen Blick auf ihren nackten Rücken und den Verschluss ihres BHs. Meine Augen wanderten die Träger hinauf zu ihrem Nacken.

Ich biss mir auf die Lippen, mit dem Glauben, damit mein Verlangen unterdrücken zu können. Wie gerne hätte ich meinen Mund an diese Stelle und sie gegen den Spiegel gepresst.

Fuck. Ich hatte meinen Penis nicht unter Kontrolle. Jetzt stand ich hier ernsthaft mit einem Ständer, weil ich *so* an meine beste Freundin dachte. Wenn sie das mitbekam, würde sie wahrscheinlich kein Wort mehr mit mir reden.

»So, ich bin fertig. Was sagst du?«

Ich sah zu ihrem Spiegelbild, drehte mich dann aber rasch zu ihr um. Bei diesem Anblick war es nicht anders möglich.

Dizee stand in einem paillettenbesetzten Abendkleid vor mir. Obwohl ihr das Kleid etwas zu groß war, sah sie darin aus wie eine Prinzessin. Jemand wie sie sollte immer solche Kleider tragen.

»Wow. D-Du siehst einfach atemberaubend schön aus, Daisy.«

Sie sah hinunter, da sie sich so geschmeichelt fühlte und die Hitze stieg ihr wieder mal zu Kopf, was sie noch entzückender aussehen ließ.

Doch dann wurde ihre Miene auf einmal ernst.

»David, du ... ehm ... oh Gott, entschuldige, ich wollte dir nicht so auf den Schritt starren.«

Scheiße! Ich drehte mich sofort wieder um.

»Shit. Tut mir leid.«

Sie sagte einen Moment lang nichts und dann ... kicherte sie leise.

»Ist schon in Ordnung. Ich nehme es einfach als Kompliment, es muss dir nicht peinlich sein.«

Ihr lockerer Umgang und wie sie damit diese Situation entschärfte, nahm mir die Unsicherheit. Ab heute wäre mir gar nichts mehr peinlich vor ihr.

Ich lachte nervös. »Danke, dass du mich jetzt nicht als Perversling siehst.«

»Ich kenne dich, Davy. Außerdem bist du vierzehn, mir ist schon klar, dass du im Moment nicht die beste Kontrolle darüber hast.«

Woher wusste sie denn über solche Dinge Bescheid ...? Hatte sie vielleicht schon Erfahrung?

Nein. Gott, nein, das wollte ich mir wirklich nicht vorstellen. Nicht Daisy.

Damit ließen wir das Thema wieder fallen, womit auch mein Ding zum Glück wieder fiel. Auch Daisy gab mir ein Kompliment für mein Aussehen in Hemd und Anzughose. Sie meinte, ich sähe aus wie ein großer Filmstar, der als Poster an den Wänden von Teeniegirls prangte.

Die Kleidung ließen wir in den Umkleidekabinen liegen und schlichen uns vorsichtig wieder raus – mit Erfolg. Keiner hatte uns gesehen oder gehört.

Wir setzten uns auf einen der freien Bänke mitten in der Mall, um eine Pause einzulegen. »Warum wolltest du heute schwänzen?«

Ich seufzte. Es war Zeit, mich ihr anzuvertrauen. Wenn wir wahre Freunde wären, würde sie meine Geheimnisse so hüten wie ihre und mich nicht verurteilt oder so schräg angucken, wie die anderen in der Schule.

»Du weißt ja, dass viele in der Schule behaupten, dass mein Vater ein Drogenboss wäre.«

Sie nickte.

»Na ja, es ist irgendwie wahr. Er war mal ein Drogenboss, aber er hat mir und Mom geschworen, dass er keine Drogen mehr verkauft. Trotzdem verhält er sich merkwürdig und streitet oft mit Mom. Heute war es lauter, als sonst. Ich habe gehört, wie etwas kaputt gegangen ist, während sie sich angeschrien haben. Da bin ich sofort zu ihnen gerannt und es sah so aus, als wäre mein Vater kurz davor meine Mom zu schlagen. Ich habe mich vor sie gestellt und ihn als Arschloch beleidigt, daraufhin hat er mir eine geknallt.«

Dizee sah mir empört entgegen.

»Dann bin ich sofort abgehauen und hatte nicht gerade Lust zur Schule zu gehen. Ich hoffe, du siehst mich jetzt nicht mit anderen Augen.«

Dizee nahm meine Hand in ihre und sah mich an, genau so wie ich es vorhin bei ihr tat. »Natürlich nicht. Du bist mein bester Freund, Davy. Wir alle haben Probleme oder ein Päckchen, das wir tragen müssen. Es tut mir wirklich leid, dass du sowas durchmachen musst.«

Ich war so dankbar, sie als Freundin zu haben.

»Welches Päckchen hast du zu tragen?«

Sie sah weg.

»Meine Mutter ... wir haben kein Geld. Sie ist nur Putzfrau und hat in den letzten Jahren ziemlich viel Geld für Drogen ausgegeben, wodurch sie jetzt enorme Schulden hat. Sie sagt zwar, dass sie clean ist, aber wenn ich dann von der Schule nach Hause komme, hängt sie wieder auf dem Sofa, als hätte man ihr das Leben herausgesaugt. Ich bin nicht dumm, ich weiß, dass sie abhängig ist. Und immer wieder hat sie einen neuen Freund – die natürlich kein ehrliches Interesse an einer Liebesbeziehung mit ihr haben, sondern einfach nur vorbeikommen, um etwas Spaß zu haben. Ich weiß nicht, ob sie wirklich so verzweifelt nach der Liebe sucht oder ob sie diese Männer dafür einlädt, um an etwas Geld zu kommen. Vielleicht ist es auch gut, dass ich es nicht weiß. Aber sollte sie wirklich ... Ich wäre froh, wenn sie dann wenigstens etwas Richtiges zu Essen kaufen würde ... zumindest für ihre Tochter, wenn schon nicht für sich selbst.«

Scheiße, es waren also doch keine Gerüchte über ihre Mutter. Genau so wenig wie über meinen Vater.

Plötzlich ratterte mein Gehirn drauflos und was dabei herauskam, gefiel mir ganz und gar nicht.

»Meinst du, mein Vater könnte etwas damit zu tun haben? Vielleicht ist er es, der ihr Drogen verkauft.«

»Ich weiß es nicht«, antwortete sie. »Aber ich hoffe, dass es nicht so ist. Um unseretwillen.«

Ich stimmte dem zu.

Wenn das wahr wäre, gäbe es sowohl bei mir, als auch bei ihr zu Hause mehr Probleme, als ohnehin schon.

14 Dizee

2013

David und ich verabschiedeten uns wieder an der Kreuzung, an der wir uns jeden Morgen trafen und liefen auf getrennten Wegen nach Hause.

Kurz bevor ich unser heruntergekommenes Häuschen aus Holz erreichte, beobachtete ich, wie ein Mann aus der Tür kam. Er war groß und breit gebaut, trug eine dunkle Anzughose und ein helles Hemd mit einem Jackett darüber. Er stieg in seinen weißen Mercedes und fuhr davon, ohne etwas von mir mitzukriegen. Als das Auto um die nächste Ecke bog und verschwand, näherte ich mich meinem Zuhause.

Bitte, lass das nicht Davids Vater gewesen sein.

Ich stieg die knarzenden Holzstufen hinauf und trat durch die Haustür. Mom war gerade dabei sich anzuziehen und stand im BH vor mir, ihr Top in der Hand.

Scheiße. Nun flehte ich gedanklich auf Knien darum, dass der Mann eben nicht Davids Vater war.

In der Ecke neben dem Sofa türmte sich wieder ein Stapel von Pizzakartons und Fertiggerichten, dabei hatte ich erst vorgestern den ganzen Müll beseitigt. Und vor dem Sofa waren ein Haufen Taschentücher ... Ich würde mich gleich übergeben.

»Wer war das?«, fragte ich direkt.

»Wo zum Teufel bist du gewesen?«, antwortete sie wütend mit einer Gegenfrage.

»Was meinst du?«

»Die Schule hat angerufen. Du warst heute nicht da.«

Mist, daran hatte ich gar nicht gedacht. Es brachte also nichts, zu lügen.

»Ich war mit einem Freund in der Mall. Wir haben eine Auszeit gebraucht.«

Sie gackerte wie eine Irre. »Eine Auszeit? Wovon denn? Ist euer Leben so anstrengend?«

Ich rollte genervt mit den Augen.

»Hm Dizee, ist es das?«

Erwartete sie wirklich eine Antwort darauf?

»Ich rede nicht mit dir darüber.«

Sie sah mich beleidigt an.

»Mit welchem Freund warst du in der Mall?«

»Mit dem einzigen Freund, den ich habe, Mom. Mit David. Wir gehen zusammen zur Schule.«

Wenn sie sich nur für mich interessieren würde, wüsste sie, dass ich schon seit Monaten mit David befreundet war. Oder, dass ich absolut unbeliebt war und sonst keine Freunde hatte. Es hatte sogar drei Tage gedauert, bis ihr meine kurzen Haare aufgefallen waren. Meiner Wunde hatte sie bis heute keinerlei Beachtung geschenkt.

Ihr Gesicht wurde blass. »Doch nicht Del Gazzio, oder?«

»Doch. Woher kennst du seinen Nachnamen?«

Jetzt wurde sie total wütend. »Halt dich von diesem Jungen fern, hast du verstanden?«

Ich schnaubte, das war doch wohl nicht ihr Ernst. »Ich werde mich nicht von ihm fernhalten!«

Sie machte ein paar Schritte auf mich zu, bis sie genau vor mir stand. Dann packte sie mich fest an den Armen und drückte zu.

Ich zog scharf die Luft ein. »Mom, du tust mir weh!«

»Du hältst dich gefälligst von ihm fern. Du tust, was ich dir sage, ich bin deine Mutter.«

Das sollte wohl ein Witz sein!

Ich runzelte die Stirn. »Meine Mutter? Willst du mich verarschen? Du bist schon lange keine Mutter mehr und jetzt willst du mir das Einzige, was mir Freude bereitet, verbieten? Das kannst du nicht.«

Plötzlich ließ sie mich los und setzte sich auf das kaputte Sofa, als wäre nichts gewesen. Als hätten wir nicht gerade ein hitziges Gespräch geführt. Sie legte sich einfach hin und schloss die Augen. Nach wenigen Augenblicken war sie eingeschlafen. Es war nichts Neues, dass sie sich so eigenartig benahm. Aber, dass sie mich so fest packte, hatte mir kurz etwas Angst eingejagt.

Ich schaute mich im Wohnzimmer um. Geld von ihrem Besuch lag hier keines. Vielleicht hatte sie es schnell genug versteckt, damit ich keine Schlüsse zog.

»Du tust mir leid, Mom«, wisperte ich, auch, wenn sie mich nicht hörte.

Eine Stunde später sah ich nach ihr. Sie schlief noch immer tief und fest.

Das war meine Gelegenheit, kurz zu entwischen, um etwas Geld zu verdienen und mir was Richtiges zu Essen zu kaufen.

Mit dem alten Smartphone, dass Dad mir bereits zu meinem zehnten Geburtstag geschenkt hatte, schrieb ich Connor – einem Jungen aus der Schule –, dass ich wieder an der verlassenen Fabrik in unserem Bezirk auf ihn wartete. Es vergingen zwanzig Minuten, bis er auftauchte.

»Da bin ich, Dornröschen.«

»Ich hab gesagt, du sollst mich nicht so nennen.«

»Und daraufhin habe ich gefragt, ob du in der Position bist, Ansprüche zu stellen.«

Ich rollte unweigerlich mit den Augen. »Bringen wir es hinter uns«, erwiderte ich bloß und schubste ihn sanft gegen die Mauer des alten Gebäudes.

»Oh, du magst es wohl, die Anführerin zu sein. Ich hab es eigentlich lieber, wenn ich diese Rolle übernehme.«

Während ich seine Jeans öffnete, antwortete ich, »Das tust du doch ohnehin.«

Mit seiner Hose – samt Unterhose – ging ich auf die Knie und umfasste seinen kleinen Penis.

Wie jedes Mal wünschte ich, es wäre dunkel, damit sich dieses Bild nicht in meinen Kopf einprägte. Aber vermutlich würde es selbst die Dunkelheit nicht besser machen.

Nein, ich wusste, dass sie nichts daran ändern würde. Ich wäre niemals in der Lage, das hier zu vergessen, außer ich erlitt einen Gedächtnisverlust. Es war nicht das erste Mal, dass ich Connors Schwänzchen lutschte, weil er reich war, und mir dann etwas von seinem Taschengeld abgab. Aber dennoch. Es war jedes Mal aufs Neue abartig und demütigend. Ich prostituierte mich, genau wie meine Mutter, mit fucking vierzehn Jahren.

Was war ich eigentlich wert?

Wer würde mich noch wollen, wenn man die ganze Wahrheit über mich kannte?

Wenn man erfuhr, was ich bereits getan hatte ... Wer ich wirklich war ... Wer könnte mich jemals mögen geschweige denn lieben?
Ich wollte mir nicht ausmalen, wie David reagieren würde, wenn er hiervon erfuhr. Ganz sicher würde er dann nichts mehr von mir wissen wollen und mich verlassen, bevor er auf mein Niveau herabsank.

Noch tiefer konnte ich nicht fallen.

Connor stöhnte, dass er gleich so weit war. So wie jedes Mal, hatte ich vor, meine Lippen zu lösen, weil ich sein Sperma nicht schlucken wollte.

Doch diesmal packte er meinen Schopf. Er krallte fest seine Hände in mein Haar, sodass ich nicht von ihm loskam. Dann stieß er so fest in meinen Mund, dass ich würgen musste, aber er ließ nicht locker.

Scheiße, ich bekam keine Luft!

Ich zog seine Vorhaut wuchtig nach unten und biss in seine Eichel.

»Argh, verfickte Scheiße! Du dreckige Fotze!«

»Was sollte der Scheiß?!«, brüllte ich ihm entgegen.

»Darf ich nicht mal was Neues ausprobieren?«

»Was neues ausprobieren?! Ich bin nicht deine Freundin und falls es dir nicht aufgefallen ist, mach ich das nicht zum Vergnügen, du beschissenes Arschloch!«

»Tja, dann gibts eben auch kein Geld.«

Ich stolperte einen Schritt rückwärts.

Ich glaub', ich muss gleich kotzen.

»W-was?«, wisperte ich.

»Du hast mich schon verstanden«, antwortete er überheblich.

Connor näherte sich mir und brachte sein makelloses Gesicht vor meines. Mit einem widerwärtigen Grinsen in der Visage, sagte er, »Aber wenn ich dich ficken darf, gebe ich dir das Doppelte.«

»*Lauf*«, war der erste Gedanke, der mir in den Sinn kam.

»Niemals«, antwortete ich jedoch im festen Ton.

Woher ich die Kraft hatte, so selbstsicher zu klingen, wusste ich selbst nicht. Es reichte schon, dass ich ihm sein Babywürstchen polierte, ich würde ihm nicht auch noch meinen Körper geben.

Schon machte ich auf dem Absatz kehrt und begab mich auf den Heimweg. Doch leider kam ich nicht weit.

Connor packte mein Handgelenk. »Komm schon, Schneewittchen.« Seine rechte Hand hielt mich am linken Handgelenk fest, während seine linke Hand an meiner Taille hinunterrutschte.

»Oder sollte ich eher Schnee*flittchen* sagen?«

»Es reicht!«, schrie ich ihn an, machte eine rechte Faust und boxte ihm mit all meiner Kraft gegen die Nase.

Er ließ vor Schmerz von mir ab, da nutzte ich die Chance und lief mir rasendem Herzen davon. So lange und so schnell, bis ich unsere Haustür hinter mir schloss.

Mom befand sich immer noch dort, wo ich sie zurückgelassen hatte und bekam nichts davon mit, was vor sich ging.

Und ich ... ich schloss mich in meinem Zimmer ein, fiel auf mein Bett und weinte die ganze Nacht lang durch, mit der quälenden Frage, ob es nicht besser wäre, wenn ich einfach nicht existierte.

Dizee

15 Juli 2024

David: Hey du, wie gehts dir?

Rose: Hey! Ich bin jeden Tag müde und gestresst ... und dir?

David: Das kann ich mir gut vorstellen, als Tänzerin in der Nacht und Künstlerin am Tag! Du brauchst mal eine Pause!
   Mir gehts relativ gut, auch etwas erschöpft aber sicher nicht so wie du.

Rose: Urlaub wäre jetzt ein Traum!

David: Wohin würdest du fliegen wollen?

Rose: Ach, es gibt so viele schöne Orte, die ich besuchen will. Zum einen meine Heimat ... Aber auch Bali, Hawaii oder diese Insel, die zu Spanien gehört, wie hieß die denn ...

David: Teneriffa?

Rose: Genau! Danke.

David: Ich war schon einmal dort, aber das ist lange her. Du würdest es sicher lieben. Die Landschaft, das Meer, die Nationalparks und vor allem die Sterne in der Nacht! Es würde dir vorkommen wie ein Paradies.

Rose: Vielleicht werde ich irgendwann dort sein.

David: Ich kann dir versprechen, dass wir gemeinsam dort sein werden.

Rose: Du versprichst mir, mich nach Teneriffa mitzunehmen?

David: Na klar, warum auch nicht?

Rose: Du kennst mich doch kaum. Ich könnte eine Auftragsmörderin sein.

David: Tänzerin, Künstlerin … und Killen kannst du jetzt auch noch? Klingt nach einer hammermäßigen Frau, wie aus einem Actionfilm.

Rose: 😊

David: Aber jetzt mal im Ernst: Ich habe das Gefühl, wir kennen uns schon unser ganzes Leben.

Rose: Du spürst das also auch?

David: Seit unsere Blicke sich getroffen haben.

Rose: Da bin ich aber erleichtert, ich dachte schon, ich bilde mir etwas ein.

David: Niemals.

David: Apropos Blicke, die sich treffen. Wie wär es, wenn du mit mir auf ein Date gehst?

Rose: Ich würde sehr gerne, aber ich habe wirklich viel zu tun.

David: Das Date könnte auch bei dir stattfinden.

David: Was hältst du davon?

Rose: Ich muss darüber nachdenken.

Mir war klar, dass David mich eines Tages um ein Date bitten würde. So sehr ich auch auf ein romantisches Rendezvous mit diesem Mann wollte, das würde ich nicht riskieren.

Es tat mir leid, dass ich ihn so hinhielt und quasi anlog. Wobei es mich gleichzeitig auch neugierig stimmte, wie geduldig er sein würde, wenn es um eine Frau ging.

Immer wieder erinnerte ich mich an Rus' Worte. Dass Davids Herz wegen mir so gebrochen war, dass er sich nie mehr in eine Frau verliebte. Und jetzt verliebte er sich ausgerechnet wieder in mich, ohne es zu wissen. Das hatte was furchtbar Romantisches an sich, was mich zutiefst berührte.

Dennoch hatte ich große Angst davor, wie er reagieren würde, wenn er herausfand, dass ich seine Daisy war und nicht die Blondine Rose, die einem Fremden einfach so ihre Nummer gab.

Ich wusste ja nicht mal, ob er meinen Brief gelesen hatte.
War er sauer auf mich?
Gab er mir die Schuld, so wie ich sie mir gab?
Oder hatte er verstanden, warum ich gehen musste?
Ich wusste gar nichts und dieses Unwissen quälte mich, schon seit ich damals fortging. Seit ich ihn im Regen habe stehenlassen, was mir

mehr das Herz zerriss als ihm. Wobei, darüber ließe sich vermutlich streiten.

Doch eines stand fest: Irgendwie musste ich es schaffen, David weiter hinzuhalten und es nur bei unseren Textnachrichten belassen. Doch so, wie ich David kannte, würde auch er hartnäckig bleiben, bis er bekam, was er wollte.

Dizee 16
2013

Umschlungen von Davids Armen und seiner Wärme erweckte das Gefühl des Zuhauseseins. Ich hatte schon beinah vergessen, dass diese Empfindung existierte.

»Hey, meine Daisy.«

Ich grinste verliebt in mich hinein.

Meine Daisy.

Mit nur diesem kleinen Wörtchen hatte er es geschafft, meine Laune zu erhellen.

»Geht es dir gut? Deine Augen sehen so geschwollen aus«, bemerkte er, als er wieder von mir abließ und mein Körper deshalb abkühlte.

»Ach, nachdem wir gestern so viel Spaß hatten, gab es eine kleine Auseinandersetzung mit meiner Mom. Aber ist schon okay, sie hat mir nur etwas Angst gemacht.«

Keinesfalls würde ich David die Wahrheit sagen.

»Warum hast du mir nicht geschrieben? Dann hätten wir noch eine Weile spazieren können oder so.«

Ich zuckte nur mit den Schultern, weil mir keine Lüge dazu einfiel.

»Nächstes Mal rufst du mich direkt an, okay?«

Ich nickte. »Danke.«

Er winkte ab, »Dafür sind Freunde doch da.«

Wie immer schlenderten wir nebeneinander her, bis wir meine Hölle auf Erden erreichten: Unsere Schule.

Doch solange David an meiner Seite blieb, war es erträglich. Zumindest erträglicher, als vorher.

Kaum befanden wir uns auf dem Schulhof, wurden wir von mehreren Schülern und Schülerinnen beobachtet.

Total merkwürdig. Es war doch sonst nicht so, dass alle uns angafften.

Wurde etwa wieder ein neues Gerücht über mich verbreitet?

Mein bester Freund schaute umher. Auch er spürte all die Blicke auf uns ruhen.

Sogar in den Fluren, während wir auf dem Weg zu unseren Spinden waren, starrten und tuschelten alle.

Was zum Teufel war hier los?

»Da ist sie ja!«, ertönte die grässliche Stimme von Ashley.

Ich vermutete, sie würde diejenige sein, die mir gleich die Antwort auf meine Frage gab.

»Verzieh dich, Ashley«, äußerte David sofort im genervten Tonfall.

»Ich bin hier, um dir zu helfen, David. Du willst doch sicher wissen, mit wem du dich abgibst.«

»Wir haben keine Zeit für eure Gerüchte und das dumme Geschwätz. Komm, Daisy, wir gehen.«

David legte seinen Arm um meine Schulter und schob mich bereits den Flur entlang, Richtung Klassenzimmer.

Doch Ashley ließ sich nicht so einfach abwimmeln. Sie packte seinen linken Arm und stoppte damit uns beide.

»Wenn du mir nicht zuhören willst, fein. Aber das hier musst du dir angucken«, verlangte sie und hielt ihm ihr Smartphone vor die Nase.

Als David zurückwich, blass wurde und dann auch noch ruckartig zu mir schaute, wusste ich es bereits. Dennoch riss ich Ashley das Handy aus der Hand und sah mir das ekelerregende Bild von Connor und mir an, welches uns am gestrigen Nachmittag zeigte.

Weg hier und zwar so schnell wie möglich.

Die Tränen brannten mir in den Augen, der Kloß, der sich nicht schlucken ließ, verursachte Kopfschmerzen und die Scham verwandelte sich zur Übelkeit.

Ich schmiss Ashleys Handy auf den Boden und rannte so schnell, wie es meinen Beinen möglich war. Erst als ich mich bei der Rosenranke des Fünf-Sterne-Restaurants wiederfand, hielt ich an.

Die Luft blieb mir weg, obwohl ich schon seit zehn Minuten auf dem Asphalt saß und mich ausruhte. Doch diese Scham, die Erniedrigung und das Wissen, dass David mich nun hassen würde – das alles schlug auf meine Seele ein und diese wiederum fraß meinen Körper von innen heraus auf, bis nichts mehr von mir übrig wäre.

Ich wünschte sogar aus tiefstem Herzen, dass nichts mehr von mir übrig wäre. Am liebsten wollte ich mich in Luft auflösen. Das wäre nicht nur für mich, sondern für alle das Beste. Mein Vater wollte nichts von mir wissen und hatte Maman und mich im Stich gelassen. Mom interessierte sich nicht für mich.

Und David ... Der wäre ohne mich besser dran.

Dieser Moment war der Beweis.

Auf einmal ertönten schnelle Schritte. Jemand würde gleich hier entlang laufen. Ich drückte mich gegen die Wand und vergrub mein Gesicht zwischen meinen angezogenen Knien, um mich so irgendwie unsichtbar zu machen.

Dann verstummte das Geräusch abrupt.

»Ich wusste, dass ich dich hier finde«, drang die sanfte Stimme von David in mein Ohr.

Sofort blickte ich auf.

Er war es tatsächlich.

David kam zu mir rüber und setzte sich neben mich auf den Boden.

Gut, dass das Restaurant erst zu Abendzeiten öffnete, sonst hätten wir uns sicher Ärger eingebracht.

»Warum bist du hier?«, fragte ich, ohne ihn anzusehen.

Die Scham war zu groß, um ihm in die Augen zu schauen.

»Was ist das denn für eine Frage? Meine beste Freundin wurde gerade gedemütigt und ist weinend davongerannt. Meinst du, da laufe ich nicht hinterher?«

Seine beste Freundin ... was? War das sein Ernst?

Mit offenstehendem Mund, ohne Worte zu finden, starrte ich ihn nur ungläubig an.

»Daisy, sieh mich nicht so entsetzt an. Erzähl mir einfach, was das zwischen euch ist. Erzähl mir alles über dich, damit ich dir helfen kann.«

Er machte eine Pause. Dann schob er hinterher, »Bitte, vertrau mir. Ich würde dich niemals einfach fallen lassen.«

David legte seine Hand auf meine und schenkte mir ein aufmunterndes Lächeln. Dann strich er sanft über meine Wange, um die Tränen fortzuwischen. Da kribbelte die Stelle meiner Haut sofort.

Womit hatte ich ihn nur verdient? Wie war es möglich, dass er sich nicht vor mir ekelte?

Selbst ich tat das.

Ich seufzte laut und dann vertraute ich mich David an. Denn er ist der Einzige, dem ich alles erzählen konnte. Der Einzige, der trotz dieses widerwärtigen Bildes hier bei mir saß und alles von mir wissen wollte. Denn mein Wohlergehen lag ihm so am Herzen, wie mir seines.

»Seit einem halben Jahr tue ich *das* für Connor, weil er mir dann etwas von seinem Taschengeld gibt ... damit kaufe ich Maman und mir dann was Richtiges zu essen. Wir haben kein Geld, weil sie alles für ihre Drogen rauswirft und Schulden hat. Selbst das Geld, welches Oma uns ab und zu schickt, verschwindet direkt. Ich sah keinen anderen Ausweg mehr ...«

»Es tut mir so leid, Daisy«, war die erste Reaktion, die ich bekam.

Meine Erleichterung darüber ließ sich kaum beschreiben.

»Also liebst du ihn nicht?«

Mein lautes Schnauben gab eine deutliche Antwort darauf.

»Auf keinen Fall, so jemanden wie ihn würde ich niemals lieben.«

Eine unerklärliche Stille breitete sich zwischen uns aus, ehe David ganz offen, aber leise fragte, »Und jemanden wie mich?«

Es versprach mir kurz die Sprache. Doch dann antwortete ich, »Wer könnte dich denn nicht lieben, David?«

Er grinste verlegen und zum ersten Mal war ich in der Position, die seinen Wangen dabei zusah, wie sie eine Rosafarbe annahmen. Es war ein verdammt schönes Gefühl, ihn so verlegen zu sehen.

Vielleicht fühlte er ja dasselbe, wenn ich errötete.

»Das Bild ist von gestern«, lenkte ich wieder auf das unschöne Thema. »Er hat meinen Schopf gepackt und nicht zugelassen, dass ich davon ablasse. Danach hat er angedeutet, ich würde mehr von ihm bekommen, wenn ich mit ihm schlafen würde ...«

»Scheiße, was? Was hast du dann getan? Hat er dich ... berührt oder sowas?« Davids Stimme zitterte. Er fürchtete sich vor meiner Antwort.

»Er wollte, aber da hab ich ihm ins Gesicht geboxt.«

Sofort ertönte Davids Gelächter aus voller Brust.

»Das ist meine Daisy«, erwiderte er und schloss mich ein seine Arme, wo ich nun verweilte, bis wir uns entschieden, diesen Ort zu verlassen. Letztlich war es mir egal, ob wir wieder von hier fortgingen, solange ich nur weiter in seinen Armen blieb.

Mein Herz hüpfte aufgeregt bei seinen Worten in Kombination mit seiner sanften Berührung. Es gab kein schöneres Gefühl, als von David gemocht zu werden.

»Hast du deswegen geweint, oder gab es wirklich eine Auseinandersetzung mit deiner Mutter?«

»Ich habe einen Mann aus unserem Haus kommen sehen. Als ich danach reingegangen bin, war meine Mutter dabei sich anzuziehen. Keine Ahnung, wer dieser Mann war, ich schätze mal einer ihrer neuen Kunden. Da haben wir uns etwas angezickt und sie hat mich ziemlich grob angepackt. Das hat mir sehr erschreckt, weil das noch nie vorgekommen ist. Dann ist das mit Connor passiert und ich kam mir einfach so wertlos vor ...«, den letzten Satz flüsterte ich nur, da ich befürchtete, je lauter ich es aussprach, desto wahrhaftiger wurde diese Tatsache sowie das Gefühl in mir.

»Du bist wertvoll, Daisy. Du hast es nur vergessen, weil schlechte Menschen, dir das Gegenteil einreden, um sich besser zu fühlen. Das ist grausam, erst recht, wenn es funktioniert. Aber glaub mir, im Gegensatz zu denen, bist du von unschätzbarem Wert. Eines Tages wirst du in den Spiegel gucken und es erkennen. Du wirst sehen, was ich sehe. Versprochen.« Er umschloss meinem kleinen Finger mit seinem.

»Und diesem Connor werde ich die Hände brechen, wenn er dich nochmal anpackt«, sagte er noch, nur in einem ganz anderen Ton als vorher.

Ich kicherte.

»Ich möchte es nicht tun, David. Das wollte ich nie. Aber ich brauche das Geld.«

»Du brauchst es nie wieder zu tun. Du musst Connor nicht mal mehr ansehen. Ich werde dir Geld geben, wenn du welches brauchst.«

Ich hob ruckartig meinen Kopf von seiner Schulter.

»Nein, das kann ich nicht annehmen.«

»Das war keine Frage, Daisy. Ich habe es so entschieden und es ist Ordnung für mich.«

Wieder kamen mir Tränen, doch jetzt aus einem ganz anderen Grund.

»Wein' doch nicht, es wird alles gut. Du wirst schon sehen.«

»Ich kann nicht anders. Du bist so gut zu mir ... Ich versteh nicht warum.«

»Weil du es verdient hast. Du hast alles Gute auf der Welt verdient.«

David 17
2013

Es war einige Wochen her, seit das Bild von Daisy und Connor in der Schule rumging und ich erfuhr, wie schlimm es in ihrem Leben aussah. Ich hatte Mom Daisys Situation anvertraut und seitdem bereitete sie eine Frühstücksbox für Daisy vor und kochte zum Mittag- oder Abendessen zwei Portionen mehr für sie und ihre Mutter.

Jedes Mal, wenn wir gegessen hatten, traf ich mich mit Daisy am Restaurant und übergab ihr das Essen. Anfangs war sie oft noch mit Tränen in den Augen und den warmen Tupperdosen in den Händen nach Hause geschlendert. Langsam gewöhnte sie sich daran, war aber weiterhin überaus dankbar. Doch meine Mutter half ihnen gerne, weil sie genau wusste, wie ein Leben in ihrer Lage aussah. Nicht, dass Mom je drogensüchtig war. Aber als sie in unserem Alter war, hatten sie und meine Großeltern auch sehr wenig Geld zur Verfügung.

Als Dizee die Churros meiner Mutter zum ersten Mal gekostet hatte, wollte sie am liebsten nichts anderes mehr zu sich nehmen. Letzte Woche, als Dad nicht zu Hause war, hatte ich Daisy mit zu mir genommen, weil Mom die leckere Eistorte von der Konditorei »*Bake your Dream*« besorgt hatte. Normalerweise gab's die nur zu besonderen Anlässen, aber sie wollte Daisy eine Freude machen. Und das hatte meine Mutter absolut geschafft. Sie war genauso verliebt in die Eistorte, wie in Moms Churros.

Wie ich in sie.

Okay, nein.

Ihre Liebe zum Essen war wahrscheinlich größer.

Wir erzählten Dad nichts davon, da er uns für verrückt erklären würde. Er war nicht gerade ein empathischer Mensch und gab ungern Etwas ab, das er sich allein erarbeitet hatte.

Dass Daisy glaubte, ich würde sie einfach fallen lassen, nur weil ich von ihr und Connor erfuhr ...

Natürlich war ich nicht begeistert, als ich das Bild sah. Um ganz ehrlich zu sein, hatte es mir sogar einen Stich im Herzen versetzt. Aber eher, weil ich dachte, sie hätte was mit ihm am Laufen und vertraute mir nicht genug, um davon zu erzählen.

Auch der Fakt, dass sie bereits intim mit jemandem war, fand ich nicht toll. Andererseits kann ich ihre Begründung nachvollziehen. Es war jedoch unvorstellbar für mich, wie es sein musste, sich zu sowas zu zwingen, nur um etwas Gescheites zu essen zu haben. Doch ich wollte nicht weiter darüber nachdenken – nie wieder.

Ich war froh, ihr helfen zu können. So brauchte sie das nicht mehr über sich ergehen zu lassen.

Damit half ich ihr nicht nur in ihrer Situation, ihre Laune hatte sich seither auch erhellt. Sie lächelte viel öfter und sah gesünder aus. Wenn jemand ihr in der Schule blöd kam, ignorierte sie das gekonnt oder ich konterte doppelt und dreifach zurück, sodass niemand mehr große Lust hatte, sich mit uns anzulegen. Außerdem hatten viele Angst vor meinem Vater, das nutzte ich zu meinem Vorteil.

Connor hatte seinen Eltern und den anderen Schülern erzählt, er sei die Treppe runtergefallen und hatte daher das blaue Auge – nur Daisy und ich kannten die Wahrheit, die so viel amüsanter war, als seine Lügengeschichte. Anfangs hatte sie Angst gehabt, Ärger zu bekommen, da sie ihn geschlagen hatte. Doch er wollte wohl nicht bei seinen Eltern petzen, aus Furcht, sie würden auch den Rest der Geschichte erfahren. Welcher vierzehnjährige Junge wollte schon, dass die Eltern herausfanden, dass man Mädchen dafür bezahlte, dass sie ihm einen lutschten. Traurig, dass das *deren ganzer Stolz* war – so wie sie es oft an den Elternabenden laut verkündeten.

Was auch immer auf Daisy zukam, ich würde mich wie ein Schutzschild vor sie stellen, damit es gar nicht erst die Chance hatte, an sie heranzukommen. Denn ich erkannte, was sie wirklich war.

Alle betrachteten sie als eine Art Dunkelheit, die mich verschlingen könnte, wenn sie wollte. Aber so war es nicht.

Daisy war nicht die Dunkelheit. Sie war mein strahlendes Licht.

Und die anderen waren diejenigen, die wollten, dass dieses Licht erlischt.

Aber das würde nicht passieren.

Dafür würde ich sorgen.

18 Dizee

2013

Ich sog Davids Duft tief ein, der mich an das knisternde Feuerholz eines Kamins erinnerte. Sofort wurde mir wohlig warm. Doch sobald er mich losließ, empfang mich eine Eiseskälte, die meine Einsamkeit wieder wachrief.

»Ich will nicht, dass du gehst.«

»Es sind doch nur zwei Wochen. Danach können wir jeden einzelnen Tag zusammen verbringen«, tröstete er mich und strich mir sanft über mein Haar.

»Versprochen?«

»Versprochen.«

Um uns zu zeigen, wie ernst wir es damit meinen, schlossen sich unsere kleinen Finger zusammen.

»Ich wünsche dir ganz viel Spaß auf Teneriffa.«

»Danke. Irgendwann fliegen wir da zusammen hin.«

»Ist das ein erneutes Versprechen?«, witzelte ich.

»Na klar!«

Dann löste David sich von mir. Er wollte gerade umdrehen und gehen, machte aber stattdessen einen weiteren Schritt auf mich zu.

Die Flügel der Schmetterlinge in meinem Bauch schlugen wild um sich und auch mein Herz legte einen Marathon hin, als David sich langsam zu mir hinunterbeugte.

Er wird mich küssen.

O mein Gott.

Er wird mich tatsächlich küssen, oder?

Mein erster Kuss.

Mit David.

Meinem besten Freund und dem Jungen, für den ich zum ersten Mal etwas empfand.

Ich glaubte es nicht.

Er kam mir immer näher und dann ...

Berührten seine Lippen meine Wange.

»Du wirst mir fehlen, Daisy«, flüsterte er mir ins Ohr.

Mich überkam eine Gänsehaut.

Er drehte sich um und verließ mich, ohne noch einmal zurückzuschauen.

»Du mir auch, Davy«, hauchte ich in den Wind, der die Worte davon trug und sie hoffentlich zu David brachte.

Wie angewurzelt stand ich da, vor der wunderschönen Rosenranke des teuren Restaurants und berührte meine noch immer kribbelnde Wange.

David Del Gazzio hatte mir einen Kuss auf die Wange gegeben. Und ich verliebte mich hoffnungslos in meinen besten Freund.

»Könntest du mir heute auf der Arbeit helfen? Die Familie ist reich, sie haben also ein großes Haus. Alleine wird es ganz schön lange dauern.«

Mom bat mich selten um Hilfe. Aber wenn sie es tat, sagte ich nie nein. Egal, wie sie manchmal zu mir war. Außerdem hatte ich ohnehin nichts zu tun. Ich verbrachte meine Freizeit nur mit Nähen und Serien schauen. Es gab keine Freunde, mit denen ich was hätte unternehmen können, bis auf David, der erst morgen wieder kam.

Endlich! Diese zwei Wochen, in denen er nicht bei mir war, hatten sich angefühlt, wie eine Ewigkeit.

»Klar.«

»Merci, ma petite.«

Am Abend liefen wir zu dem Haus, welches wir putzen sollten. Als ich Mom fragte, warum wir erst in der Nacht zu einem Haus aufbrachen, das im Besitz von reichen – und somit auch mächtigen – Leuten war, antwortete sie, dass die Familie eben erst aufgebrochen war.

Wir sollten es aufräumen, wenn sie weg waren.

Auch das warf wieder Fragen auf.

Wer ließ das Haus säubern, wenn man eben erst abgereist war? Vielleicht in ein paar Tagen – denn dann hatte sich neuer Staub gesammelt, aber jetzt?

Obwohl mir das alles verdächtig vorkam, folgte ich meiner Mutter und versuchte, ihr das eine Mal zu vertrauen.

Doch dann standen wir vor Davids Haustür, während Mom nach dem Schlüssel suchte.

Weitere überaus verdächtige Punkte.

Davids Eltern hätten ihr doch einen Schlüssel gegeben, oder nicht? Außerdem würden sie morgen aus dem Urlaub wiederkommen, doch Maman behauptete, sie seien gerade verschwunden.

Etwas stimmte hier nicht.

Aber ich würde abwarten, um zu sehen, was sie vor hatte.

»Mom, haben die Besitzer dir keinen Schlüssel hinterlassen?«, fragte ich absichtlich.

»Doch, natürlich. Sie haben ihn hier irgendwo versteckt. Sie sagten mir, er läge unter den Blumen auf der Veranda, aber ich sehe ihn hier nirgendwo.«

Ich versuchte, mich wieder zu beruhigen.

Weshalb sollte sie mich anlügen? Was hätte sie denn davon?

Ich dachte nach, um ihr bei der Suche zu helfen.

Unter den Blumen ...

Mom hob nur den Blumentopf hoch, aber vielleicht war das wörtlich gemeint. Ich trat zu den Blumentöpfen, die aufgereiht an der Veranda hingen, und buddelte ein wenig in ihrer Erde herum.

Beim dritten Topf fand ich den Schlüssel.

»Ich hab ihn«, gab ich Bescheid und hielt ihn meiner Mutter hin.

»Très bien, ma cherié!«

Der Schlüssel steckte, dann hörten wir das Klicken des Schlosses und traten ein.

Ich hätte schwören können, dass die Del Gazzios einen Sicherheitsalarm hatten. Aber bei meinem ersten und letzten Besuch hier hatte ich andere Gedanken im Kopf und kaum darauf geachtet.

Mom holte eine Rolle großer Müllsäcke aus ihrer Tasche und riss zwei davon ab. Einen reichte sie mir, den anderen breitete sie aus.

»Gibt es hier so viel Müll einzusammeln?«, witzelte ich, obwohl die Frage ernst gemeint war.

Weshalb brauchten wir beide so große Mülltüten?

»Müll nicht, aber Schätze.«

Mit einem Mal verschwand das Grinsen aus meinem Gesicht. Mir wurde übel und kalter Schweiß sammelte sich an meiner Stirn.

Sie war gar nicht hier, um für sie aufzuräumen.

Sie wollte diese Familie ausrauben.

Und sie zog mich allen Ernstes mit rein in diese Scheiße.

Sie wusste genau, dass David hier wohnte und, dass er mein Freund war!

Und dennoch ...

»Merde! Vous plaisantez j'espère?!«, schrie ich sie an.

Willst du mich verarschen?

»Dizee! Changez de ton voix!«

»Non! Ich rede jetzt mir dir, wie ich will, Maman. Wie kannst du mir sowas antun?!«

Vor Entsetzen sammelten sich Tränen in meinen Augen.

»Du bringst uns in Gefahr und gefährdest auch noch meine Freundschaft mit David. Wir haben es auch so schon nicht leicht. Was denkst du dir nur dabei?«

Sie kam auf mich zu und legte ihre Hand an meine Wange. »Ich tue das für uns, ma cherié. Wir verkaufen die Sachen, befreien uns von den Schulden und fangen neu an. Diesen Jungen vergisst du einfach, du weißt doch, wie die Reichen sind. Allesamt verwöhnt und egoistisch.«

Ich schüttelte den Kopf. »Das ist nicht richtig. Ich will so nicht neu anfangen und schon gar nicht David so etwas antun oder ihn vergessen. Er ist nicht so, wie du denkst. Seine Mutter auch nicht, ich habe sie kennengelernt. Sie haben mir geholfen, als es mir schlecht ging, während du dich wahrscheinlich wieder zugekokst oder einen fremden Schwanz gelutscht hast!«

O. Ja.

Ich war definitiv zu weit gegangen.

Ich wusste es, ehe die Worte meinen Mund verlassen hatten.

Und wer war ich schon, meine Mutter dafür zu verurteilen, wenn ich es doch selbst tat, um Essen zu besorgen?

Nur, dass es bei mir immer derselbe Typ war.

Ich hatte meine Mutter so sehr damit verletzt, dass ich das physische Echo dafür erhielt. Sie holte aus und gab mir eine saftige Backpfeife. Genau auf die Wange, die vor zwei Wochen noch vor Glück gekribbelt hatte. Nur vor kurzer Zeit hatten sich sanftmütige Lippen auf diese Stelle gelegt und jetzt war es so, als hätte sie mir samt Davids Freundschaft eine Schelle geben.

Nun kribbelte sie nicht vor Glück, sie brannte vor Schmerz.

Wir sahen uns in die Augen und da erkannte ich den Sturm in ihr. Sie war ein Wrack. Sah keinen Ausweg mehr, war traurig und von Schmerz erfüllt.

Meine Mutter brauchte professionelle Hilfe.

Es tat mir weh, sie so zu sehen. Vor allem in diesem Moment, in diesem Haus, bei dem, was sie vorhatte.

Dann erschrak sie plötzlich.

Sie erschrak vor sich selbst und ihrer Fähigkeit, mich so zu behandeln.

Ich versuchte, die Situation wieder in den Griff zu kriegen, und sprach im sanften Ton mit ihr. »Bitte, Maman. Lass uns nach Hause gehen. Wir finden einen Weg, ich verspreche es dir. Einen besseren Weg.«

Sie wischte ihre stillen Tränen weg. »Non. Ich ziehe das durch.« Dann fing sie damit an, teure Wertgegenstände in den Müllsack zu werfen.

Es war wie ein Schlag in die Magengrube. Sie entschuldigte sich nicht für die Ohrfeige. Nichts davon, was hier gerade geschah, tat ihr leid. Wann war sie nur so grausam geworden? Ich erkannte sie kaum wieder.

Plötzlich fiel mir der Kerl ein, den ich Letzens in einem Mercedes habe wegfahren sehen.

»Geht es um Davids Vater? Willst du es ihm heimzahlen?«

Ihr Augen wurden riesig, als sie sich zu mir wendete.

»Was weißt du?«, fragte sie panisch.

»Ich habe ihn aus unserer Einfahrt wegfahren sehen.«

Dann entging sie dem Augenkontakt wieder und sammelte weiter wertvolle Dekostücke ein.

»Ja, na schön. Ich habe Schulden bei ihm. Da ich die Drogen nicht bezahlen konnte, hat er mir sie für einen anderen Preis angeboten. Aber ich kann das nicht mehr, ich will nicht mehr. Er ist schrecklich und er hat nichts anderes verdient. Wenn, dann nur ein schlimmeres Schicksal, als diesen Raub.«

Scheiße, was hatte ich da eben erfahren?

Meine Mutter hatte sich für Drogen prostituiert?

Mir war längst übel, doch jetzt hatte ich das Gefühl, gleich mein Bewusstsein zu verlieren. Ich schlurfte zur Couch hinüber und setzte mich vorsichtig.

Sie hatte Sex mit Davids Vater. Für beschissene Drogen.

Davids Familie wurde von meiner Mutter zerstört.

Ich bekam keine Luft mehr.

»Dizee, was tust du denn da? Wir sind nicht hier, um unsere Füße hochzulegen.«

Ich ignorierte sie. Es war nicht *meine* Intuition hierher zu kommen, um eine Familie auszurauben.

In diesem Moment war mir nur wichtig, wieder runterzukommen, und dann hatte ich diese verdammte Erkenntnis erst mal zu verarbeiten.

Sie hatten recht. Immer, wenn sie mir diese schrecklichen Sachen an den Kopf warfen, hatten sie recht. Und zwar mit allem. Ich kam mir so dumm vor.

Ich wünschte mir, David sehen zu können. Ein Gespräch, ein Lächeln oder eine Umarmung von ihm und schon war mein Leben wieder angenehm ruhig.

Still sitzen zu bleiben gelang mir nicht mehr, also stand ich auf und lief das Haus in der unteren Etage auf und ab. Dann fielen mir die Fotos ins Auge, die in der kaputten Vitrine im Wohnzimmer standen.

Mein Wunsch hatte sich erfüllt. Denn auf den Fotos sah ich Davids Lächeln.

Das schlechte Gewissen breitete sich wie Gift in meinem Körper aus und die Erkenntnis zerriss mich in Milliarde kleine Stücke – David ... Ich würde ihn letztlich doch verlieren.

David
August 2024

David: Hallo schöne Frau.

Rose: Hallo schöner Mann.

David: Ich möchte dich etwas fragen und diesmal musst du ja sagen, denn es ist mir superwichtig.

Rose: Wenn es um ein Date geht, kann ich nichts versprechen.

David: Diesmal musst du aber.

Rose: Weil …?

David: Der Film ist im Kasten. Nur noch die Postproduktion und dann sind wir endgültig fertig.

Rose: Omg. David! Ich freue mich so für dich! Es wird sicher der Wahnsinn.

David: Davon kannst du ausgehen!

Rose: Und was hat das Ende deiner Drehs mit einem Date zu tun?

David: Ich gebe eine Party in meinem Strandhaus in Malibu. Zur Feier, dass wir mit den Drehs durch sind. Ich möchte dich darum bitten zu kommen.

David: Wir werden nichts tun, was du nicht willst – das ist selbstverständlich. Aber wir schreiben uns nun seit einem Monat nur Nachrichten. Wir beide spüren doch diese Verbindung. Es wäre schön, mich richtig mit dir unterhalten zu können.

Rose: Wird es Wein geben?

David: Aber natürlich wird es Wein geben, den Besten, den ich kriegen kann.

Rose: Chateau Margaux?

David: Das ist meine liebste Sorte.

Rose: Meine auch.

David. Noch eine weitere Gemeinsamkeit.

David: Also ... was sagst du?

Rose: Ich komme in Rot.

Dizee

20 2013

Mit tränenüberströmten Wangen rannte ich nach Hause. Meine Mutter ließ sich nicht von ihrem Vorhaben abhalten.

Sie hatte mich mit Absicht dorthin gelockt.

Nicht nur, um Davids Vater einen reinzuwürgen, sondern auch, um die Freundschaft zwischen mir und David zu zerstören.

Wann nur war meine Mutter so hartherzig geworden, dass sie mir so etwas antat?

Ich schloss mich in meinem Zimmer ein und überlegte nicht lange, mein Entschluss stand fest.

Schon vor Monaten hatte ich es geplant, doch dann lernte ich David persönlich kennen und hatte an ein besseres Leben geglaubt. Aber solange ich bei meiner Mutter lebte, würde ich das nie bekommen, selbst, wenn David an meiner Seite war. Leider.

Ich packte all die Sachen, die ich brauchte – nicht, dass ich viel besaß. Das meiste war ohnehin für die Tonne.

Dann rief ich meine Großmutter in Sunmond, Texas an.

»Grandma? Ich kann nicht mehr hierbleiben.«

Meine Grandma schrieb mir Briefe und erwähnte wiederholt, dass ich zu ihr kommen konnte, wenn ich es nicht mehr bei Mom aushielt. Ich wäre immer bei ihr Willkommen. Sie behauptete, dass ich mich in Sunmond viel wohler fühlen würde, da es nur ein kleines Städtchen war, wo die meisten einander kannten. Auch die Schulen waren laut ihr sehr gut.

Nun war diese Grenze erreicht.

Ich würde ganz sicher zu ihr ziehen. Nichts und niemand würde mich jetzt noch aufhalten.

Sobald das Jugendamt mich fragen würde, warum ich lieber dort wohnen wollte, würde ich das vollste Verständnis von ihnen bekommen. Sie würden mich vermutlich nicht mal mehr zurückgehen lassen. Umso besser.

Als ich die Taschen gepackt hatte, setzte ich mich an den Schreibtisch und schrieb einen Abschiedsbrief an David. Meine Tränen hinterließen einige Tropfen auf dem Zettel und verschmierten die Worte aus Tinte und Schmerz.

Es brach mir das Herz ihn zu verlassen. Doch sobald er diesen Brief las, würde er mich sowieso hassen und nie mehr wiedersehen wollen. Vielleicht war das auch besser so ... Für ihn zumindest.

Aber allein die Vorstellung daran, über zweitausend Kilometer von dem einzigen Menschen entfernt zu sein, der mein Leben mit bunten Farben versah, ließ das Schluchzen lauter werden.

Meine Seele brannte vor Schmerz, was auf meinen Körper überging, denn nun machte sich der Druck auf meiner Brust bemerkbar und mein Kopf tat schrecklich weh von dem ganzen Geheule.

Ich wollte David nicht verlassen, ihn nicht vermissen. Wollte weitere Erinnerungen mit ihm schaffen und von ihm zum Lachen gebracht werden. Aber ich hielt es keine Sekunde länger aus mit dieser Frau unter einem Dach zu leben.

Die Schule ließ sich auch nur ertragen, seit David an meiner Seite war, sonst wäre das ein weiterer Grund zum Gehen.

Mom war im Haus der Del Gazzios immer noch zugange, weswegen ich eintrat und nach Davids Zimmer suchte. Als ich es im oberen Stockwerk fand, legte ich den Brief unter sein Kopfkissen und verschwand sofort wieder.

Mom würdigte mich keines Blickes.

Ich schenkte ihr ebenfalls keine Aufmerksamkeit,

Und das würde ich auch nie wieder.

David
August 2024

Die Hütte war voll, die Musik brachte euphorische Stimmung und die Frauen waren wunderschön. Aber sicher nicht so schön wie Rose. Bald würde sie auftauchen, weswegen ich versuchte, meine Nervosität mit Essen zu schwächen. Ich hatte wirklich nicht vor, mich vor ihr wie ein Idiot zu verhalten, daher verzichtete ich am heutigen Abend auf Alkohol.

Ich trug meine beste Kleidung. Ein schickes schwarzes Hemd, eine schwarz-grau-karierte Anzughose und Brogues. Mein teuerstes Parfüm hatte ich aufgelegt und eine weißgoldene Armbanduhr zierte mein Handgelenk. Alles, nur, um sie zu beeindrucken. Obwohl etwas mir sagte, dass Materielles ihr nicht so wichtig war, wie das Herz eines Menschen. Vielleicht war es aber auch nur meine Hoffnung.

Ich werde in Rot kommen.

Ihre Nachricht schlich sich in meine Gedanken, als eine Frau in einem langen roten Satinkleid und taillenlangen blonden Haaren aus der Richtung meiner Terrasse zur Tanzfläche stolzierte.

Alle drehten sich nach ihr um.

Ich konnte es ihnen nicht verdenken.

Das Kleid hatte an beiden Beinen einen tiefen Schlitz, durch dessen Anblick mir ziemlich heiß wurde. Ich sah ihren dunkelgrünen Absatzschuhe und dessen Schnürungen, die wie Ranken ihre Beine hochkletterten.

Ihr Kopf drehte sich mehrfach nach links und rechts. Dann drehte sie sich um, immer noch auf der Suche nach mir.

Ihr Kleid war nur durch dünne Schnürung an ihrem Rücken festgebunden.

Ich würde gerade alles dafür geben, daran ziehen zu dürfen.

Ich schüttelte meinen Kopf, in der Hoffnung meine Gedanken damit loszukriegen. Sonst würde ich mitten in der Menschenmenge einen Steifen bekommen. Das musste wirklich nicht sein.

Ich ging auf Rose zu. Als ich sie erreicht hatte, packte ich sie sanft am Arm. Sie erschrak kurz, wandte sich dann zu mir und beruhigte sich wahrlich, als sie in mein Gesicht sah.

»Suchst du nach mir?«, fragte ich amüsiert.

Ein breites Lächeln erschien auf ihren kleinen, aber dicken roten Lippen. Ich wettete, sie schmeckten nach Kirschen, an denen ich mich am liebsten festsaugen wollte.

Scheiße, was war nur los mit mir?

Normalerweise würde ich es auf den Alkohol schieben, der mich so geil werden ließ. Aber es war einfach diese Frau, die so eine starke Wirkung auf mich ausübte.

»Nach wem sollte ich sonst suchen?«, antwortete sie mit einer Gegenfrage und wirkte etwas nervös.

Meine Augen wanderten von ihren Lippen hoch zu ihren Augen. Ich hatte das helle Blau erwartet, das sich damals im Club in meinem Gedächtnis eingebrannt hatte.

Aber diesmal waren ihre Augen dunkelbraun.

Hatte ich mich vertan?

Nein, ich war mir sicher, dass sie blau waren.

»Trägst du Kontaktlinsen?«

Rose sah ertappt aus.

»Ja«, sagte sie nur knapp.

»Ist es wegen des Jobs? Damit die Leute dich auf der Straße nicht sofort erkennen?«

Sie zögerte, nickte dann aber langsam.

Ich Idiot hatte noch gar nicht darüber nachgedacht.

Dass »Rose« auch nicht ihr richtiger Name war, war mir klar. Jedoch wollte ich sie nicht bedrängen, mir ihren richtigen Namen zu nennen. Außerdem passte Rose sehr gut zu ihr.

»Und die blonden Haare?«

Das interessierte mich nun wirklich.

Wie sah sie in Wahrheit aus?

So oder so war sie schön, keine Frage.

Doch meine Neugier stieg nun merklich.

Ebenso wie mein Verdacht ...

»Ähm ...«

Ein langsames Lied ertönte und alle suchten sich einen Tanzpartner.

»Lass uns tanzen«, wechselte sie das Thema und zog mich am Arm näher zu sicher heran.

Ich wusste, dass sie nur ablenken wollte.

Dennoch ließ ich mich mitreißen.

Wer würde zu so einer Frau schon nein sagen, wenn man die Möglichkeit bekam, engumschlungen mit ihr zu tanzen?

Schließlich wusste ich auch, wie gut sie tanzen konnte und das wollte ich mir keinesfalls entgehen lassen.

Ihre Arme legten sich um meine Schultern. Meine Hände umfassten ihre Taille. Ich blickte zu ihr runter und sie nickte, um zu signalisieren, dass es in Ordnung war, wenn ich sie dort berührte.

Wir wippten im Takt der Musik hin und her, wie ein Pärchen auf einem Abschlussball. Nach wenigen Sekunden fühlte ich mich so wohl mit ihr in meinen Armen, dass ich meine Stirn an ihre anlehnte und die Augen schloss, genauso wie sie es gerade tat.

Wir genossen die Musik, den Text, die dunklen Lichter um uns herum und das Gefühl, dass wir die einzigen auf dieser Welt waren. Wir blendeten alles aus. Bewegten uns geschmeidig, wie zwei Körper die eins wurden. Noch nie in meinem Leben, hatte ich so mit einer Frau getanzt und vor allem hatte ich noch nie so etwas empfunden, wie genau in diesem Augenblick. Warum auch immer, aber diese Frau hatte es mir angetan. Obwohl ich sie kaum kannte, hatte ich das Gefühl sie schon seit zehn Jahren zu kennen. Ich öffnete meine Augen ein wenig und sank meinen Kopf weiter zu ihr herab.

Ich wollte ihre Lippen spüren. Fühlen wie wir beide in Flammen aufgingen, wenn die Funken um uns herum sich endlich zusammentun und sie nichts mehr aufhalten konnte.

Sie kam mir entgegen und fast berührten sich unsere Münder, als das Lied endete.

Dann wurden die Lichter heller und das Raunen der Leute ließ mich in die Realität zurückkehren. Alle drehten sich zu einem Paar um, das gerade durch die Terrasse gekommen war.

Sie waren beide klitschnass und einer der beiden hatte eine gebrochene Nase.

Mein bester Freund.

Ein anderer Mann verließ gerade mein Strandhaus durch die vordere Tür. Summer blutete aus einem kleinen Kratzer an ihrer Wange.

Scheiße, was?

Ich richtete mich an Rose. »Entschuldige mich für einen Moment.«

Dann lief ich panisch auf sie zu. »Scheiße was ist passiert?! Geht es euch gut?«

»Uns geht es prima!«, antwortete Rus voller Freude, als würde seine Nase nicht ekelerregend aussehen.

Summer nickte zustimmend und grinste.

»Aber ich denke, Rus sollte dennoch ins Krankenhaus und das wieder richten lassen.«

Cyrus und Summer fingen an zu lachen.

Die beiden waren doch echt verrückt!

»Ich fahre euch«, bot ich an.

»Und unsere Sachen?«, fragte Summer.

»Ach, scheiß drauf. Das könnt ihr nachher noch trocknen.«

Dann wendete ich mich an all die Partygäste und Zuschauer. »Leute, ihr könnt weiterfeiern, ich bin gleich wieder da!«

Ich entschuldigte mich bei Rose und versprach, schnellstmöglich wieder bei ihr zu sein. Sie zeigte viel Verständnis dafür, dass ich meinem besten Freund helfen wollte, was mich erleichterte.

Ich packte noch einige Handtücher unter meine Arme, dann gingen wir zu dritt zu meinem Auto, wo ich diese auf die Ledersitze ausbreitete. Ich hatte zwar Geld, aber das hieß nicht, dass ich unvorsichtig mit meinen Wertgegenständen umgehen musste.

»So jetzt erzähl mir, was vorgefallen ist«, verlangte ich, als wir in einem der Krankenhauszimmer auf den Doc warteten.

Ich zählte an den Fingern ab, wovon ich erfahren wollte. »Wer hat wem eine verpasst? Weshalb? Und das aller Wichtigste: Wo war ich in diesem Moment? Da prügelt sich mein bester Freund das erste Mal in seinem Leben und ich kriege nichts mit.«

»Oh, tut mir leid, David. Nächstes Mal unterbreche ich den Kampf, um dir Bescheid zu geben.«

Ich legte meine Hand auf Rus' Schulter und antwortete mit einer gespielt belegten Stimme, »Danke.«

Summer kicherte.

Scheint als hätten beide gut intus.

Nachdem Rus' Nase gerichtet und verbunden wurde, begaben wir uns auf den Rückweg, wo er mir erzählte, er hätte sich mit Brian – dem Freund von Summer – geprügelt. Mehr gab er vorerst nicht preis. Ich parkte mein Auto, als wir diesen Brian mit einer blonden jungen Frau in sein Auto einsteigen sahen.

Ich dachte, er wäre längst abgehauen. Sah aus, als hätte er sich noch ein Souvenir mitgenommen.

Summer beobachtete das Vorgehen.

Fuck, das tat mir leid.

Doch in dem Moment, in dem ich dachte, sie würde gleich losheulen, lächelte sie breit.

»Alles okay, Summer?«, fragte ich verunsichert.

»Es könnte mir im Moment nicht besser gehen«, antwortete sie und stieg hastig aus.

Cyrus und ich tauschten kurz Blicke miteinander aus, als sie seine Tür öffnete.

»Na kommt schon! Es gibt was zu feiern!«, rief sie und zog meinen Kumpel aus dem Wagen.

Ich lief ihnen hinter her. Als sie leise zu reden begannen, hielt ich noch etwas mehr Abstand. Es ging mich nichts an. Und wenn Rus es mir erzählen wollte, würde er es tun.

Wieder im Strandhaus, wo die Party weiter im vollen Gange war, suchte ich Rose auf. Nicht lange und ich entdeckte sie an der Bar.

Dizee 22

Ich schlürfte an meinem bunten Cocktail voller Beeren und Pfefferminzblättern und wartete, bis David zurück war.

Warum genau ich auf ihn wartete, wusste ich selbst nicht. Entweder wir machten da weiter, wo wir aufgehört hatten, wodurch mein schlechtes Gewissen sich vergrößerte oder er fragte mich weiter über meine Kostümierung aus und ich würde ihm schließlich die Wahrheit sagen müssen. Beide Wege hatten ein beschissenes Ende.

Es wäre besser, wenn ich ging. Wobei auch das, Fragen aufwerfen würde. Ich konnte ihn schließlich nicht einfach ignorieren.

Gerade als ich vom Barhocker aufstand, rief jemand meinen Stripperin-Namen. Ich drehte mich nach Davids Stimme um, da kam er schon auf mich zu.

»Da bin ich wieder. Tut mir leid, dass du auf mich warten musstest. Wollen wir vielleicht noch eine Runde tanzen?«

Eine letzte Runde, schwor ich mir, dann würde ich mich zurückziehen.

»Okay.«

David verließ mich kurz, um den DJ um einen bestimmten Song zu bitten. Dann kam er zu mir zurück und hielt mir seine Hand hin. Ich legte meine hinein – wie ein passendes Puzzlestück – und wir liefen gemeinsam zur Tanzfläche.

Da ertönte das Lied »Stay« von Hurts.

Okay, das Universum wollte mich eindeutig verarschen.

Nicht nur, dass es klang wie »stay hurts«, nein, der Songtext passte auch noch perfekt zu uns.

We say goodbye in the pouring rain and I break down as you walk away.

Oh, man. Das machte es echt nicht besser.

»Warum hast du dieses Lied ausgewählt?«, fragte ich ihn.

»Es erinnert mich an einen schmerzhaften Tag in meinem Leben. Aber dazu mit dir zu tanzen, macht es zu einer neuen schönen Erinnerung.«

Scheiße. Das war nun wirklich die perfekte Antwort, der perfekten Antworten. Aber du warst im Inneren ja schon immer so romantisch, Davy.

Er zog mich rasch an sich und wir begannen gemeinsam uns im Takt der Musik zu bewegen.

Alle beobachteten uns. Wir lieferten ihnen aber auch eine wahrlich schöne Show.

Ich kam mir vor, wie bei einer Partnertanzveranstaltung.

Es erinnerte mich an früher.

Wir beide schrieben uns einmal für einen Tanzkurs in der Schule ein, als wir vierzehn waren. Da tanzten wir das erste Mal gemeinsam. Es hatte so viel Spaß gemacht und mich all die schrecklichen Momente von damals vergessen lassen. Obwohl wir nicht gut waren und uns oft gegenseitig auf die Zehen traten, sprang in dem Moment ein Funke über. Oder er wurde nur noch größer. Denn ich hatte mich bereits in David verliebt, als er der Einzige war, der mir durch das Mobbing hindurch geholfen hatte.

David und ich gaben uns Mühe, uns wurde heiß und unsere Körper schwitzten. Mehrfach wirbelte er mich umher. Ich klammerte ein Bein um seine Hüfte und er ließ meinen Oberkörper nach hinten sinken. Es war, als würden wir mit unseren Körpern eine Geschichte erzählen:

Bleib bei mir. Es tut weh, wenn du gehst. Lass uns nie wieder lebwohl sagen. Mein Verlangen zu dir ist so groß, seit wir uns das letzte

Mal sahen. Nimm mich hier und jetzt und lass uns die ganze Welt vergessen, es gibt nur noch uns. Bitte, bleib.

Das alles in den Bewegungen und Berührungen zwischen uns, miteinander.

Als der Schlussteil des Songs kam und der Sänger ein letztes Mal »Stay with me«, sang, endete der Tanz damit, dass meine Arme um Davids Hals umschlungen waren, ebenso wie seine um meine Taille, während er mich etwas in der Höhe hielt.

Das alles und der Alkohol ließen mich verdammt emotional werden, denn ich spürte das Brennen in meinen Augen.

Ich hätte ihn am liebsten auf der Stelle geküsst und ihm gesagt, dass ich ihn liebe. Ihn immer geliebt habe.

Aber ich konnte es nicht.

Ich konnte es einfach nicht, so sehr ich es auch wollte.

Ich war ein Feigling.

David ließ mich langsam hinuntersinken.

Doch noch einige Sekunden verstrichen, bevor ich mich dazu aufraffen konnte, ihn loszulassen.

»Wow, das war ...«, er sah mir in die Augen und hörte auf zu sprechen.

Da sah ich es ihm an.

Er wusste es.

»Du ...«

»Ich muss gehen«, sagte ich schnell und eilte davon.

»Warte, bitte!«, rief er und packte mich am Arm.

»Lass mich gehen«, forderte ich.

»Aber -«

»Bitte, David.«

Ich sah den Schmerz in seinen Augen, als er mich freigab.

Und dann lief ich davon und sah nicht mehr zurück.

Genau so, wie vor elf Jahren.

Dizee

2013

Heute Abend war es so weit. Heute Abend flog ich nach Sunmond, und heute kam David aus seinem Urlaub zurück.

Ich hätte direkt nach dem Vorfall zu Grandma fliegen können. Aber ich konnte nicht einfach davonfliegen, ohne David ein letztes Mal gesehen zu haben. Deswegen buchte meine Großmutter mir die Tickets für heute. Sollte er rechtzeitig hier auftauchen, bevor mein Flug ging, hatte ich die Möglichkeit lebwohl zu sagen.

Ansonsten musste er sich mit dem Brief zufriedengeben, mich hassen und am besten vergessen.

»Du willst es also wirklich durchziehen?«, fragte Maman im Türrahmen stehend.

»Ja. Ich verschwinde.«

»Ich hoffe, du wirst eines Tages verstehen, dass ich das für uns getan habe. Ich wollte dir nicht weh tun, Dizee.«

»Das hast du aber«, erwiderte ich trotzig.

»Es tut mir leid. Ich gebe mir wirklich Mühe, ma petite. Aber alles, was ich tue, läuft schief.«

»Dann streng dich mehr an. Werde clean und krieg dein Leben auf die Reihe, dann weiß ich, dass du dir Mühe gibst. Und dann komme ich vielleicht wieder zurück.«

Sie nickte und verschwand wieder aus meinem Zimmer.

Ich schluckte den Kloß runter und schaffte es, gerade so meine Tränen zurückzuhalten. Ich musste jetzt stark sein.

Irgendwann blinzelte ich mit verschlafenen Augen in die Dunkelheit.

Ich war eingeschlafen.

Verdammte Scheiße, wie spät war es?!

Ich krallte mir die Uhr auf meinen Nachttisch und erkannte, das wir gerade mal siebzehn Uhr am Abend hatten.

Erst da fiel mir auf, dass Mom eine Decke über mich gelegt und die Vorhänge zu gezogen hatte. Ich beachtete ihr Umsorgen nicht. Stattdessen stand ich aus dem Bett auf, zog meine Schuhe an und schlich mich aus dem Haus.

Ich lief zur Rosenranke, in der Hoffnung, dass David schon zurück war und dort auf mich wartete. Er hatte mir geschrieben, dass sie abends wieder zurück wären. Bisher kam keine weitere Nachricht von ihm.

Vielleicht hatte ihr Flug sich verspätet, oder er war am Sachenauspacken. Vielleicht war aber auch die Polizei vor Ort und hatte den Einbruch mit den Eigentümern zu klären.

Ich dachte schon wieder viel zu viel nach.

Als er nach einer Stunde immer noch nicht da war, verließ mich die Hoffnung.

Ich musste mich langsam auf den Weg zum Flughafen machen. Deswegen lief ich wieder nach Hause und überprüfte meine Taschen darauf, ob ich alles Wichtige eingepackt hatte. Dann rief ich mir ein Taxi, das ich mit dem Geld bezahlte, welches David mir zuletzt gab.

Als das Hupen des Taxis ertönte, zögerte ich nicht lange.

Ich würde dieses Zimmer nicht vermissen. Nichts hiervon würde ich vermissen.

Ohne etwas zu meiner Mutter zu sagen, trat ich aus der Haustür und begab mich zum Taxi.

»Dizee, attends!«

Warte.

Ich blieb stehen, konnte mir aber selber nicht erklären, weshalb. Was sollte sie jetzt noch sagen? Mich würde ohnehin nichts umstimmen.

»Es tut mir leid. Es tut mir wirklich leid. Ich weiß, dass ich ein Problem habe. Aber ich liebe dich, ma petite. Ich kann nicht damit leben, dass du mich verlässt.«

Sie drückte mich an sich und schluchzte. Es tat mir im Herzen weh, sie so zu sehen. Maman war wirklich keine gute Mutter, das war kein Geheimnis. Aber ich liebte sie dennoch. Ich löste mich von ihr und nahm ihre Hände in meine.

»Es tut mir auch leid, Maman. Aber ich muss gehen. Ich kann nicht mehr. Bitte, wenn du mich liebst, versprich mir, dass du an dir arbeitest. Für uns.«

Sie nickte hastig. »Das werde ich, petite rose. Ich verspreche es dir. Für uns.«

Ich nahm sie ein letztes Mal in den Arm. Dann packte ich meine Taschen in den Kofferraum. Als ich die Autotür öffnete, hörte ich Mamans »Je t'aime«.

Ich sah zu ihr zurück, wollte es erwidern, aber es gelang mir nicht. Die Worte blieben mir im Hals stecken.

Ich wusste, ich würde es bereuen.

Und dennoch hatte ich es nicht gesagt.

Dizee

August 2024

Scheiße, was hatte ich nur angerichtet? Kaum betrat ich meine auf einmal geschrumpfte Wohnung – obwohl sie bereits klein war – und ließ all den Schmerz und die Trauer aus mir heraus.

Ich weinte wegen allem.

Wenn meine Trauer erst mal ins Rollen gebracht wurde, weinte ich nicht nur wegen einer Sache, auch nicht wegen zwei Sachen.

Es war alles auf einmal.

Alles, was mir widerfahren war.

Jeder Schmerz, der sich in mir festgesetzt hat.

Alles Schlechte was in meinem Leben passierte.

Jedes negative Gefühl, das ich empfand.

Ich weinte, weil ich eine ätzende Teeniezeit hinter mir hatte, in der nur David Farben in diese Dunkelheit brachte.

Ich weinte, weil meine Mutter mit ihrem psychischen Schaden und ihrem Egoismus, der Grund war, weshalb die Beziehung zu David abgebrochen wurde.

Ich weinte, weil ich ein schlechtes Gewissen ihm gegenüber hatte, da ich ihm etwas vormachte.

Ich weinte, weil ich eine Versagerin war, die niemals etwas erreichen würde.

Ich weinte, weil ich so ein kaltherziges Miststück, wie meine Mutter geworden war, nur, weil ich niemals schwach sein wollte. Mich nie verletzlich zeigen wollte, weil ich dachte, ich sei dann schwach.

Aber David ... Er hatte mir gezeigt, dass das Stärke ist. Seine Gefühle rauszulassen, *zu*zulassen, sie zu empfinden, und zwar alle. Und dass das okay war. Sogar gut.

Denn wenn man alles in sich hineinfraß, würde es einen von innen nach außen langsam aber sicher umbringen.

Und doch hatte ich in all den Jahren nur geweint, wenn ich allein war. Bis auf Tamara und Cyrus hatte es niemand mehr geschafft, so sehr mein Vertrauen zu gewinnen, dass ich mich traute, vor ihnen zu weinen. Nach David hatte ich auch befürchtet, dass ich nie wieder so jemanden finden würde.

Doch dann lebte ich bei meiner Großmutter in Sunmond, ging zur Highschool und lernte meine beste Freundin Tami kennen.

Die mir genommen wurde.

Fuck, jetzt weinte ich auch noch, weil sie mir so fehlte. Ich würde wirklich alles dafür geben, mich jetzt von ihr halten zu lassen.

Sie würde mir über mein Haar streichen und sowas sagen wie »Oh, Dee. Es wird alles gut, du wirst schon sehen« und mich dabei hin – und herwiegen wie eine Mutter ihr Baby.

Doch stattdessen lehnte ich vor meiner Haustür auf dem hässlichen Teppichboden und schloss mich selbst in eine Umarmung. Streiche sanft mit den Händen über meine Oberarme auf und ab und begann wie ein Mantra vor mich hinzudenken:

Du hast dich. Du bist nicht allein. Du brauchst nur dich.

Still in der Dunkelheit ließ ich die Tränen hinuntersickern. Ließ zu, all das zu fühlen.

Alles war ruhig, man hörte nichts außer das Pfeifen des Windes, durch die undichten Fenster.

Aus heiterem Himmel fing mein Handy an zu klingeln, wodurch ich mich zu Tode erschreckte. Ich krabbelte zu meinem Sofa, holte es aus meiner Manteltasche und schaute auf das Display. David.

Ich schaltete mein Handy stumm und ignorierte seinen Anruf.

Nicht jetzt, David. Ich brauche etwas Zeit.

25 David

Ich hatte keine Ahnung, wie oft ich schon versuchte Rose zu erreichen. Doch sie ignorierte meine Anrufe. Wenn ich nur wüsste, wo sie wohnt, dann wäre ich längst ins Auto gestiegen und zu ihr gefahren.

In meinem Gedankenkarussell schlief ich irgendwann ein und wachte um elf Uhr am Morgen wieder auf.

Mein Strandhaus sah katastrophal aus, deswegen rief ich Rus an, um ihn und Summer um Hilfe zu bitten. Ansonsten würde ich noch heute Abend hier stehen, um dieses Chaos zu beseitigen.

Ich tippte auf seinen Namen und hörte das Piepen der Leitung.

Er nahm mit einem erschöpften »Hey, David« ab.

Ich hatte ihn lange nicht mehr so erledigt gehört. Hatte er überhaupt schon ein Auge zu bekommen?

»Hey, alles in Ordnung, Mann? Du klingst echt fertig.«

»Um ehrlich zu sein, wirst du mir nicht glauben, was heute Nacht passiert ist. Aber darüber würde ich gerne erst morgen mit dir reden, wenns Recht ist. Summer braucht mich jetzt und wir haben noch keine zwei Stunden geschlafen. Tut mir echt leid.«

»Oh okay, mach dir keinen Kopf. Wir hören uns dann morgen.«

Er bedankte sich für meine Rücksicht und wir legten auf. Ich war wohl nicht der Einzige mit einem nervenaufreibenden Abend.

Dann sollte ich mich wohl an die Arbeit machen, schließlich wurde das Haus nicht von allein sauber.

Aber zuerst würde ich frühstücken.

Unglaublich aber wahr – ich hatte es gestern ganz allein geschafft, mein Strandhaus sauber zu kriegen. Es dauerte zwar lange, aber am Ende war nur das Ergebnis wichtig. Der Müll war weg und die Küche blitzblank. Mehr konnte man nicht erwarten.

Gerade als ich an meinen besten Freund dachte, klingelte mein Handy. Rus schlug bei unserem Telefonat vor, gleich rüberzukommen, ich stimmte natürlich zu und wartete nun gespannt darauf, was er mir zu erzählen hatte.

»WAS?!«, rief ich lauter als geplant.

Rus nickte nur stumm.

Ich war Filmregisseur, während Cyrus wahrlich in einem Film lebte. Dieser Typ erzählte mir Storys, von denen man glaubte, es gäbe sie nur in Hollywoodfilmen. Erst der Teil mit Tami und nun dieses Drama mit Summer.

Dieser Brian oder Steve – mir total egal, wie das Arschloch hieß – hatte ernsthaft versucht, Summer zu ertränken. Beinah hätte mein bester Kumpel schon wieder sein Mädchen verloren und das auch noch durch die Hand desselben Menschen, der für Tamis Tod verantwortlich war.

Das war einfach unglaublich.

Ohne darüber nachzudenken, stand ich vom Sofa auf und lief zu meinem Freund rüber. Ich bat ihn, aufzustehen, und dann schloss ich ihn in meine Arme, weil ich mehr, als froh darüber war, dass den beiden nichts Ernstes zugestoßen war.

Ich musste nichts sagen.

Rus und ich verstanden uns auch ohne Worte.

Er klopfte mir auf den Rücken. »Es ist alles gut. Mir gehts gut.«

Ich atmete hörbar ein uns wieder aus, um auf diese Neuigkeit klar zu kommen.

»Und jetzt? Seid ihr nun offiziell ein Paar und lebt glücklich bis an euer Lebensende?«

»Sieht so aus«, antwortete er und grinste verliebt.

»Was ist aus deiner Bekanntschaft geworden, von der du mir in Sunmond erzählt hast?«

Es war zu kompliziert, um es Cyrus zu erklären. Ich musste erst mit ihr über den vorgestrigen Abend reden. Deswegen antwortete ich nur, »Ach, noch ist nichts Spannendes passiert.«

»Wir haben demnächst unser erstes Date«, flunkerte ich.

»Das freut mich für dich! Ich hoffe, es läuft gut. Halt mich dann auf dem Laufenden.«

»Na klar.«

Ich nippte unschuldig an meinem Radler und hoffte wirklich, dass alles gut laufen würde.

Denn, wenn sich meine Vermutung bestätigte, wusste ich wirklich nicht, wo diese Geschichte hinführte.

26
David
September 2024

Es sind bereits drei Wochen vergangen seit der Party in meinem Strandhaus.

Seit Rose mich hat stehen lassen, wie Daisy es getan hatte.

Seit mein Verdacht, dass Rose Daisy *war*, Feuer gefangen hatte.

Ihre mit tränengefüllten braunen Augen würde ich niemals vergessen. Dieses vierzehnjährige Mädchen, das so viel Schmerz in sich trug und immer noch getragen hatte. Das Mädchen, in das ich schon leicht verknallt war, ehe wir uns das erste Mal unterhielten, als ich ihr auf der Mädchentoilette half. Die Künstlerin, die mich mit ihrem Können so faszinierte.

Schon am dritten Tag der Funkstille, dachte ich, ich würde durchdrehen. Aber heute ist mein Geduldsfaden endgültig gerissen. Anrufen und Schreiben half nichts. Also musste ich persönlich zu ihr. Ob sie nun bereit war oder nicht. Drei Wochen sind vergangen, es tat mir leid, aber länger konnte ich wirklich nicht warten. Und ich wollte es auch nicht. Ich hatte schon elf Jahre auf ein richtiges Gespräch, eine richtige Erklärung gewartet. Jetzt reichte es.

Die einzige Verbindung, die ich noch zu ihr hatte, war der Club, in dem sie tanzte. Also fuhr ich, als Erstes dorthin, sobald wir ein Uhr in der Nacht hatten.

Ich betrat das Lokal und suchte mit meinen Augen das gesamte Lokal ab. Nicht Rose – ich meinte Daisy, ich meinte Rose ... also wie auch immer – ich hatte nicht sie aber ihre Kollegin Nicole gefunden und steuerte auf sie zu. Sie sah bereits in meine Richtung, als ich noch einige Meter entfernt war und lächelte mir entgegen.

»Hey Schöner. Willst du diesmal mit mir mitgehen?«, fragte sie voller Vorfreude in ihrer Stimme.

Vor einigen Monaten wäre ich ihr sogar in den Private Room vorausgeeilt.

Aber heute war alles anders.

Nur durch Rose hatte sich mein Leben im Handumdrehen verbessert.

»Nein, tut mir leid. Ich suche Rose, ist sie hier?«

Eine Furche bildete sich zwischen ihren Augenbrauen und sie machte den »Willst-du-mich-verarschen-Blick«.

Da hab ich wohl einen Nerv getroffen.

»Hör zu, ich weiß ihr versteht euch nicht besonders, aber es ist wirklich wichtig.«

Sie schürzte die Lippen. »Nein, sie hat heute keine Schicht.«

Enttäuscht ließ ich den Kopf sinken und war bereit, wieder zu verschwinden, als Jasmin mich noch einmal aufhielt.

»Aber ich kann dir sagen, wo sie wohnt.«

27 David
2013

Ich wartete keine Sekunde länger.

Sobald unser Auto die Einfahrt erreichte, sprang ich aus dem Wagen und rannte zur Rosenranke. Doch Dizee war nicht da. Ich wartete maximal eine halbe Stunde, länger hielt ich es nicht aus.

Obwohl wir uns versprechen, uns nicht bei dem Zuhause des anderen aufzusuchen, aufgrund unserer familiären Situation, musste ich dieses Versprechen nun brechen. Im Urlaub wurde mir klar, dass ich mich Hals über Kopf in dieses Mädchen verliebt hatte. Ich konnte nicht länger damit warten, es ihr zu sagen. Der Urlaub war die Hölle. Alles ohne sie war langweilig und deprimierend, wie ein Regentag im Sommer.

Ich erreichte das klapprige Holzhaus und klopfte an der Tür. Eine ältere Frau, mit Tränensäcken und angeschwollenen Augen, öffnete mir die Tür. Das war sicher ihre Mutter.

»Was willst du hier?«, fragte sie mich, als würden wir uns kennen. Doch ich wusste mit Sicherheit, dass wir uns noch nie begegnet waren.

»Tut mir leid, wenn ich störe. Ich wollte zu Daisy.«

»Dizee wohnt hier nicht mehr.«

Ich schmunzelte, doch ihre ernste Miene verriet mir, dass das kein Scherz war.

»Im Ernst jetzt?«, fragte ich dennoch nach.

»Sie wohnt jetzt in Texas. Sie ist gerade zum Flughafen gefahren. Wenns sonst nichts ist, würde ich mich jetzt gerne hinlegen.«

Sie wartete meine Antwort gar nicht ab, sondern schlug mir die Tür vor der Nase zu und ließ mich ohne weitere Erklärung stehen.

Wie angewurzelt stand ich da.

Mein Kopf war leer.

Ich verstand das nicht.

Was war in den zwei Wochen nur passiert?

Und wie konnte sie einfach so abhauen?

Bedeutete ich ihr denn gar nichts?

Ich dachte, sie würde dasselbe für mich empfinden wie ich für sie. Doch da hatte ich mich wohl geirrt.

Dennoch, das konnte ich nicht zulassen. Wenn ihr etwas an mir lag, würde sie nicht fliegen. Da war ich mir sicher.

Sie war gerade erst zum Flughafen gefahren, sagte ihre Mutter. Vielleicht konnte ich sie noch einholen.

Als ich auf die Straßen von L.A. lief, wo alle zwei Minuten ein Taxi vorbeifuhr, schoben sich die dunklen Wolken vor den blauen Himmel und verdeckten dessen Leuchten.

Ein Taxi fuhr an mir vorbei, da hielt ich es sofort an und stieg ein, ohne Zeit zu verlieren. Bei jedem Halt durchfuhr mich ein genervtes Stöhnen. Wenn ich sie nun wirklich aufgrund des Verkehrs verpassen würde ... Daran wollte ich gar nicht denken.

Der Taxifahrer gab sein bestes, fuhr bereits schneller, als erlaubt. Irgendwann sah ich das Schild mit der Beschriftung »LAX« und sprach Gebete gen Himmel, dass sie noch nicht im Flieger saß.

Ich stieg aus und rannte auf den Eingang zu, als ich plötzlich ein anderes Taxi bremsen sehe. Daisy stieg daraus aus, lief zum Kofferraum und hievte ihre Taschen raus. Das Taxi fuhr wieder ab und sie bewegte sich Richtung Eingang.

Nein.

»Daisy!«

Sie lief weiter.

»Daisy!!!«

Jetzt blieb sie schlagartig stehen.

Dann drehte sie sich langsam um und sah mir entgegen.

Ungefähr zehn Meter standen wir voneinander entfernt und doch kribbelte mein ganzer Körper, wenn ich sie nur ansah.

Sie musste mich nicht einmal berühren, um mich zu berühren. Dieses Mädchen hatte es mir so verdammt angetan.

Nun regnete es in Strömen, etwas weiter entfernt hörte man den Donner grollen.

Ich kam ihr in kleinen Schritten näher.

Ich hätte schwören können, bereits jetzt Tränen in ihren Augen zu sehen.

Als ich genau vor ihr stehen blieb, erkannte ich klar und deutlich die Tränen auf ihren Wangen. Ich strich sie mit meinem Daumen fort und ließ meine Handfläche dort verharren.

»Du bist hier«, ihre Stimme war dünn und herzreißend traurig.

»Ich bin hier. Ich werde immer bei dir sein.«

Sie kniff ihre Augen zusammen und schmiegte sich innig mit ihrer Wange an meine Hand. Ich streichelte sie weiter und wischte jede Träne fort, die meinem Daumen entgegenkam.

»Du musst wieder nach Hause, David.«

»Nein. Nein, ich muss genau hier sein.«

Sie schüttelte den Kopf. »Mit mir befreundet zu sein, wird dich nur in Schwierigkeiten bringen.«

Ich verstand nicht, wovon sie sprach. Wo kam das auf einmal her?

Jetzt war ich es, der unverständlich den Kopf schüttelte.

»Warum sagst du das? Das ist nicht wahr.«

»Doch, ist es. Es wäre besser gewesen, wenn du mich nie angesprochen hättest.«

Ich wich von ihr zurück, als hätte sie mir ins Gesicht geschlagen. Denn genauso hatten sich ihre Worte angefühlt.

Sie wusste, dass sie mir damit weh getan hatte.

Ich erkannte es in ihren Augen.

Sie teilte meinen Schmerz.

Alles, was sie sagte, tat nicht nur mir weh, sondern auch ihr.

Also warum sagte sie all diese Dinge?

»Es wäre nicht besser gewesen!«, sagte ich. »Unsere Freundschaft war die Rettung für uns beide und das ist sie immer noch.«

»Nein, David. Eine Freundschaft mit mir ist niemals die Rettung für dich.«

Ich packte sie an den Schultern. Sie blickte mir erschrocken entgegen.

»Hör auf, das zu sagen! Du bist meine beste Freundin, eine der wichtigsten Menschen in meinem Leben und das wirst du immer bleiben.«

»David ...«

Ich fürchtete mich vor ihren Worten.

»David, ich muss gehen. Ich muss einfach. Es ... es tut mir leid.«

Sie wollte sich schon umdrehen, aber ich hielt sie am Handgelenk fest.

Sie schaute auf den nassen Boden.

»Sieh mich an«, bat ich.

Dizee sah mir in die Augen. Und das war der Moment, indem ich es riskierte – unsere Freundschaft.

»Ich liebe dich, Daisy.«

Sie schaute mich an, als könnte sie gar nicht glauben, was sie da eben gehört hatte.

»Hörst du? Ich liebe dich. Also bitte, bitte bleib bei mir. Was auch immer vorgefallen ist, wir beide werden das schon hinkriegen.«

Sie sagte noch immer nichts. Nur ihre Tränen tropften still auf den mit Regen überschütteten Asphalt.

»Bitte bleib bei mir«, sagte ich erneut und hörte wie meine Stimme brach.

Dann machte sie einen Schritt auf mich zu.

Noch einen.

Und noch einen.

Sie packte mein Gesicht.

Und dann lagen ihre Lippen auf meinen.

Wie erstarrt erwiderte ich ihren Kuss und zwang mich, meine Augen zu schließen. Mich dem Moment völlig hinzugeben und diesen zu genießen, bevor er vorbei war.

Meine Hände fuhren ihre Wangen entlang zu ihrem Kopf und vergruben sich in ihrem Haar. Unser Kuss schmeckte nach dem Regen, ihren Tränen – nach Schmerz – und Liebe. Ich wollte sie weiter so im Regen küssen, wollte diesen Abschied zu einem Neuanfang wandeln, damit ich dieses Ende nicht ertragen musste.

Doch leider endete der Kuss irgendwann.

Wir hielten einander fest, Stirn an Stirn gelehnt standen wir da, völlig außer Atem aufgrund dieser überwältigenden Gefühle. Ihr heißer Atem hüllte mich ein und rief nach mir. Verlangte nach mir, wie mein Atem nach ihr.

Ich hatte mir schon oft vorgestellt, Daisy zu küssen. Doch keine dieser Vorstellungen hätte diesen Moment je übertreffen können.

»Es tut mir leid«, flüsterte sie so leise, dass nur ich es hörte.

Dann ließ sie mich los, nahm ihre Taschen und betrat den Flughafen.

Sie drehte sich nicht nochmal um.

Und ich lief ihr nicht erneut hinterher.

Ich blieb da stehen und spürte, wie mein Herz in mehrere Teilchen zerbrach. Horchte genau hin und schwor mir, dass ich nie wieder zuließ, mich so zu fühlen.

David

September 2024

Nicole musste Dizee echt hassen, wenn sie einem fremden Mann wie mir einfach ihre Adresse aushändigte. Es war zwar zu meinem Vorteil, dennoch war ihre Tat eigentlich nicht in Ordnung.

Dizees Wohnung lag in einer nicht so sicheren Gegend und war nur zehn Minuten mit dem Auto entfernt. Hoffentlich war ihr hier noch nie etwas zugestoßen.

Ich suchte die Klingelschilder nach ihrem Namen ab.

Roux.

Da war sie.

Und damit hatte ich die offizielle Bestätigung.

Es war Dizee.

Die ganze Zeit über war es Dizee.

Die Narbe an ihrer Schulter stand von dem Tag ab, an dem ich ihr geholfen und wir das erste Mal miteinander geredet hatten.

Ihr Tattoo mit dem »D« ...

Es könnte für nichts und niemand anderes stehen.

Scheiße. Mein Herz beschleunigte sich.

Das war also nicht mal gelogen.

Jetzt wo ich hier war, hatte ich keine Ahnung, was ich sagen würde. Alles in meinem Kopf war wie weggefegt. Ich dachte nur daran, wie nah ich ihr war.

Dizee war hier. Genau vor mir.

Ich überwand mich endlich dazu, zu klingeln. Dann ertönte das Surren der Haustür, ehe ich den Treppenflur hochlief. Sie wohnte im zweiten Stock, die letzte Tür auf der rechten Seite, hatte Nicole mir gesagt. Woher auch immer sie das wusste.

Mit jeder Stufe aufwärts, stieg auch meine Nervosität. Ich spürte ein starkes Kribbeln in meinem Bauch, das sich manchmal in schmerzhafte Krämpfe umwandelte. Meine Hände schwitzten und meine Atmung beschleunigte sich.

Dann stand ich vor ihrer Tür und klopfte, um zu signalisieren, dass ihr Besucher nun da war.

Sie öffnete und ...

Ich sah in das wunderschöne Puppengesicht von damals.

Ihre kurzen braunen Haare, den unordentlichen Pony auf ihrer Stirn, den großen Bambi Augen, den kleinen dicken Lippen und der süßen Stupsnase – das war tatsächlich meine Daisy.

Ihre Augen weiteten sich bei meinem Anblick und ihr Mund öffnete sich, ließ aber keine Worte heraus.

Alles, was sie trug, war ein schwarz-roter Satinkimono, der viel Haut zeigte und auch einen leichten Einblick auf ihre Brust. Ich sah sie von oben nach unten und von unten nach oben an.

Doch mein Blick blieb an ihren Augen hängen, die sich in diesem Augenblick mit Tränen füllten.

Mein Gefühlszustand sah aus, wie nach einem Hurrikane. Alles war durcheinander. Ich war wütend und doch so froh, sie hier vor mir zu sehen. Ich wollte ihr meine Wut entgegenschleudern und gleichzeitig meine Lippen an ihre pressen.

Der Moment war gekommen. Das Gespräch, von dem ich dachte, es nie mehr zu bekommen.

Das Erste, was meinen Mund verließ, war: »Ich wusste es. Ich wusste, dass du es bist. Ich wusste es die ganze Zeit!«

»Und warum hast du dann nichts gesagt?«

»Vielleicht, weil ich es einfach nicht wahrhaben wollte.«

»Oh ...«, erwiderte sie verletzt.

»Andererseits wollte ich unbedingt, dass ich mit meiner Vermutung richtig liege, weil du mir so gefehlt hast«, gab ich zu.

»Du hast mir auch gefehlt, David. Mehr, als ich beschreiben könnte.«

»Und warum hast du mich dann verlassen?«

Dizee wich noch einen Schritt zurück, als hätte ich ihr eine Backpfeife verpasst.

»Die dunkelste Zeit meines Lebens begann und du hast mich in dieser Dunkelheit zurückgelassen! Du bist einfach gegangen, obwohl ich derjenige war, der dich aus deiner schwarz-weißen Leinwand zog und dir die Farben schenkte. Aber du ... du hast die Farben einfach mitgenommen.«

»David ...«, krächzte sie meinen Namen.

»Warum hast du nicht mit mir geredet und dir angehört, was ich dazu zu sagen habe?«

»Ich hätte es nicht ertragen können, deinen Hass zu spüren. Was geschehen ist, war meine Schuld. Du warst mein bester Freund und die schlechten Dinge haben sich auf dich übertragen. Ich habe sie angezogen.«

»Daisy, es tut mir leid, aber du redest Mist!«

»W-Was?«

»Deine Mutter und mein Vater und der Abschaum wie Ashley an unserer Schule – das waren die schlechten Dinge. Nicht du – du warst das Opfer all dieser Dinge! Nicht wir ... wir waren ...«

»Das Beste, das ich im Leben hatte«, beendete sie meinen Satz.

»Und doch bist du einfach gegangen. Du bist gegangen ...«, meine Stimme brach. Mein Schmerz ließ sich nicht weiter verstecken. Ich konnte es nicht länger leugnen, dass es bis heute wehtat.

»Ich weiß. Ich war egoistisch. Ich ertrug das Leben hier nicht mehr und das, obwohl es durch dich erst zu einem Leben wurde. Es tut mir leid, David. Es tut mir so leid ... du weißt gar nicht, wie sehr. Ich habe dich so schrecklich vermisst. In den ersten sechs Monaten habe ich mich jede Nacht in den Schlaf geweint, weil ich zu dir zurückwollte.«

»Mir ging es ebenso. Doch für mich war es weitaus schlimmer als für dich. Das letzte Mal, als wir uns sahen, habe ich meinen Mut zusammengenommen und dich geküsst. Ich habe dir meine Liebe gestanden und du hast sie, wie ein Blatt Papier in der Luft zerrissen, als du mich im Regen hast stehen lassen, ohne mir eine Antwort zu geben.«

»Ich habe deine Liebe nicht wie Papier in der Luft zerrissen!«

»Oh doch und wie du das hast! Du hast einem kleinen Jungen das Herz gebrochen, so sehr, dass er als erwachsener Mann nur noch durch die Gegend vögeln und sich nicht mehr verlieben konnte!«

»David!«

»Daisy!«

Drei Sekunden mit brutaler Stille.

Dann packte ich ihr Gesicht mit beiden Händen und presste meine Lippen auf ihre.

Ein Kuss voller Leidenschaft, Gefühle, Emotionen, Schmerz ... und Liebe.

Ich musste ein lautes Seufzen unterdrücken.

Wie lange hatte ich von diesem Tag geträumt.

Wir stolperten in ihre Wohnung, wo ich blind die Tür hinter mir schloss, ohne meine Lippen von ihren zu lösen.

»David ...«, mein Name entwich ihr so ruhig und sanft wie ein Windhauch zwischen unseren Küssen.

»David, ich ...«

»Sch. Wir können später weiter reden, aber bitte, bitte schalte jetzt deinen Kopf aus. Lass uns einfach fühlen.«

Ich schmeckte ihre salzigen Tränen.

Da stoppte ich.

»Okay. Okay, lass uns weitermachen«, sagte sie, obwohl ihr Gesicht das Gegenteil ausdrückte.

»Ich zwinge dich zu nichts. Wenn du es verlangst, reden wir nur.«

Weitere Tränen liefen ihr übers Gesicht. Ich zog sie in eine Umarmung, so wie vor elf Jahren und strich ihr liebevoll über ihren Kopf.

»Mir geht es gut. Jetzt, wo du hier bist, geht es mir gut«, sagte sie, sah zu mir hinauf und kam mir langsam wieder näher.

Ihr Mund legte sich so sanft auf meinen, dass ich glaubte, es seien die Blüten einer Rose.

Mit jedem weiteren Kuss wurde sie drängender, gieriger.

Bis sie anfing, mein Hemd aufzuknöpfen, ebenso wie meine Hose. Ich entledigte mich meiner Schuhe, streifte dann meine Hose von den Beinen und kickte diese mit den Füßen weg. Dann zog ich ohne jegliche Kraft an ihrem Kimonogürtel und streifte ihn ihr langsam von den Schultern, bis er zu Boden fiel. Ich ließ davon ab sie zu küssen, da ich sie viel lieber betrachten wollte.

Sie sah aus, als hätte ein Künstler sie gemalt.

Die Schreibtischlampe und einige nach Kürbis duftenden Kerzen spendeten uns Licht in diesem kleinen dunklen Zimmer. Der Kerzenschein legte sich auf ihre nackte Haut und ließ diese Frau gefährlich schön erstrahlen.

Ich hauchte nur ein »Wow«, bei diesem Anblick.

So wie Dizee war, empfand sie keine Scham davor, dass ich sie wunderschön und sexy fand, wenn sie so nackt vor mir stand. Sie wusste, dass sie begehrenswert war. Und das nicht nur aufgrund ihres Körpers. Diese Frau hatte noch viel mehr zu bieten, als das.

Und genau darum ging es. Was eine Frau mir bieten konnte, außer ihrer Schönheit. Jede Frau, mit der ich ein Verhältnis hatte, war schön. Aber mehr waren sie nicht. Deswegen auch keinerlei Gefühle von meiner Warte aus. Nur Lust.

Aber Dizee war auch noch klug, kreativ, schlagfertig und lustig. Sie war charmant, hatte eine Persönlichkeit, eine Geschichte, die sie zu einer starken einzigartigen Frau machte. Sie war einfach die Frau, bei der du dir sicher warst, dass sie dich dein Leben lang glücklich machen würde. Die Frau, bei der du wusstest, dass du es kein einziges Mal verkacken durftest, weil das Ende dieser Beziehung dann endgültig wäre. Denn sie kannte ihren Wert.

Und dieses Selbstbewusstsein war verdammt sexy.

Sie wurde von der damaligen Raupe zum Mariposa.

29 Dizee

»Du bist ein wirklich schöner Mann geworden, Davy«, flüsterte ich in den Raum, während er mich immer noch begutachtete, wie ein Kunstliebhaber ein Gemälde.

Er kratzte sich nervös am Hinterkopf und lächelte.

»Bist du etwa schüchtern?«, fragte ich verführerisch.

»Vor dir? Nicht doch. Ich will nur alles richtig machen.«

»Es gibt nichts, was du je falsch gemacht hast. Bis heute vertraue ich dir am meisten.«

Ich schluckte all die Schuldgefühle und die Traurigkeit runter, was unsere Geschichte betraf.

Dieser Moment sollte perfekt werden.

Ich wollte alles vergessen, außer ihn und mich.

Allein in der Dunkelheit bei Kerzenlicht, nackt.

Das war nun wirklich nicht das, was ich erwartet hatte, als die Klingel mitten in der Nacht ertönte.

Ich war noch wach und saß an der Nähmaschine. Ich dachte, es sei meine alte Nachbarin Nancy, dessen Katze ihr immer wieder entlief. Auch sie war dann um diese Uhrzeit wach, konnte sich nicht beschäftigen und klingelte bei mir, um sich mit einer Tasse meines hausgemachten Minztees wieder zu beruhigen. Ich schlug ihr diesen Wunsch nie ab, so beschäftigt ich auch mit meiner Arbeit war. Sie war eine einsame alte Frau, sie brauchte etwas Zuneigung. Ich wünsche mir in ihrem Alter auch so nette Nachbarinnen wie mich.

Doch diesmal war es anders.

Wie auch immer David herausfand, wo ich wohnte, das war mir gerade egal. Ebenso wie die Tatsache, dass er nun wusste, wer ich war und mich trotz der kurzen Auseinandersetzung küsste.

Ich kam ihm näher, nahm seine Hände in meine und bewegte uns auf die Couch zu. Mit einem leichten Schubser von mir ließ er sich auf das weiche Polster fallen. Ich setzte mich auf seinen Schoß und bemerkte sofort seine Erektion. Meine Hände umfassten sein schönes Gesicht. Er legte seine linke Hand an meiner Taille ab, die rechte vergrub sich in meinem kurzen Haar. Das Gefühl seiner weichen Finger auf meiner Haut ließ ein entzücktes Prickeln über meinen Körper gleiten.

Seine sanften Lippen wanderten von meinem Mund zu meinem Hals, hinunter bis zur Narbe an meiner Schulter, wo er absichtlich einen zarten Kuss hinterließ.

So simpel dieser Kuss war, er bedeutete mir alles. Schon damals vertrieb er meinen Schmerz und heute küsste er all die davongetragenen Narben, damit diese sich nie mehr öffneten.

David Del Gazzio hatte mein Herz, seit ich vierzehn gewesen bin.

Damals, heute und für immer.

Seine Fingerspitzen streiften meinen Körper, bis beide seiner Hände meine Brüste erreichten und diese zu kneten begannen. Meine Nippel richteten sich bereits auf, nur, weil er derjenige war, der mich berührte.

Ich ließ vor Entspannung meinen Kopf leicht nach hinten senken. Meine Hände fuhren hinunter zu seiner Brust und ... Wow, war die prall. Unglaublich, wie schön sich die Brust eines Mannes anfühlen konnte.

Auf einmal spürte ich ein leichtes Kitzeln an meinem rechten Nippel. Ich beobachtete David dabei, wie er mit seiner Zunge meine Brustwarze umkreiste und leicht daran knabberte. Dieses Gefühl machte mich so wahnsinnig, dass mir ein leises Seufzen entfuhr. Meine Knospe pulsierte und verlangte nach mehr.

Dann hörte er auf, packte mich auf seine Arme, nur um mich im nächsten Moment mit dem Rücken auf die Couch zu werfen.

Ich schrie belustigt auf.

David legte sich zwischen meine Beine, schwebte aber über mir und küsste mich erneut auf den Mund. Doch nun tanzten unsere Zungen harmonisch miteinander. Er ließ wieder von meinen Lippen ab, um kleine Küsse auf meinem Hals zu verteilen. Dann glitt er mit seiner Zunge über die empfindsame Stelle an meinem Hals, hinunter bis zu meinem Nippel, den er mit seiner festen Zunge umkreiste, bis er anfing leicht daran zu saugen.

Ich seufzte und konnte kaum erwarten, wie der Sex gleich werden würde, wenn das Vorspiel mich schon so feucht machte. Dass ich so feucht wurde, war bisher leider selten der Fall in meinem Leben. Doch mit David war schon immer alles anders.

Seine Hand rutschte runter bis zu meiner sensiblen Stelle. Er blieb jedoch über dem Tanga. Er spürte die Feuchtigkeit durch meine Unterwäsche an seinen Fingern und sah zu mir rauf.

»Darf ich sie dir ausziehen?«, fragte er mit einer verführerisch tiefen Stimme.

Ich nickte und hauchte ein kurzes, »Ja.«

Dann zog er mir meinen Slip langsam hinunter und legte ihn beiseite. Ich spreizte meine Schenkel für ihn und sah dabei zu, wie er sich auf die Unterlippe biss, während er mich einfach nur ansah.

Jetzt war er an der Reihe. Er entledigte sich seiner Unterhose, durch dessen Anblick meine Lust nur noch mehr geschürt wurde.

Ich wollte ihn.

Ich wollte ihn so sehr.

Mein ganzer Körper samt meiner Seele schrien nach diesem Mann. Ich gehörte ihm, er hatte die Erlaubnis alles mit mir anzustellen, was er nur wollte. Denn ich wusste genau, es würde mir ohnehin gefallen, solange es seine Hände waren, die über meine Haut strichen.

Seine Lippen, die mir seine Liebe überbrachten. Sein Körper, der über meinem schwebte. Und er, der mein Leben in Farben tauchte.

David legte sich zurück auf die Couch und näherte sich meiner intimen Stelle.

Schon packte er meine Oberschenkel, hielt diese fest, während er genüsslich mit seiner Zunge über meine Pussy fuhr.

»Oh, David«, stöhnte ich vor mich hin.

Es fühlte sich so verdammt gut an, von ihm befriedigt zu werden. Er leckte mich so gut und lustvoll, dass es nicht lange dauerte, bis ich meine Hände in sein Haar vergrub und sein Gesicht noch näher an meine Scheide drückte. Seine Zunge wurde fester, wilder.

»Oh, fuck!«

Meine Beine erzitterten und ich stöhnte erschöpft und von Glück erfüllt auf.

Er wischte sich mit dem Handrücken über den Mund, ehe er diesen wieder auf meine Lippen drückte.

»Hast du bisher verhütet?«, fragte er plötzlich mittendrin.

»Natürlich, immer. Du?«

Er nickte mehrfach. »Also ...«

Ich verstand, worauf er hinauswollte. »Ich hab nichts dagegen«, ließ ich ihn wissen.

Den Verhütungsring hatte ich drin, das Problem schwanger zu werden, stand also nicht im Raum. Wenn David sagte, er hatte sich geschützt, vertraute ich darauf.

Noch einmal fragte er, »Bist du sicher?«

»Ganz sicher.«

Dann, ohne von mir abzulassen, steckte er vorsichtig seinen harten Schwanz in mich rein.

Doch ich brauchte keine Vorsicht. Ich wollte ihn mit Haut und Haaren. Wollte nichts mehr hinauszögern, nicht warten.

»Nimm mich, David. Gib mir alles, was du mir in den letzten Jahren nicht geben konntest.«

Er sah mir in die Augen. »Ich tue alles für dich«, antwortete er und ich wusste, dass er das nicht nur auf den Sex bezog.

»Ich wollte dich schon so lange für mich haben. Ich kann die Größe dieses Verlangens gar nicht beschreiben.«

Stille. Dann: »Deswegen werde ich sie dir jetzt zeigen.«

Oh Gott, ja, bitte, zeig sie mir.

Seine Hand legte sich fest um meinen Nacken. So sah ich ihm die ganze Zeit tief in die Augen.

Dann fing er an immer schneller in mich zu stoßen.

Immer fester und schneller. Und je fester er stieß, desto lauter wurde ich. Ich sah kein einziges Mal weg, während er mich hart rannahm.

Ebenso wie er.

Wir sahen in unsere durch Lust verzerrten Gesichter und es gab nicht erregenderes und intimeres als das.

Sein heißer Atem vermischte sich mit meinem.

Unsere Körper schwitzten vor Leidenschaft.

Wir stöhnten zusammen, wie in einem Duett, bis wir gemeinsam zum Höhepunkt kamen, und erschöpft auf dem Sofa versuchten, wieder zu Atem zu kommen.

Als unser Puls sich einigermaßen im normalen Zustand befand, nahm David mich in den Arm und legte einen Kuss auf meine Stirn. Mein Kopf ruhte auf seiner Schulter, meine rechte Hand auf seiner festen Brust. Meine Fingerspitze zog Kreise. Ich genoss es, ihn unter meinen Fingern zu spüren. Ich würde ihn nie wieder gehen lassen.

Mit geschlossenen Augen sog ich seinen Duft immer wieder in mich auf. Gott, wie sehr hatte ich diesen Geruch bloß vermisst.

Ich vergaß alles um uns herum. Die ganze Vergangenheit, unsere Auseinandersetzung, sein gebrochenes Herz – alles verschwamm, solange ich nur in seinen Armen lag und er endlich wieder bei mir war, nach all der Zeit.

David

2013

Keine Ahnung, wie ich es geschafft hatte, nach Hause zu kommen. Ich war wie in Trance in ein Taxi gestiegen und zurückgefahren.

Dort angekommen erwartete mich die nächste Überraschung.

Ein Polizeiwagen parkte vor unserem Haus. Eigentlich war es mir völlig egal, doch die Angst, dass Mom etwas passiert sein könnte, rüttelte mich wach.

Ich betrat mein Zuhause und sah meine Eltern mit zwei Polizisten sprechen.

»Mom? Was ist passiert?«

Alle drehten sich nach mir um.

»David, da bist du ja! Wo bist du gewesen? Ich habe mir Sorgen gemacht.« Mom hüllte mich in eine sanfte Umarmung.

Wie auf Knopfdruck weinte ich los, wie ein Baby.

»Entschuldigen Sie mich bitte«, richtete sie sich an die Polizisten, die ihr selbstverständlich erlaubten, kurz mit mir allein zu sein.

Sie unterhielten sich weiter mit meinem Vater, während Mom mit mir hoch in mein Zimmer lief und die Tür schloss.

»Was ist passiert, mi pequeño angel?«

»Dizee, sie ... sie ist weg. Sie ist ohne Erklärung ins Flugzeug gestiegen und lebt ab jetzt in Texas.«

Mom schloss mich in ihre Arme. »Oh mein armer Junge. Das tut mir so leid. Könnt ihr euch nicht online verständigen?«

Ich schüttelte den Kopf. »Ich weiß nicht, ob ich noch Kontakt zu ihr will. Sie hat die Entscheidung gefällt, ohne mit mir zu reden.«

»Vielleicht wird sie dir schreiben und dir alles erklären. Ich weiß doch, wie wichtig du ihr bist.«

»Wenn ich ihr so wichtig bin, warum ist sie dann einfach gegangen?«

Mom seufzte leise. »Sie wird einen guten Grund haben. Verurteile sie nicht. Ich bin mir sicher, dass sie dabei auch an dich gedacht hat, mi pequeño. Aber ich weiß, dass es weh tut.«

Sie wiegte mich hin und her, so lange bis ich mich einigermaßen beruhigt hatte.

»Warum ist die Polizei hier, Mom?«

»Bei uns wurde eingebrochen. Es fehlen viele Wertgegenstände, deswegen erstatten wir jetzt eine Anzeige.«

Ich schluckte. Gut, dass wir nicht hier gewesen sind, vielleicht hätte man uns etwas angetan. Daran wollte ich gar nicht denken.

Mom ließ mich etwas allein. Sie musste ohnehin wieder zurück, und die Situation unten klären.

Ich entschied mich dazu, die Gedanken für einen Moment auszuschalten. Also legte ich mich auf mein Bett, schob meine Hand unters Kissen und ... spürte etwas darunter.

Ich setzte mich wieder auf, schob das Kissen beiseite und sah einen Briefumschlag mit meinem Namen darauf.

Das war Daisys Handschrift.

Mom hatte immer mit allem recht.

Nur, dass Dizee mir keinen Brief schickte. Sie hatte ihn bereits hier deponiert. Mich beschlich das böse Gefühl, dass sie etwas mit dem Einbruch zu tun hatte.

Wie wäre sie sonst hier reingekommen?
Nein, das würde sie mir niemals antun. Oder etwa doch?

Hatte ich sie so falsch eingeschätzt und mich von meinen Gefühlen erblinden lassen?

Ich öffnete den Umschlag und holte ihren Brief heraus, in der Hoffnung, eine Erklärung darin zu finden.

Hey Davy,

Wenn du das hier liest, habe ich dir vermutlich das Herz gebrochen, denn ich habe dich verlassen. Ab jetzt wohne ich bei meiner Großmutter in Sunmond, Texas. Ich ertrug es nicht länger, mit meiner Mutter unter einem Dach zu leben. Mit einer Mutter, die selbst ihrer Tochter Schmerz zufügen würde, um das zu bekommen, was sie will.

Ich werde dir die Wahrheit sagen, denn das haben wir beide immer getan. Wir haben uns alles anvertraut uns nicht weiter wegen Scham belogen. Und du verdienst es, die Wahrheit zu erfahren.
Der Gedanke daran, dass du mir danach die Schuld geben und mich hassen würdest, war unerträglich für mich.

Deshalb <u>musste</u> ich gehen. Ich wollte deinen Hass und den Schmerz nicht zu spüren oder zu sehen bekommen, mit dem Wissen, dass ich dafür verantwortlich bin. Das könnte ich einfach nicht ertragen. Mit jeglichem Hass, den Beleidigungen und der Demütigung von anderen – damit kam ich zurecht, solange du an meiner Seite warst. Wenn es aber nun du sein wirst, der mich nicht ausstehl, das wäre einfach zu viel für mich. Damit würde ich nicht leben können. Ich würde dir nie wieder entgegentreten, geschweige denn, dir in deine wunderschönen Wald-Augen schauen können.

Wie du vermutlich weißt, wurde bei euch eingebrochen.

Das war meine Mom ... und ich.

Sie behauptete, dass sie in eurem Haus putzen sollte, bevor ihr aus dem Urlaub wiederkommt. Ich habe ihr geglaubt und bin ihr gefolgt. Dann hat sie angefangen, Dinge in einen Müllsack zu packen und erwartete allen Ernstes, dass ich ihr dabei half. Sie wollte die Freundschaft zwischen uns beiden zerstören und deinem Vater einen reinwürgen. Denn dein Vater ist es, der meiner Mutter Drogen verkauft. Aber nicht für Geld. Sie schläft mit ihm und als Bezahlung erhält sie von ihm Drogen.

Es tut mir leid, David. Du ahnst gar nicht wie sehr. Es schmerzt mich, diese Zeilen zu schreiben, dir das sagen zu müssen. Aber du und deine Mutter habt das nicht verdient. Ich hätte nicht damit leben können, dieses Wissen zu besitzen und dir nichts davon zu erzählen.

Dein Vater wird sich niemals ändern. Und ich befürchte leider, dass meine Mutter das auch niemals wird.

Die beiden haben es geschafft. Sie haben unsere Freundschaft und auch unsere Familien zerstört. Wobei ich nicht weiß, ob ich meine Mutter, als Familie betrachten würde. Aber ich betrachte dich und deine Mom als meine Familie.

Deine Mutter hat mir in dieser kurzen Zeit mehr gegeben, als meine eigene es in den letzten Jahren getan hat. Und dafür bin ich überaus dankbar. Euch beiden. Ihr habt mich die letzten Monate sehr glücklich gemacht und mir durch die schwere Zeit geholfen. Doch was meine Mutter getan hat, ist für mich unverzeihlich. Und das auch noch, obwohl deine Mutter Essen für sie gekocht hat.

Ich schäme mich zu Grund und Boden, für ihr Verhalten. Ich wünschte, ich könnte auch deiner Mom sagen, wie sehr es mir leidtut.

Ich möchte nicht weiter so einen Unfrieden stiften und bin selbst auch ziemlich erschöpft von dem Leben, das ich in L.A. geführt habe. Falls man das überhaupt so nennen darf.

Du wirst mir unbeschreiblich fehlen, Davy. Schon allein die Vorstellung daran, von dir getrennt zu sein, lässt den Schmerz meines Herzens in meinen ganzen Körper strahlen.

Es tut mir leid, David. Du warst das einzige Licht in meinem Leben. Eine kleine flackernde Flamme auf einer Kerze, die mich mit Wärme eingehüllt hat. Und ich muss dich verlassen – das einzige Licht, das mir hier vergönnt war, um dem Rest der Dunkelheit entkommen zu können.

In Liebe
Deine Daisy

Mein Herz blieb einen Moment lang stehen und mein Magen fühlte sich auf einmal gar nicht gut an. Der Verrat machte sich in meinem ganzen Körper bemerkbar. Mein Vater – den Titel hatte er nicht verdient – war das größte Arschloch, das ich bisher kannte.

Mom war von einem so hohen Wert, dass dieser Mann nicht mal in Stande dazu war, diesen zu schätzen.

Scheiße, wie konnte er uns das nur antun?

Bedeuteten wir ihm denn gar nichts?

Ich nahm Dizees Brief und lief damit zu meinen Eltern ins Wohnzimmer. Die Polizisten waren verschwunden.

Schade aber auch, sie hätten ihn direkt mitnehmen können.

Meine Eltern hatten sich gerade noch über den Einbruch unterhalten, Mom streichelte sogar tröstend über Dads Rücken.

Es ekelte mich an vor Wut.

»Du bist so ein mieses Arschloch!«, rief ich direkt, als sie mich entdeckten.

»David! No hables con tu padre en esta manera!«

»Oh doch. Ich spreche mit ihm, wie ich will! Er ist nicht länger mein Vater und das ist er auch nie gewesen.«

»Was ist denn in dich gefahren, Junge?«

Fragte er mich das jetzt wirklich?

Ich schwur, mein Kopf explodierte gleich vor Wut und Hass auf diesen Mann.

Ohne ihn zu beachten, reichte ich Mom stumm den Brief.

»Was ist das?«, fragte sie.

»Lies.«

Dad versuchte, einen Blick auf den Brief zu erhaschen. Vermutlich hoffte er, dass wir sein Geheimnis nicht entlarvt hatten.

Mom hielt sich die Hand vor den Mund vor Entsetzen. Dann liefen schon die Tränen aus ihren Augen.

»Ist das wahr?«, fragte sie Dad.

Aber wir wussten beide, dass es der Wahrheit entsprach.

Warum sollte Dizee sich sowas ausdenken und dann abhauen?

Ich würde diesem Mädchen alles glauben, denn sie hatte mir nie einen Grund dafür gegeben, es nicht zu tun.

»Du schläfst mit Joséphine Roux und gibst ihr Drogen dafür? Du verkaufst immer noch Drogen, obwohl du mir geschworen hast, dass du es nicht mehr tust?«

Er seufzte. »Schatz, ich kann das erklären, ehrlich.«

»Ich will deine verdammten Erklärungen nicht! Du hintergehst mich in aller Linie, dabei habe ich so viel für dich geopfert! All die Jahre, seit wir uns kennenlernten, habe ich alles für dich getan, weil du die Liebe meines Lebens warst. Ich habe meinen Traum, mein zu Hause und meine Familie für dich aufgegeben, nur, damit du mir immer und immer wieder das Herz brichst und sich herausstellt, dass du nichts davon wert warst!«, schrie sie und es zerriss mir das Herz meine Mutter so verletzt zu sehen.

»Ich soll es nicht wert sein? Du hast das perfekte Leben mit mir! Du hast dieses Haus und ich habe dir einen Sohn geschenkt, weil du unbedingt ein Kind wolltest. Was ich wollte, hat dich nie interessiert! Aber Joséphine gibt mir, was ich will!«

Scheiße, was?

Mom und mir klappte der Mund auf.

Hörte der Mann nicht, was er da für einen Mist redete?

»Joséphine gibt dir gar nichts, du nutzt diese arme kranke Frau nur für deine perversen Fantasien aus und zerstörst sie weiter«, brachte Mom die Wahrheit auf den Punkt.

Doch Dad lachte nur dreckig auf.

Der Typ hatte sie doch nicht mehr alle.

»David, geh und pack deine Sachen.«

Ich nickte, wartete keine Sekunde länger.

Während ich die wichtigsten Sachen zusammenpackte, hörte ich weiter das Gespräch meiner Eltern.

»Wir verlassen dich. Ich will dich nie wieder in meinem Leben sehen, hast du verstanden? Halt dich von uns fern.«

»Dann geh doch! Wir werden ja sehen, wie gut du ohne mich und meinem Vermögen klar kommst!«

Diesmal hörte ich Mom auflachen. »Du bist so ein trauriges Häufchen Elend, dass du dich nur mit deinem Vermögen rüsten kannst. Du kannst so viel Kohle besitzen und so gut aussehen, wie du willst, aber, wenn du ein mieses Arschloch bist, bringt mir alles andere auch nichts. Ich brauche dich und dein Vermögen nicht. Und David sowieso nicht.«

Dann hörte ich ein Klatschen.

Ich rannte zu ihnen hinunter und sah, wie meine Mom sich die Wange hielt. Meine Wut kochte über, ich stürmte auf ihn zu und wollte ihm meine Faust ins Gesicht rammen, doch er packte mich, hielt mich fest und warf mich dann hart zu Boden.

»Rühr ihn nicht an!«, schrie Mom. »Geht es dir gut, Baby?«

Ich nickte, obwohl mir das Atmen schwerfiel.

»Ihr seid die undankbarste Familie, die man nur haben kann. Ich tue das alles für uns, damit wir ein tolles Leben haben. Dabei habe ich noch nie ein Danke von euch gehört. Es wird immer nur gestritten und genörgelt. Ihr seid so anstrengend. Ich kann froh sein, euch loszuwerden.«

»Dann lass uns in Ruhe und wir verschwinden.«

Er zuckte mit den Schultern. »Okay.« Dann ging er zur Vitrine rüber, schenkte sich ein Glas Whiskey ein, setzte sich auf die Couch und schaltete den Fernseher an.

Es gab keine Worte für diesen Mann.

Keinen Ausdruck, für die Größe meines Hasses auf ihn.

»Na komm, Baby«, sagte Mom und schob mich wie vor wenigen Minuten in mein Zimmer.

Ich schloss die Tür hinter mir und nahm meine Mutter in den Arm, damit sie sich geborgen fühlte.

Sie weinte still an meiner Schulter.

Es wunderte mich, dass sie nicht schluchzte vor Schmerz und Verrat. Aber meine Mutter versuchte schon immer, stark zu sein. Sicher tat sie es für mich. Dabei musste sie das gar nicht und stark zu sein, hieß nicht, dass man seine Gefühle runterschlucken sollte. Wir konnten einander halten, weinen und gemeinsam stark sein.

»Danke, pequeño. Lass uns schnell von hier verschwinden.«

»Sí Mamá.«

Als wir beide so weit waren, stand ich vor unserer Haustür und wartete auf sie.

Ein letztes Mal wendete sie sich an Dad und sagte, »Ich werde demnächst mit Maria den Rest unserer Sachen abholen.«

»Gut«, erwiderte er nur, den Blick weiter auf die Glotze gerichtet. Wir waren ihm wirklich scheiß egal. So ein Wichser.

Dann setzten Mamá und ich uns in ihr Auto und fuhren zu Tante Maria, nach Ensenada.

31 Dizee
September 2024

Die Sonne schien auf mich herab und wärmte mein Gesicht.

Ich versuchte, meine Augen zu öffnen, was die Helligkeit mir erschwerte. Doch, als mir der Geruch von Kaffee in die Nase stieg, riss ich sie förmlich auf.

Wer kochte hier Kaffee, wenn ich es nicht war?

Ich blinzelte ein paar Mal und richtete mich dann auf.

Da sah ich einen gut gebauten Mann in Boxershort in der Küche stehen und erinnerte mich langsam wieder daran, was gestern geschah.

Es war also wirklich passiert. Ich fasste es nicht.

Ich sah mich in meiner Wohnung um und erkannte, dass David aufgeräumt und Ordnung gemacht hatte. So sauber wie jetzt war es hier lange nicht mehr.

Er drehte sich zu mir um und kam mit einer großen Tasse Kaffee auf mich zu.

»Guten Morgen, ma cherié. Ich habe dir einen Pumpkin Spice Latte gemacht«, sagte er, reichte mir die Tasse und küsste mich auf die Schläfe.

»Danke. Und danke, dass du aufgeräumt hast. Das hättest du nicht tun müssen.«

»Gerne. Ich schätze, du hast nicht gerade viel Zeit, um Ordnung zu machen. Außerdem ist es sehr eng hier, selbst für dich allein. Du brauchst Platz für deine Arbeit.«

Ich hatte mich bereits daran gewöhnt. Aber einen Raum nur für meine Arbeit – dagegen wäre nichts einzuwenden.

Ich zuckte mit den Schultern, während David es sich ebenfalls mit einer Tasse in der Hand neben mich bequem machte.

»Ich weiß, aber ich habe im Moment nicht das Geld für eine größere Wohnung.«

Ich schlürfte an meinem Latte und atmete den Duft von Zimt ein. Kurz darauf bemerkte ich, dass David nichts erwiderte und mich die ganze Zeit anstarrte, bis ich ihm ins Gesicht sah.

Mein Gott, war dieser Mann gutaussehend.

»Zieh bei mir ein.«

Ich verschluckte mich an meiner eigenen Spucke und bekam einen Hustenanfall. David klopfte mir helfend auf den Rücken – warum auch immer die Leute dachten, dass das helfen würde.

»Entschuldige, dass ich so damit herausplatze. Aber ich habe wirklich sehr viel Platz, einige Räume stehen noch leer, sie würden ganz allein dir gehören und -«

»David«, ich würgte ihn ab.

Wir haben einmal miteinander geschlafen und ja, es war keine Frage, ob ich diesen Mann liebte. Denn das tat ich und das nicht erst seit gestern. Aber wir hatten nicht über die Vergangenheit gesprochen, uns gestern sogar etwas gefetzt und nun wollte er, dass ich bei ihm einzog, als hätte ich ihm nicht vor elf Jahren das Herz gebrochen?

Er war still und wartete, bis ich weitersprach.

»David, das ist ein tolles Angebot, wirklich, ich bin dir sehr dankbar. Aber ...«

Seine Miene hatte sich bei der Vorstellung, ich würde mit ihm zusammenwohnen deutlich erhellt. Doch nun wurde sie ernst. Er presste seine Lippen zusammen und stelle die Tasse auf meinem Sofatisch ab.

»Aber was, Dizee? War das gestern eine einmalige Sache? Soll ich jetzt gehen und dich für immer in Ruhe lassen, so wie du es bei mir getan hast, ohne, dass ich das je wollte?«

Autsch.

Das versetzte mir einen ordentlichen Tritt.

»Nein, ich ... David wir haben uns erst jetzt wieder gefunden und bevor du darüber redest, dass ich bei dir einziehen soll, solltest du erst wissen, dass ...«

»Ich habe deinen Brief gelesen, Dizee. Ich weiß, dass es dir leidtut. Du musst dich für nichts entschuldigen und nichts erklären. Ich weiß alles. Ich gebe dir nicht die Schuld für das, was mein Vater und deine Mutter getan haben. Natürlich hat es mir das Herz gebrochen, als du gegangen bist, denn du hättest nicht gehen müssen. Ich hätte dir damals im Regen auf der Stelle verziehen, denn mit der Wahrheit über meinen Vater, hast du mich nur beschützen wollen. Dass meine Mom und ich, dank dir wussten, dass er immer noch so ein Arschloch war und sich nicht geändert hat, hat unser Leben verändert. Es ist zu einem Besseren geworden. Wenn überhaupt, bin ich derjenige der sich bei dir entschuldigen sollte. Auch, dass ich gestern laut geworden bin, war nicht in Ordnung. Dich zu sehen hat mich einfach etwas aufgewühlt. Du hast mir schrecklich gefehlt, Daisy. Und dass du gegangen bist, obwohl du es nicht hättest müssen, hat mich wütend gemacht. Dass du dich für ein Leben ohne mich entschieden hast, hat mich verletzt. Aber als ich heute Morgen aufgewacht bin, mit dir in meinen Armen – wie hätte ich da noch sauer sein können? Wir haben uns wiedergefunden, das ist etwas, worüber ich nur glücklich sein kann.«

Das kam völlig unerwartet. Aber seine Worte ließen mein Herz schneller schlagen. Auch ich bin endlos froh darüber, wie es gelaufen ist. Die ganze Zeit dachte ich, er würde mich hassen und sofort verlassen, wenn er erfuhr, wer ich wirklich war.

Ich habe mich so lange gefragt, ob es nicht ein Fehler gewesen war, einfach so nach Sunmond zu ziehen und David zurückzulassen. Habe mich immer gefragt, ob ich wirklich diese Schuld auf mich laden sollte, ob das gerechtfertigt sei. Oder ob nicht alles besser geworden wäre, wenn ich da geblieben wäre. Doch all die schlechten Erinnerungen und der Gedanke an meine Mutter, mit der ich weiterhin wohnen müsste, sagten mir, dass es die richtige Entscheidung war, zu gehen. Ich wollte nicht mit dem Geheimnis leben, was ich über Davids Vater herausfand. Wollte es ihm nicht verheimlichen, weil ich seine Freundin war und ihn niemals belügen würde. Er hatte es erfahren müssen. Seine Familie wurde durch mich, durch die Wahrheit, die ich ihm weitergab, zerstört. Die Angst, er würde deshalb all die Schuld auf mich schieben, war zu groß. Die Angst, er würde so wie ich, alleine mit seiner Mutter leben, dessen Vater nur ein Dreckskerl war und der sie in die Drogensucht getrieben hatte, war zu groß. Ich wollte nicht wissen, ob sein Leben so wurde wie meines, als ich als Teenager in L.A. lebte. Es war besser, nichts über ihn zu wissen und ihn nicht weiter in mein beschissenes Leben hineinzuziehen.

Ich wusste ja nicht einmal, ob er den Brief zu lesen bekam. Es hätte sein können, dass sein Vater den Brief fand und entsorgte, bevor David von der Wahrheit erfahren konnte. Doch er hatte den Brief gelesen. Und nun, Jahre später, saß er neben mir und nahm meine Hand in seine, sah mir tief in die Augen und sagte mir, dass ich dafür gesorgt hatte, dass das Leben seiner Mutter und seines zu einem Besseren geworden war. Dass er mir nicht die Schuld gab, für alles, was geschah. Dass ich mich nicht entschuldigen musste, auch, wenn mein Gehen ihm das Herz brach.

Und, dass er es war, der sich entschuldigen musste.

Weshalb denn bitte? Er hatte nie etwas falsch gemacht.

Mein Herz schlug schneller und ich schluckte fest, bevor ich mich traute zu fragen: »Wofür solltest du dich entschuldigen müssen?«

»Für das mit deiner Mutter. Du weißt schon ...«, er sah mich bemitleidenswert an.

Ich wusste nicht, wovon er sprach, doch die Wendung des Gesprächs gefiel mir überhaupt nicht.

Ich schüttelte langsam den Kopf.

Davids Augen wurden groß. »Du ... du weißt es nicht?«

Erneutes schütteln.

»Was sollte ich wissen, David? Was ist mit meiner Mutter?«

»Oh scheiße, Dizee ...«, er wendete sein Gesicht ab, hielt aber weiterhin meine Hand.

»Was ist mit meiner Mutter? Jetzt sag schon«, forderte ich und glaubte, die Antwort bereits zu wissen.

Doch selbst wenn man eine Wahrheit schon tief im Inneren kannte, gab man niemals die Hoffnung auf, dass sie doch nicht zutraf.

»Dizee, deine Mutter ... sie ist tot.«

32 Dizee

Meine Mutter ist tot.
   Meine Mutter ist tot.
Meine Mutter ist tot.

Immer wieder hallte der Satz in meinem Kopf, wie ein hängengebliebenes Band.

Wie konnte das sein? Warum hatte Grandma mich nicht kontaktiert?

Scheiße. Konnte das wahr sein?

Meine Oma hatte mich tatsächlich angelogen.

Maman rief einmal im Monat bei Granny an und erkundigte sich darüber, wie es mir ging. Manchmal sprach ich auch selbst mit ihr. Nicht, weil ich sie leiden konnte. Einfach, weil sie meine Mutter war, und ich wusste, dass ich ihr Mal mehr bedeutet hatte als das gesamte Universum. Ich erinnerte mich nur nicht daran, wann das gewesen war. Eines Tages waren ihr Anrufe mehrere Monate her. Als ich Grandma fragte, ob sie etwas von Maman gehört hatte, setzte sie sich mit mir zusammen und begann ein ernstes Gespräch.

Maman interessiere sich gar nicht wirklich für mich. Sie hatte nur ein schlechtes Gewissen und riefe deswegen an. Nun hatte sie noch mehr Probleme, als vorher, die mich völlig in den Hintergrund stellten. So weit in den Hintergrund, dass man mich gar nicht mehr wahrnahm. Das hatte Grandma mir erzählt.

Doch nun stellte sich heraus, dass es nichts weiter als eine Lüge war. Ich wusste es, tief in meinem Inneren.

Meine Mutter war tot und das schon seit Jahren.

Und ich hatte keine Ahnung.

Nicht mal davon, wie sie ging, warum.

Was war ihr letzter Gedanke? Bin ich es gewesen, an die sie dachte, als sie ihre Augen für immer schloss? Hatte sie Schmerzen? Wie hatte sie sich gefühlt? War sie allein oder hatte jemand ihre Hand gehalten und ihr versprochen, dass alles gut werden würde, um sie zu beruhigen?

Fuck. Meine Mutter war tot und ich hatte sie seit meinem damaligen Umzug nach Sunmond nicht gesehen, nicht besuchen wollen.

Ich war die schlimmste Tochter der Welt. Dabei war sie doch die miserable Mutter gewesen.

David berührte meine Wange. Erst da trat ich aus meinem Gedankenschleier heraus und bemerkte Feuchtigkeit auf meinem Gesicht, welches David mit seinen Händen versuchte zu trocknen.

»Es tut mir so leid.«

»Ich konnte mich nicht verabschieden«, flüsterte ich in den Raum. Die Erkenntnis traf mich härter, jetzt wo ich sie laut aussprach.

»Sie sagte, dass sie mich liebt, und ich habe es nicht erwidert«, wisperte ich und beendete den Satz mit einem lauten Schluchzer.

Warme, starke Arme legten sich um mich, drückten mich an eine bequeme Brust.

Ich weinte und weinte. Hatte vergessen, wie man wieder damit aufhörte. Alles in mir schrie vor Schmerz. Mein Magen rumorte und mir war übel. Mein Herz wusste nicht, ob es vor Aufregung schneller oder vor Sauerstoffmangel langsamer schlagen sollte.

Ich hatte schon viele Arten von Schmerz kennenlernen dürfen.

Doch das war nichts im Vergleich zu diesem Moment.

Es war genau so wie damals, als Tamara starb.

Der Verlust eines Menschen, den man liebte, war ein ganz eigener Schmerz, der sich nicht definieren ließ.

Adrian

2013

Die Musik brummte so heftig, wie alles in mir drin.

Ich hatte schon einige Flaschen Bier geleert und jede Menge Koks gezogen. Joints wurden auch geraucht.

Doch diesmal beflügelten mich all die Drogen nicht. Sie verschlechtern mein Gefühl nur noch weiter.

Meine Gedanken nahmen einen düsteren Raum ein. Ich war ohnehin nicht gerade für meine Barmherzigkeit bekannt. Aber ich sprach die Wahrheit, wenn ich sagte, dass ich meine Familie liebte.

Schade nur, dass sie keinerlei Verständnis für meine Unternehmungen hatte.

Warum erkannten sie nicht, dass ich das alles für sie tat?

Ich machte jede Menge Kohle und ermöglichte uns das Leben, das wir hatten. Wir lebten in fucking L.A. in einem großen weißen Haus, machten mehrere Male im Jahr Urlaub. Es hatte uns an nichts gefehlt und doch hatte Leire oft verlangt, dass ich mit dem Drogenhandel aufhörte.

Die beiden waren undankbare Menschen, die es nicht mal verdient hatten, dass ich meinen Arsch für sie hinhielt. Wie viel ich damit für sie opferte, kam ihnen wohl kaum in den Sinn.

Meine Wut stieg langsam aber spürbar.

Seit David sich mit dieser Daisy Roux angefreundet hatte, wurde alles nur noch schlimmer. Die Tochter dieser Junkie-Hure, der ich ab und an erlaubte meinen Schwanz zu reiten, damit ich wenigstens irgendwas als Bezahlung erhielt.

Denn das viele Geld für die Drogen hatte sie nicht und sie würde es in diesem Leben nicht mehr schaffen, ihre Schulden bei mir abzubezahlen.

Ihre kleine Hurentochter hatte meinen Sohn verführt und ihm die Wahrheit über mich und ihre Mutter erzählt, ehe sie abgehauen war. Klug war sie immerhin, denn sonst hätte ich sie persönlich umgebracht.

Da kam mir doch ein interessanter Gedanke ...

Ich stand von der Couch auf und schlenderte zu meinem geheimen Fach hinüber. Als ich den Code eintippte, öffnete sich die Schublade, in der sich meine Pistole befand. Ich steckte das schöne Ding in meinen Hosenbund und fühlte mich mächtiger, als ohnehin schon.

Schon setzte ich mich in meinen Mercedes Maybach und fuhr geradewegs zu Joséphine. Das abgeranzte Haus aus Holz würde ja doch niemand, bis auf den Postboten, aufsuchen.

Ich klopfte an, doch niemand öffnete die Tür.

Erneutes Klopfen.

»Wer ist da?«, rief sie verängstigt.

Ich trat hinein, ohne, dass sie für mich öffnete.

»Was willst du hier?«

Ihr Augen waren gerötet.

»Deine Tochter hat dich verlassen.«

Sofort stiegen ihr die Tränen wieder in die Augen.

»Woher weißt du das?«

»Tja, unsere Kinder waren wohl sehr gut miteinander befreundet. So gut, dass sie meinem Sohn die Wahrheit über uns erzählt hat. Du hattest deine Tochter wohl nicht ganz unter Kontrolle was? Ich würde sie am liebsten ausfindig machen und eigenhändig erwürgen.«

Sie stand abrupt von ihrem zerfledderten Sofa auf und kam auf mich zu gestampft. Dann landete ihre Faust in meinem Gesicht.

»Du krümmst meiner Tochter kein Haar, hast du verstanden?!«, brüllte sie.

»Wow, ich hab noch nie so ein Feuer in dir gesehen. Was hast du genommen?«

»Gar nichts«, zischte sie wie eine Schlange.

Ich lachte ihr laut ins Gesicht.

»Wenn du wirklich nichts genommen hast, ist das wirklich witzig. Jetzt wo deine Tochter weg ist, hörst du mit den Drogen auf? Urkomisch, ehrlich.«

»Ich werde mich für sie bessern. Sie soll wissen, dass ich es ernst mein. Und, dass ich sie liebe. Sie ist alles, was ich brauche.«

»Diese Chance wirst du nicht bekommen.« Ich schlug einen tieferen Ton ein.

Sie wurde ganz blass. »Wa-was meinst du damit? Was hast du vor?«

Ich nahm die Pistole aus meiner Hose und entriegelte die Sicherung.

Entsetzen spiegelte sich in ihrem Gesicht.

»Das kannst du doch nicht ernst meinen!«

»Oh und ob ich das ernst meine.«

Sie schüttelte den Kopf. »Was ist mit deiner Familie? Warum tust du ihnen sowas an?«

»Meine Familie? Meine Familie hat mich wegen dir und deiner Tochter verlassen. Jetzt muss jemand dafür bezahlen. Wenn nicht deine Tochter, dann du.«

Sie sah mich an, als hätte ich den Verstand verloren.

Dabei war das nur Gerechtigkeit.

Dann kniete sie vor mir und schloss die Augen.

»Wenn ich damit das Leben meines Kindes rette, dann sei es so.«

Das kam überraschend. Ich hätte gedacht, sie würde sich wehren. Irgendwie nahm mir das ein wenig den Spaß an der Sache.

Ich zuckte mit den Schultern. »Na dann. Noch irgendwelche letzten Worte?«

»Ich liebe dich, meine kleine wunderschöne Dizee. Ich weiß, du wirst es zu etwas bringen, nicht so wie deine Mutter. Es tut mir leid. Es tut mir so leid. Dizee -«

Schuss.

34 David
2013

Mom und ich haben drei Monate bei meiner Tante gelebt, bis wir eine eigene kleine Wohnung fanden. Hier wohnten wir nun seit einem halben Jahr.

Auch wenn Ensenada schön war, fehlte mir L.A.

Aber ich hatte mir bereits vorgenommen, wieder nach L.A. zu ziehen, wenn ich alt genug fürs College war. Dort würde ich dann die University of California L.A. besuchen, um meine Skills als Filmregisseur zu erweitern.

Ich habe mich in der Schule relativ gut eingelebt.

In L.A. hatte ich keine Freunde, da sich alle wegen der Gerüchte – die keine Gerüchte waren – von mir fernhielten. Es gab nur Dizee und meinen Kumpel Cyrus, den ich online in einem Game kennengelernt hatte.

Aber hier fing ich neu an, ohne meinen Vater. Niemand kannte mich oder meine Familienprobleme. Ich hatte hier zwar auch keine engen Freunde, von denen ich behaupten würde, wir würden ein Leben lang befreundet sein. Aber es waren Menschen, mit denen man reden und Spaß haben konnte. Das reichte mir.

Was mir wirklich fehlte, war Dizee. Mein Leben hatte sich in Graustufen gewandelt, seit sie fort war.

Seit sie mich geküsst und stehen gelassen hatte.

Ich wusste nicht, ob ich wütend auf sie war oder einfach nur traurig. Ihre Entscheidung zu gehen, weil sie es bei ihrer Mutter nicht ertrug, war nachvollziehbar. Aber nicht, dass sie die Schuld auf sich nahm und sofort davon ausging, ich würde sie hassen, wenn ich die Wahrheit erfuhr.

Wenn ich weiterhin ahnungslos wäre, hätte ich eine heile Familie und würde in L.A. leben.

Aber wollte ich das? Eine Familie, die in Wahrheit nicht heil war, da sie nur auf Lügen basierte?

Nein. Dizee hatte uns die Augen geöffnet, dafür gesorgt, dass meine Mutter und ich ein besseres Leben hatten. Sie hatte uns damit geholfen, der Schmerz aber wurde uns nicht von ihr, sondern von meinem Vater zugefügt. Und doch konnte ich ihr das alles nicht sagen, weil ich keine Möglichkeit hatte, sie zu kontaktieren. Zwar wusste ich, wo sie wohnte, aber ich hatte keine Adresse, keine Nummer – nichts. Im Telefonbuch von Sunmond, Texas gab es keine Festnetznummer einer alten Dame mit dem Namen Roux. Vermutlich hatte ihre Großmutter einen anderen Nachnamen.

Ich hatte ihr auch Nachrichten zugeschickt und sie angerufen, doch die einzige Rückmeldung, die ich bekam, war von einem fremden Mann, der nun ihre Nummer besaß. Sie hatte also eine neue Handynummer, wenn nicht sogar ein neues Smartphone. Ihr Leben war heute sicher ein schöneres als früher.

Schade nur, dass ich nicht mehr dazugehörte.

Es quälte mich, nicht mit ihr reden oder ihr Lachen hören zu können. Am liebsten wollte ich stundenlang mit ihr telefonieren, mich mit ihr austauschen, wie es für sie in Sunmond und für mich hier in Ensenada war.

Ohne sie zu sein, war eine Folter.

Ich schaltete gerade meine Playstation an, bereit eine Runde mit Cyrus zu zocken, da kam Mom in mein Zimmer.

Ich zog mir die Kopfhörer wieder vom Kopf und drehte mich zu ihr um. »Was gibts?«

»Ich muss mit dir reden, pequeño.«

»Okay.«

Das klang ernst. Schon breitete sich ein mulmiges Gefühl in meinem Bauch aus.

Sie nahm meine Hand und drückte sie, während sie durch die Gegend schaute, suchend nach den passenden Worten.

»Mamá, sag es einfach.«

»Dein Vater ...«

Was wollte er? Hatte er sich gemeldet? Sich bei ihr entschuldigt und um eine neue Chance gebeten? Sie hatte ihm aber nicht verziehen, oder etwa doch?

»Ihr seid wieder zusammen?«

»Qué? Dios mio, nein!«

Ich seufzte erleichtert aus.

»Nein, er sitzt jetzt im Gefängnis.«

Endlich. Es war endlich passiert.

»Aber nicht nur wegen des Drogenhandels.«

Oh. Das klang nach ziemlich großer Scheiße.

»Wofür noch, Mamá?«

Sie schaute weg. »Daisys Mutter ...«

Ich kniff meine Augenbrauen zusammen, riss meine Augen auf und fürchtete mich davor, was nun kommen würde.

»Er hat sie erschossen.«

Nein. Nein, nein, nein.

Verdammte. Scheiße.

»Es tut mir leid«, sie seufzte, »Ich hoffe nur, dass Daisy die Unterstützung hat, die sie jetzt in dieser schweren Zeit braucht.«

Daisy ... Ich wünschte, ich könnte bei dir sein. Es tut mir so leid.

Wie es aussah, sollte ich derjenige sein, der sich vor deinem Hass fürchten und mit Schuldgefühlen leben sollte.

Aber ganz sicher nicht du.

35 Dizee
2013

»Gott, Mr. Stevens ist so eine Schlaftablette. Es gibt keine Unterrichtsstunde, die sich anfühlt wie fünf Stunden, außer bei ihm. Der Mann ist doch gerade mal dreißig, oder?«, beschwerte Tami sich auf unserem Nachhauseweg.

Ich lachte, »Geistlich vermutlich eher hundert.«

»Wie wahr«, stimmte sie mir zu.

Fast ein Jahr war vergangen, seit ich nach Sunmond gezogen war. So sehr ich David auch vermisste, ich war in meinem Leben noch nie so glücklich wie heute. Ich wurde hier nicht gemobbt, gehörte aber auch nicht zu den beliebten Schülerinnen. Ich war in der Mittelschicht und Tami ist seit dem ersten Tag meine beste Freundin. Sie ist eine der Mädchen, die ganz einfach zu den Beliebten gehören konnte, denn einfach alle an der Schule mochten sie. Ich konnte es ihnen nicht verdenken, es gab nichts, weswegen man sie nicht leiden könnte, bis auf Neid.

Mit ihren blonden Locken, der Blümchenbluse, dem kurzen Jeansrock und den Westernstiefeln gab sie den Look eines süßen Texasgirls ab. Doch lernte man sie näher kennen, wusste man, dass sie auch sehr tough war. Sie sagte frei heraus, was sie dachte, konterte perfekt gegen die Witze der Jungs und war lustig. Wäre mein Herz nicht an David vergeben, hätte ich mich mit Sicherheit in Tami verliebt. Doch so war die Liebe zu ihr, wie zu einer Schwester, die ich nie hatte.

Wir blieben an der Ecke stehen, die uns entweder ins Zentrum oder zu einem Park führte. Hier holte Tamis Dad uns ab. Da Tamara auf einer Farm lebte, wäre es zu Fuß ein längerer Marsch, als mal eben die fünfzehn Minuten mit dem Auto zu fahren. Ein Truck kam uns entgegen, so wie jedes Mal hupte Benjamin, bevor er mit dem Wagen genau vor uns anhielt.

Tami öffnete die Beifahrertür und hüpfte in den Wagen. »Hey Daddy«, begrüßte sie ihn und gab ihm ein Küsschen auf die Wange.

»Hallo mein Schatz, hallo Dizee, wie gehts dir?«

In Sunmond hatte ich alle, die was mit mir zu tun hatten, gebeten, mich »Dizee« und nicht »Daisy« zu nennen. So machte ich aus der französischen Aussprache meines Namens – der in meiner alten Schule immer verspottet wurde – ein Unikat. Nie hatte jemand von diesem Namen gehört und eben das gefiel ihnen so daran. Seither liebte ich es, wenn jemand mich, wie meine Mutter, »Dizee« statt »Daisy« rief.

»Hey Benjamin, alles gut soweit und wie ist es bei dir?«, antwortete ich, während ich mich auf dem Rücksitz anschnallte.

»Ach, du weißt doch, die Farm ist etwas anstrengend, aber ich tue, was ich liebe. Ich kann mich nicht beschweren. Wobei mein Rücken mir etwas zu schaffen macht.«

»Dann geh wieder zum Chiropraktiker, Dad. Du warst schon lange nicht mehr da.«

»Ich hatte keine Zeit.«

»Falsch«, sagte Tami, »Du nimmst dir nur nicht die Zeit.«

Benjamin lachte. »Was würde ich nur ohne dich tun?«

»Im Rollstuhl sitzen«, gab sie humorvoll wieder, wobei das sogar einen Ticken der Wahrheit entsprach.

Er lachte wieder.

Die beiden so voller Harmonie zu sehen, stimmte mich glücklich und zeitgleich auch traurig. Ich träumte von so einer Familie.

Tami hatte ihre Mutter vor sechs Jahren an Krebs verloren. Doch die beiden schafften es dennoch, ein Herz und eine Seele zu sein.

Leben im Jetzt und machten weiter, weil sie wussten, dass ihre Mutter sich das für die beiden gewünscht hätte.

Auf der Farm angekommen, aßen wir gemeinsam zu Mittag und erledigten unsere Hausaufgaben. Tami schlug vor, gemeinsam auszureiten, denn genau hinter ihrem Hof, fuhr ein von Baumkronen bedeckter Weg mitten in den Wald.

Seit wir uns kannten, brachte sie mir das Reiten bei und ich hatte damit ein neues Hobby für mich entdeckt. Ich erinnerte mich nicht daran, wann ich das letzte Mal so viel Spaß an etwas hatte. Bis auf das Zeichnen und Nähen.

Als wir im Wald mit den Pferden Schritt hielten, fragte sie mich, »Willst du mir erzählen, was dich bedrückt?«

»Was meinst du?«

Sie legte den Kopf schief und hob eine Augenbraue. »Komm schon, Dee. Dein Blick im Auto hat Bände gesprochen. Irgendwas bedrückt dich.«

Tami war echt gut in sowas.

Ich atmete hörbar aus. »Um ehrlich zu sein, ich bin neidisch auf dich.«

»Warum?«

»Ich bin neidisch auf dein Verhältnis zu deinem Vater. Ich habe keine Ahnung, wo mein Vater ist, was er macht, ob er an mich denkt oder sonst was. Und meine Mutter ... Darüber will ich gar nicht sprechen. Fakt ist, so eine Bindung zu meiner Familie durfte ich nie kennenlernen und ich hätte es mir so sehr gewünscht.«

Sie kam mir mit ihrem Pferd näher und deutete mir, ihr meine Hand zu geben. Wir hielten uns mit einer Hand am Zügel fest und mit der anderen einander.

»Du durftest so eine Umgebung kennenlernen. Deine Grandma, mein Dad und ich – wir sind deine Familie. Du brauchst also nicht neidisch auf mich sein, denn du bist ein Teil davon und das wirst du auch immer bleiben, weil du nicht nur meine beste Freundin bist, sondern auch meine Schwester.«

Meine Lippen verzogen sich zu einem Schmollmund und die Tränen verschleierten meine Sicht.

»Ich hab dich so lieb, ma petite.«

»Ich hab dich auch lieb, Dizee.«

Benjamin und Tami fuhren mich wieder nach Hause, als es Zeit war zu gehen. Morgen würden wir uns für ein Eis wieder treffen, zusammen mit Summer, Tamis Freundin aus Kindertagen. Ich freute mich schon jetzt darauf.

Die Stadt war klein und schön, niemand beleidigte mich, ich hatte Freundinnen und eine Familie, die mich liebte und der ich vertraute. Ich hatte alles.

Außer David.

Der Gedanke an ihn ließ mein Herz wieder schmerzen.

Ich hoffte nur, dass er wohl auf war.

Als ich die Wohnung betrat, rief meine Großmutter mich direkt zu sich.

»Was ist los, grand-mère?«

»Setz dich, wir müssen reden.«

Das klang aber nicht gerade nach erfreulichen Nachrichten.

»Ist etwas mit Maman? Hat sie wieder angerufen und nach mir gefragt?«

Seit ich hier lebte, hatte ich den Eindruck, dass meine Mutter sich Mühe gab. Sie rief jeden Monat mindestens drei Mal an und wollte mit mir reden. Anfangs sträubte ich mich dagegen, doch irgendwann gab ich ihr die Chance. Sie fragte, wie es mir ging, wie die Schule war und ob es etwas gab, worüber ich mit ihr reden wollte. Ich beantwortete ihre Fragen kurz und knapp, erzählte nicht viel von meinem Leben, verdeutlichte aber, wie gut es mir hier erging. Mom klang am Telefon auch schon besser als sonst. Doch ich würde mir nicht zu große Hoffnungen machen. Sie sollte sich weiter bemühen.

Vielleicht würden wir uns dann eines Tages gemeinsam ein neues Leben hier aufbauen, wenn sie clean war und wir die Sicherheit hatten, dass sie das Zeug nie mehr anrührte.

»Ja, sie hat angerufen.« Grandma klang nicht gerade begeistert. »Sie möchte keinen weiteren Kontakt zu dir.«

Und damit fiel ich plötzlich in ein tiefes Loch.

Ich hatte heute einen so schönen Tag gehabt und mit nur einer schlechten Nachricht, war die gute Laune des ganzen Tages dahin.

»Was? Aber warum? Ich dachte, sie wollte um mich kämpfen und sich bessern?«

Das machte doch überhaupt keinen Sinn.

»Ich kann dir nicht sagen, was im Kopf deiner Mutter vorgeht, mein Kind. Sie hat sich so sehr verändert, ich erkenne sie schon seit der Trennung deines Vaters nicht wieder. Sie hat mir nichts erklärt, nur behauptet sie müsse den Kontakt zu dir abbrechen und aufgelegt.«

Meine Großmutter wollte mich in den Arm nehmen, als sie sah, dass ich weinte.

»Nicht«, sagte ich und schlurfte still in mein Zimmer.

Dort schmiss ich mich auf mein Bett und ließ meiner Trauer freien Lauf.

Seit ich damals ins Flugzeug gestiegen bin, hatte ich es geschafft all den Schmerz, die Wut und die Trauer in mich hineinzufressen. Doch jetzt ist das Fass übergelaufen. Ich ertrug es nicht länger.

Ich weinte alles aus mir heraus. Ich weinte um meine Mutter, um meinen Vater, um das Leben, das ich geführt hatte. Ich weinte um David, weil ich mir gerade so sehr wünschte, von ihm gehalten zu werden. Doch das würde nie wieder passieren, weil ich ihm das Herz gebrochen hatte. Er hasste mich. Mein Vater wollte nichts von mir wissen, genauso wenig wie meine Mutter, obwohl sie versprach, ihr Bestes für mich zu geben.

Und ich wollte ihr glauben. Das wollte ich unbedingt. Denn die Vorstellung, ein normales Leben mit meiner Mutter zu führen, klang zu schön, um wahr zu sein. Mein Schluchzen wurde immer lauter. Dann schrie ich in mein Kissen, um mich abzureagieren, doch es half nichts.

Warum? Warum nur verließen mich alle? Warum verlor ich alle? Warum war ich nicht genug? Was musste ich tun, damit ich genug wäre?

Obwohl ich in Tami, ihrem Vater und meiner Grandma eine neue Familie gefunden hatte, lasteten die Schmerzen meiner Vergangenheit auf meinen Schultern. Alles, was in L.A. passierte. Alles, was man mir während der Schulzeit dort eingeredet hatte. Das Fortgehen meines Vaters. Dass ich David verlassen musste und jetzt auch noch meine Mutter, die nichts mehr von mir hören wollte. Ich verstand nicht, warum das alles mir passierte.

Wofür wurde ich bestraft?

Irgendwann schlief ich mit all den unbeantworteten Fragen und feuchten Wangen ein und träumte von Armen, die mich festhielten. Der Duft von Kaminholz stieg mir in die Nase und ließ mein Blut heiß werden, wie ein Feuer, dass mich durchzuckte. Er erzählte mir einen dummen Witz, damit meine traurigen Tränen sich in glückliche wandelten. Ich schmiegte mich enger an seine Brust, sog seinen Duft ein, genoss den Klang seiner Stimme und ließ mich einfach von ihm halten.

»David ...«

36 David
September 2024

Ich hatte mich mit Dizee aufs Sofa gelegt und sie so lange weinen lassen, bis sie erschöpft auf meiner Brust einschlief.

Verdammt ... Ich hatte keinesfalls vorgehabt, ihr so weh zu tun. Ich dachte, sie wüsste, dass ihre Mutter damals gestorben war.

Mich graulte der Gedanke daran, dass sie mich über ihren Tod weiter ausfragen würde, sobald sie aufwachte. Ihr Herz war im Moment genug verletzt worden. Ihr die Wahrheit zu sagen, würde sie zerstören. Vielleicht würde sie mich dann sogar hassen. Schließlich war es mein Vater, der ihr ihre Mutter genommen hatte. Ebenso wie die Chance, einen Neuanfang mit ihr zu wagen.

Aber wenn sie mich fragte, würde ich sie nicht anlügen. Das hatte ich noch nie getan und ich würde auch niemals damit anfangen.

Dennoch hatte ich keine Ahnung, was ich tun sollte, wenn sie mir dann die Schuld für die Taten meines Vaters geben würde.

Gott ... ich hasse diesen Kerl. Er erschwerte auch wirklich allen das Leben.

So leid es mir tat, dass Dizees Mutter dafür sterben musste, bin ich froh, dass es passiert war. Denn nur deswegen kam mein Vater endlich und endgültig hinter Gitter.

Ich entschied, Sushi und Macarons für Dizee und mich zu besorgen. Vielleicht würde sie das aufmuntern und auf andere Gedanken bringen. Als ich zurückkam, lag sie noch immer auf der Couch umhüllt von der weichen beigen Decke.

Ich stellte das Essen auf dem Couchtisch ab, da bewegte sie ihre Beine.

»Wo bist du gewesen?«, fragte sie müde mit geschlossenen Lidern.

Ich setzte mich neben sie und streichelte ihr über den Kopf. »Ich hab uns was zu Essen besorgt.«

Bei dem Thema Essen öffnete sie sofort ihre Augen.

»Und was?«, fragte sie mit einem kleinen Lächeln auf den Lippen.

»Sushi und Macarons. Ich bin davon ausgegangen, dass du es immer noch gerne isst.«

Sie nahm meine Hand in ihre. »Du bist der Beste.«

Ich schmunzelte verlegen, antwortete aber mit einem Geseufzten, »Ich weiß«.

Sie lachte. »Natürlich weißt du das.«

Wir aßen zusammen und verbrachten den Tag nur kuschelnd auf der Couch, während wir Filme sahen und nicht gerade viel miteinander redeten.

Als die neuerschienene Buchverfilmung einer weltbekannten Autorin zu Ende war, wirkte Dizee sehr betrübt.

»Woran denkst du?«

Sie ließ sich etwas Zeit, bevor sie antwortete. »Ich will dich fragen, wie meine Mutter gestorben ist. Habe aber Angst vor der Antwort.«

Und ich davor, wie sie auf die Antwort reagieren würde.

»Wenn du es wissen willst, werde ich es dir sagen. Ich werde hier sein, so lange du mich brauchst.«

Sie atmete tief ein und wieder aus. Dann nickte sie.

»Okay. Sag es mir. Ich will es hinter mich bringen.«

Ich atmete hörbar aus, angespannt von der Situation.

Und dann sprach ich den Satz blitzartig aus. »Ihr wurde in den Kopf geschossen.«

Dizee wich zurück, als hätte ich ihr einen Schlag verpasst.

»Was?«, ihre Stimme war kaum hörbar. »Ich dachte, sie wäre vielleicht an einer Überdosis gestorben oder an den Folgen ihrer Drogensucht, aber ... was ... das ergibt doch keinen Sinn. Ich meiner, wer ...«

Ich sah es in ihrem Blick. Wie sie überlegte, warum jemand ihre Mutter töten sollte und wie sie schnell auf eine Eingebung kam.

Dann sah sie mich mit Entsetzen an. Schmerz und Wut spiegelten sich in ihren Augen, in denen die Tränen von heute Morgen zurückkamen.

»Nein ...«

Dizees Stimme war kaum hörbar.

Auch ich wünschte, es wäre nicht wahr. Ihre Mutter starb durch die Hand meines Vaters. Mein Vater war schuld an dem schweren Verlust der Frau, die ich mehr liebte, als die ganze Welt. Nur wegen ihm mussten wir und auch meine Mutter durch die Hölle gehen. Ich wünschte mir in diesem Moment nichts sehnlicher, als ihr den Schmerz abzunehmen.

»Doch, leider ist es wahr.«

Dizee stand abrupt auf und zeigte zur Tür, während die Tränen wie ein Wasserfall über ihr Gesicht flossen.

»Raus hier!«

Ich war sofort auf den Beinen, doch statt zu gehen, stellte ich mich genau vor sie. »Dizee, du glaubst nicht, wie leid mir das tut.«

»Da hast du recht, das glaub ich dir nicht! Scheißkerl! Arschloch! Wichser!«

Es folgten eine Menge französische Worte, die vermutlich ebenfalls nicht sehr nett waren. Mit jeder Beleidigung boxte sie gegen meine Brust und schluchzte. Ich wusste, dass das alles nicht mir, sondern meinem Vater galt, also ließ ich sie gewähren.

»Scheiße verdammt! Fuck! Fuck! Fuck!!!«

Ich schnappte mir ihre Handgelenke, damit sie stoppte. Dann schloss ich sie einfach fest in meine Arme. Anfangs wehrte sie sich noch dagegen, doch irgendwann gab sie Ruhe und legte ihren Kopf an meiner Schulter ab.

Ihr Schluchzen trieb selbst mir die Tränen in die Augen.

Es schmerzte, sie so zu sehen. Und leider, hatte ich sie viel zu oft so zu sehen bekommen. Voller Trauer und Wut.

Ich würde alles dafür tun, dass es nie mehr so war wie damals und heute. Würde für sie die Sterne, Sonnenstrahlen und das Mondlicht vom Himmel holen, um Dizee ebenso zum Leuchten zu bringen. Denn wenn sie strahlte ... Das ließ sich mit den Trilliarden Sternen, der riesigen Sonne und dem wunderschönen Mond nicht einmal vergleichen.

»Es tut mir leid. Es tut mir so leid«, war das Einzige, was meinen Mund verließ. Ich sagte es immer und immer wieder.

»Es tut mir leid.« Diesmal war Dizee es, die diese Worte aussprach.

»Es gibt nichts, wofür du dich entschuldigen müsstest.«

»Es gibt auch nichts, wofür *du* dich entschuldigen müsstest. Du kannst nichts dafür, dass du so einen Vater hast«, sagte sie mit belegter Stimme und löste sich langsam von meiner Umarmung.

Sie schniefte, »Weißt du wo ...?«

Ich nickte. Seit ihrem Tod waren Mom und ich diejenigen, die dafür gesorgt hatten, dass Blumen an ihrem Grab gepflanzt wurden. Das tat niemand sonst, was unheimlich traurig war.

»Möchtest du sie besuchen?«

»Ja, aber nicht heute. Ich ... ich muss das erst mal verarbeiten und mir Gedanken darüber machen, was ich ihr alles sagen möchte.«

Ich nickte. »Dann zieh dir etwas an. Ich weiß, was wir jetzt machen.«

37 Dizee

»Okay gehen wir«, sagte ich, nachdem ich mir das Salz von Augen und Gesicht abwusch und eine Tagescreme auflegte. Ich hatte mir mein selbstgenähtes Jeanskleid angezogen, das mit einem weißen Neckholdertop verknüpft war, dessen Ärmel nur an den Armen entlang hingen und an den Handgelenken befestigt waren. Dazu Stiefeletten und ich war so weit. Niemand würde glauben, dass ich noch vor fünf Minuten einen Nervenzusammenbruch hatte.

David sah mich von oben bis unten an. »Wow! So willst du gehen?«

Ich zog eine Augenbraue hoch. »Ja, warum? Gibts ein Problem?« Meine Stimme klang ungewollt bedrohlich.

Er lachte. »Nein, du siehst umwerfend aus. Aber es könnte gut sein, dass die Sachen dreckig werden. So dreckig, dass es sich nicht auswaschen lässt.«

Was hatte er denn nur vor?

Ich zuckte mit den Schultern. »Dann nähe ich es nochmal neu.«

»Das hast du selbst genäht?«

Ich nickte stolz und das folgende Grinsen ließ sich nicht verstecken.

»Wow, Dizee. Eines Tages wird die ganze Welt deine Sachen tragen.«

Ich machte eine wegwerfende Bewegung mit der Hand. »Ach, bitte.«

»Das meine ich vollkommen ernst. Du warst schon immer talentiert und kreativ. Glaub an dich und gib nicht auf, dann wird alles möglich, was sich heute nur erträumen lässt.«

Ich legte meine Hand an seine Wange und schaute ihn einfach an. Denn während ich jede Lachfalte, jeden braunen Sprenkel in seinen grünen Augen und all die perfekten Proportionen seines Gesichts betrachtete, wuchs meine Liebe für ihn ins Unermessliche.

Er war so gut. Zu gut für diese Welt. Vielleicht auch zu gut für mich. Dennoch war ich diejenige, die ihn vom Nahen so mustern durfte. Dieser Mann machte mein Leben besser. Immer, wenn er bei mir war. Auch, dass sein Vater ein schrecklicher Mensch war, änderte nichts an dieser Tatsache.

Er schmiegte sich an meine Hand, bevor er seine auf meinen Handrücken legte und einen Kuss in meine Handinnenfläche drückte. Ich bildete eine Faust. »Ich halte ihn für immer fest«, flüsterte ich.

»Das ist gar nicht nötig. Ich werde jetzt immer da sein, um dir Weitere zu schenken«, erwiderte er mit glitzernden Augen.

Mein Herz hüpfte vor übermäßiger Freude.

Als David in den schwarzen 1969 Fastback Mustang stieg, glaubte ich kaum, dass das sein Wagen war.

Dieses Auto war verdammt sexy!

Ich würde viel lieber darin leben als in meiner stinkenden Wohnung. Schon beim Einsteigen kam ich mir vor wie ein Superstar!

Sobald mein Hintern den Ledersitz berührte, quiekte ich auf vor Aufregung. »Ooooh, dieses Auto ist so cool!«

Ja, ich hörte es selbst, ich klang wie ein verdammtes Teeniegirl. Aber bei so einer Schönheit konnte ich nicht anders.

»Freut mich, dass es dir gefällt. Ich habe mich auch sofort in ihn verliebt«, erzählt er und streicht liebevoll über das Armaturenbrett.

»Also dann, alles anschnallen!«

Ich folgte lachend seinem Befehl und dann fuhr er auch schon los.

Noch immer unwissend, wo es hinging, beobachtete ich, während der Fahrt die Leute auf den Straßen. Viele Männer waren oberkörperfrei, Frauen trugen Bikinioberteile und Shorts und fuhren mit Inlineskates auf dem von Palmen umgebenen Bürgersteig.

Ob sie wohl auch eine schwere Zeit durchmachten und sich deswegen ablenkten? Oder waren sie wunschlos glücklich?

Vielleicht war es auch etwas dazwischen.

Irgendwann standen wir in der Einfahrt seines Strandhauses in Malibu, wo wir vor einigen Wochen die Fertigstellung seines Films gefeiert hatten.

Der Tag, an dem David erkannte, wer ich wirklich war.

Er stieg als Erstes aus und öffnete mir die Autotür. »Madame«, sagte er verbeugend und reichte mir seine Hand.

Ich kicherte wie ein Schulmädchen und ließ mich darauf ein.

Als wir das Haus betraten, fiel mir auf, wie groß und leer es war, wenn hier keine Party stieg. Ein wenig wie bei Gatsby, nur nicht so riesig und pompös. Eher schlicht, aber hochmodern.

Ich folgte David in die Küche, wo er eine Flasche Rotwein aus seinem Weinregal holte, sowie zwei Weingläser, dessen Köpfe so groß waren, dass man auch direkt aus der Flasche hätte trinken können, statt sie in zwei Gläsern aufzuteilen.

»Ich habe im Kühlschrank noch Käse und Weintrauben«, gab er mir den Wink.

Ich holte alles aus dem Kühlschrank, schnitt den Käse in mundgerechte Stückchen und ließ die Weintrauben in einer Schüssel Wasser mit Backsoda ziehen, damit all die Pestizide davon abgewaschen wurden. Während David und ich die fünfzehn Minuten abwarteten, erzählte er mir von seinem Film mit Rus. Er lobte die Schauspieler und Schauspielerinnen, verdeutlichte, wie großartig das Liebesdrama war und dass die Welt sich auf einen tollen Kinofilm freuen konnte. Auch ich war schon ganz neugierig.

Ich konnte es kaum erwarten, den Film zu sehen.

Als die Zeit um war, wusch ich die Trauben erneut mit klarem kalten Wasser ab, ehe ich sie abtupfte und auf eine silberne Platte legte, die David für mich bereitstellte. Den Käse und das Besteck hatte er auch darauf gelegt.

Wir waren erst seit gestern wieder vereint und doch waren wir ein eingespieltes Team, das scheinbar immer noch dieselben Interessen und den gleichen Geschmack hatte. Ich fragte mich, ob sich überhaupt etwas geändert hatte und in welchen Dingen wir uns unterschieden.

Er nahm die Gläser mit der Flasche Wein, ich das Tablett.

»Wir gehen nach oben«, gab er mir zu verstehen.

Wir stiegen die graue Steintreppe mit Glasgeländer hinauf, die uns zu einem weiteren großen Wohnzimmer führte. Liefen wir rechts an ihr vorbei, kamen wir in einen Flur mit mehreren Türen.

»Hier sind Gästezimmer, ganz hinten ist das Gästebad und ein paar Räume stehen noch frei. Aber was ich dir zeigen will, ist das hier.«

Er öffnete die Tür links von uns.

Wir beide traten ein.

Sofort blieb mein Mund offen vor Staunen und Freude über das, was ich hier zu sehen bekam.

Die Wände waren schwarz, doch die großen Fenster fluteten das Zimmer mit Licht, wodurch es weder düster noch zu dunkel erschien. Mehrere Kunstwerke hingen an den Wänden oder lehnten auf dem Boden dagegen.

Ich war mir sicher, dass er kein einziges davon gekauft hatte. Er hatte sie alle selbst gemalt.

Eines der hängenden Bilder zeigte ein Gänseblümchen, leinwandgroß. Dabei waren die weißen Blüten nur frei gelassene Fläche, die an der Spitzen ins Pinke verliefen. Der Stiel war sattgrün und hatte die genauen Schattierungen, als würde die Sonne von links kommen.

Ein Gänseblümchen ...

Nicht nur, dass die und Rosen meine liebsten Blumen waren.

Es war auch mein Name.

Ich erinnerte mich daran, wie Maman mich »Dizee« rief, während mein Vater – der ursprünglich Amerikaner war – mich immer »my little Daisy« nannte, als wir noch eine Familie waren.

Sie trennten sich, als ich acht war. Mein Vater war mir gegenüber immer liebevoll und fürsorglich gewesen. Doch Maman erzählte, dass er sie schlug, wenn ich nicht zuhause war und immer mehr zu trinken anfing. So oder so, seit er uns verließ, hatte ich nie wieder etwas von ihm gehört. Letztlich hatte er also doch noch als Vater versagt.

Ein anderes Gemälde war nicht so strahlend wie das vom Gänseblümchen. Eher das Gegenteil. Es war finster, in Grau und Schwarztönen gehalten. Ein regnerischer Tag. Im Vordergrund die Silhouette eines Jungen, der in eine Pfütze starrte, in der man ein Mädchen sah, das weglief, während um ihn herum nichts war, außer Dunkelheit und all die auf ihn prasselnden Regentropfen.

Das war der Tag, an dem ich ihn verließ und nach Sunmond zog. So sehr ich bei ihm bleiben wollte, so sehr hatte ich das Leben in Sunmond geliebt, weil ich dort Tami kennen gelernt hatte und nicht mehr gemobbt wurde. Niemand kannte mich, meine Mutter oder unsere Probleme. Es war ein Neustart für mich. Nur, dass ich niemals aufgehört hatte, an David zu denken oder ihn zu lieben.

David machte es sich auf dem weichen Teppich in der Mitte des Raumes gemütlich. Ich stellte das silberne Tablett ebenfalls dort ab und setzte mich zu ihm.

»Es tut mir leid«, fing ich an und fragte mich, wie oft wir diesen Satz seit gestern schon benutzt hatten.

»Was meinst du?«

»Dass ich einfach so nach Sunmond gezogen bin. Dass ich dir nie einen Brief geschrieben oder dich anderweitig kontaktiert habe. Es tut mir leid, dass ich dich geküsst und ohne jegliche Erklärung habe stehen lassen. Es tut mir leid, dass dein Vater der Mensch ist, der er ist und dass er dir, deiner und meiner Mutter so viel Schmerz zugefügt hat, ohne dass ich etwas dagegen tun konnte. Es tut mir leid, dass du wegen mir, genauso wie ich, ohne Vater aufwachsen musstest. Jeder Schmerz, den du wegen mir empfinden musstest, jedes zersplitterte Stück deines Herzens, tut mir leid.«

Er hatte mich ausreden lassen und blieb dabei die ganze Zeit still. Dann sah er weg und schnappte sich die Weinflasche. Sobald sie offen war, goss er die glänzend rote Flüssigkeit in unsere Gläser, bis jeder eine Hälfte der Flasche in seinem Glas hatte.

Er reichte mir eines davon, das andere nahm er selbst in die Hand.

»Ich verzeihe dir, Daisy. Ich verzeihe dir alles, obwohl es nichts zu Verzeihen gibt. Seit du mir die Wahrheit über meinen Vater gesagt hast, hatte Mom endlich Gewissheit und wusste, dass sie ihn verlassen musste. Wir hatten ohne ihn ein viel besseres Leben. Meine Mutter war alles, was ich brauchte. Es war besser für mich, ohne Vater aufzuwachsen, als mit dem, den ich hatte.«

So hatte ich das noch nie gesehen.

»Ich verstehe, warum du mich nicht kontaktiert hast. Als ich von deiner Mutter erfahren habe, hatte ich schreckliche Angst, dass mein Vater herausfindet, wo du steckst und dir dasselbe antut. Ich hab mir manchmal die schlimmsten Dinge ausgemalt und war immer in Sorge um dich. Dachte, mein Dad könnte aus dem Gefängnis ausbrechen und dich suchen oder sowas. Das hat sich zwar wieder gelegt, aber ich habe gehofft, dass du dich eines Tages bei mir meldest. Doch irgendwann hab ich die Hoffnung aufgegeben und mich dazu entschieden, weiterzumachen. Da habe ich angefangen Frauen zu Daten, um meine Gedanken von dir loszuschnüren.«

Es versetzte mir einen Stich, aber sowas ließ sich schließlich nicht verhindern. Ich hatte nicht erwartet, dass er anfing, wie eine Nonne zu leben. Außerdem hatte ich selbst viele One-Night-Stands gehabt. Doch der Gedanke daran, dass eine andere Frau ihn berührt, geküsst und noch mehr mit ihm angestellt hatte, stimmte mich nicht gerade glücklich.

»Aber ich habe nie etwas gefühlt und bin deshalb auch nie eine Beziehung eingegangen.«

Ich sah ihm entgegen. »Genau wie ich.«

Dann sah er vom Weinglas zu mir hoch und wir lächelten.

Er hob das Glas und sprach, »Auf uns und darauf, dass wir uns wiedergefunden haben.«

Wir stießen an.

»Wie heißt es doch: Lass los, was du liebst, und kommt es zu dir zurück, gehört es für immer dir«, zitierte ich, ohne darüber nachzudenken, was ich da gerade sagte.

Scheiße, das war mir jetzt irgendwie unangenehm.

David sah mich mit so erwartungsvollen Augen an. Hoffentlich wünschte er sich jetzt nicht eine offiziellere Liebeserklärung von mir.

Ich lachte verlegen. »Na ja, was solls«, schob ich schnell hinter her und leerte die Hälfte des Glases.

»Huh! Der ist echt gut, wo hast du den gekauft?«, wechselte ich absichtlich das Thema.

Doch David kannte mich gut genug, um zu erkennen was für ein lächerlicher Versuch das war.

Ach, das hätte jeder erkannt.

»Ist okay, Dizee. Ich tue so, als hättest du das nicht gerade gesagt.«

Ich nickte. »Danke.«

»Kein Thema«, er trank einige Schlucke und warf sich eine Weintraube in den Mund. Dann stand er auf und packte eine große leere Leinwand auf die Staffelei.

»Also dann. Wie wär's, wenn wir ein neues Kunstwerk entwerfen?«

38 Dizee

»Was genau hast du dir denn vorgestellt?«, fragte ich, als ich mich neben ihn stellte und die weiße Fläche anstarrte.

Er schüttelte den Kopf. »Gar nichts. Ich will, dass wir beide einfach drauflos malen«, antwortete er und schob seinen rollenden Beistelltisch mit verschiedenen Malutensilien hinter uns.

»Schalte deinen Kopf aus und sei kreativ. So wie damals im Kunstunterricht.«

Ich grinste. Mir gefiel seine Idee. Ich hatte lange nicht mehr ein richtiges Bild gemalt, weder auf Papier noch an der Leinwand. Das Einzige, was ich die letzten Jahre zeichnete, waren Skizzen meiner Kleider, die ich verwirklichen wollte.

Bevor wir starteten, legte David leise Musik auf, die über seine teuren Boxen zu uns drang. Dann nahm er einen dünnen Pinsel, tauchte ihn in schwarze Acrylfarbe und malte drauf los.

Ich jedoch tauchte meine Fingerspitzen in ein blutrot. Mit meinem Finger verteilte ich wahllos verschiedene Motive auf der Leinwand. Dabei tauchte ich immer wieder meinen Finger in die Farbe, da sie so schnell an der Haut trocknete. David sah immer wieder zu mir herüber, konzentrierte sich aber auch auf seine Arbeit.

Während er versuchte, ein Kunstwerk zu zaubern, und dabei mit Präzision voranging, benutzte ich meine Finger und machte, was mir in den Sinn kam, wie ein Kindergartenkind.

Wir malten und tranken, sprachen dabei kein Wort.

Irgendwann waren unsere Gläser leer und auch die Snacks alle. Da Davids Finger sauberer waren, als meine, besorgte er Nachschub. Der Wein floss durch meinen Körper und vermischte sein rot mit meinem. So wurde er langsam bemerkbar – das beflügelte Gefühl, diese glückliche Leichtigkeit. Ich dachte über nichts nach und genoss den Augenblick mit David. Die Farbe auf meinen Fingern, das Malen, das Kribbeln in meinem Bauch, wenn ich ihm beim Pinseln zusah. Dieser Mann war sowas von heiß. Und ein Talent zu haben ließ ihn nur noch heißer werden.

Irgendwann juckte meine Nase und ohne darüber nachzudenken kratzte ich mich mit meinen farbverschmierten Fingern.

David beobachtete mich dabei und schmunzelte sofort über meine Tollpatschigkeit.

»Ach, findest du das witzig?«, fragte ich spielerisch und strich im nächsten Moment blaue Farbe an seine Wange.

Sein überraschter Blick ließ mich auflachen. Kaum hatte ich aufgehört, strich er mir mit seinem Pinsel eine schwarze Linie an meinem Hals entlang. Ich tunkte meine Finger wieder ins Blaue, er wartete nicht lange und machte dasselbe mit der roten Farbe. Dann standen wir uns mit unseren farbigen Fingern gegenüber, unsere Hände geformt wie Krallen einer Katze.

»Kannst du auch die Musik eines alten Westernfilms hören?«

»Ich kann sogar die Chamaechorie an uns vorbei rollen sehen.«

»Die was?«

Ich lachte. »Die Steppenhexe. Diese runden ausgetrockneten Pflanzen, die vom Wind weggeweht werden.«

Er prustete los.

Auch ich lachte mich beim Klang seines Gelächters kaputt, es war ansteckend. Doch ich verpasste meine Chance nicht. Ich schellte nach vorn und schmierte ihm die Farbe ins Gesicht.

Aber David war schneller und viel stärker, als ich, denn er ergriff ganz plötzlich meine Handgelenke.

Ich erschrak, meine Augen weiteten sich.

»Na warte«, drohte er.

Dann packte er mich an der Taille, hob mich hoch und wirbelte mich im Kreis. Wir landeten auf dem Teppich, wo er mich zu kitzeln begann.

Ich schrie laut auf. »Nein! Nein, aufhören! Bitte! Ich hasse das!«, rief ich zwischen Gelächter und Gekreische.

Dann schmierte auch er mir das restliche Blau, das an seinen Fingern klebte, ins Gesicht. Das meiste war jedoch auf meinem Kleid und meinen Handgelenken gelandet.

Ich wusste nicht, wie es geschah, doch jetzt lag David genau über mir und stützte sich mit seinen Armen am Boden ab, um mich nicht seinem Gewicht auszusetzen.

»David ...«, raunte ich atemlos.

»Hm?«, brummte er.

»Du hast da ein bisschen blaue Farbe im Gesicht«, ich grinste breit.

Er sah mich für längere Zeit an, ohne etwas zu sagen.

Dann legte er seine rechte Hand an mein Kinn. Sein Daumen strich sanft über meine Lippen und verteilte die restliche rote Farbe, welche noch nicht an seinen Fingern getrocknet war.

»Und du hast da ein wenig rote Farbe. Wollen wir lila daraus machen?«, fragte er ohne jeglichen Witz in der Stimme, ohne mir in die Augen zu sehen.

Denn die waren voll und ganz auf meine Lippen fokussiert.

Verdammt, warum wurde es auf einmal so heiß hier drin?

Die Hitze stieg mir in die Wangen und ich wusste, dass er es bemerkte, da ein leichtes Lächeln seinen schönen Mund umspielte.

Ich hielt es nicht länger aus. Also packte ich ihn am Kragen und zog ihn zu mir runter. Unsere Lippen trafen heftig aufeinander. David brummte vor Vergnügen und auch ich stieß ein erleichtertes Seufzen aus, als wäre ich am Verhungern gewesen. Seine Hand griff in mein Haar und zog leicht daran, um seinen Lippen den Zutritt zu meinem Hals zu gewähren. Mehrere zarte Küsse verteilten sich dort bis hinunter zu meinem Schlüsselbein, zu meiner Narbe auf der linken Seite. Ich war froh darüber, dass er derjenige war, der diese Stelle küsste. Kein Anderer hatte das je getan.

An dem Tag, als unsere Freundschaft begann, wurde mir dieser Schnitt hinzugefügt. Er und seine Mutter hatten die Wunde versorgt. Sie verheilte ebenso wie alle anderen Wunden in mir, nur dank dieses Jungen. Es dürfte gar nicht jemand anderes sein, der diese Stelle küsste. Das wäre Betrug.

»Ich will dich«, flüsterte er.

Sein heißer Atem berührte mich.

»Ich gehöre dir«, gab ich gedankenlos zurück.

Wein brachte mich dazu, alles zu tun, was mir Freude machte, einfach Spaß zu haben und nicht nachzudenken. Genau deswegen sprach ich solche Sätze aus. Sätze, die ich vielleicht besser nicht sagen sollte. Nicht, dass es nicht der Wahrheit entsprach. Ich wollte nie wem anders gehören. Nur ihm. Schon seit ich ihn kennen gelernt hatte.

Aber David sollte nicht so große Hoffnungen in uns haben, dass er bereits unsere Hochzeit plante – die laut seiner Uhr vermutlich schon in wenigen Monaten stattfinden würde. Es gab nichts, was ich mir mehr wünschte, als laut auszusprechen, was ich fühlte. Doch jedes mal, wenn ich jemanden in mein Herz ließ, wurde mir diese Person genommen.

Tamara.

Meine Mom.

Beinah auch Cyrus.

Noch einmal würde ich das nicht ertragen. Vor allem nicht, wenn es sich dabei um David handelte.

Ich hatte nicht vor ihm Hoffnungen zu machen, aber ich ließ mich vom Alkohol treiben. Denn während ich über all diese Dinge nachdachte, hatten wir uns längst die Kleider vom Leib gerissen. David streifte mir den Bralette vom Körper und liebkoste meine Brüste. Er saugte und knabberte an meinen Nippeln, was mich verrückt werden ließ, so gut fühlte es sich an.

Ich wuschelte durch sein weiches braunes Haar, als er tiefer sank und mit seinem Finger in kreisenden Bewegungen gegen meinen wunden Punkt drückte.

Als ich zum Höhepunkt kam und seinen Namen rief, war er so von mir angetan, dass sein Penis hart genug war, um einen Schritt weiterzugehen.

Diesmal war es jedoch anders. Er nahm mich nicht hart ran und ich bettelte nicht da nach, ihn tiefer in mir spüren zu wollen.

Nein, diesmal ließen wir uns Zeit. Sahen uns dabei an, küssten uns zärtlich, ließen nur ab und zu unsere Zungen miteinander tanzen. Wir taten es langsam, aber spürbar.

Sowohl körperlich als auch seelisch.

Wir fickten nicht.

Wir machten Liebe.

Solchen Sex hatte ich noch nie. Mit niemandem.

Doch ich bezweifelte, dass es mit wem anders, als David genauso überwältigend sein würde. Nur er war im Stande so etwas in mir auszulösen. *Mich* dazu zu bringen auf Blümchensex zu stehen. Nur er schaffte es, mein Leben in prächtigen Farben erstrahlen zu lassen. Mich herzhaft aus dem Bauch heraus lachen zu lassen.

Und auch wenn die arrogante Miene und die »Ich-hasse-mein-Leben-Einstellung« zu mir gehörten, wie das Weinglas in meiner Hand, liebte ich, was er in mir bewirkte.

David

Dizee und ich hatten erneut miteinander geschlafen. Nachdem wir uns säuberten, legten wir uns wieder auf den Teppich, bedeckt mit einer dünnen Wolldecke.

Dizee hatte ihr Smartphone mit meinen Musikboxen verknüpft, sodass jetzt der Song »Nothing's Gonna Hurt You Baby« von Cigarettes After Sex lief, was gut passte, da sie gerade eine kleine Schachtel aus ihrer Handtasche zog.

»Darf ich hier drinnen rauchen?«

Ich stand auf, öffnete ein Fenster und kroch schnell zu ihr zurück unter die Decke.

»Jetzt darfst du. Aber du solltest aufhören«, sagte ich ernst und schob meinen linken Arm unter ihren Nacken, während mein anderer Arm verschränkt unter meinem Hinterkopf lag und mich damit leicht stützte.

Sie legte ihren Kopf an meiner Brust ab, steckte sich einen dünnen langen Stängel der Marke Vogue zwischen ihre leicht geschwollenen Lippen und zündete diese an. Ihr Clipperfeuerzeug hatte kleine Kritzeleien von Weingläsern und war beschriftet mit »All you need is wine«. Das Wort »Love« stand da zwar auch, wurde aber von einem roten X durchgestrichen worden.

Das ließ mich Schmunzeln. Es passte perfekt zu Dizee.

»Ich weiß, dass ich aufhören sollte. Es ist nur leichter gesagt, als getan, weißt du?«

»Natürlich. Aber es gibt nichts, was Dizee Roux nicht schafft.«

Sie sah zu mir hoch, zog ihren Mund zur Seite und pustete den Rauch aus, damit er nicht in meinem Gesicht landete.

»Das sagst du jetzt nur so, damit ich motiviert bin, damit aufzuhören. Du willst mich dazu verleiten, indem du mich mit Nettigkeiten überhäufst.«

Ich fasste mir ans Herz, »Also das hat jetzt echt weh getan. Dass du denkst, ich wäre so manipulativ ...«, ich beendete den Satz mit meinem gespielt übertriebenen Kopfschütteln.

Sie lachte leise.

»Ich meine es ernst, Dizee. Du schaffst das. Du willst nur nicht.«

Sie nickte zustimmend und zog an ihrer Zigarette. »Du hast recht. Ich habe angefangen, als Tami starb und seither wollte ich es nicht. Aber für dich werde ich aufhören. Das wird die Letzte sein.«

Sie lächelte mich an. Ich lächelte zurück.

Der Gedanke daran, dass nur ich so einen Einfluss auf sie hatte, ließ mein Herz etwas schneller schlagen. Oder aber es lag an dieser schönen Frau in meinen Armen, deren Lächeln mein Herz jedes Mal zum Stolpern brachte.

Ich wollte sie nicht mehr loslassen. Sie sollte nicht mehr gehen. Wenn ich an ihre Wohnung zurückdachte, drehte sich mir der Magen um. Nicht, dass die Wohnung so scheußlich war. Aber die Umgebung war es, und in dieser alten Einzimmerwohnung war viel zu wenig Platz für sie und ihre Kreativität. Ich hatte noch leerstehende Räume, die sie mit all ihrer Kunst ausfüllen konnte, ohne davon erstickt zu werden.

»Zieh bei mir ein«, platzte es wieder aus mir heraus. Noch unverhohlener hätte ich es ihr nicht anbieten können.

Sie wird doch denken, ich hätte den Verstand verloren.

»Was?«, lachte sie.

Ich änderte nun meine Position, um ihr fest in die Augen schauen zu können. Seitlich liegend, während mein Arm meinen Kopf stütze, erklärte ich ihr, »Du hast doch gar keinen Platz bei dir, Dizee. Ich habe hier genügend freie Räume, die du nutzen kannst. Du musst mir das auch nicht bezahlen, dieses Haus ist gekauft. Bis auf deine Einkäufe und Fixkosten, die du hast, würdest du keine Kosten tragen.«

Sie sah mich nicht an, aber dennoch wusste ich, in welche Richtung ihre Gedanken wanderten.

40 Dizee

Wir hatten uns gerade erst wieder, hatten zwei Mal Sex und jetzt sollte ich schon bei ihm einziehen?
Das war doch verrückt!

Aber David meinte es wirklich ernst. Verdammt, er hatte es zwei Mal am selben Tag angeboten. Es konnte also kein Witz sein.

Ich war mir nicht sicher, ob David das wirklich nur anbot, damit ich besser arbeiten konnte oder weil er sich dadurch eine ernste Beziehung mit mir versprach. Denn wenn das der Fall war, ging mir das definitiv zu schnell. Auch wenn ich ihn liebte und er mich auch. Doch das hatten wir uns noch gar nicht gesagt – logischerweise, denn wir hatten uns ja erst gestern wiedergefunden.

»Ich weiß, was du denkst«, reißt David mich aus meinen Gedanken.

»Ach ja?«, meine Stimme stieg verunsichert in die Höhe.

»Das geht dir zu schnell und du machst dir Sorgen, dass ich dann gewisse Erwartungen habe, was uns beide betrifft.«

Natürlich wusste er, was ich dachte. David wusste immer, was in mir vorging. Er kannte mich besser als ich mich selbst.

Ich grinste total verbissen, doch David lachte nur leise auf.

»Es ist okay, Dizee. Wir gehen es langsam an. Ich werde dir deinen Freiraum lassen. Wir leben hier einfach, als Freunde.«

Bei dem Wort »Freunde« zuckte er mit den Schultern, als wäre nichts dabei.

»Du meinst, wir machen so ein typisches »just Friends« Ding daraus?«

Es konnte nicht sein, dass nur ich vor mir sah, wie das Zusammenleben zwischen uns laufen würde – als *Freunde*.

»Wenn du willst«, er grinste verschmitzt und brachte mich so wieder zum Lachen.

»Nein, Spaß beiseite. Ich meine es ernst, wenn es dir zu schnell geht, lass uns wie früher Freunde sein und es langsam angehen.«
Ich zögerte.

Das war es doch, was ich wollte. Oder nicht ...?

Ich nickte nur einmal und das auch sehr langsam.
David hielt mir seine Hand hin und ich schlug ein, mit dem Gedanken, dass ich das hoffentlich nicht bedauern würde.

»Wollen wir unser Gemälde vollenden?«, fragte er mich, machte aber noch keine Anstalten aufzustehen.

Ich nickte, »Okay.«

David zog sich seine Unterhose und eine bequeme Jogginghose an, während ich in eines seiner weißen Hemden und schwarzem Tanga vor der halbfertigen Leinwand stand.

Ich konnte meinen Blick nicht von seinem nackten Oberkörper reißen. Er war nicht der Muskulöseste, was er natürlich auch nicht sein musste. Aber er war schlank, sein Sixpack und die Muskeln seines Bizeps waren deutlich zu erkennen. Doch was mich vor allem total verrückt werden ließ, waren die Venen, die von Anfang bis Ende seiner Arme wie Blitze verliefen und erkennbar hervortraten.

Gott, war er sexy.

Meine Gedanken ließen mich nur wieder scharf auf ihn werden. Dabei hatte ich ihm gerade meine Hand darauf gegeben, dass wir hier als Freunde wohnten und es langsam angehen würden – weil ich es so wollte.

Ich bereute es schon jetzt.

Wie sollte ich ihm denn bitte widerstehen können?

Erst recht, nachdem ich schon von ihm kosten durfte. Er war nun wie eine verbotene Frucht.

Es vergingen noch zwei Stunden, in denen wir malten und uns gegenseitig zum Lachen brachten. Unser gemeinsames Gemälde war nun vollendet. Es zeigte zwei schwarze Silhouetten in der Mitte. Die des Mannes verlief von unten nach oben von Schwarz ins Blau. Die der Frau von Schwarz ins Rot. Nur die Lippen der beiden waren Violett, da sie sich getroffen hatten.

Dass es so zutreffend wurde und zu unserer Situation vor ein paar Stunden passte, war anfangs ungewollt, doch es hatte sich so ergeben.

»Es ist perfekt geworden«, kommentierte David unsere bemalte Leinwand.

Doch ich dachte nur daran, dass er mich wieder bemalen sollte.

Er sollte mein Künstler und ich seine Leinwand sein. Jede farblose Fläche an mir sollte er mit seinen Berührungen in Farbe hüllen. Ich wollte vergessen, wie es war ohne seiner Farbe je gelebt zu haben. Denn, das hatte ich nie. Er war der einzige Farbklecks in meinem Leben. Das einzige Licht, dass meine graue Welt erstrahlen ließ. Schon damals und so auch heute.

»Ja. Perfekt«, gab ich ihm Recht, meinte aber nicht das Bild.

Sein Lächeln war so ehrlich, dass es seine Augen erreichte. Sobald er ein so glückliches Gesicht aufsetzte, fiel es mir schwer, meine Mundwinkel dabei zu entspannen. Seine Freude war ansteckend und das war eines der Dinge, die mir so an ihm gefielen.

»Hast du Hunger?«, fragte er mich und entzog mich meiner Tagträumerei.

»Etwas«, antwortete ich.

Wie auf Kommando grummelte mein Magen los.

Er lachte. »Zieh dich an, ich lade dich ein und dann fahre ich dich nach Hause, wenn du willst.«

»Okay.«

Ich wollte nicht zurück in diesen geschrumpften Raum namens *Zuhause*. Aber ich musste weiter arbeiten. Bald hatte ich es hinter mir und würde hier leben. Mit genügend Luft zum Arbeiten und zum

Atmen. Was man über meine Wohnung nicht behaupten konnte. Entweder man bekam Luft oder man arbeitete, es ging nicht beides. Dafür war nicht genug Raum da.

Ehrlich, da konnte ich besser in einer Gefängniszelle arbeiten.

Okay, ich übertrieb. Aber manchmal fühlte es sich wirklich so an.

Um mir nicht das Gefühl zu geben, dass das bereits unser erstes Date sei, besuchten wir ein einfaches Lokal, wo David sich eine Prosciutto-Funghi-Pizza bestellte und ich einen Caeser Salat. Dazu ein hausgemachter Limonen Eistee, der mich erfrischte.

»Ah, das tut richtig gut«, stöhnte ich, nachdem ich den Teller geleert hatte.

Meine Hände ruhten auf meinem aufgeblähten Bauch und streichelten mein Foodbaby.

»Oh ja«, stimmte David mir zu.

Nachdem er für uns bezahlte, fuhr er mich zu meiner Gefängniszelle. Ich schnallte mich ab und drehte mich im Sitz zu ihm um.

»Danke, David. Für das Essen, das Bild, den Spaß. Einfach für diesen wundervollen Tag. Das habe ich gebraucht.«

Er legte seine Hand an meine Wange, sein Daumen strich sanft darüber. Ich schmiegte mich an seine Hand, wie an ein Kopfkissen.

»Nichts lieber, als das. Ich bin froh, dich wieder in meinem Leben zu haben.«

Mir wurde sofort warm ums Herz bei seinen Worten.

»Und ich erst« erwiderte ich.

Dann lächelte er, nahm meine Hand und drückte einen zärtlichen Kuss auf meine Knöchel.

»Wir schreiben uns, ja? Bis dann.«

Ich nickte. »Bis dann.«

Dann stieg ich ungewollt aus.

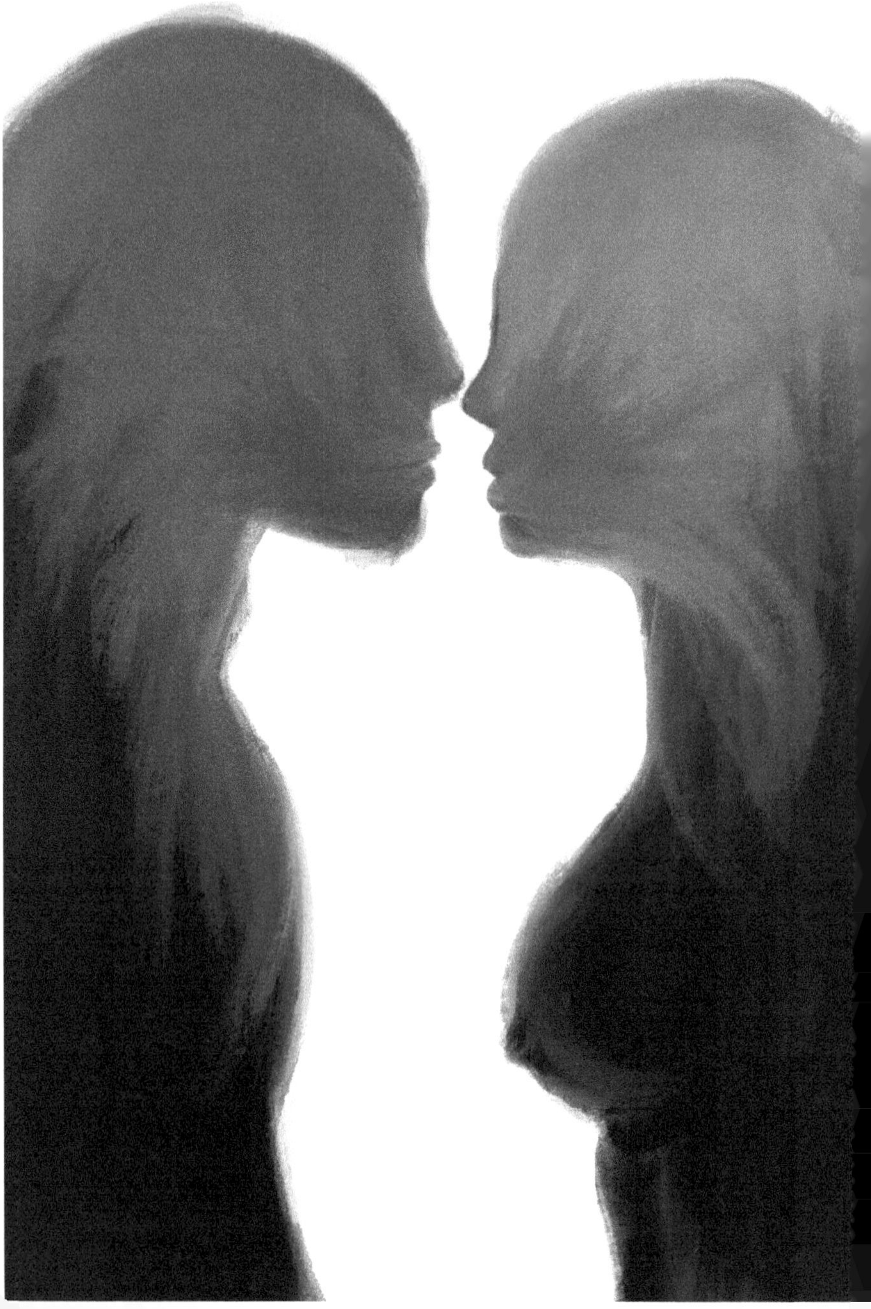

Dizee
März 2024

Vor einigen Monaten

Ich hasste meine Bude in L.A. schon jetzt und dabei bin ich erst seit einer Woche offiziell hier eingezogen. Die Wohnung meiner Grandma war auch nichts Besonderes gewesen, doch dann zog ich mit Tami zusammen – die Wohnung, die wir hatten, blieb bisher meine liebste, in der ich gelebt hatte.

Dort auszuziehen – überhaupt Sunmond zu verlassen – fiel mir verdammt schwer. Es war, als würde ich Tami ein für alle Mal gehen lassen. Sunmond hatte mir so viele schöne Tage und Erlebnisse geschenkt, was ich von L.A. nicht behaupten konnte. Aber hier groß rauszukommen wäre ein großer Sprung für mich und meine aufstrebende Karriere als Modedesignerin. Wenn man mich denn so nennen konnte. Ich arbeitete an meiner ersten Kollektion und würde arbeiten gehen, um Geld für eine Boutique zu sparen. Klang erst mal nicht wirklich vielversprechend, aber ich war ehrgeizig und würde das schon schaffen.

Da ich in Sunmond schon als Stripperin gearbeitet hatte, entschied ich mich hier für dasselbe. Das war jedoch eine lange Suche, denn viele Clubs hier waren nicht so professionell wie der, indem ich mich schließlich niederließ. »*Seductive Secrets*« war ein wunderschönes Lokal, das in den Farben von Rot, Schwarz und Gold glänzte. Die Mitarbeiter an der Bar, sowie meine Chefin und meine Kolleginnen waren allesamt nett. Wir unterstützten uns gegenseitig. Na ja bis auf Nicole, die von Neid zerfressen war, aber das war nicht mein Problem. Ich hatte wichtigere Dinge, mit denen ich mich rumschlagen musste. Unser Strip Club stach aus der Menge heraus, da wir nicht nur an der Stange tanzten, sondern auch Burlesque Shows veranstalteten. Das war wie ein wahrgewordener Traum. Denn seit ich den Film mit Cher und Christina Aguilera gesehen hatte, stellte ich mir vor, ebenso auf der Bühne zu stehen. Nur, dass ich dabei nicht sang.

Heute würde ich der Sache auf den Grund gehen, die ich seit Jahren in mir zurückgestellt hatte. Ich würde meine Mutter aufsuchen und mit ihr reden. Es war an der Zeit herauszufinden, warum sie damals den Kontakt zu mir abgebrochen hatte.

Ich fuhr mit meinem alten Käfer die bekannten Straßen entlang und sah mein vierzehnjähriges Ich vor mir. Als ich an dem edlen Restaurant vorbeifuhr, an der die Rosenranke die Mauern hochkletterte, schlug mein Herz ein wenig schneller. Die Rosen leuchteten blutrot und ließen mich in Erinnerung an David schwelgen.

Ob er noch in L.A. lebte? War er heute ein Künstler?

Ich hoffte es, denn seine Gemälde waren einzigartig.

Oder ist er Filmregisseur, so wie er damals davon träumte?

Ich wusste es nicht, da ich mich nie über ihn erkundigt hatte. Das hätte es mir nur noch schwerer gemacht. Doch meine Versuche, damit abzuschließen oder so zu tun, als existierte er nicht, waren ebenfalls fehlgeschlagen. Mein Herz sehnte sich noch immer nach ihm. Da half auch der gefühllose Sex mit Fremden nichts, auch wenn es spaßig war. Ich hatte eher das Gefühl, dass es mich nur noch mehr abstumpfte.

Ich bog in meine alte Straße ein und ... sah das holzigklappernde Haus nicht.

Es ... es wurde abgerissen.

Genau da, wo mein altes Zuhause hätte sein müssen, war ein modernes Mehrfamilienhaus gebaut worden.

Wusste Grandma davon? Sie musste es wissen, schließlich hatte Maman umziehen müssen. Und ich hatte keine Ahnung, wo sie jetzt war. Frustriert drehte ich wieder um und fuhr in Richtung meiner neuen stinkenden Pupswohnung.

Wenn sie da nicht mehr lebte, was ist dann mit ...

Ich drehte das Lenkrad nach links und fuhr zu Davids altem Zuhause.

Es war noch da. Genauso wie damals war es prächtig. Die weiße Farbe sah frisch aus. Also kümmerte sich jemand darum.

David wohnte bestimmt nicht mehr hier, aber vielleicht seine Mutter. Hoffentlich aber nicht sein Vater, dem wollte ich unter keinen Umständen begegnen.

Ich stieg aus, schloss mein Auto ab und lief die Stufen der Veranda hoch. Dann atmete ich tief ein und wieder aus.

Keine Ahnung was ich vorhatte. Das war doch verrückt.

Vielleicht sollte ich wieder umdrehen und einfach wegfahren. Oder sollte ich es wagen?

Wenn es Leire war, würden wir uns freudig in die Arme schließen. Aber wenn nicht, wäre es peinlich ...

Scheiß drauf.

Ich klingelte. Kurz darauf näherten sich Schritte und öffneten mir die Tür. Ein kleines Mädchen mit grünen Augen und dunklen Haaren sah zu mir auf.

Gott, bitte lass das nicht Davids Tochter sein.

»Mommy, hier ist eine fremde Frau an der Tür!«, rief sie und lief zurück in die Wohnung.

Ich blieb da, wo ich war.

Eine Frau, höchstens fünf Jahre älter als ich trat mir gegenüber. »Kann ich Ihnen helfen?«, fragte sie mich verwundert.

Nicht Davids Mutter oder sein Vater. Und hoffentlich auch nicht seine Frau und sein Kind.

»Entschuldigen Sie, wenn ich störe. Ich hatte mich nur gefragt, ob die Del Gazzios noch hier wohnen, deswegen habe ich geklingelt und ... oh Gott, das ist mir etwas peinlich.«

Sie lächelte mich an. »Ist schon in Ordnung. Aber die Leute, die vor uns hier lebten, hießen Swimmer. Tut mir leid, wenn ich Ihnen da nicht weiterhelfen kann.«

»Nein, ist schon gut. Vielen Dank. Schönen Tag noch.«

»Ebenso, Danke.«

Jetzt war ich wieder in Los Angeles und dennoch ist niemand hier, den ich kannte oder gern wiedergesehen hätte.

42 David
September 2024

»Moment, Moment. Nochmal von vorn und langsam, sodass ich es auch verstehe, bitte.«

Ich gab zu, ich hatte echt zügig alles runtergebrabbelt, da ich so aufgeregt war, Rus von Dizee und mir zu erzählen.

»Also ...«, begann ich nun in einem Tempo, in dem Rus mitkam.

»Ich habe dir doch erzählt, dass ich eine Frau kennengelernt habe und dass es was Ernstes sein könnte.«

Rus nickte. »Und weiter?«

»Ich habe diese Frau letzten Monat zur Party eingeladen und sie ist auch gekommen, aber sie war verkleidet, damit ich sie nicht erkenne. Ich habe sie dennoch erkannt und um sicherzugehen, dass ich nicht falschlag, bin ich ihr aufgelauert.«

Rus zog seine Augenbrauen hoch. »Das ist echt etwas creepy, Alter.«

»Ja schon, aber ich hatte recht mit meiner Vermutung. Diese Frau ist Dizee.«

»Oh, jetzt ergibt alles einen Sinn ... aber warum hat sie sich verkleidet?«

Ich verstand nicht, was Rus mit seiner Antwort meinte. Er reagierte total gelassen.

Dennoch beantwortete ich erst seine Frage. »Den Teil der Geschichte sollte sie dir vielleicht demnächst erzählen, aber Fakt ist, wir haben uns wiedergefunden und es knistert zwischen uns noch genauso wie damals, als wir Teenager waren.«

»Wow! Man, du glaubst gar nicht, wie mich das für euch freut.«

Ich nickte mit einem breiten Grinsen im Gesicht. »Sie wird sogar schon bald bei mir einziehen.«

»So schnell?«

»Ja ich weiß, es könnte schief gehen. Aber ich glaube, wir kriegen das hin. Außerdem wollte ich sie nicht weiter in diesem Loch wohnen lassen. Sie braucht mehr Platz für ihre Arbeit.«

»Ja, du hast schon recht damit. Die Gegend, in der sie wohnt, hat selbst mir einen Schrecken eingejagt.«

Ich stimmte Rus zu. So eine Frau wie Dizee sollte da wirklich nicht wohnen. Okay, *keine* Frau sollte das.

Stopp. Was hatte er eben gesagt?

»Moment. Wann warst du denn bei ihr? Und was meinst du damit, dass jetzt alles einen Sinn ergibt?«

Ich war nicht eifersüchtig oder sowas. Es wunderte mich nur. Rus hatte mir nichts davon erzählt.

»Na ja, um ehrlich zu sein, sind wir uns zufällig über den Weg gelaufen. Nachdem Summer mir die Wahrheit gesagt hat, bin ich aufgebracht in eine Bar gegangen und da hat sie sich zu mir gesetzt und war für mich da.«

»Warte mal ... war das der Abend, an dem du mich angerufen und sofort wieder aufgelegt hast und mir dann die Nachricht zugeschickt hast, in der stand, ich solle auf dich aufpassen?«

Er nickte kurz. »Jap, also das war Dizee, weil ich zu betrunken war, um zu schreiben ... oder zu reden. Danach sind wir zusammen essen gegangen und da hat sie dann erfahren, dass du mein bester Freund bist, was sie all die Jahre nicht gewusst hat. Na ja und dann hab ich sie auf der Party im August gesehen, nur hat sie da eine blonde Perücke getragen und sowas gesagt wie »David hat mich eingeladen, ohne zu wissen, dass er mich eingeladen hat«. An dem Tag hab ich nicht verstanden, was sie damit meinte, aber jetzt verstehe ich es.«

Ich blinzelte ein paar Mal, bevor ich zum Antworten ansetzte. »Du wusstest also, dass es Dizee ist und hast mir nichts gesagt?«

»Um ehrlich zu sein wollte ich mich da einfach raushalten, ich wollte weder dich noch Dizee hintergehen und euch machen lassen.«

Gut, das konnte ich nachvollziehen. Er stand quasi zwischen den Stühlen.

»Außerdem weißt du doch, was letzten Monat bei mir abging. Summer und ich waren vor einer Woche bei ihren Eltern, da hat sie ihnen alles gebeichtet.«

Prompt fühlte ich mich egoistisch, weil ich kurz vergaß, welches schlimme Ereignis Rus letztens erst wieder durchstehen musste.

»Ja, Bro, du hast Recht, entschuldige. Das war sicher nicht einfach. Habt ihr schon einen guten Anwalt gefunden?«

Rus nickte. »Der Anwalt von Summers Eltern.«

Ich klopfte ihm aufmunternd auf die Schulter. »Ich bin sicher, dass ihr das Ding gewinnt. Wir schaffen das schon, gemeinsam.«

Er lächelte mich dankbar an und wechselte zurück zum ursprünglichen Thema. »Jedenfalls freue ich mich sehr für euch. Ihr beide seid füreinander bestimmt.«

»Da kann ich dir nur zustimmen.«

43
Dizee

Es waren nur drei Tage vergangen und ich hielt es nicht länger in dieser Bruchbude aus. Es war, als wäre die Wohnung mit einem Mal geschrumpft. Ich hatte meine Schreibtischlampe aus Versehen mit meinem Ellbogen gestreift und schon war sie runtergefallen und zu Bruch gegangen. Immer wieder stieß ich mir den kleinen Zeh an meinem Couchtisch an und spuckte dabei hundert französische Schimpfworte aus, um mich wieder zu beruhigen. Und dann war da noch mein dämlicher Wasserhahn, der in jede Richtung spritzte, wenn man ihn ungewollt zu stark aufdrehte.

Jetzt da ich einmal in Davids Traumhaus war und wusste, dass ich da bald wohnen würde, wollte ich schnellstmöglich hier raus. Deswegen hatte ich ihm vor zehn Minuten getextet. Er würde gleich hier sein, damit wir die erforderlichen Telefonate führten und alles in die Wege leiteten.

Ich versuchte, wieder etwas Ordnung in die Bude zu bringen. Es war mir ein wenig unangenehm, dass David schon einmal mein Chaos zu Gesicht bekommen hatte. Ein zweites Mal wollte ich gerne vermeiden. Ich hatte nicht mal einen richtigen Staubsauger, weil ich mit dem Schlauch nur weitere Möbel und meine einzigen zwei Dekostücke umwerfen und kaputtmachen würde. Aber ein Handstaubsauger war in meinem Besitz.

Ja, damit saugte ich ernsthaft den Boden.

Gott, ich kam mir vor wie die größte Versagerin.

Ich stieß ein lautes Seufzen aus und bat in Stille Gott, dass mein Leben sich bald von Grund auf ändern würde. Ich hatte es verdient. Ich wusste, dass ich das hatte.

Im nächsten Moment klingelte es.

War das dein Zeichen?

Seit David mir vom Tod meiner Mutter erzählt hatte, weinte ich noch einige Nächte lang. Doch so langsam versiegten meine Tränen, auch wenn mein Herz noch still und heimlich weiter weinte. Ich hatte mich von meiner Mutter entfernt, deshalb wurde es schnell wieder einfacher, mit dem Verlust umzugehen. Ich weinte mehr aus dem Grund, dass ich ihr keine Chance gab. Und dass ich ihr nicht gesagt hatte, dass ich sie trotz allem auch liebte.

Dank David wurde die ganze Situation einfacher für mich. Als ich vor wenigen Tagen bei ihm war, hatte er mich so gut abgelenkt, dass ich schon beinah vergaß, so eine schlimme Nachricht erhalten zu haben.

Davy kam zu mir hoch und betrat meine Wohnung mit seinen Schuhen.

»Enlevez vos chaussures!«, befahl ich in meiner Muttersprache.

Er schaute hilflos umher, ich sah die Fragezeichen förmlich über seinem Kopf schweben.

»Schuhe aus. Bitte«, gab ich nochmal in unserer Sprache wieder.

»Oh na klar, entschuldige.«

Auch wenn es eine Bruchbude war, ich hatte eben erst gesaugt und wollte wenigstens das Gefühl haben, dass es hier sauber war. Nachdem er seine Schuhe loswurde, musterte er meine Wohnung.

»Hast du etwa aufgeräumt?«

»Kann man es also doch erkennen, obwohl das hier das reinste Loch ist?«

Er lachte. »Ja, weil hier um einige Zentimeter mehr Platz im Raum ist.«

Ich wollte ihn gespielt wütend anschauen aufgrund seines Spotts, aber er hatte Recht und bei seinem Lachen, ließ sich meines auch nicht aufhalten.

»Also dann. Wollen wir?«, fragte er voller Vorfreude in der Stimme.

»Unbedingt«, antwortete ich und meinte es vollkommen ernst.

Anfangs hielt ich es für keine so gute Idee, dass David und ich so schnell zusammenzogen. Auch jetzt wusste ich nicht, ob es nicht doch eigenartig werden könnte, was unsere Beziehung betraf. Aber gleichzeitig freute ich mich riesig darauf. Ich würde in einem verdammten Traumhaus leben! Mit genügend Platz für ... na einfach alles! Ich würde dann sogar vernünftig für meine Show das Tanzen üben oder mich aufwärmen können, bevor ich zur Arbeit fuhr.

Dieser Umzug ist eine wahre Entlastung für mich. Ich war David so dankbar, dass es sich nicht in Worte fassen ließ. Kaum tauchte er wieder in meinem Leben auf, rettete er mich erneut aus meiner Lage.

Ich wusste gar nicht, womit ich das verdient hatte.

44 David

Während Dizee mit ihrem Vermieter sprach und mit ihm alles wegen des Umzugs abklärte, telefonierte ich mit einer Umzugsfirma. Einen großen Wagen brauchten wir nicht, Dizee hatte schließlich nicht gerade viele Möbel – was mich wieder auf eine Idee brachte, die sie vermutlich nicht gutheißen würde. Aber ich war mir sicher, dass sie sich einige neue Sachen zulegen, jedoch nicht ihre Ersparnisse dafür hergeben wollte. Doch das würde ich schon geregelt bekommen.

Auch Männer, die die Möbel schleppten, wären nicht notwendig. Der Fahrer und ich würden das schon allein schaffen, Dizee würde die leichten Kartons nehmen können.

Sie legte gerade rechtzeitig auf, denn die Stimme am anderen Ende fragte mich nun, wann der Umzug stattfand.

»Einen Moment bitte, das muss ich eben in Erfahrung bringen«, antwortete ich, schaltete auf stumm und sah zu Dizee rüber. »Und was hat er gesagt?«

»Es scheint, als wäre meinem Vermieter alles ziemlich egal. Ob ich gehe, wann ich gehe, ob sich jemand findet, der die Wohnung übernimmt – alles egal. Ich könnte dort auf meiner Couch ersticken, weil ich mich an einer Erdnuss verschluckt habe und es wäre ihm ebenfalls ziemlich egal. Vermutlich, weil das Ding sowieso bald nur noch als eine Art Wohnheim für Drogensüchtige oder Obdachlose dienen soll.«

Sie sagte es ohne jeglichen Spott in der Stimme.

Sie wusste leider zu gut, wie es aussah, wenn jemand abhängig war, und empfand nichts, als Mitleid für diese Menschen.

»Dann sag du mir, wann es losgehen soll«, verlangte ich.

Sie zuckte unwissend mit den Schultern. »Worauf noch warten, hab ich recht? Je schneller ich hier raus bin, desto besser kann ich mich bei dir einrichten und vernünftig arbeiten.«

»Das sehe ich ganz genau so«, gab ich enthusiastisch zur Antwort.

Natürlich hatte ich hauptsächlich vor, ihr damit zu helfen und sie aus diesem Loch holen. Aber auch der Hintergedanke spielte eine Rolle dabei. Wir würden zusammen wohnen. Ich würde sie jeden Tag sehen und das mit uns würde sich entwickeln können. Ob wir es langsam angingen oder nicht, war mir egal. Hauptsache sie war bei mir. Denn alles andere würde sich schon ergeben. Das wusste ich. Wir waren schließlich David und Dizee.

Heute hatten wir Dienstag. »Dann am Samstag?«, fragte ich sie.

Als sie mir lächelnd zustimmte, entkam mir ein Grinsen.

Ich war gerade so glücklich wie seit langem nicht mehr.

Ich betätige die Stummtaste auf meinem Handy und gab die Infos an den Mann weiter. Als wir alles besprochen hatten, legten wir freundlich auf.

»Jetzt steht es fest.«

»Das tut es ...« Dizee tauchte wieder in Gedanken ein.

Doch noch bevor ich fragte, erklärte sie bereits. »Ich bin dir wirklich sehr dankbar, dass du das für mich tust. Du weißt nicht, wie viel es mir bedeutet, dass du mir so hilfst.«

Ich ging auf sie zu und zog sie in meine Arme. »Ich tue das sehr gerne für dich, Dizee. Ich helfe dir, wo immer ich kann.«

Da ich größer war, als sie – wer war das nicht, mit ihren süßen ein Meter achtundfünfzig – lag ihr Kopf an meine Brust gelehnt, während meiner auf ihrem ruhte.

»Danke«, flüsterte sie erneut.

Ich war mir sicher, dass sie damit nicht nur den Umzug meinte, sondern alles, was ich je für sie getan hatte.

»Ich danke dir«, antwortete ich und meinte damit ebenfalls das ganze Glück, das Licht, das sie in mein Leben brachte.

45 Dizee
Juni 2024

Vor wenigen Monaten

»Hat er nicht!«, rief Kim unglaubwürdig.

»Doch!«, erwiderte Lisa, »Ich schwöre es, er ging auf die Knie und hatte einen verdammten Ring dabei.«

Betty meinte daraufhin, »O. M. G.! war das dieser Alte, wie hieß er noch ...«

»Frank«, antwortete Lisa.

»Genau, Frank! Scheiße, Süße, das zieht er bei jeder Schwarzhaarigen ab. Früher oder später, aber er tuts.«

Ich prustete los. »Und was hast du gesagt?«

»Dizee!«

»Na was denn? Wenn der Ring ein Vermögen wert ist, solltest du ja sagen!«

»Pff, vergiss es, der hat höchstens fünfzig Dollar gekostet. So viel wie ich mit meinem Arsch verdiene, kann ich mir selber einen Diamantring schenken.«

Wir lachten.

»Darauf stoßen wir gleich an«, forderte ich.

»Oh ja, auf uns heiße Girls!«, stimmte Betty mir zu.

Wir torkelten in unseren Highheels in eine Bar und platzierten unsere mit Minikleidchen bedeckten Hintern in einer Nische. Betty entledigte sich ihrem Fake Pelzmantel, ich mich meiner Lederjacke, die anderen hatten nicht mal was drüber gezogen. Sie hatten die letzten Tänze, weswegen ihnen von der vielen Bewegung noch ganz warm war.

Wir warteten, doch es schien keine Bedienung zu kommen. Da wir noch nie hier waren, wussten wir nicht genau, wie das lief. Aber ich schlug vor, die Getränke zu bestellen und an den Tisch zu bringen. Betty nahm einen long Island Icetea, Kim einen Scotch auf Eis und Lisa wollte drei Vodka Cranberry Shots. Heute Abend würde wohl die Post abgehen.

Ich begab mich zur Bar und traute meinen Augen nicht, wen ich da sitzen sah. Ein junger Mann, mit schwarzen Haaren und hellleuchtenden Augen.

Cyrus fucking Scott.

Als der Barkeeper ihn fragte, was er ihm bringen durfte, antwortete ich hinter Rus, »Zwei Whisky-Cola.«

Rus drehte sich zu mir um. »Dizee?«

»Bonjour Scotty«, begrüßte ich ihn und breitete die Arme aus, um ihn darin einzuschließen.

Er sah von Schmerz zerfressen aus, dabei wirkte er damals so glücklich, als er nach L.A. zog, um hier sein Buch verfilmen zu lassen. Vielleicht war diese Stadt ja verflucht.

Ich hatte ihn seither selten kontaktiert, hatte sogar vergessen, ihm zu erzählen, dass ich nun auch hier wohnte.

In der Umarmung nahm ich sein Zittern wahr. Ich löste mich von ihm und legte meine Hand an seine feuchte Wange. »Willst du darüber reden?«

Er nickte.

Ich befahl ihm, sich zu setzen. Dann brachte ich meinen Mädels ihre Drinks, die ich schnell geordert hatte, und erklärte ihnen die Situation.

»Heilige Scheiße, Dizee Roux hat ein weiches Herz«, meinte Betty nur.

»Pscht! Das ist ein Geheimnis, verstanden?«

Sie führte ihren Finger an ihre Lippen und flüsterte, »Okay.«

Dann kehrte ich zu Rus zurück und hörte mir an, was passiert war.

Der Abend verlief so, dass ich erfuhr, dass Rus etwas mit Summer am Laufen hatte, die nicht nur Tamis Kindheitsfreundin war, sondern auch die Geisterfahrerin am damaligen Morgen.

Ich kannte sie bereits. Als ich nach Sunmond gezogen war, hatten Tami und ich ab und zu was mit ihr unternommen, aber Freunde sind wir nie wirklich geworden. Nach gewisser Zeit meldete sie sich nicht mehr bei Tami und der Kontakt löste sich auf.

Nicht nur Rus' Tränen liefen in dieser Nacht.

Ich begriff nicht, wie er sich in genau die Person verlieben konnte, wegen der er seine große Liebe verlor. Aber es war besser für mich, nicht darüber nachzudenken, ansonsten überkam mich das Verlangen mich aus Wut zu betrinken. Er war erwachsen und musste selbst zusehen, welche Entscheidungen er traf. Dennoch bin ich wahrlich enttäuscht, werde ihm aber nicht mehr zeigen, wie sehr. Ich würde ihn deswegen nicht von mir stoßen. Eine alte Version von mir hätte das bestimmt, ohne zu zögern. Aber Rus war nicht mehr nur ein Bekannter für mich. Er war Familie geworden.

Irgendwann hatte er mehr getrunken, als nötig. Dabei sollte er besser gar nichts mehr trinken, aufgrund seiner Vergangenheit mit dem Alkohol. Ich hatte uns beiden ein Taxi gerufen und ihn nach Hause gebracht, nachdem er eine halbe Ewigkeit dafür brauchte, mir seine Adresse zu nennen. Als ich ihn ins Bett gehievt hatte, suchte ich in seinem Handy nach jemandem, von dem ich dachte, er könnte sich morgen früh um Rus kümmern. Als ich den Chat mit »Bro« öffnete, kam ich aus Versehen auf den Anrufbutton, legte aber schnell wieder auf. Dann tippte ich eine Nachricht, als wäre ich Rus.

Cyrus: Icg bin bollkommen betrunkn, kannsdu kommn nd auf mih aufpassen?

Ein paar absichtliche Fehler, damit es glaubwürdig erschien und senden.

Dizee 46
Juni 2024

Vor wenigen Monaten

Nachdem ich Cyrus letztens nach Hause gebracht hatte, schrieb ich ihm eine Nachricht. Er solle sich melden, wenn er Lust auf ein Treffen hatte.

Nun war ich angezogen, geschminkt und frisiert und wartete darauf, dass er mich abholte. Als die Nachricht eintraf und ich hinaustrat, sah ich ihn in seinem Auto am Steuer sitzen.

Ihn so zu sehen erfüllte mich mit Stolz. Er hatte so hart dafür gekämpft, wieder Autofahren zu können. Es stimmte mich glücklich und bewies mir, dass wir alle mehr konnten, als wir ahnten.

Ich stieg in seinen Wagen, woraufhin wir zu einem Restaurant fuhren, in dem wir uns in Ruhe über alles unterhalten würden, was die letzten Monate geschehen war. Und obwohl es gerade mal ein halbes Jahr war, seit er Sunmond verlassen hatte, war schon ziemlich viel in dieser Zeit passiert.

Ich erzählte ihm davon, dass ich mein Studium in Sunmond erfolgreich abgeschlossen hatte, aber für eine große Zukunft, als Modedesignerin wieder nach L.A. zog. Auch meine Pläne, welche eine eigene Boutique betrafen, verschwieg ich ihm nicht. Er gratulierte mir und brachte zum Ausdruck, wie sehr er an mich und mein Talent mit der Nadel glaubte, wofür ich ihm sehr dankbar war.

Als das Thema vom Tisch war, fragte er mich, was die Liebe in meinem Leben tat. Da rollte ich mit den Augen. Ein heikles Thema.

»Ich hatte meinen letzten One-Night-Stand vor einem Jahr. Und lieben tue ich bis heute niemanden«, log ich.

Was brachte es schon, von David zu erzählen, wo wir doch ohnehin keinen Kontakt hatten.

Ich sah weg und leerte mein Weinglas in einem Zug, da ich langsam nervös wurde, wenn es um David ging.

Ich wollte nicht darüber sprechen.

»Du denkst vermutlich, dass du eine gute Lügnerin bist. Aber mir machst du nichts mehr vor, Dizee.«

So eine Scheiße. Rus kannte mich schon zu lange.

Er grinste verschmitzt und wechselte einfach so das Thema, als er mir erzählte, »Ich hab mit meinem besten Freund nochmal über die Sache mit Summer geredet. Er hat mich wieder beruhigen können und mir Vernunft eingeredet. Ich denke immer wieder daran, was für eine große Hilfe er mir all die Jahre war, in denen ich ein Wrack gewesen bin. Bis heute hat er die besten Ratschläge parat.«

Ich lächelte. Es war schön, zu hören, dass er einen so guten Freund an der Seite hatte.

Ich wusste noch genau, wie es war, als ich nichts von Rus gehört hatte, während er sich hier in L.A. bei seinem besten Freund verkroch. Er befand sich in einem schlechten Zustand. Dem Alkohol und der Depression verfallen, nach Tamis Tod. Doch dank seines Kumpels, hatte er es wieder bergauf geschafft, ist zurückgekommen, hat seinen Bachelor abgeschlossen und ein verdammtes Buch veröffentlicht, das nun verfilmt wurde. Dieser Freund war sowas wie ein Heiliger, wenn ihr mich fragt.

»Klingt nach einem tollen Kerl.«

»Hach ja, so ist David«, sagte Rus auf einmal.

Mein Lächeln verschwand und ich war mir nicht sicher, ob ich mich verhört hatte.

Wollte ich Davids Namen hören oder hatte er gerade tatsächlich *David* gesagt?

»David?«, fragte ich beinahe heiser.

Reiß dich zusammen, Roux!

»Kennst du ihn etwa nicht? Er ist doch einer der besten Newcomer-Produzenten aus L.A., David Del Gazzio.«

»Nein«, hauchte ich und sah auf meinen Teller.

»Nein, du kennst ihn nicht?«

Was zum... warum fragte er das so?

Oh verdammt. Cyrus Scott, du Mistkerl.

»Du weißt es.«

Er nippte an seinem Glas und sah unschuldig weg.

Das war die offensichtlichste Antwort, die ich hätte kriegen können.

»Cyrus«, sagte ich ernst und klang dabei etwas bedrohlicher als beabsichtigt. »Sag mir sofort, was du weißt.«

»Eigentlich nichts. Nur, dass ihr euch von früher kennt und eine komplizierte Vergangenheit habt und na ja ...«

»Und was noch?«

»... und dass du David das Herz so sehr gebrochen hast, dass er bis heute keine Gefühle für eine Frau entwickeln konnte.«

Ich hatte erst jetzt bemerkt, dass ich mich weit nach vorne gelehnt hatte, denn nun sank ich in meinen Stuhl und dachte an Cyrus' Worte.

... so sehr das Herz gebrochen, dass er bis heute keine Gefühle für eine Frau entwickeln konnte.

»Tut mir leid, dass ich es dir nicht sofort gesagt habe. Das war nicht cool von mir.«

»Da hast du recht, das war es nicht.«

»Eure Geschichte geht mich nichts an. Aber ich hoffe wirklich, dass ihr wieder zueinanderfindet.«

Ich nickte und stand von meinem Stuhl auf. »Entschuldige mich.«

Dann begab ich mich zur Frauentoilette, versuchte die mit schuldbeladenen Tränen zu unterdrücken, aber einige kamen doch davon.

Vorsichtig tupfte ich mit einem Papiertuch an meinen Augen herum. Einmal tief ein und ausatmen.

Zuhause kannst du wieder weinen, reiß dich jetzt zusammen, befahl ich mir in Gedanken und stolzierte wieder zu meinem Platz.

»Es tut mir leid«, war der erste Satz, der Rus' Mund verließ, als ich mich setzte.

»Was hat er gesagt?«

Er zog seine Augenbraue hoch. »Was meinst du?«

»Inwiefern hat er dir Vernunft eingeredet? Welchen Ratschlag hat er dir im Bezug auf Summer gegeben?«

Ich war gespannt, wie David nun wieder alles glatt gebügelt hatte. Er war wirklich gut in sowas.

»Er hat mich damit konfrontiert, dass es nicht fair von mir war, die Schuld auf sie abzuschieben, denn schließlich hatte auch ich Schuld an Tamis Tod. Und eigentlich wollte ich die Schuld nie auf jemanden abwälzen und genau das hab ich direkt getan, als ich erfuhr, dass sie die Geisterfahrerin war. David meinte nur, ich sollte nochmal das Gespräch zu ihr suchen und sie sich erklären lassen. Denn letztes Mal war ich so wütend und traurig, dass meine Gefühle wieder das Steuer übernommen haben und ich ihr nicht mal mehr zugehört habe. Er sagte, ich könnte dann immer noch entscheiden, ob ich ihr verzeihen kann oder nicht.«

»Ja, da hat er wohl recht«, war das Einzige, was ich dazu sagte. Danach hatten wir nicht viel geredet. Erst als wir in Cyrus' Auto saßen, ergriff er wieder das Wort.

»Dizee, es tut mir wirklich leid. Irgendwie enden unsere Treffen nicht gut, seit wir wieder richtigen Kontakt zueinander haben. Das ist meine Schuld, ich ziehe die Stimmung immer runter.«

»Rus«, ich legte meine Hand auf seinen Arm, »Ich fand es wirklich schön, dass wir zusammen Essen gegangen sind und uns etwas unterhalten konnten. Ich habe nur nicht damit gerechnet, dass ihr euch kennt. Davids und meine Geschichte ist nicht schön ausgegangen, das ist alles.«

Er schenkte mir ein aufmunterndes lächeln und drückte meine Hand.

»Tami hat mir damals erzählt, wie du betrunken von der Arbeit kamst und einen Davy erwähnt hast.«

»Ich weiß, du hast es doch in dein Buch geschrieben.«

Er nickte. »Ich hätte nicht gedacht, dass damit mein bester Freund gemeint ist. Das alles ist ein riesiger Zufall. Zumindest könnte man das glauben. Halt mich für kitschig – aber ich bin nun mal ein Mann, der einen Liebesroman geschrieben hat und etwas von Romantik versteht, deswegen, lass dir von mir sagen: Ich glaube, das ist Schicksal und eure Geschichte ist noch nicht zu Ende. Was hat Tami damals zu dir gesagt? Eine wahre Liebesgeschichte ... «

»... endet nie«, beendete ich wispernd ihren Satz.

Meine Augen wurden glasig, da zog Rus mich in seine Arme. Mein Kopf ruhte auf seiner Schulter und ich war froh, dass mich jemand hielt und meinen Schmerz erkannte, den ich seit Jahren mit mir umher trug.

»Danke, Rus.«

47
David
September 2024

Wir haben uns nun seit einer Woche nicht gesehen, dennoch entsinne ich mich, wie schwer es war, sich von Dizee zu verabschieden.

Doch die Arbeit rief mich zurück. Ich hatte bei der Postproduktion des Filmes zu helfen und sie musste weiter an ihrer ersten Kollektion arbeiten.

Am liebsten würde ich ihr ihren Wunsch erfüllen und ihr ein eigenes Modegeschäft kaufen. Doch mir war klar, dass Dizee genaue Vorstellungen hatte. Es war also nicht möglich, irgendein x-beliebiges Objekt zu kaufen, welches momentan freistand. Irgendwie musste ich herausfinden, ob sie schon etwas im Visier hatte oder zumindest, was ihrer Vorstellung entsprach.

Sie würde noch viel zu lange arbeiten müssen, um das Geld anzusparen. Die freistehenden Gebäude in Los Angeles kosteten ein Vermögen.

Warum sollte sie so hart arbeiten, wenn ich es ihr im Handumdrehen besorgen könnte?

So wie ich sie kannte, würde sie das Angebot sofort ablehnen, weil sie Stolz war und alles allein schaffen wollte. Dabei musste sie nicht alles alleine bewältigen. Sie hatte doch schon so vieles alleine gemeistert, durchgestanden und geschafft. Es war an der Zeit, dass sie eine helfende Hand ergriff, wie damals in der Mädchentoilette. Das klang wegen des Orts total unromantisch, aber es war ein besonderer Moment für uns beide – Toiletten hin oder her.

Ich ging gerade die Szene mit Dustin durch, in der Tami und Rus – also Summer und Darren – ihr erstes Date hatten, als mein Handy in der Hosentasche brummte.

Dizee ♥: Ich denke, ich bin bereit. Ich will sie besuchen.

Noch am selben Tag, nach der Arbeit, fuhr ich mit meinem Motorrad zu ihr, damit wir gemeinsam das Grab ihrer Mutter aufsuchten. Ich würde sich keinesfalls alleine gehen lassen.

Als ich bei ihr war, wirkte Dizee ziemlich nervös. Sie lief mit ihrem Weinglas auf und ab, las sich mehrfach ihren selbstgeschriebenen Text durch. Sie flüsterte die Worte so leise vor sich hin, dass nur sie es hörte, und nickte immer wieder mit dem Kopf.

»Dizee.«

Sie blieb schlagartig stehen und sah zu mir.

»Du wirst nichts Wichtiges vergessen haben«, versicherte ich ihr.

»Und was wenn doch? Es muss alles drin stehen, was ich ihr immer sagen wollte. Alles, was ich ihr nie gesagt habe. Sie muss einfach alles wissen. Ich darf nichts davon vergessen.«

Wie so oft in den letzten Wochen, zog ich sie in eine Umarmung. »Deine Mutter wäre vermutlich schon froh darüber, dass du überhaupt auftauchst. Ich bin mir sicher, dass sie wusste, dass sie nicht gerade die perfekte Mutter war. Aber ich weiß auch, dass sie dich geliebt und gehofft hat, dass du ihr verzeihst. Ich denke, das ist wirklich das aller Wichtigste.«

Dizee schniefte. »Du hast recht. Danke, dass du bei mir bist.«

»Wo bitte sollte ich denn sonst sein?«, fragte ich ernstgemeint.

Ich war nirgendwo lieber, als bei ihr. Erst recht, wenn ich für sie da sein konnte, wenn es ihr schlecht ging.

Es war ein gutes Gefühl, von ihr gebraucht zu werden. Ein Gefühl, das mir guttat, weil ich derjenige war, der sie hielt.

»Okay. Lass uns gehen.«

Sie löste sich langsam von meinen Armen und zog sich ihre kurze Lederjacke über. Die Jacke, die schwarzen Röhrenjeans und die roten Lederstiefel passend zu ihren blutroten Lippen – diese Frau war so verdammt scharf, das konnte man sich gar nicht ausdenken. Außerdem sah sie in dem Outfit aus wie ein typisches Bikergirl. Sie würde sich sicher freuen, wenn sie meine Maschine sah. Dizee stand schon immer auf Motorräder und wollte selbst einen Führerschein dafür machen. Ich vermutete mal, dass nur die Finanzen sie davon abhielten.

Ich legte meine Hand an ihre Hüfte, als wir zu meiner Harley liefen.

Als Dizee plötzlich stehen blieb und mich mit weitaufgerissenen Augen ansah, fing ich an zu lachen.

»*Das* ist *deine*?«, fragte sie überwältigt.

»Na klar.«

»Oh mein Gott!«, quiekte sie und grinste über beide Ohren.

Ich reichte ihr einen Helm, den ich extra für sie gekauft hatte. Sie brauchte nicht lange, um herauszufinden, wie er sich schließen ließ. Da sie meine Hilfe nicht benötigte, zog ich meinen ebenfalls über und setzte mich auf die Maschine.

»Springen Sie auf, heiße Chilischote.«

Sie lachte aus dem Bauch heraus. »Du bist manchmal echt eigenartig«, antwortete sie beim Aufsteigen.

Ich überlegte, ob das gut oder schlecht war, doch dann setzte sie fort, »Ich liebe das«, und schlang ihre Arme um einen Bauch, um Halt zu finden.

Wir fuhren die Straßen entlang. Die Sonne war dabei unterzugehen. Die Wärme von Dizees Körper ging auf mich über und ich wünschte, dieser Moment würde nie enden.

Ich fühlte mich noch nie so frei, wie genau in diesem Augenblick mit ihr zusammen.

48 Dizee

Die Geschwindigkeit war wie ein Rausch.

Mein Kopf ruhte an seinem Rücken und meine Augen hielten den wunderschönen Sonnenuntergang fest im Blick. Der Himmel war in den schönsten Nuancen von Orange und Rosa gehüllt.

Ob es die Sonne war oder David, weswegen mir trotz des Fahrtwindes so warm war, ließ sich nicht beantworten. Aber ich schwelgte in dieser Wärme, wie in einem Traum.

Ich hatte mich noch nie so frei gefühlt, wie genau in diesem Moment mit ihm zusammen. Ich klammerte mich nun umso mehr an David, da ich so versuchte, diesen Moment zu bewahren. Er sollte nie vergehen. Die Zeit, die ich mit David hatte, durfte niemals enden.

Er nahm seine rechte Hand vom Lenker, um nach meiner zu greifen. Er platzierte sie an seiner Brust und legte seine darüber, um sie zu wärmen. Hauptsache, meine Hand war in seiner. Hauptsache, er wusste, dass ich da war. Dass ich endlich bei ihm war und nirgendwo sonst. Endlich sein war. Niemandes sonst.

Und ich liebte dieses Gefühl. Liebte es, wie er durch so kleine Dinge, mein Herz schneller schlagen ließ.

Ich hatte es so sehr genossen mit ihm Motorrad zu fahren, dass ich bereits vergaß, wohin wir unterwegs waren.

Doch nun waren wir angekommen. Heute würde ich wieder mit meiner Mutter sprechen, seit ich L.A. damals verlassen hatte.

Ich quetschte mich aus dem Helm und reichte ihn David. Dann liefen wir gemeinsam durch das große Eingangstor des Friedhofs. Überall waren Bäume, dessen Baumkronen uns sowohl vor der Sonne als auch vor dem Regen schützen konnten. Beinah auf jedem Grab standen Blumen in Vasen, in all möglichen Farben erstreckten sie sich aufgereiht, wie ein Regenbogen auf Erden.

Hand in Hand liefen wir den Mittelweg entlang, bis David einmal rechts abbog und beim siebten Grab anhielt.

Da war sie.

Joséphine Roux.

Es war nichts eingraviert worden, nur ihr Name und die Daten ihrer Lebenszeit. Kein »Geliebte Mutter« oder Ähnliches. Ich empfand Mitleid mit ihr. Das brach mir wirklich das Herz.

Ich schaute auf ihr Grab hinunter. Eine Vase mit verwelkten Blumen. Vermutlich waren sie von David oder seiner Mutter. Immerhin sie schenkten ihr Aufmerksamkeit und Liebe. Wir drei und Grandma – und mein Vater, der sich weiß Gott wo aufhielt – kannten sie noch. Der Kreis, der sie in Erinnerung behielt, war nicht gerade groß. Aber hoffentlich reichte er ihr aus.

»Wir haben keine Blumen für sie«, sprach ich meine Gedanken laut aus.

»Ich besorge welche, solange du mit ihr sprichst.«

Ich nickte. »Danke.«

»Nicht dafür«, antwortete er und gab mir einen Kuss auf die Stirn.

David und ich hatten immer noch nicht darüber gesprochen, was wir füreinander waren. Aber was auch immer wir waren, es fühlte sich richtig an und sollte nie mehr enden.

Er schenkte mir ein Lächeln, ehe er verschwand und mir die Privatsphäre mit meiner Mutter ließ.

Ich sank auf die Knie, völlig egal, ob meine Kleidung schmutzig wurde. Dann kramte ich mein Portmonee aus meiner Jacke und holte ein verstecktes Bild meiner Mutter hervor, als sie so alt war wie ich. Ich sah genauso aus wie sie. Ich lehnte das Bild gegen die Vase, betrachtete es einige Minuten lang, ohne ein Wort zu sagen. Mir entkam ein erschöpfter Seufzer. Keine Ahnung, wo ich anfangen sollte.

Ich dachte, freizusprechen wäre besser, als meinen Brief vorzulesen. Doch jetzt bemerkte ich, dass ich es ohne ihn nicht schaffte.

»Bonjour Maman. Es ist lange her, seit wir das letzte Mal miteinander gesprochen haben. Ich habe mir die letzten Tage viele Gedanken darüber gemacht, was ich dir sagen will, wenn ich vor dir stehe. Jetzt bin ich hier. Da ich vermutlich die wichtigsten Sachen vergessen würde, habe ich einen Brief geschrieben, den ich dir jetzt gerne vorlesen möchte«, ich kramte den vierfachgefalteten Brief heraus, entfaltete ihn und las vor.

Chère Maman,

Ich bin heute fünfundzwanzig Jahre alt und lebe seit einem halben Jahr wieder in Los Angeles. In Sunmond habe ich meinen Bachelor in Modedesign gemacht und bin dann hier her, um mein eigenes Label zu eröffnen. Statt also für ein großes Unternehmen zu arbeiten, habe ich mich entschieden sofort den Weg der Selbstständigkeit zu beschreiten. Ich nähe in jeder freien Minute die Kleider meiner ersten Kollektion. Nebenbei gehe ich in einem Club tanzen. Du musst dir keine Sorgen machen. Ich habe eine wundervolle Chefin und sobald jemand respektlos wird, fliegt die Person raus. Ich liebe das Tanzen, die Outfits, die Musik. Ich liebe es, mich sexy und selbstbewusst zu fühlen. Die meisten Kolleginnen, die ich habe, supporten mich, ebenso wie ich sie. Es gibt nur eine, die mich nicht leiden kann, weil ich sie vom ersten Platz vertrieben habe. Ich habe dort gute Freundinnen gefunden. Nur habe ich nicht viel Zeit, die ich mit ihnen verbringen kann. Aber hoffentlich wird sich das ändern, sobald ich meinen eigenen Laden habe.

Das alles kann ich, dank dir. Du hast mir das Nähen beigebracht. Mich motiviert, Geduld zu bewahren und nicht aufzugeben. Ich sollte stets weiterlernen, um besser zu werden, und genau das habe ich getan. Ich konnte meiner verstorbenen besten Freundin ein einmali-

ges Kleid zum Geburtstag schenken, weil du mir gezeigt hast, wie sowas geht. Auch die Liebe zur Kunst hast du mir näher gebracht.

Wie das Schicksal es wollte, bin ich David wieder begegnet. Seitdem sind wir beide unzertrennlich. Er ist immer für mich da, wie in alten Zeiten. Er und seine Mutter bringen dir immer frische Blumen und besuchen dich oft. Ach, das wusstest du sicher schon. Weißt du, es war David, der mir vor wenigen Wochen gesagt hat, dass du gestorben ist. Und das schon vor langer Zeit.

Auch, wie du gestorben bist.

Du musst mir glauben, Maman, ich hatte keine Ahnung. Grandma hat mir nichts davon erzählt. Sie behauptete, du hättest mich aufgrund deiner Drogensucht vergessen und im Stich gelassen. Ich wusste nicht, wie es dir ging, als ich fort war. Ich hatte keine Ahnung davon, ob du weiterhin auf der Couch lagst und etwas genommen hast oder ob du dabei warst clean zu werden, um mich wieder zu bekommen. Ich weiß es nicht und werde es nie erfahren. Auch wenn du es nicht immer gezeigt hast, weiß ich dennoch, dass du mich geliebt hast. Ich bin ehrlich, du warst nicht die beste Mutter. Du hast viele Fehler gemacht, schlechte Entscheidungen getroffen und die Chance es besser zu machen, wurde dir genommen. Von dem schlimmsten Mann, den ich kenne.

Es tut mir leid, dass dir das passiert ist. Es tut mir leid, dass du einen so schrecklichen Tod hattest und das ich nicht bei dir war, als es zu Ende ging. Es tut mir leid, dass dein Leben so schwer und voller Schmerz war, dass du dachtest, Drogen seien der einzige Weg, um all das nicht Spüren oder Wahrnehmen zu müssen. Es tut mir leid, dass ich dich einfach verlassen habe, als es zu schwierig mit dir wurde. Es tut mir leid, dass ich dir nicht helfen konnte. Es gibt so vieles, für das ich mich entschuldigen möchte. Was auch immer dir Kummer bereitet hat, tut mir leid. Ich hoffe, dass du – wo auch immer du jetzt bist – ein schöneres Leben hast, als du es hier hattest. Ich hoffe, du kannst mich sehen und hören. Ich hoffe, du kannst mir dabei zusehen, wie ich dich stolz mache. Denn das werde ich.

Ich wünschte, ich könnte noch ein einziges Mal deine Stimme hören, dein Lachen. Und deinen Duft einatmen, wenn wir uns umarmen und du weinend an meiner Schulter zusammenbrichst, dich an mir hältst, als wäre ich die einzige Konstante in deinem Leben, während ich dabei war, nicht selbst zu zerbrechen. Ja, Maman, du weißt vieles über mein Leben nicht. Aber das musst du auch gar nicht mehr. Es ist vergangen. Nichts wird mehr so sein, wie es einst war.

Ich danke dir, für alles, was du mir beigebracht hast.
Für alles, was ich bin und was ich geschafft habe.
Danke für alles, was du im Stande warst zu geben.
Es tut mir leid, dass ich es nicht für genug empfand.
Ich werde dich niemals vergessen.
Je t'aime
avec tout mon amour, ta Dizee

Ich ließ die Zettel sinken, wischte mir die Tränen vom Gesicht und schniefte.

Ich hatte nicht mal Schritte gehört, doch jemand legte mir seine Hand auf die Schulter. Ohne hinzusehen, wusste ich bereits, dass es David war. Er half mir hoch und präsentierte den Strauß.

Rote Rosen umgeben von Schleierkraut und Gänseblümchen.

Da kamen mir schon wieder Tränen. »Oh, David. Der ist perfekt.«

»Ich wusste, dass er dir gefallen würde. Und deiner Mom sicher auch.«

Ich nickte sofort, denn ich war mir sicher, dass sie sie lieben würde.

David legte seinen Daumen an meine Wange und strich sanft darüber, entfernte dabei die Tränen, die mir gekommen waren. So wie er es schon immer getan hat.

»Seit du wieder in meinem Leben bist, bin ich furchtbar sensibel geworden«, sagte ich und lachte dabei verlegen über mich selbst.

»Du warst schon immer sensibel, Dizee. Du zeigst es nur nicht gern vor anderen. Aber bei mir verhältst du dich immer so, wie ich dich kennengelernt habe. Du bist immer du selbst. Immer meine Daisy. Und du bist perfekt so wie du bist. Mit all deinen Tränen.«

Meine Daisy.

Mein Herz machte einen Satz und ich schmunzelte. Immer wieder sorgte er dafür mich aus dem Gleichgewicht zu bringen, wenn solche Worte seinen Mund verließen.

»Na komm, lass uns das Wasser wechseln.«

Er gab mir einen zärtlichen Kuss auf die nasse Wange. Dann nahm er die Vase mit den verwelkten Blumen und machte sich an die Arbeit.

49 David

Dizee hatte mit ihrer Mutter gesprochen. Nachdem wir gemeinsam die Blumen gewechselt hatten, liefen wir durch den Friedhof zurück zu meinem Motorrad.

Da fragte ich sie, »Weißt du, was mir hilft, wenn ich schlecht gelaunt oder traurig bin?«

»Churros?«, stellte sie mir die Gegenfrage, denn sie kannte die Antwort noch aus der Vergangenheit.

»Churros«, bestätigte ich.

»Und weißt du, wer die besten Churros der Welt macht?«

»Deine Mom.« Diesmal war es keine Frage, sondern eine Feststellung.

»Das ist vollkommen richtig.«

Ihre Mundwinkel hoben sich leicht und allein das bedeutete mir schon viel.

»Ich vermisse deine Mom. Sie ist eine tolle Frau.«

»Das sehe ich genauso wie du. Ich bin mir sicher, dass sie sich über einen Besuch von dir freuen würde.«

»Wohnt sie noch in Mexiko?« Dizee zog sich den Helm über ihren Kopf.

Ich verneinte kopfschüttelnd. »Sie ist ebenfalls zurück nach L.A. gezogen, weil sie in meiner Nähe sein will. Außerdem habe ich ihr vor einem Jahr hier ein Haus gekauft.«

Dizee schenkte mir ein stolzes Lächeln, das mir schmeichelte. »Dann lass uns fahren.«

Das ließ ich mir nicht zweimal sagen. Ich zog ebenfalls den Helm auf und setzte mich auf meine Maschine. Der Motor brummte, als ich sie anschaltete. Dizee hielt sich an meinen Schultern fest, um einen Halt zu kriegen, während sie hinter mir Platz nahm. Dann schlang sie ihre Arme um meine Taille und legte ihren Kopf gegen meinen Rücken.

Die Fahrt dauerte ungefähr zwanzig Minuten vom Friedhof bis zum Haus meiner Mutter. Es war sehr schlicht gehalten und nicht allzu groß, Mom hatte es lieber klein und gemütlich. Wir hatten es ganz nach ihren Vorlieben eingerichtet, natürlich übernahm ich dabei die Kosten. Nachdem Dad in den Knast kam, wurde all das Drogengeld beschlagnahmt und uns blieb nichts mehr.

Mom hatte es verdient. Sie fiel mir damals heulend in die Arme, dabei war es das Mindeste, was ich ihr damit zurückgab. Für alles in meinem Leben und dafür, wer ich heute war, verdankte ich nur ihr.

»Da sind wir«, rief ich, als ich den Motor ausstellte und mir den Helm vom Kopf nahm.

Ich half Dizee vom Motorrad runter und lief dann schnurstracks zur Haustür. Die Klingel ertönte und gleich darauf waren die Schritte meiner Mutter zu hören.

»Pequeño! Was machst du denn hier?«, begrüßte sie mich freudig und nahm mich in den Arm.

»Darf der Sohn nicht mal spontan seine Mutter besuchen? Außerdem habe ich eine Überraschung für dich.« Ich ließ von ihr ab und war gespannt auf ihre Reaktion.

Seit Dizee damals nach Sunmond gezogen war, hatten sie sich nicht gesehen und dabei hatten die beiden sich fest ins Herz geschlossen.

Dizee lief auf die Tür zu und nahm währenddessen den Motorradhelm ab.

»Pequeña margarita?«

Kleines Gänseblümchen.

»Hallo Leire.«

Mom stieß mich beiseite und stürzte auf Dizee zu. Sie fielen sich in die Arme und die Freudentränen ließen nicht lange auf sich warten. Ich lachte auf und freute mich über dieses rührende Wiedersehen.

»Kommt rein. Komm cariño.« Sie nahm Dizee bei der Hand, welche sie im Gehen tätschelte.

»Ich mach uns erst mal Mittagessen und dann gibts leckere heiße Churros.«

Dizee und ich tauschten unsere Blicke aus und versuchten, ein Lachen zu unterdrücken.

Am Essenstisch fragte meine Mutter Dizee nach ihrem Leben aus, sie beantwortete alles wahrheitsgemäß. Nur, dass sie nebenbei als Stripperin jobbte, ließ sie aus. Ich fand auch, dass meine Mom es nichts anging, wie Dizee ihr benötigtes Geld verdiente. Aber selbst wenn sie es ihr erzählt hätte, würde ich zu ihr stehen – das war keine Frage.

Dizee sprach von ihrem Traum eine große Modedesignerin zu werden und versuchte, einige ihrer Kleider detailliert zu umschreiben, damit Mom sich vorstellen konnte, welche Arbeit sie im Stande war zu vollbringen. Sie war total begeistert von Dizee und ich wusste schon jetzt, dass sie anfing, Hochzeitspläne zu schmieden, sobald wir das Haus wieder verließen. Gut, dass wir ihr noch nichts davon gesagt hatten, dass Dizee in den nächsten Tagen bei mir einzog.

Als wir auf das Thema mit ihrer Mutter zu Sprache kamen, berichteten wir Mamá, dass wir eben auf dem Friedhof gewesen waren.

»David und ich haben uns so oft wir konnten um das Grab gekümmert. Als wir in Mexiko waren, haben wir immer Blumen für sie bestellt.«

»Dafür bin ich euch sehr dankbar und meine Mutter wäre es sicher auch«, schniefte Dizee.

Meine Mutter stand von ihrem Stuhl auf, um sie in den Arm zu nehmen. Auch ich wurde zum Kuscheln eingeladen und hielt die beiden fest in meinen Armen.

»Du bist niemals allein, Margarita. Somos una familia.«

Ich übersetzte für Dizee, die erwiderte, »Das sind wir. Das seid ihr für mich schon, seit ihr mir damals geholfen habt.«

50 Dizee

»Ich bekomme wieder mächtig Hunger auf die Churros deiner Mutter«, ließ ich David wissen, während ich mir einen Karton aus dem Umzugswagen schnappte.

»Ich kann sie darum bitten welche zu machen, und später abholen.«

»Das wäre ein Traum!«

Mit einem hellen Lachen, holte er sein Handy hervor. »Bin schon dabei.«

Der Umzugshelfer und David schleppten die schweren Kartons die Treppe hoch. Ich trug nur die Kisten mit meinen Klamotten und Malsachen nach oben, sowie meine Nähmaschine – die im Übrigen gefühlte hundert Kilo wog.

Verdammt, wo waren denn die Muskeln in meinen Armen? Schließlich war ich Profi beim Poledance, ich müsste immerhin ein wenig stark sein.

Als alles in der oberen Etage war, bezahlte David den alten Mann und kam zu mir hochgelaufen.

»Mom macht uns Churros, ich werde gleich zu ihr fahren.«

»Sie ist die Beste«, antwortete ich.

David klatschte in die Hände. »Also dann, wollen wir anfangen?«

Ich nickte, schaltete Musik an, damit es nicht so langweilig war, und dann stellten wir auch schon mein Sofa zusammen und schoben es gegen die rechte Wand, von der Tür aus.

Meinen Schreibtisch musste ich nicht auseinandernehmen, den hatten wir, so wie er war hierüber gebracht und an die Wand geschoben, die sich gegenüber der Tür befand.

Ich machte mich an die Kartons und packte meine ganzen Skizzen und Malutensilien aus. Danach kamen all meine Stoffe. Die Ankleidepuppen standen schon bereit.

»Was hältst du eigentlich davon, dir ein paar neue Möbel zu kaufen?«

Ich atmete hörbar aus. »Das würde ich gerne, aber ich kann es mir nicht leisten mein Erspartes dafür herzugeben.«

»Ich würde das übernehmen.«

Ich sah ihm mit großen Augen entgegen. »Bist du verrückt? Auf keinen Fall.«

»Warum nicht?«

»David!«

Er hatte genug für mich getan. Selbst mich bei ihm wohnen zu lassen, war schon zu viel.

»Dizee!«, ahmte er mich nach und platzierte die Fäuste an seine Hüften, genau wie ich.

Ich rollte mit den Augen.

»Falls es dir noch nicht aufgefallen ist – ich bin reich. Dir Möbel zu kaufen, wird für mich so sein, als würde ich Toastbrot für zwei Dollar kaufen – es würde mir nicht mal auffallen, dass dieses Geld fehlt.«

»Musst du immer so angeben?«

»Wenn dir nur das klar macht, dass ich dir sehr gerne helfe und es mir nicht im Geringsten schadet, dann ja.«

Ich seufzte. »Ich fühle mich schlecht dabei, dein Geld aus dem Fenster zu werfen.«

»Okay, dann drücke ich mich anders aus. Wenn du nicht mit mir kommst, um dir neue Möbel auszusuchen, werde ich es allein tun.«

Ich legte meinen Kopf schief und sah zu ihm auf. »Warum tust du das?«

»Du weißt, warum«, antwortete er nur in einem ernsten Tonfall.

Natürlich wusste ich das. Warum fragte ich ihn überhaupt?

Ich atmete erschöpft aus. »Das Sofa und der Schreibtisch sind relativ neu, die brauche ich nicht zu ersetzen.«

»Du könntest dir ein Bett und einen eigenen Kleiderschrank aussuchen und im freistehenden Gästezimmer dein eigenes Schlafzimmer herrichten.«

»Das hier ist doch das freistehende Gästezimmer«, antwortete ich verwirrt.

»Ich habe aber noch eines, das freisteht.«

Ach so, ja. *Natürlich!*

Da ich noch immer nicht nachgab, fügte er hinzu: »Du kannst mir das Geld zurückzahlen, wenn du eine erfolgreiche Modedesignerin bist.«

»Und du würdest das Geld dann auch annehmen?«, fragte ich, weil ich mir nicht vorstellen konnte, dass er das tun würde.

»Nein«, antwortete er, wie erwartet. »Aber ich dachte, es hilft dir dabei, mein aufdringliches Angebot einfach zu akzeptieren.«

Erneut seufzte ich. Mit einem schlechten Gefühl im Bauch, erwiderte ich, »Na schön« und gab mich damit geschlagen.

Er grinste zufrieden. »Prima!«

»Aber lass uns morgen einkaufen. Ich bin froh, wenn ich heute alle Kisten ausgepackt habe und mich dann auf deiner Couch lang machen kann.«

»Da werde ich nicht widersprechen. Ich helfe dir.«

Zu zweit dauerte es nicht allzu lange, meine Kartons auszupacken. Das meiste waren meine entworfenen Kleider und meine eigenen Klamotten sowie Mode – und Skizzenbücher. Ich legte erst mal alles auf dem Schreibtisch ab. Ich musste mir ein ordentliches Regal besorgen, wo sich all die Sachen für meine Arbeit verstauen ließen.

»Du könntest deine besten Kleider den Ankleidepuppen anziehen und für den Rest kaufen wir eine offene Kleiderstange. Sie sollten jedenfalls nicht in einem Schrank eingesperrt sein.«

Mir gefiel die Idee. Ich stellte mir sogar schon bildlich vor, wie dieses Arbeitszimmer bald aussehen würde. Und das Wichtigste: Ich hatte wieder Luft zum Atmen und so viel mehr Platz um mich freizubewegen. Hier würde meine Inspiration wieder fließen und neue Motivation getankt werden.

»Du hast recht, so mache ich es.«

David klatschte wieder in die Hände, »Alles klar, wer hat Lust auf ein paar heiße Churros?«

»Ich!«, rief ich langgezogen und euphorisch.

»Dann hole ich sie mal ab. Wenn du willst, kannst du uns schon mal Kaffee kochen oder Tee oder was immer du willst.«

»Ai Ai«, witzelte ich und salutierte.

Er schmunzelte. »Bis gleich, Daisy.« Dann sprang er an mir vorbei, ohne mich zu berühren, und hinterließ eine Duftwolke, in der ich am liebsten versinken wollte.

Dieses »Lass uns zusammenwohnen, als wären wir Freunde« war mir sogar jetzt schon zu anstrengend. Ich sehnte mich nach seiner Berührung mit jedem Mal, in dem er sich mir näherte, aber nicht nah genug war.

Ich schüttelte den Gedanken wieder ab. Es war besser so. Ehe ich mich zu tief hineinstürzte und riskierte, ihn zu verlieren. Diesen Schmerz würde ich nicht überleben.

David

Dizee und ich kauften heute ein paar Möbel und Dekostücke für sie ein. Da wir nun offiziell zusammenlebten, freute ich mich besonders darauf, mit ihr hier einkaufen zu gehen. Es war, als würden wir unser gemeinsames Haus einrichten. Zumindest stellte ich mir das so in meinem Tagtraum vor. Dabei waren wir nur wegen ihrer Zimmer hier. Aber von mir aus sollte sie sich kaufen, was sie wollte, und es im Haus verteilen, wo sie wollte, damit ich jedes Mal merkte, dass sie bei mir lebte, wenn ich durch die Haustür kam.

Ich schnappte mir einen Einkaufswagen und schob ihn vor mir her, damit sie sich in Ruhe alles anschauen konnte.

»Soooo, wo gehen wir als Erstes hin?«, fragte sie mehr sich selbst als mich.

Dennoch antwortete ich, »Schauen wir doch erst mal nach einem Bett und einem Kleiderschrank, dann kannst du deine Deko daran orientieren. Was meinst du?«

»Das ist eine gute Idee. Auf geht's.«

Wir begaben uns in den Bereich, wo die Betten standen.

»Die sehen alle so bequem aus, dass ich am liebsten auf jedem davon ein Nickerchen machen möchte.«

Ich lachte leise auf.

»O sieh mal, ein Wasserbett!« Sie schmiss sich drauf.

Ich konnte nicht widerstehen. Also ließ ich den Wagen stehen und schmiss mich zu ihr auf die Wassermatratze.

»Weißt du, die sind gut, um darauf zu liegen, aber mehr auch nicht.«

Sie lachte. »Das ist wahr, sich auf dem Ding umzudrehen ist wie Sport zu machen.«

»Zu anstrengend und deswegen die Sache nicht wert?«, machte ich einen Witz daraus, wobei ich selbst ziemlich sportlich war.

»Genau!«, antwortete sie lachend.

Ernst war es aber nicht gemeint, denn auch Daisy betrieb gerne Sport. Zumindest was das Tanzen betraf. Für mehr hatte sie aber vermutlich auch nicht die Zeit, bei der vielen Arbeit.

Nach einer halben Stunde wählte Dizee das Bett aus, das ihr von Anfang an am besten gefiel. Wir merkten uns die Artikelnummer und die Farbe, indem wir es mit dem Handy abfotografierten. Dann ging es weiter zu den Kleiderschränken. Sie wählte das Bett und ihre Möbel in Schwarz aus. Da die Wände in ihrem Zimmer weiß gestrichen waren, würde es also nicht zu dunkel wirken und somit gut zusammen aussehen. Auch ihr Schreibtisch und ihr Sofa in ihrem Arbeitszimmer waren schwarz, die Dekokissen ihres Sofas, so wie die darüber liegende Decke, die selbstgestrickt war, waren beige. Ich hätte vorher nie an so eine Farbkombi gedacht, aber es sah verdammt cool aus. Hätte ich das gewusst, hätte ich mein Wohnzimmer ebenso eingerichtet. Doch nun waren es helle Brauntöne – auch beige – aber mit weiß und grau kombiniert. Ihr Schrank maß eine Breitenlänge von zwei Meter fünfzig. Jede Menge Platz. Aber sie war auch eine Designerin und entwarf viele Klamotten für sich selbst. Mir war es egal, Hauptsache sie war glücklich und konnte ihr Zeug gut verstauen.

»Kommen wir jetzt zu meinem Lieblingspart.«

»Deko?«

»Deko!« Sie freute sich wie ein kleines Kind, das Eis zum Nachtisch bekam.

Wir alberten herum, während wir uns durch die Gänge wuselten. Irgendwann kamen wir so weit, dass Dizee sich in den Wagen setzte, ich sie rennend umher schob und mich selbst dabei auf den Wagen stellte. Wir lachten laut, unsere Aufmerksamkeit lag nur auf uns. Weswegen wir den älteren Herren nicht mit seinem Wagen kommen sahen.

Wir krachten mit unserem an seinen.

Scheiße, der Mann war so alt, dass ich Angst hatte, er bekäme gleich einen Herzinfarkt und ich hätte ihm auf dem Gewissen.

Dizee und ich fingen sofort an uns zu entschuldigen.

»Na, hören Sie mal!«

Fuck.

Dizee und ich mussten uns das Lachen verkneifen, als er mit diesen Worten seinen Ausraster begann.

»Sind Sie denn des Wahnsinns?«

Wir prusteten los. Es tat mir wirklich leid für den alten Mann, aber es war so verdammt witzig.

»So eine Frechheit! Zu meiner Zeit wurde sowas mit dem Knüppel bestraft«, nörgelte er und ging seines Weges.

Wir kriegten uns nicht mehr ein vor Lachen.

»Ja sagen Sie mal, sind Sie denn des Wahnsinns?«, spielte Dizee ihn nach, verstellte dabei lustig ihre Stimme und zog eine Grimasse.

Ich verfiel in einen Lachkrampf und hielt mir den Bauch. Wir zogen die ganze Aufmerksamkeit auf uns, aber es war mir total egal. Ich liebte es, frei und offen mit ihr zu lachen, das Leben einfach zu genießen.

»Mit dem Knüppel bestraft«, stieß ich lachend hervor und wischte mir eine Träne aus dem Augenwinkel.

Langsam aber sicher beruhigten wir uns wieder. Dizee stieg nach weiteren zwanzig Minuten aus dem Wagen und schaute sich Lampen, Vasen, Bilder und mehr genauer an.

Als wir an der Kasse standen, war der Wagen vollgepackt mit künstlichen Pflanzen und Vasen, die meistens aussahen wie Frauenkörper. Außerdem noch mit einer Schreibtischlampe, vielen Kerzen in den unterschiedlichsten Farben, Formen und Gerüchen, sowie einer großen Pinnwand für ihre Skizzen und einem Organizer, jeweils für Stifte und allmöglichen Nähzeug. Außerdem hatten wir mehrere Spiegel bestellt, die ich an ihrer Zimmerwand anbringen würde, zusammen mit einer Polestange im Raum, damit sie ihre Choreos besser üben konnte.

Dizee wollte gerade ihre Bankkarte hervorholen, doch ich war schneller und bezahlte all die Sachen schließlich.

»David!«

»Ja?«

»Wir sagten, du bezahlst die Möbel, ich den Rest.«

»Und ich sage, ich habe mehr Geld, also bezahle ich alles.«

Wir verließen das Möbelgeschäft, packten alles ins Auto und fuhren nach Hause.

Dizee gab es nach wenigen Minuten auf, sich aufzuregen. Es würde ohnehin nichts an der Situation. Es war in Ordnung für mich, das Geld für sie auszugeben, da ich genug davon hatte.

»Das Bett und den Schrank bestellen wir gleich online, damit du bald auf einem richtigen Bett schlafen kannst. Da fällt mir ein, wenn du willst, kannst du in meinem schlafen und ich lege mich so lange auf dein Sofa.«

»Ach nein, ist schon in Ordnung. Ich finde mein Sofa ganz bequem und schlafe ja darauf, seit ich hier lebe. Es macht mir nichts aus, ehrlich.«

»Ganz, wie du möchtest. Wenn du doch lieber das Bett haben willst, sag einfach Bescheid.«

»Danke, David.«

»Kein Problem.«

»Für alles meine ich. Du bist mir eine größere Hilfe, als du glaubst.«

»Wie gesagt Daisy, kein Problem.«

David

Oktober 2024

Wir wohnten nun seit drei Wochen zusammen und hatten es bisher geschafft, die Finger voneinander zu lassen. Aber es war überhaupt nicht leicht. Im Gegenteil, es wurde mit jeder weiteren Sekunde, die wir zusammen unter einem Dach verbrachten, schwerer. Die Möbel waren zu unserem Glück relativ schnell angekommen, wir hatten sie gemeinsam aufgebaut und platziert. Dizee hatte sich die letzten Wochen gut eingerichtet und fühlte sich hier ganz wie zuhause. Auch den versprochenen Kleiderständer hatte ich ihr für ihre Kleider besorgt.

Und wow! Diese Frau war mehr, als begabt. Sie war eine verdammte Zauberin!

Keine Ahnung, wie sie es schaffte, so extravagante Kleider herzustellen. Aber ich war mir sowas von sicher, dass die Leute ihre Arbeit lieben würden. Ich wünschte nur, sie würde genauso sehr an sich glauben, wie ich es tat.

Heute bereitete sie sich kurz vor Mitternacht für ihre Arbeit im Club vor. Ich bot ihr mehrfach an, sie zu fahren. Auch schon die letzten Tage hatte ich es angesprochen. Es bereitete mir etwas Sorge, dass sie mitten in der Nacht alleine war – selbst, wenn sie dabei in einem Auto saß und nicht sexy durch die Straßen lief. Doch sie bestand darauf, dass ich mich wieder ins Bett legte, da ich, laut ihr, zu müde sei fürs Autofahren. Ich hätte einen Espresso trinken und sie dann bringen können. Doch ihre Stimme erklang beinah schon in einem befehlerischen Ton, als sie mein Angebot ablehnte und erwiderte, ich solle ins Bett gehen. Da sie mir ein wenig Angst einflößte, diskutierte ich nicht weiter und haute mich aufs Ohr – wie befohlen.

Um sechs Uhr am Morgen wurde ich von einem Klirren im Untergeschoss geweckt, weshalb ich aus dem Bett stieg, um nachzusehen, was das war.

Als mein Fuß die erste Treppenstufe berührte, leuchtete das LED der Treppe im gedimmten Licht auf, damit ich diese nicht in der Nacht hinunterrutschte – mit meinem Kopf voran. Die Stehlampe meines Wohnzimmers war angeschaltet und spendete der offen gelegenen Küche ein wenig Licht.

Schon von der Treppe aus erkannte ich Dizees braunen Bob. Sie stand da mit ihren glitzernden pinken Mörder-Highheels, die ihr fast bis zu den Oberschenkeln reichten und einem Pelzmantel aus Kunstfell. Da sie mit dem Rücken zu mir stand, wusste ich nicht genau, was sie da anstellte. Doch dann ertönte das Geräusch von einer Flüssigkeit, die in ein Glas gefüllt wurde. Sie leerte ihr Glas und stellte es wieder ab. Dann drehte sie sich mit der Whiskeyflasche an ihren Lippen zu mir um und erstarrte.

»Scheiße, hab ich dich geweckt?«

Ihre Augen waren gerötet und die Augenringe strotzen nur so vor Erschöpfung.

Ich ging langsam auf sie zu. »Ist alles in Ordnung?«

»Alles bestens. Warum fragst du?«

»Weil du mit einer Whiskeyflasche und geröteten Augen vor mir stehst«, erklärte ich das Offensichtliche.

Mir würde sie nie etwas vormachen.

Sie sah zur Seite und zuckte mit den Schultern.

»Gib mir die Flasche, Dizee«, forderte ich, obwohl ich schon dabei war, sie ihr abzunehmen.

Sie wehrte sich nicht dagegen.

Ich drückte sie an mich, umschlang sie mit meinen Armen.

Sie brauchte das jetzt. Es war wichtig, dass sie gehalten wurde und spürte, dass sie nicht allein war.

»Zieh dich um und komm dann zu mir ins Schlafzimmer.«

Ihr Kopf sah zu mir hoch, eine Augenbraue zog sich nach oben.

»Das klang jetzt falsch. Ich habe nicht vor ... also wir werden nicht ...«, versuchte ich mich zu erklären.

Sie schmunzelte. »Schon gut.«

Während Dizee sich die Schminke aus dem Gesicht wusch und sich einen Pyjama anzog, kochte ich ihr einen heißen Tee. Heißes Wasser mit Orangen, Limetten- und Zitronenscheiben, ein paar Pfefferminzblätter und fertig.

Ich trug die Tasse in mein Schlafzimmer und stellte sie auf den Nachttisch der linken Bettseite ab. Dann legte ich mich wieder ins Bett und wartete auf sie.

Ihre leisen Schritte näherten sich. Dann trat sie ein und schloss die Tür hinter sich.

»Ich habe dir zur Beruhigung einen Tee gekocht.«

»Danke.« Ihre Stimme war kaum vernehmbar.

Daisy setzte sich an die Bettkante, nahm die Tasse in beide Hände und schlürfte. Ich kraulte ihren währenddessen den Rücken, damit sie sich entspannte. Aber auch, weil ich es nicht länger ertrug, sie nicht zu berühren.

Als sie fertig war, legte sie sich zu mir. Ich deckte sie zu und zog sie an mich heran. In Löffelchenstellung lagen wir da und lauschten dem Atem des Anderen. Mit ihrem Rücken an meiner Brust gepresst, tauschten wir unsere Körperwärme aus. Meine Finger malten Kreise auf ihrem Oberarm.

»Niemand wird dir weh tun, solange du bei mir bist«, wisperte ich ins schummrige Licht der Nachttischlampe.

Daraufhin verschränkte sie ihre Finger mit meinen und fiel in den Schlaf. Ebenso wie ich.

53 Dizee

Ich hatte einen so festen Schlaf, dass ich erst gegen vierzehn Uhr aufwachte. Orientierungslos sah ich umher.

Wo bin ich?

Das hier war nicht mein Arbeitszimmer. Ich schlief nicht auf meinem Sofa. Nein, ich lag in einem gemütlichen Bett mit einer warmen Decke, die von einem Bezug aus Satin umhüllt war. Davids Duft lag in der Luft.

David.

Da fiel es mir wieder ein. Er hatte mir einen Tee zubereitet und mich solange gehalten, bis ich eingeschlafen war.

Niemand wird dir weh tun, solange du bei mir bist.

War das ein Traum oder hatte er das wirklich gesagt?
Mir wurde warm ums Herz. Wie immer war er für mich da gewesen, selbst, wenn ich nicht mit ihm darüber sprach.

Der herrliche Duft von frischgebackenen Pancakes stieg mir in die Nase. Kaum hatte ich den Geruch wahrgenommen, richtete ich mich auf. Auf dem Nachttisch stand ein Glas Orangensaft.

Hach ... Er war so fürsorglich.

Hatte ich das überhaupt verdient?

Ich trank das Glas leer und wusch mich, bevor ich hinunter in die Küche schlenderte.

David stand an der Herdplatte und trug nichts weiter als eine Jogginghose.

Seine breiten Schultern, die Muskeln an seinem Rücken, die Venen, die an seinen Armen so stark hervortraten – das alles ließ meinen wunden Punkt pulsieren.

O Gott, ich hatte es mal wieder nötig, wenn ich schon allein durch seinen nackten Oberkörper geil wurde.

Was passierte dann, wenn ich ihn unten rum nackt zu Gesicht bekam?

Er drehte sich um.

Auf einmal wurde es verdamm heiß hier drin.

»Du bist wach.«

Ich nickte stumm und spürte die Hitze auf meinen Wangen ... und zwischen meinen Beinen.

»Gut geschlafen?«

Erneutes Nicken. Dann räusperte ich mich, »Ja, sehr gut.«

Er lächelte und kam auf mich zu.

Mein Blick hatte sich an sein leicht definiertes Sixpack geheftet und ließ sich nicht losreißen. Bei mir angekommen, legte er seine Finger an mein Kinn und richteten meinen Kopf auf, um ihn anzusehen. Seine grünen Augen glänzten, wie dunkle Smaragde.

Mir waren noch nie so schöne Augen untergekommen.

»Möchtest du darüber reden, was gestern passiert ist?«

Die Erinnerung an die gestrige Nacht überrollte mich.

»Können wir erst frühstücken?«

»Aber natürlich«, sagte er, doch wir verharrten weiter in der Position.

Ein paar Schmetterlinge in meinem Bauch schlugen mit ihren Flügeln und kitzelten von innen heraus meine Haut, auf der sich eine Gänsehaut breitmachte. Wie gern würde ich meine Lippen jetzt auf seine legen. Von ihm kosten, ihn zum Frühstück verschlingen, weil nur er mich voll und ganz sättigen konnte.

David nahm mich erneut in den Arm, als wäre er es, der eine Umarmung brauchte und nicht ich. Ich genoss es, seine Haut an meinen nackten Armen zu spüren. Seine Wärme umgab mich ebenso wie all die Zuneigung, die er mir schon fast täglich entgegenbrachte.

Immer wenn ich nach ihm duschen wollte, legte er mir Handtücher und meinen Kimono bereit. Jeden Morgen stand ein Glas Orangensaft auf der Küchentheke – okay, diesmal auf dem Nachttisch – und wenn ich an meiner Kollektion arbeitete, brachte er mir Snacks und etwas zu trinken. Auch wenn es ums Mittagessen ging, fragte er, worauf ich Lust hatte. Bisher haben wir abwechselnd gekocht, doch immer nur die Gerichte, die ich vorschlug. Wenn ich ihn fragte, was er möchte, meinte er nur, »Ich esse alles. Du kannst dir was aussuchen«. Er sorgte sich um mich und ich wusste nicht so recht, wie ich ihm so viel zurückgeben konnte, wie er mir gab. Ich wusste nicht mal, ob ich dazu in der Lage war. So viel Liebe zu bekommen, war ich nicht gewohnt. Zumindest nicht so. Tami und Grandma gaben mir schließlich auch ein Gefühl von Wichtigkeit. Aber das hier war anders.

Doch ich fühlte mich sicher und geborgen bei ihm. Es war die richtige Entscheidung, bei ihm einzuziehen.

»Danke.«

»Wofür?«, fragte er an meiner Schulter.

»Alles, was du für mich tust.«

»Nichts lieber, als das«, antwortete er herzlich.

Dann löste er sich von mir und ich sehnte mich sofort da nach, mich wieder in seinen Armen vor der Kälte zu verkriechen.

»Na komm, lass uns frühstücken.«

»Um vierzehn Uhr nachmittags«, schob er noch hinterher.

»Hast du etwa damit auf mich gewartet?«, fragte ich und fühlte mich sofort mies.

»Nein, das hätte ich nicht ausgehalten. Ich hatte schon eine Schüssel Porridge, eine Banane und ein paar Trauben. Pancakes kann man immer essen, deswegen habe ich welche gebacken. Für dich zum Frühstück und für mich als süßen Snack.«

»Wie lange bist du schon wach?«, fragte ich.

»Ich bin um sieben Uhr aufgestanden. Also etwas später, nachdem du in den Tiefschlaf gefallen bist. Ich war Joggen, habe gegessen, dann war ich kurz im Studio, aufgrund der Postproduktion, habe an meinem neuen Gemälde weitergemalt und jetzt sind wir hier.«

»Wow. Du bist ganz schön fleißig und produktiv. Gefällt mir.«

»Ich mag es nicht so gerne, stundenlang nichts zu tun«, sagte er schulterzuckend.

»Geht mir genauso.«

Das musste man David lassen, er war ein echt guter Koch – die Pancakes waren der Wahnsinn. Ebenso wie jedes Essen, das er zubereitete. Das Talent hatte er sicher von seiner Mutter.

Wir schmissen uns aufs Sofa. Dann atmete ich tief ein und wieder aus und erzählte vom heutigen Morgen. »Es gibt da einen Typen.«

David schluckte bereits nach diesem nichtsaussagenden Satz, faltete die Hände zusammen und sagte, »Okay«.

»Er war öfter mit mir im Private Room. Da ist nichts gelaufen – ich schwöre es. Aber irgendwann fing er an, mich anzufassen. Erst war es nur ein Streicheln am Arm oder am Oberschenkel. Also nicht weiter schlimm, aber trotzdem nicht angenehm. Zuletzt hatte er mir in meine Pobacken gekniffen, woraufhin ich die Show abgebrochen und einen Security geholt habe.«

Ich umfasste meine Arme, als könnte ich mich so vor der Außenwelt schützen.

»Er hat zwar Hausverbot, doch er lauert mir und meinen Mädels öfter vor dem Club auf. Wenn wir unsere Schicht beenden, steht er schon da und wartet. Er fragt sie nach mir aus und wenn ich ihm begegne, fragt er mich, ob ich ihm eine private Show geben kann oder mehr. Ich sage ihm jedes Mal meine Meinung ins Gesicht und eile davon.«

David bildete eine Furche und mahlte seinen Kiefer. So wütend hatte ich ihn lange nicht mehr gesehen.

»Heute Nacht hat er wieder auf mich gewartet. Diesmal ist er aber zu weit gegangen. Ich habe es ihm wirklich deutlich gemacht, David. Ich habe ihm gesagt, dass er damit aufhören soll. Dass er uns belästigt und Angst macht. Er soll sich gefälligst einen anderen Club suchen oder ins Bordell gehen, Hauptsache er ist nicht mehr bei uns. Er ist mir zu meinem Auto gefolgt. Scheiße, ich bin sogar zu meinem Auto gerannt, aber er ist mir wie ein Irrer hinterhergerannt. Ich hatte gerade die Autotür geschlossen, da öffnete er sie wieder und versuchte, mich raus zu zerren.«

Davids Augen wurden groß. »Was hat er dann getan, Dizee? Sags mir und ich werde ihn finden und umbringen.«

Ich legte meine Hand auf seinen Arm, schaute ihm tief in die Augen und antwortete, »Ich habe meine Knarre aus dem Handschuhfach geholt und vor seiner Nase damit herumgewedelt. Dann ist er wie ein ängstliches Mädchen kreischend davon gerannt.«

Gerade sah David noch entsetzt aus, doch dann lachte er lauthals. Er zog mich zu sich ran, drückte mich und presste seine Lippen gegen meine Schläfe.

»Das ist meine Daisy.«

Ich schmunzelte kurz. Ja, es war witzig.

Andererseits ... Ein Kribbeln durchzuckte meinen Körper.

Was wäre passiert, wenn er keine Angst bekommen hätte? Was wäre damals geschehen, wenn ich Connor nicht ins Gesicht geboxt hätte? Der Moment mit diesem Mann erinnerte mich an meine Vergangenheit und das war es, was mir so zu schaffen machte. Das und die Vorstellung, was mir hätte geschehen können ...

»Er hat versucht, mich zu vergewaltigen.«

Seine Umarmung lockerte sich und sein Lächeln verschwand wieder aus seinem wunderschönen Gesicht. Er sah mir in die Augen. »Ab jetzt werde ich dich fahren und abholen.«

»Nein, das kann ich nicht von dir verlangen.«

»Du verlangst es nicht, ich biete es an. Und ich akzeptiere kein Nein mehr.«

Ich zögerte, wusste aber, dass er Recht hatte. Es wäre sicherer für mich, wenn David bei mir wäre.

Der Vollidiot hatte keine Ahnung gehabt, dass die Pistole nicht geladen war. Aber das spielte keine Rolle. Er hätte mich dennoch überwältigen können. Er war stärker und es stand außer Frage, dass er es irgendwann erneut versuchen würde.

»Okay«, antwortete ich und kuschelte mich wieder an Davids Brust. Schon legten sich seine Arme wieder um meinen zierlichen Körper und schützen mich vor der Außenwelt.

David

»Bis gleich!«, rief Dizee mir zu und begab sich zum Supermarkt.

»Bis gleich«, entgegnete ich und lief nach oben.

Heute würden wir gemeinsam Lasagne zubereiten, dazu einen Salat und einen leichten Nachtisch.

Es war, als würde ich mit meiner besten Freundin von damals zusammenleben. Und so wie damals, verliebte ich mich immer mehr in sie und sehnte mich da nach, mehr mit ihr zu haben, als eine gute Freundschaft. Aber ich würde ihr all die Zeit geben, die sie brauchte. Sie war es wert, zu warten.

Seit ich Dizee zur Arbeit fuhr und abholte, war ich natürlich müder, als sonst, und mein Schlafrhythmus hatte sich dem von Dizee angepasst – ich hatte keinen mehr. Aber das war in Ordnung, solange ich sie so beschützen konnte. Bisher war der Kerl nicht wieder aufgetaucht. Scheint, als hätte Dizee ihn mit ihrer Waffe in die Flucht gejagt. Irgendwie fand ich es sexy, dass sie eine besaß, aber auch beängstigend.

Eigentlich hatte ich vor ein wenig an meinem Gemälde weiterzuarbeiten. Doch der Gedanke an Daisy und meiner Sehnsucht nach ihrer Berührung, strich mein Vorhaben. Stattdessen begab ich mich in mein Schlafzimmer. Taschentücher und Gleitgel lagen in der Nachttischschublade. Ich zog mir die Hose runter und legte mich gemütlich aufs Bett. Einen Porno brauchte ich nicht. Ich hatte enormen Druck, weil ich mich schon seit zwei Wochen nicht berührt hatte. Es war einfach keine Zeit und wenn, war ich zu müde. Doch jetzt konnte ich nicht anders.

Ich spritze mir Gleitgel in die Hand und packte mir an meinen Schwanz. Schon der Gedanke an Dizees dicke Lippen reichte, um hart zu werden. Ich stellte mir vor, wie diese sich um mein hartes Glied schlossen. Sie leckte und saugte genüsslich daran. Nahm ihn, so tief es ihr gelang, in den Mund.

Dann kam ein neues Bild in meinen Kopf. Wie Dizee nackt vor mir lag und ihre Beine spreizte. Sie war so verdammt sexy und wunderschön. Ihre Pussy war zum Anbeißen. Ich stellte mir vor, wie ihre Brust sich in meiner Hand anfühlte und wie mein Schwanz in ihre enge feuchte ...

»Oh fuck, Dizee«, stöhnte ich. Immer wieder stöhnte ich ihren Namen, während ich in ein Taschentuch spritzte.

Plötzlich ertönte das Geräusch einer Tür, die ins Schloss fiel.

Scheiße, sie war doch schon weg oder etwa nicht?

Ob sie mich gehört hat?

Ich hoffte, dass sie es nicht mitbekommen hatte, und lief mit meinen Bedenken ins Badezimmer, um mich zu waschen.

Ungefähr eine Stunde später, hörte ich ein Auto in unserer Einfahrt. Ich war damit zugange, den Esstisch zu decken.

»Da bin ich wieder«, sagte sie, als sie durch die Tür kam.

Ich eilte zu ihr, um die Einkaufstüten abzunehmen.

»Was hast du denn alles gekauft?«, fragte ich, weil es nach mehr aussah, als wir benötigten.

»Ich habe noch ein paar Snacks besorgt. Arbeitsfutter, du weißt schon. Und noch einige Früchte, paar Energydrinks.«

Ich lachte. »Verstehe.«

Wir packten still die Einkäufe aus und verstauten diese, bis auf die Sachen, die wir gleich brauchten.

Wir kochten gemeinsam. Doch die einzige Unterhaltung, die wir dabei führten, drehte sich um das Essen. Was wir in den Salat gaben, wo all die guten Messer hin waren, ob wir ein Glas Wein dazu tranken.

»Auf jeden Fall«, antwortete ich bei der letzten Frage.

Ich machte mich sofort daran, Rotwein und große Gläser auf den Tisch zu platzieren.

Dizee stellte die Salatschüssel dazu, während ich unsere Gläser füllte.

»Noch zehn Minuten«, berichtete sie mir den Stand über die Lasagne, die im Ofen gebacken wurde.

»Gut«, gab ich stumpf zur Antwort und nahm mein Glas in die Hand.

Dizee tat es mir gleich. »Auf uns und das harmonische Zusammenleben«, prostete sie.

»Hört hört«, witzelte ich und hoffte, man merkte mir meine Nervosität nicht an.

Sie hatte bestimmt gehört, wie ich ihren Namen gestöhnt hatte, sonst wäre die Atmosphäre zwischen uns nicht so angespannt.

Das Warten auf die Lasagne fühlte sich wie eine Ewigkeit an, obwohl es doch nur zehn Minuten waren.

Als wir dann endlich am Tisch saßen, breitete sich Erleichterung in mir aus. Wir waren mit Essen beschäftigt, somit würden wir uns ohnehin nicht richtig unterhalten können.

Dizee brachte ihr selbstgemachtes Dessert an den Tisch. Ein veganer Schokopudding mit Beeren und Kokosraspeln. Sie stellte das kleine Schälchen vor meine Nase und nahm dann Platz.

»Danke.«

»Ich hab dich gehört und es tut mir leid«, platzte es schließlich aus ihr heraus.

Ich errötete. »Nein. Nein, mir tut es leid. Ich wollte nicht ... also das war ...«

»Es muss dir nicht leidtun.«

Überrascht sah ich sie an. »Muss es nicht?«

Sie schüttelte den Kopf. »Das ist doch ganz natürlich. Du bist hier zuhause und dachtest, dass du für dich wärst. Außerdem ... finde ich es gut, dass du dabei an mich denkst ...«, offenbarte sie mit leiser Stimme.

Sie fand es ... gut?

Warum machte mich das jetzt scharf?

»Ich wollte dich nicht belauschen, ich habe meine Autoschlüssel auf dem Tisch liegen lassen und bin deshalb nochmal rein.«

»Du musst dich nicht erklären. Es ist schon in Ordnung. Es war mir unangenehm, aber dass du so darauf reagierst, hätte ich nicht erwartet.«

»Gut, das wir endlich darüber geredet haben. Diese angespannte Stimmung war unerträglich.«

»Boah, wem sagst du das! Die Stille war unsagbar laut.«

Wir lachten gemeinsam über diese Situation. Die Anspannung löste sich und die Gelassenheit kam wieder.

»Noch mehr Wein?«

»Ja, bitte«, Dizee hielt mir ihr Glas hin und ich schüttete es voll, ebenso wie meines.

Als die Sonne nun langsam unterging, schaltete ich das gedimmte Licht an. Wo ich gerade dabei war, sorgte ich auch für Musik.

»Wollen Sie mich etwa verführen, Del Gazzio?«, nuschelte Dizee mit einer abstützenden Hand am Kinn.

»Das würde mir nicht mal im Traum einfallen«, äußerte ich ironisch.

Sie lachte erneut. Und ich verliebte mich jedes Mal aufs Neue in diesen Klang.

»Du liebst doch das Tanzen«, sagte ich, »Komm und zeig mir deine Moves.«

Ich merkte, dass ich leicht angetrunken war. Dizee jedoch hatte Schwierigkeiten, still auf einer Stelle stehen zu bleiben. Sie vertrug nicht sonderlich viel. Aber allzu betrunken war sie nun auch nicht.

»Okay, ich zeig's dir. Mach dich auf eine Niederlage gefasst.«

»Jetzt habe ich aber Angst.«

Der Song »Rythm Is a Dancer« dröhnte durch meine Boxen. Dizee kam mit ihrem Glas in der Hand und erhobenen Armen, die bereits zur Musik wippten, zu mir rüber.

Wir lieferten uns einen Kampf mit alten Tanzmoves.

Der Taucher, der Fensterputzer – es war alles dabei.

»Pass auf, hier kommt der Basketballer!«, rief ich und tat so, als würde ich einen Ball dribbeln. Links zweimal, rechts zweimal und von vorn.

»Wow! O mein Gott, Michael Jordan, bist du es?«

Ich wusste nicht, wieso ich es in dem Moment so lustig fand, aber ich lachte mir echt ins Hemd, als sie den Witz brachte.

Irgendwann waren wir alle Moves durch und sprangen und tanzten nur noch durch die Gegend, während wir zu den alten Songs sangen.

»O Mr. Vain! Ich liebe dieses Lied!«, rief Dizee und vollführte einen eingeübten Tanz, der immer denselben Ablauf hatte.

Ich stellte mich ihr gegenüber und ahmte ihre Schritte nach. Wir lachten gemeinsam und dann packte ich sie ohne Vorwarnung und wirbelte mich mit ihr im Kreis. Sie schrie und lachte zur selben Zeit.

Ich ließ sie wieder runter, sodass sie auf dem Boden stand, ließ sie jedoch nicht los. Meine Hände ruhten auf ihrer Taille. Ich verlor mich in ihren dunklen Augen. Mein Herz raste und meine Lunge rang nach Atem. Vom Tanzen und Rumalbern war uns beiden ganz heiß geworden. Unser Keuchen war rhythmisch abgestimmt und unser beider Atem vermischte sich zu einem. Ich wollte, dass nicht nur unser Atem eins wurde. Es verlangte mich da nach, dass unsere Körper sich verbanden und verschmolzen, in einer mondgefluteten Nacht, in der wir uns unsere Liebe gestanden.

Gott, wie sehr ich sie küssen wollte. Ohne es wirklich wahrzunehmen, war ich ihr näher gekommen, so nah, dass ich ihre Lippen mit meinen streifte. Ganz leicht nur. So sanft, als wären ihre Lippen die Blüten einer Rose, die auseinanderfielen und sich überall verstreuten, wenn man sie zu grob behandelte.

Dizee schloss bereitwillig ihre Augen, was es mir umso schwerer machte, zu widerstehen. Aber sie hatte mich darum gebeten. Deswegen würde ich nicht derjenige sein, der den Anfang machte. Sie musste diejenige sein.

Ich trat einen Schritt zurück, streichelte ihre Arme entlang und gab ihr einen Kuss auf die Stirn. »Es ist schon spät. Wir sollten ins Bett gehen.«

Damit fing ich an, den Tisch abzuräumen, und verzog mich in mein Schlafzimmer.

Es tat mir leid, sie so stehen zu lassen, als hätte ich ihr eine Abfuhr gegeben. Denn ich tat es nur, weil sie es so wollte. Wir wohnen hier auf Freundschaftsbasis zusammen. Sie würde entscheiden, wann wir einen Schritt weitergingen. Ich würde mir sie nicht einfach nehmen, denn ich wollte alles richtig machen, um niemals zu riskieren, sie zu verlieren.

55
Dizee

Es vergingen weitere Wochen wie im Flug. Und doch fühlte es sich an, als wäre es erst gestern gewesen, dass David mich einfach so hatte stehen lassen. Ich konnte ihm keinen Vorwurf machen. Ich war diejenige, die ihn um eine Freundschaft bat und darum, es langsam anzugehen. Dennoch war ich verdammt enttäuscht. Ich wollte ihn so sehr, dass es schon wehtat. Ich war mir sicher, dass es ihm ebenso erging.

Dennoch lebten wir nebeneinanderher. Ich arbeitete an meinen Kleidern und David an der Postproduktion seines und Cyrus' Films. Wenn wir frei hatten, beschäftigten wir uns mit Malen, oder schauten Serien und Filme. Wir kochten abwechselnd, aßen aber gemeinsam. Wir verhielten uns normal aber auch nicht. Der Umgang miteinander war beim Möbelkauf so locker und entspannt. Doch seit der Abfuhr eher angespannt und unnatürlich.

Ich hatte keine Lust mehr, dass es noch länger so lief. Ich musste ich mit ihm reden und das aus der Welt schaffen.

David kam diesmal spät von der Arbeit wieder. Ich saß bereits im Pyjama vor dem Fernseher unter unserer Kuscheldecke mit einer Schüssel Cheetos auf dem Schoß.

»Willkommen zuhause«, begrüßte ich ihn.

»Hey. Du hast es dir ja gemütlich gemacht.«

»Natürlich.« Ich warf mir einen Cheeto in den Mund.

»Ich steig schnell unter die Dusche, dann geselle ich mich zu dir.«

»Okay«, sagte ich beim Kauen und schaute House of the Dragon weiter. Es war lange nicht so gut wie Game of Thrones, aber ich war nun bei Folge sechs und endlich wurde das Ganze etwas spannender.

Die Folge endete, als David zu mir hinunter kam. Wieder einmal trug er nichts außer einer Jogginghose, die mir einen Anblick auf das heiße V gab, das wie ein Pfeil zum Weg des Glücks navigierte. Der kleine Pfad seiner Haare, die in der Hose verschwanden, machten es auch nicht gerade besser. Führte ich meine Gedanken weiter aus, würde ich gleich ein Pulsieren in meiner privaten Zone zu spüren bekommen.

»Meine Augen sind hier oben«, sagte er wahrlich amüsiert.

»Entschuldige ...«, schon machte sich die Hitze des Schamgefühls auf meinen Wangen spürbar.

Gerade ertönte das weltbekannte Intro von Game of Thrones, da drückte ich auf Pause und drehte mich zu David, der neben mir Platz nahm.

Er sah mich mit einem fragenden Gesicht an.

»Wir verhalten uns komisch. Ich will, dass das aufhört.«

Er atmete erleichtert aus. »Gut, dass du es ansprichst. Ich wusste nämlich nicht, wie ich das Gespräch anfangen sollte.«

Ich schmunzelte und freute mich, dass wir denselben Gedanken hegten.

»Es tut mir leid, Dizee. Du weißt, dass ich dich nicht verletzen wollte.«

»Natürlich weiß ich das«, versicherte ich ihm und legte meine Hand auf seine.

»Es war blöd von mir, daraufhin auf Abstand zu gehen und beleidigt zu sein. Schließlich habe ich dich darum Gebeten uns Zeit zu geben. Mir tut es auch leid.«

»Vergeben und vergessen.«

»Ehrlich?«

Er hielt mir seinen kleinen Finger hin und ich hakte meinen in seinen ein. Ganz wie in alten Zeiten.

»Ich schwöre es.«

»Na, wenn du es mit dem kleinen Finger schwörst, muss es die Wahrheit sein.«

Wir lachten gemeinsam.

Gott, wie hatte ich das vermisst.

Wir beide quatschten über unsere Arbeit und ob an Halloween eine Feier geplant war. Unsere Freunde hatten nichts geplant, ebenso wenig wie wir. Dieses Mal würden wir also keine Party dazu veranstalten. Aber vielleicht nächstes Jahr.

Es war schön, wie einfach das Leben mit David war. Früher oder später trat die offene Kommunikation bei uns in Kraft und schaffte ziemlich schnell die Probleme fort.

Nichts war einfacher als das. Miteinander zu reden und ehrlich zu sein. Ich wüsste nicht, mit welchem Menschen das je besser funktioniert hatte als mit David. Und ich war überglücklich und dankbar dafür, dass dieser Mensch zu mir und meinem Leben gehörte.

56
Dizee

»Nun zum Wetterbericht ...«, quasselte der Moderator der Fernsehnachrichten.

Heute war Halloween. Passend zum Tag war es draußen ziemlich düster und regnerisch und das schon seit Wochen. Dieser Herbstmonat hatte nicht besonders große Lust, die Sonne ihren Auftritt am Himmel gewähren zu lassen.

Ich bereitete das Frühstück vor, solange David sich duschte.

»... Hurrikan ...«

Moment was?

Ich stellte mich an die Ecke der Küchentheke, um den Fernseher sehen zu können, und schlürfte an meinem Tee.

Verdammte Scheiße.

Ein Hurrikan von 180 Kilometern die Stunde würde über L.A. vorbeiziehen. Es war schon ein Weilchen her, als das das letzte Mal vorkam. Das hieß wohl, dass ich heute Nacht nicht zur Arbeit fuhr. Genauso wenig wie David.

Nach dem Frühstück zog ich mich in mein Arbeitszimmer zurück und nähte, so lange, bis ich die Zeit vergaß. David vertrieb sich die Zeit mit Sport und dem geheimnisvollen Gemälde, von dem er mir immer erzählte, dass er daran malte, es mir aber nicht zeigte.

Als ich das nächste Mal mein Zimmer verließ, um etwas Vernünftiges zu essen – nicht nur paar Früchte oder Chips, während ich arbeitete – hatten wir schon sechzehn Uhr. Die großen Fenster im Untergeschoss gaben uns einen Einblick auf das stürmische Wetter, das draußen herrschte. Die Regentropfen prasselten hart dagegen und die

Bäume beugten sich dem Wind. Ich lehnte meine Stirn gegen das Glas und schloss die Augen, um dem beruhigenden Klang zu lauschen.

Schon seit Monaten arbeitete ich fast jeden Tag an meiner Kollektion und im Club – langsam machte es mir zu schaffen und ich wünschte mir sehnlichst einen Trip nach Europa, um zu entspannen und neue Energie zu tanken.

Ich erschrak, als eine Hand sich an meine Schulter legte.

»Mon dieu. Ich hab dich gar nicht kommen hören.«

»Entschuldige, ich wollte dich nicht erschrecken. Geht es dir gut?«

Ich nickte und brachte ein leichtes Lächeln für ihn auf. »Ich bin nur ein wenig erschöpft.«

»Wie wär es, wenn ich dir ein Schaumbad einlasse?«

Ich liebte diesen Mann so abgöttisch.

»Das wäre traumhaft«, gab ich ihm zu wissen.

Mit einem Kuss auf die Schläfe, begab er sich ins obere Badezimmer, das nicht nur eine große Regendusche mit Glaswand hatte, sondern auch eine freistehende Wanne mit Whirlpoolfunktion. Seit ich hier lebte, waren Baden und Duschen zu meinem Hobby geworden.

Ich lief in die Küche und schaltete den Airfryer an, der mir gleich ein paar Frühlingsrollen knusprig backen würde. Chinesische Fertignudeln hatten wir auch. Da ich zu faul war, um jetzt etwas zu kochen, würde ich mir die mit Heißwasser zubereiten. Ich füllte den Wasserkocher maximal auf und schaltete auch diesen an. Beides war relativ schnell fertig, ich öffnete zwei Packungen der Chinanudeln, legte sie in Schüsseln und gab das Wasser hinzu. Einen Teller drauf, damit es ordentlich einzog, und in zehn Minuten war es so weit. Die Frühlingsrollen mussten auch gleich fert-

Plötzlich war es stockfinster.

»David?«, rief ich in die Leere.

»Ich komme!«

Ich hörte Schritte, versuchte mich zu orientieren. Dann sah ich das Licht von Davids Taschenlampe auf der Treppe und lief darauf zu.

»Der Strom ist ausgefallen. Vermutlich wegen dem Hurrikan.«

So ein Mist. Aber immerhin hatte ich gerade noch geschafft, uns was zu Essen zuzubereiten.

»Die Kerzen sind in meinem Zimmer«, erinnerte ich ihn.

»Na dann los.«

Teelichter, Duftkerzen und lange Kerzen in allen Kerzenständern, die wir hatten, verteilten wir im ganzen Haus.

Jetzt war es uns immerhin wieder möglich zu sehen.

»Ich habe uns was zu Essen gemacht, es müsste schon fertig sein.«

»Oh Gott sei Dank! Ich bin am verhungern und hatte nicht gerade Appetit auf ein trockenes Brot mit Avocado. Da haben wir echt Glück gehabt, dass du es noch rechtzeitig geschafft hast.«

Wir aßen unsere Nudeln und die Frühlingsrollen. Dann sah David für mich nach dem Wasser im Bad, während ich das Geschirr in die Spüle räumte.

»Die Badewanne ist angerichtet!«, rief er mir belustigt von der Treppe herab.

Ich kippte noch ein Glas Wasser runter, ehe ich mich in die obere Etage begab. »Dann geh ich mal baden«, antwortete ich David,

»Mach das, es ist alles bereit. Ich bin im Malzimmer, falls du mich brauchst.«

Er lachte verlegen und rieb sich den Hinterkopf, nachdem er den letzten Satz nochmal auf sich wirken ließ. Aber ich hatte verstanden, wie es gemeint war.

»Danke dir.«

Ich dachte mit »alles bereit« meinte er das Badewasser, die Handtücher und meinen Kimono – so wie immer. Aber als ich das Badezimmer betrat, waren überall Kerzen, große und kleine. Der Schaum knisterte und Rosenblätter schwammen im Wasser, von den Rosen, die ich letztens gekauft und in meinem Zimmer deponiert hatte. Sogar ein Glas mit rotem Wein wartete auf dem kleinen Tischchen neben der Wanne.

Mir kamen gerade ernsthaft ein paar Tränchen, weil noch nie jemand sowas für mich getan hatte. Ich war so gerührt von dieser Liebe, dass es meine Gefühlswelt überwältigte.

Ich entledigte mich meiner Kleidung und stieg in die Wanne mit der perfekten Wassertemperatur. Dann nippte ich an dem Wein, stellte das Glas wieder zurück und schloss meine Augen. Ich genoss einfach die Ruhe, die Hitze, die mir ins Gesicht stieg, den Duft der Kerzen und des Badearomas, das Gefühl der Rosenblüten auf meiner Haut. Ohne so richtig darüber nachzudenken, rutschte meine Hand langsam meinen Körper entlang und blieb an meiner empfindlichsten Stelle hängen. Mit meiner linken Hand schob ich meine Lippen etwas auseinander, um meiner rechten Hand mehr Spielraum mit meiner Knospe zu geben. Meine Finger drückten kreisende Bewegungen dagegen und ich erfreute mich an dem sanften Kitzeln.

Ich stöhne leise vor mich hin, stellte mir vor, dass David es war, der mich so berührte – mit seiner Zunge.

Aus dem Nichts ertönte ein lauter Klingelton vor der Tür.

David

Fuck!

Musste Mom mich genau in diesem Augenblick anrufen?

Gerade war es noch ziemlich eng in meiner Hose, weil ich Dizees Stöhnen lauschte und mir vorstellte, wie sie da lag und sich berührte. Doch jetzt verschwand meine Härte wieder.

Oh man ... Sie wird denken, ich sei der perverseste Spanner auf dem Planeten.

So eine Scheiße.

»David?«, ertönte es hinter der Badezimmertür.

»Ja, ich bin's«, antwortete ich wie der größte Vollidiot.

Am liebsten hätte ich meinen Kopf gegen die Wand gehauen.

»Eh ich meine, tut mir leid, ich wollte nicht stören.«

Ich drehte mich um und wollte zurück zu meinen Kunstwerken flüchten, aber dann hörte ich ein »warte«.

»Ja?«, fragte ich und lauschte an der Tür, wartend auf ihre Antwort.

»Komm rein.«

Was? War das ihr Ernst?

»Ähm ... okay«, verunsichert trat ich ins Bad, ohne sie anzusehen. Ich schloss die Tür hinter mir und mit ihr meine Augen.

»David, du hast mich schon nackt gesehen, es macht keinen Unterschied, ob du mich jetzt nackt siehst oder nicht.«

»Tut mir leid, dass ich so ein respektvoller Gentleman bin.«

Ich hörte den Klang ihres Lachens.

»Jetzt öffne schon deine Augen.«

Ich tat, was sie verlangte. Dizees Kopf war gerötet von der ganzen Wärme. Das Kerzenlicht umspielte ihr Gesicht, was sie nur noch hinreißender aussehen ließ. Der Schaum bedeckte das Meiste ihres Körpers. Aber ihre üppigen Brüste waren zu sehen, ihre Nippel waren aufgerichtet.

Shit.

Ich musste schlucken. Ich stand stocksteif da und glotzte ihr auf ihre Boobs. Als ich das realisierte, sah ich sofort woanders hin.

»Hast du mich eben gehört?«

Ich nickte.

Wie gesagt – ich würde nie damit anfangen sie anzulügen.

»Tut mir leid.«

»Muss es nicht.«

Mein Kopf richtete sich wieder zu ihr. Ihr Blick sprach mehr als tausend Worte. Sie war scharf auf mich. Ich erkannte ihre Sehnsucht nach mir, da ich genau dasselbe empfand.

Hoffentlich bildete ich mir das jetzt nicht ein, aber ich glaubte, Dizee mittlerweile gut genug zu kennen.

»Zieh dich aus und setz dich auf den Toilettendeckel.«

Was auch immer sie vor hatte – ich würde mich drauf einlassen und konnte es kaum erwarten. Ich zog mich komplett aus, empfand aber keine Kälte dank der Hitze in diesem Raum, die vor allem von ihr ausging.

Dizee schob den Schaum beiseite und bot mir eine Sicht auf ihren ganzen Körper. Vor allem aber auf ihre Pussy. Mein Glied wurde schnell wieder hart.

»Du darfst mir zusehen.«

Oh. Fuck.

»Und ich will sehen, wie du für mich kommst, weil dich der Anblick so erregt.«

Sie war so verdammt heiß und geil und alles, was meinen Schwanz schmerzhaft hart werden ließ. Erneut schluckte ich und setzte mich hin.

»Okay«, brachte ich gerade so hervor.

Mein Mund war schon ganz trocken.

Sie fing an, sich zu befriedigen, also legte auch ich los.

Zuerst waren es nur kreisende Bewegungen, dann nahm sie genüsslich zwei ihrer Finger in den Mund, leckte an ihnen und steckte sie sich in ihre Vagina, während die andere Hand weiter an ihrem Kitzler zugange war.

Ich biss mir auf die Lippen, verstärkte meinen Griff und wurde immer schneller. Ich war noch nie so scharf gewesen, dabei hatte ich die letzten Jahre wirklich viele One-Night-Stands gehabt. Aber das war nichts im Vergleich dazu, was Daisy mit mir anstellte. Was sie mich alles fühlen ließ und wie sehr sie in der Lage war, mich um den Verstand zu bringen.

Ich wusste nicht, wo ich lieber hinsah, auf ihre Handarbeit oder in ihr Gesicht. Denn sie ließ mich keine Sekunde aus den Augen und ihr vor Lust verzerrter Blick verlangte mich, sie aus der Wanne zu zerren und auf mein Schwanz zu setzen, als wäre es ihr verdammter Thron. Aber ich blieb, wo ich war, und genoss die Show. Und als sie meinen Namen stöhnte und kurz davor war den Höhepunkt zu erreichen, war ich froh, es nicht getan zu haben. Denn dieses Erlebnis war neu und aufregend. Ich hätte es bereut, wenn ich es unterbrochen hätte.

»Oh David, ich komme ...«

»Ja, komm für mich, ich will es sehen.«

Meine Hand wurde immer schneller und schneller und als sie laut stöhnte, getrieben von den Wellen, die ihren Körper überkamen, kam auch ich und ließ ein tiefes Stöhnen von mir hören.

»Du bist so unglaublich heiß.«

Sie lachte. »Du auch, Del Gazzio.«

Ich machte mich sauber und half Dizee dann aus der Wanne. Sie nahm das Handtuch in die Hand und hielt es mir lächelnd hin.

Ich akzeptierte ihren Wunsch und freute mich darauf, ihn zu erfüllen. Behutsam strich ich mit dem Handtuch über ihren Körper entlang, erst ihre Schultern, ihre Arme und ihren Rücken. Dann ihre Brüste, die so weich und geschmeidig waren. Dann ging ich in die Hocke und trocknete ihren Bauch, ihre Brüste waren direkt vor meinem Gesicht. Ich konnte nicht widerstehen und umschloss einen ihrer Nippel mit meinen Lippen. Ich leckte daran und verabschiedete mich wieder mit einem leichten Biss.

»Ah!«, stöhnte sie auf und es klang fast wie eine Aufforderung, sie auf der Stelle zu nehmen, aber ich hielt mich zurück.

Dann trocknete ich ihre Beine und Füße ab. Zum Schluss kamen ihre Vagina und ihr Hintern dran. Während ich ihre Scheide berührte, sah ich dabei zu, wie sie sich auf ihre Unterlippe biss.

Wenn sie nur wüsste, was sie mit diesem Blick in mir anrichtete.

Dizee zog sich ihren Kimono über und ich mir meinen Bademantel, da mir ohnehin zu warm war, um wieder in meine Klamotten zu steigen. Durch die vielen Kerzen in der Wohnung war es, als hätten wir den Gaskamin an, dabei hatte ich ihn noch nicht entfacht.

Wir begaben uns wieder ins Wohnzimmer und setzten uns auf die Couch.

»Soll ich etwas Musik anmachen?«, fragte ich, damit es nicht ganz so still war.

Sie nickte. »*At Last* wäre jetzt schön.«

Ich holte mein Handy hervor. Nur gut, dass ich es vor dem Stromausfall noch geladen hatte. Dann ließ ich den Song über mein Smartphone laufen. Die Lichter der Kerzen flackerten und nur das Prasseln der Regentropfen gegen die Scheiben sowie Etta James' Stimme waren zu hören. Ich nutzte die Chance, meine romantische Seite zu zeigen, denn ich wusste, wie man Dizees Herz eroberte.

Außerdem war diese Location perfekt dafür.

Ich erhob mich von der Couch und hielt ihr meine Hand hin. »Würdest du mit mir tanzen?«

Sie lächelte und ich spürte, wie ich ihr Herz gewann.

Ihre zierlichen Finger legten sich so leicht wie eine Feder in meine Hand. Ich führte sie zu der freien Fläche zwischen Fernseher und Couchtisch und legte einer meiner Hände an ihre Taille. Ihre freie Hand legte sich auf meine Schulter. Dann bewegten wir uns Schritt für Schritt kreisend durch das Wohnzimmer.

»Wann hast du eigentlich tanzen gelernt? Das frage ich mich schon seit der Party«, fragte sie währenddessen.

»Mom wollte unbedingt, dass ich es lerne. Sie hat es mir beigebracht. Als sie jung war, hat sie bei Wettbewerben für Paartanz mitgemacht.«

»Du stehst also auf Tänzerinnen.«

Ich lachte. »Ich steh auf meine Tänzerin.«

»Ich stehe auch auf meinen Tänzer.«

Mein Herz setzte aus. Es war so nah dran an »Ich bin in dich verliebt« oder »Ich liebe dich«. Für den Moment hatte es mir gereicht. Es tat gut, zu wissen, dass ihre Gefühle für mich weiterhin bestanden.

Das Lied endete und »Feeling Good« von Michael Buble startete. Genau dann, als der erste laute Beat des Songs ertönte, packte ich Dizee und zog sie abrupt zu mir ran – noch näher, als ohnehin schon. Wir legten einen heißen Partnertanz hin, der sich anfühlte wie Sex. Doch mitten im Song löste sie sich von mir, legte eine Hand an meine Brust und schob mich solange weg, bis meine Kniekehlen das Sofa berührten. Ich plumpste auf die Couch und wartete gespannt darauf, was sie nun wieder vorhatte.

Diese Musik war echt sexy, vor allem wenn das Saxophon in den Vordergrund kam. Das machte Dizee sich zu nutzen. Sie schwang ihre Hüften reizvoll von Seite zur Seite, spielte mit ihrem Kimono sowie mit ihren Blicken. Sie beugte sich hinunter, um anmutig mit ihren Händen über ihr Bein zu streichen. Ihr Bein blieb dabei ausgestreckt und elegant. Noch nie fand ich ein Bein so anziehend.

Bis zu ihrem Oberschenkel hinauf, dann hörte sie damit auf, um das Ganze reizvoller zu machen. Sie lief in die Küche, schnappte sich einen Stuhl und postierte ihn direkt vor mir.

Sie vollführte einen Chairdance.

Dizee tanze für mich.

Nur für mich.

Es gab nichts Besseres als das.

Immer wieder erhaschte ich für eine kurze Sekunde den Anblick ihrer schönen Brust. Sie benutzte ihren ganzen Körper, spreizte die Beine, ohne mich sehen zu lassen, wie schön ihre Pussy war. Packte sich an die Brust und an den Hals.

Gott, sie sollte öfter so für mich tanzen. Es war Freude und Folter zugleich. Aber ich liebte es.

Irgendwann endete auch das Lied und ich applaudierte, pfiff laut und jubelte. Sie lachte über meine Reaktion, dabei hatte ich sie ernst gemeint. Diese Frau war sowas von talentiert und verdammt begehrenswert.

Ein weiteres Lied spielte, aber jetzt reichte es. Ich wollte nicht länger warten. Ich stand auf und nahm ihr Gesicht in meine Hände, zog sie für einen Kuss an mich ran. Ich teilte ihre Lippen mit meinen, ließ meine Zunge hineingleiten, um ihre zu schmecken. Das Aroma des Weins klebte an ihren Lippen, sodass es sich anfühlte, als würde ich ihn daraus trinken. Unser Atem beschleunigte sich. Unsere Herzen schlugen gleichschnell. Ich setzte mich auf den Stuhl, packte ihre Taille und ließ sie auf meinen Schoss nieder, ohne meinen Mund von ihren zu nehmen. Ihre nackte Pussy berührte leicht meinen Schwanz. Wir beide trugen nichts unter unseren Mänteln.

Mein Bedürfnis, in sie hineinzustoßen wuchs. Es waren beinah zwei Monate verstrichen, seit wir das letzte Mal miteinander geschlafen hatten. Und doch wusste ich momentan nicht, wie es um uns stand. Wir berührten uns, küssten uns, sahen uns einander zu, wenn wir von Lust getrieben waren. Wir beide wussten, was wir füreinander fühlten.

Aber war sie nun bereit, es zuzulassen?

Wie sollte ich all das hier deuten?

Ich wusste, dass sie mich nicht benutzte, da sie dasselbe empfand wie ich. Auch wenn wir nun vögelten und sie dennoch eine Freundschaft wollte, würde es sich so anfühlen.

Daisy ließ ihre Hand zu meinem Glied wandern, der wieder bereit für sie war. Sie hielt ihn fest und richtete ihn so, dass sie sich darauf niederlassen konnte.

Ihre Schamlippen umschlossen meinen dicken Schwanz und ließen mich langsam tiefer und tiefer in sie sinken.

Ich gab ein Brummen vor mir. Es war ein unbeschreibliches Gefühl, in ihr zu sein.

Sie seufzte auf, doch je mehr sie sich auf mich niederließ, desto mehr verwandelten sich ihre Schmerzen zu einem lustmachenden Druck.

Ihre Füße stützten sich am Boden ab und so hüpfte sie auf mir auf und ab. Ihr großen Brüste wippten verführerisch vor meinem Gesicht, weshalb ich eine von ihnen fest mit meiner Hand umfasste und knetete. Dann hielt ich sie an der Taille fest, um unser Tempo zu beschleunigen. Zeitgleich drehte sie mit ihrem Finger mehrere Runden auf ihrem Kitzler. Ihr Gestöhne erfüllte den ganzen Raum, an dem ich mich nie satthörte.

»Du fühlst dich so gut an.«

»Es fühlt - sich - gut an, - dich - in mir zu haben«, stöhnte sie holpernd, außer Atem.

Wir verweilten für zehn Minuten in der Position, dann gab ich ihr zu verstehen, dass sie aufstehen sollte. Ich zog meinen Bademantel aus und streifte den Kimono von ihren Schultern. Dann nahm ich sie an der Hand und lief mit ihr rüber zum Esstisch. Ich drückte ihren Oberkörper auf die Tischplatte.

»Ist das okay?«, fragte ich vorsichtshalber.

»Absolut okay.«

Ich stellte mich hinter sie, packte ihre Hüfte und stieß in sie hinein. Erst vorsichtig und langsam, um ihr nicht wehzutun.

Doch dann immer schneller.

»Härter«, befahl sie mir stöhnend.

Auch mir gefiel es härter.

Wir passten ohnehin schon perfekt zusammen. Dass wir aber im Bezug auf Sex auch auf einer Wellenlänge waren, war das i-Tüpfelchen.

Ich nahm sie hart ran, bis sie sich mit offenstehendem Mund lautlos den Wellen ihres Höhepunkts hingab.

Dann zog ich mich aus ihr raus. Unser Atem ging schnell und so verschwitzt, wie wir waren, würden wir uns gleich wieder waschen können.

»Du bist doch noch nicht fertig.«

»Ja, aber es könnte noch etwas dauern, weil ich vorhin schon ...«

»Das macht mir nichts aus.«

»Bist du sicher?«

»Natürlich. Jetzt komm her!«, antwortete sie gierig und setzte sich breitbeinig auf den Esstisch.

Ich ließ sie nicht weiter warten.

Dizee

November 2024

Seit David und ich an Halloween Sex hatten, vögelten wir fast jeden Tag und überall. Auf meinem Schreibtisch, auf dem Teppich in seinem Schlafzimmer, in unseren Betten, in der Wanne, unter der Regendusche – mein persönliches Highlight –, einfach in jedem Raum, an jeder Ecke und in jeder erdenklichen Stellung. Und das seit nun fast einem Monat. Es war klar, dass es früher oder später passierte. Wir beide in einem Haus – es war ein Wunder, dass wir überhaupt solange durchhielten. Ich hatte anfangs gedacht, wir würden keine zwei Wochen schaffen.

Seit Halloween schlief ich auch immer in Davids Armen ein. Es gab keinen besseren Ort, um in den Schlaf zu versinken.

Außerdem waren auch meine Sorgen wegen des auflauernden Kunden verflogen. Er hatte es nach Wochen wieder gewagt, vor dem Club zu warten, doch David war da, um mich abzuholen. Er stieg aus dem Wagen, schleifte ihn in eine finstere Ecke und hatte ihm gedroht, dass etwas Schlimmes mit ihm geschehen könne, da er mit seinen finanziellen Mitteln einiges Anstellen konnte.

Natürlich würde er sowas nie tun. Aber die Drohung hatte ausgereicht. Bisher hatte er sich nicht mehr blicken lassen.

»Möchtest du heute feiern?«, fragte er mich, während des Mittagessens.

»Was meinst du?«

»Daisy, ich weiß, dass du heute Geburtstag hast.«

Ach ja. Es war schon wieder der dreiundzwanzigste November. Jetzt war ich sechsundzwanzig.

»Nein, ich möchte nicht feiern. Ich freu mich, wenn wir uns einen ganz normalen gemütlichen Abend zu zweit machen.«

Er grinste. »Okay. Ich muss vorher nur etwas besorgen.«

»Keine Geschenke. Du tust schon genug für mich.«

Er legte den Kopf schief. »Na schön, keine Geschenke. Aber etwas Süßes als Geburtstags-Snack wird ja wohl drin sein, oder?«

»Ich liebe Essen, ein besseres Geschenk gibt es nicht.«

»Gut.«

Es wunderte mich, dass David das einfach so hinnahm. Um ehrlich zu sein, dachte ich, dass er längst etwas für mich aufgetrieben hatte. Aber es war mir egal, ob er ein Geschenk für mich hatte oder nicht. Ich meinte es ernst, er tat schon so viel für mich. Das war mehr, als genug.

Wieder einmal, wie fast jeden Tag, setzte ich mich an meine Maschine und nähte, was das Zeug hielt. Als meine Motivation nach drei Stunden flöten ging, gab ich auf und war nicht streng zu mir selbst. Schließlich war heute mein Geburtstag.

Jetzt wurde etwas entspannt. Heute Nacht hatte ich mir auch frei genommen, aber morgen ging es wieder in den Club.

Ich schmiss mich auf die Couch und schaute, welche neuen Filme es auf Netflix zu sehen gab.

»Die sieben Männer der Evelyn Hugo«, las ich den Titel vor mich hin.

Klang gut.

Ich würde David gleich fragen, ob er es mit mir schaute.

Ich bereitete schon mal eine Schüssel Popcorn vor und goss etwas Karamellsirup darüber, so aß ich sie am liebsten. Dann schlüpfte ich in meine Kuschelsocken und entfachte das Feuer im Gaskamin, weil es doch ziemlich kalt war.

Als ich das Schloss in der Tür hörte, wurde mein Herz schneller vor Freude.

»Ich bin wieder da, Daisy!«, rief er, ohne mich anzusehen, weshalb er nicht wusste, dass ich im Wohnzimmer saß, das nur zehn Schritte von der Haustür entfernt war.

»Ich kann dich hören!«, rief ich belustigt zurück, da hob er seinen Kopf und sah mich auf dem Sofa sitzen. In einer Hand hatte er eine kleine Papiertasche, auf den Kleidchen und Schuhe drauf skizziert waren, in der anderen hielt er einen quadratischen Pappkarton.

»Entschuldige, ich hatte dich nicht bemerkt.«

»Schon in Ordnung«, sagte ich. »Bitte sag mir, dass das ein Kuchen ist.«

»Noch besser.«

»Nein!« Sofort war mir klar, was er damit meinte.

Hatte er sich das wirklich nach all den Jahren gemerkt?

»Doch!«

Er stellte den Karton auf den Couchtisch und klappte den Deckel hoch.

Und da war sie tatsächlich.

Die leckerste Eistorte, die ich in L.A. je gegessen hatte und seit ganzen elf Jahren nicht mehr gekostet hatte.

»Ich stelle sie noch mal ins Kühlfach, dann schmeckt sie besser.«

Ich sprang vom Sofa auf und fiel ihm um den Hals.

»Du bist der aller Beste, weißt du das?«

Dann drückte ich einen Kuss auf seine perfektgeformten Lippen.

»Ich weiß. Aber hör bloß nicht auf, mir das zu sagen.«

Ich lachte.

»Mehr brauche ich gar nicht. Dich und eine Eistorte. Mein Leben ist wahrlich perfekt.«

»Warts ab. Bald ist es noch perfekter. Ich hab ja noch das hier«, er hob die Papiertasche und wackelte damit in der Luft.

»Du hast doch ein Geschenk besorgt?«

»Daisy, du kennst mich. Natürlich habe ich das. Vor zwei Wochen schon.«

»Merci beaucoup, mon cherié.«

»Avec plaisir, mon amour.«

»Wow, dein Französisch wird immer besser. Es ist total scharf, wenn du mit mir auf meiner Muttersprache sprichst.«

Er lachte auf. »Gut, dann nutze ich das zu meinem Vorteil.«

Als ich David auf den Film ansprach, war er sofort dabei. Er schlüpfte in bequeme, warme Kleidung und breitete eine kuschelige Decke über uns aus. Bei der Hälfte des Films pausierten wir, da wir beide Lust auf die Torte bekamen.

David bereitete uns zwei Stücke vor. In meines hatte er eine Kerze gesteckt.

»Happy Birthday to you«, fing er an zu singen.

Ich grinste so breit, dass ich das Gefühl hatte, meine Mundwinkel hatten sich in meinen Augenbrauen verfangen. Ich war so glücklich. *Er* machte mich so glücklich.

David sang zu Ende. »Wünsch dir was.«

Meine Augen schlossen sich.

Ich wünsche mir, diesen Mann nie wieder zu verlieren und das mein Traum einer eigenen Boutique wahr wird.

Dann öffnete ich sie wieder und pustete die Kerze aus.

»Und was hast du dir gewünscht?«

»Was wenn es nicht wahr wird, wenn ich es dir verrate?«

»Seit wann glaubst du an sowas?«

»Hast recht«, gab ich zu.

»Ich habe mir gewünscht, dass ich dich nie wieder verliere und dass ich eines Tages meine eigene Boutique eröffne.«

»Du bist so süß. Du wirst mich nicht verlieren, versprochen.« Er küsste meine Schläfe und hielt meine Hand.

»Und an der Eröffnung deiner Boutique arbeitest du doch.«

»Ja aber ... ich habe noch lange nicht das Geld zusammen und manchmal fürchte ich, ich nähe all die Kleider umsonst. Wenn ich sie dann eröffne und niemand will etwas kaufen – dann verliere ich die

Boutique wieder. Was mache ich dann? Manchmal habe ich das Gefühl, es ist alles umsonst und mein Traum ist zu groß und wird immer ein Traum bleiben.« Ich sah traurig auf unsere haltenden Hände.

Diese Selbstzweifel frustrierten mich.

David legte seine Finger an mein Kinn und erhob meinen Kopf. Wir sahen uns tief in die Augen. Ich verlor mich in dem Wald, der in seinen Augen blühte.

»Du bist talentiert. Deine Werke sind einzigartig und sie werden sich verkaufen.«

»Denkst du das wirklich?«

»Ja, das tue ich. Du verdienst es, dass dein Talent gesehen wird. Du wirst eine der größten Designerinnen der Welt sein.«

»Ach, das muss ich gar nicht sein. Es würde mir schon reichen, ein eigenes Geschäft zu haben, indem ich nur meine Kunstwerke verkaufe.«

David bückte sich hinter die Seitenlehne und gab mir die Papiertüte. Ich nahm sie entgegen und suchte in dem Dekopapier nach dem Geschenk. Dann ergriff ich es.

Eine kleine Schachtel.

O. Gott.

David deutete meinen Blick richtig, denn er erwiderte, »Es ist kein Ring.«

Ich atmete erleichtert aus.

Nicht, dass ich ihn nicht heiraten wollte. Ich fand es nur zu früh.

Ich öffnete die Samtschachtel und darin befanden sich zwei Schlüssel an einem Schlüsselbund.

»Ist einer der Schlüssel, der zu deinem Herzen?«

Das war eine ernstgemeinte Frage.

»Wenn du willst, lasse ich dafür auch noch einen anfertigen. Aber nein. Das sind die Schlüssel zu deinem Traum.«

»Was?«

»Ich habe dir genau die gekauft, welche du haben wolltest. Ich habe dir die Boutique gekauft, Daisy.«

Dizee

Die Tränen schlichen sich leise über meine Wangen.

Ich glaubte kaum, was ich da eben gehört hatte.

»Du hast was?«, fragte ich erneut.

Ich konnte es einfach nicht fassen.

Er drückte und schüttelte aufgeregt meine Hand. »Du bist die Besitzerin einer Boutique, Madame Roux.«

Ich schluchzte ein »Oh mein Gott« und meine Stimme versagte. Ich schlang meine Arme um seinen Hals.

Eigentlich sollte ich ihm gegen den Arm boxen, wütend sein und ihn anmotzen, wie er nur so viel Geld rausschmeißen konnte, für mich – für meinen Traum.

Aber alles, was ich empfand, war Dankbarkeit.

Und Liebe.

Ich wollte es ihm sagen. Der Satz lag mir schon auf der Zunge, aber die Angst war zu groß.

Doch David fürchtete sich nicht. Denn als wir uns voneinander lösten, blickte er mir in die Augen und sprach freiheraus, »Ich liebe dich.«

Ich sah ihn stumm an. Die Worte blieben mir im Hals stecken. Zeitgleich raste mein Herz vor Glück. David hatte mir gesagt, dass er mich liebte. Das letzte Mal, als ich das zu hören bekam, war elf Jahre her. Damals brach ich diesem wundervollen Mann das Herz. Und heute tat ich es wieder, nur weil meine Angst zu groß war, um sie zu überwinden.

Scheiße, ist das ein unangenehmer Augenblick.

Was sollte ich jetzt nur tun?

David rettete den Moment, denn er lächelte mir entgegen.

»Du musst es nicht sagen. Ich wollte nur, dass du es weißt. Ich konnte es nicht mehr zurückhalten.«

Ich nickte still und schämte mich dennoch. Aber damit dieser Abend nicht weiter so verlief, schaute ich auf die Schlüssel in meiner Hand und dachte an ihre Bedeutung.

Unglaublich.

Das alles war einfach unglaublich.

»Wollen wir hinfahren?«, fragte er mich mit einem fetten Zahnpastalächeln.

Mein Kopf schoss in die Höhe.

»Jetzt?«

»Warum nicht? Es ist dein Laden, du kannst da hin, wann immer du willst.«

»Mon dieu, und wie ich da hin will!«

In meinem kuscheligen Pyjama und dicken weichen Socken, die in Davids Hausschleppchen verstaut waren, saß ich in seinem Wagen und spürte die Magenschmerzen vor Aufregung.

Wie oft hatte ich mir dieses Gebäude schon angeschaut und dafür gebetet, dass mir niemand mit dem Kauf zuvorkam. Träumte davon, wie ich es einrichtete und es mit einer Modenschau eröffnete. Das alles ist nun so zum Greifen nah, dass ich es kaum realisieren konnte.

Da war es! Die Laternen links und rechts, umrahmten das weißbeige Gebäude aus Stein und spendeten ihm etwas Licht.

»Da sind wir«, verkündete David, während ich im selben Moment »O mein Gott, o mein Gott, o mein Gott!!!«, rief und aus dem, im Schrittempo fahrenden Auto sprang.

Ich hörte Davids Lachen im Hintergrund.

Meine Hände zitterten. Ich würde nun endlich meine Traumboutique betreten. Klar, sie war noch nicht aufpoliert worden, aber das bekamen wir schon hin.

Der Schlüssel passte, er steckte im Schloss. Ich drehte ihn mehrfach nach rechts und hörte, wie die Riegel sich zur Seite schoben und die Türen öffneten.

Nun trat auch David zu mir.

»Bereit?«

»Und wie.«

Dann öffneten wir gemeinsam die gläserne Doppeltür und betraten den Ort, an dem in Zukunft Menschen aller Welt meine Kleider kaufen würden.

Der schwarze Holzboden war dreckig, Spinnenweben hingen an jeder Ecke, die Lampe war nichts weiter als eine Glühbirne, die kurz davor war den letzten Tropfen Saft zu verlieren. Auch die Wände hatten ihr strahlendes Weiß verloren.

»Es muss noch renoviert werden, wurde mir gesagt ...«

»Ich liebe es!«, ich fiel David erneut um den Hals.

»Wirklich?«, fragte er unsicher.

»Aber ja! Die Wände streichen wir neu, damit das Weiß wieder auflebt, und dann kommen Dekorleisten dran, die das Ganze verschönern. An die Decke kommen wunderschöne Kronleuchter, wie aus einem Palast. Den Boden müssen wir nur ordentlich putzen und etwas aufpolieren. Vor die Schaufenster kommen Podeste, wo die Ankleidepuppen stehen mit Kleidern, von denen es nur ein Exemplar zu kaufen gibt. Überall wo ein Kleiderständer stehen wird, legen wir einen schönen Teppich drunter, damit es unseren Boden nicht zerkratzt. Außerdem möchte ich welche von deinen Kunstwerken als Deko hier im Laden aufhängen.«

Während ich ihm von meinen Vorstellungen erzählte lief ich hin und her, zeigte dort und da hin. Als ich ihn wieder ansah, strahlte er vor Freude, ebenso wie ich.

»Es ist so schön, dich von deinem Traum reden zu hören.«

Es bereitete mir eine Gänsehaut, ihn das sagen zu hören.

Er kam auf mich zu und nahm mich in den Arm. »Deine Boutique wird traumhaft aussehen.«

»Unsere Boutique. Ohne dich wäre das alles doch gar nicht möglich.«

Ohne dich wäre mein Traum niemals vollkommen.

»Ich bin froh, dass ich es geschafft habe, dich glücklich zu machen.«

»Du machst mich immer glücklich, David. Es war noch nie anders.«

»Und das wird es auch nie sein«, versprach er und küsste mich. »Wenn ich noch einen Vorschlag äußern dürfte ...«

»Natürlich. Was schwebt dir vor?«

»Schwarze Rankgitter bis zur Spitze des Gebäudes, an denen rote und weiße Rosen hinaufwachsen.«

»Das ist die beste Idee, die ich je gehört habe«, antwortete ich und Tränen sammelten sich in meinen Augen.

Sein herzhaftes Lachen brachte das Blut in meinem ganzen Körper zum Prickeln.

Ich stellte es mir schon bildlich vor. Diese Boutique würde ein Traum eines kleinen Einkaufladens werden.

David zeigte mir noch die Toiletten, das Büro und das dazugehörige Lager. Alles wunderbare Räume, die man nur säubern und auffrischen musste. Kein Hindernis für mich.

Ich konnte es kaum erwarten, all meine Kraft und Energie, in die Renovierung zu stecken, die ich mit meinem Ersparten finanzieren würde.

David 60
Dezember 2024

Mit dem letzten Einkauf für heute Abend sprang ich aufs Motorrad und begab mich auf den Heimweg. Die Sonne ging unter und die kühle Nachtluft kam mir mit dem Fahrwind entgegen. Meine Gedanken kreisten seit einer Woche immer um dasselbe Thema.

Dizee und ich waren seit fast einem halben Jahr jeden Tag zusammen, da wir unter einem Dach lebten. Eigentlich waren wir auch schon ein Paar. Nur eben nicht offiziell. Aber ich hatte ihr an ihrem Geburtstag gesagt, dass ich sie liebte und obwohl ich genau wusste, dass sie dasselbe empfand, hatte sie es nicht erwidert. Bis heute nicht. Ich hatte ihr damals versichert, dass sie es nicht sagen musste. Und das meinte ich auch so. Aber das war nun über einen Monat her.

Auch an Weihnachten wollte ich mich wie ein normales Pärchen mit ihr verhalten, doch sie schien es nicht zu wollen. Ich habe sogar einen verdammten Mistelzweig aufgehangen, unter dem sich Summer und Cyrus leidenschaftlich geküsst hatten. Selbst Summer und Syd hatten sich ein Küsschen auf die Wange gegeben. Doch, als ich Dizee dadrunter zerrte, hielt sie mir die Wange hin. Keiner sollte von unserer inoffiziellen Beziehung erfahren. Ich ließ mir nicht anmerken, dass ich seitdem etwas verletzt war. Denn an sich hatten wir trotzdem eine schöne Zeit.

Jedoch hatte sie an Weihnachten ohnehin nicht die größte Freude empfunden, weil sie nicht wusste, wie sie mit Summer umgehen sollte. Wir waren zwar auch bei dem Gerichtsverfahren dabei und freuten uns über beide Ohren für Summer und Rus, doch Dizee zeigte diese nur Cyrus gegenüber. Heute würde es vermutlich wieder so merkwürdig zwischen den beiden werden. Hoffentlich legte sich das mit der Zeit.

Ich verstand sie nicht. Es konnte nicht sein, dass sie mir nur etwas vormachte, wenn dieses Knistern zwischen uns laut wurde. Dizee war niemand, der jemandem so das Herz brechen würde, ohne dass ihres dabei mit brach.

Ich bildete mir das alles nicht ein. Ich war doch nicht blind.

Vielleicht war sie wütend auf mich, weil ich ihr ihr Traummodegeschäft geschenkt hatte, und sie hatte es aus Trotz nicht erwidert? Nein, das klang nicht nach Dizee, das wäre doch total kindisch und so war sie nicht.

Wie es aussah, würde ich mir heute Nacht die Kante geben. Aber es war ja auch Silvester, da zählte das nicht wirklich. Mein Kopf konnte einfach an nichts anderes mehr denken.

Der Beweis dafür kam mir, als ich eine rote Ampel übersah und somit auch den Verkehr der Kreuzung.

Ich konnte gar nicht so schnell reagieren, da schleuderte mich das Auto bereits von meinem Motorrad und ich sah nichts mehr, außer Daisy mit einem Lächeln im Gesicht.

Und mit diesem beruhigenden Bild ließ ich mich in die Dunkelheit fallen.

Dizee

Ich schaltete die Beleuchtung im Wohnzimmer an, da die Sonne sich bereits zur Ruhe gesetzt hatte. Nun strahlte unser Weihnachtsbaum jegliche Weihnachtsdeko, Kerzen und die Stehlampe, die dem Esstisch Licht spendete.

Ich hatte bereits den Tisch gedeckt, Hüte und Haarreifen, die in schnörkeliger Schrift das Jahr 2025 in glitzerndem Silber schrien, waren griffbereit. Der Alkohol war kühlgestellt. Zu aller letzt kam die Girlande an die freie Wand, die wir zum Fotoschießen benutzen würden. Das Essen war vorbereitet, es musste nur noch alles in den Ofen, sodass es heiß war, wenn unsere Freunde kamen. David holte noch Snacks, dann war alles so weit.

Jetzt musste ich nur noch mich selbst aufhübschen, ehe die Party startete. Mein Outfit stand bereits fest – das war das Erste, worum ich mich gekümmert hatte.

Ich sprang unter die Dusche, wippte mit den Hüften und sang zu »Alors on Danse« von Stromae vor mich hin, während das warme Wasser auf mich herabregnete. Gute Laune hatte ich bereits, da ich beim Vorbereiten ein paar Gläschen Wein gekippt hatte.

Als ich aus der Dusche kam, das Handtuch um meinen Körper geschlungen, stellte ich die Musik mit meinem Handy leiser, da sah ich die fünf verpassten Anrufe von Cyrus.
Mein Puls beschleunigte sich sofort.

Etwas war passiert.

Es konnte nichts anderes sein, wenn Cyrus mich so oft anrief.

Genauso wie damals bei Tami.

Mit zitternden Händen rief ich ihn zurück und betete, dass er nur sichergehen wollte, wann sie aufkreuzen konnten.

Aber ich wusste es besser.

»Rus?«, meine Stimme war brüchig.

»Dizee ...«

Meine Augen füllten sich mit Tränen, sobald ich Rus' Stimme hörte.

»Wo ist er?«, fragte ich sofort.

»St. Memorial Hospital hier in L.A.. Es war das nächstgelegne Krankenhaus. Sollen wir dich abholen? Wir sind schon auf dem Weg.«

Ich nickte und vergaß dabei, dass er mich gar nicht sah. Ein ersticktes »Ja«, entkam meiner Kehle. »Aber bitte, fahr nicht selbst«, schob ich schnell hinterher.

»Tue ich nicht. Summer fährt. Aber danke, für deine Sorge.«

Wieder nickte ich stumm.

»Es wird alles gut, Dizee. Diesmal wird alles gut.«

Ich wollte seinen Worten glauben. Das wollte ich so sehr. Mehr als alles andere.

Wenn David ... Merde.

Er sagte, dass er mich liebte, und ich hatte einfach nichts gesagt. Und jetzt ... Ich hatte es nicht gesagt, obwohl es doch der Wahrheit entsprach. Es war schon immer so gewesen. Er *musste* es wissen.

Scheiße, warum hatte ich es ihm nicht einfach gesagt?!

Ich schluchzte laut und warf meine Schminke und andere Gegenstände durch die Gegend.

Ich war so verdammt wütend auf mich selbst und auf die Welt.

Warum verlor ich jeden, der mir etwas bedeutete? Warum war ich nicht einmal über meinen Schatten gesprungen und hatte ihm gesagt, dass ich ihn liebte?

Ich sank zu Boden und umarmte mich selbst. Strich sanft über meine Arme.

»Bitte ...«, wisperte ich ins Universum. »Ich kann ihn nicht auch noch verlieren. Bitte nicht.«

Das laute Klingeln der Haustür ertönte.

Cyrus und Summer.

Noch nie war ich so schnell dabei mich anzuziehen und es war mir selten so egal gewesen, was ich trug.

Ich öffnete die Tür und erwartete Cyrus' Gesicht, doch es war Summer, die mich holen kam.

Na toll ... Ich schluckte meinen Hass auf sie runter, da es jetzt Wichtigeres gab. Ich musste zu David. Alles andere war egal.

»Dizee, ich -«

»Fahren wir.« Ich huschte an ihr vorbei, ohne sie anzusehen, und setzte mich auf den Rücksitz. Cyrus drehte sich zu mir um und legte behutsam eine Hand auf mein Knie.

»Es wird alles gut. Versprochen.«

Ich brauchte etwas Zeit, um meine Stimme wiederzufinden, doch dann traute ich mich, ihn zu fragen, »Was ist passiert?«

Summer stieg ein und startete den Motor. Ich würdigte sie keines Blickes und auch sie sah mich nicht mehr an.

»Seine Mutter und ich waren noch als Notfallkontakt hinterlegt, seit David und ich uns mal eine Wohnung geteilt hatten. Jedenfalls wurde uns beiden nur gesagt, dass er ein Motorradunfall hatte. Ein Auto hat ihn gerammt, weil er über eine rote Ampel fuhr. Warum, wissen wir nicht. Das sollten wir ihn dann selbst fragen. Leire war völlig außer sich, genau wie ich. Ich hatte keine Ahnung, wie ich sie am Telefon beruhigen sollte, obwohl ich schon so vieles gesagt hatte. Aber Summer hat es geschafft«, den letzten Satz sagte Rus voller Stolz und sah liebevoll zu ihr.

»Sie hat Leire dazu gebracht, ruhig zum Krankenhaus zu fahren, wir werden sie dort gleich treffen. Und mich hat sie auch auf den Boden gebracht und alles erdenkliche innerhalb von fünf Minuten eingepackt, was David gebrauchen könnte.«

Summer hatte Sachen für David eingepackt, während ich heulend auf dem Badezimmerboden saß, nachdem ich randaliert hatte. Er brauchte mich jetzt und ich hatte wieder nur an mich und den Schmerz gedacht, mit dem ich klar kommen müsste, wenn das hier genauso schlimm enden würde, wie mit Tamara.

Und dann war es Summer, die an alles gedacht hatte und jeden im Umfeld beruhigen und trösten konnte. Cyrus okay, er war ihr Freund. Aber Davids Mom? Das war eigentlich meine Aufgabe gewesen.

Ich war ein Nichtsnutz.

Cyrus deutete die Unzufriedenheit in meinem Gesicht, denn er fügte noch hinzu, »Mach dir keinen Kopf, Dizee. Ich bin sein bester Freund und konnte auch in dem Moment an nichts anderes denken, als daran, was passieren würde, wenn ich David jetzt auch noch verlieren würde.«

Rus reichte mir seine Hand und ich ergriff sie. Er drückte sie leicht und schenkte mir ein trauriges Lächeln.

»Wir haben uns. Wir sind eine Familie und egal, was kommt, wir sind füreinander da. Das weißt du.«

Ich fühlte mich um einiges besser nach Rus aufbauenden Worten. Manchmal vergaß ich, dass wir vieles gemeinsam hatten und uns einen Verlust teilten. Denselben Schmerz empfanden. Tamara war unsere Familie, für ihn die Liebe seines Lebens und für mich war sie wie eine Schwester, die ich nie hatte. Seine leibliche Mutter war drogenabhängig und suchte verzweifelt nach einem Mann, der ihr half und sie bedingungslos liebte – genau wie meine.

Und sie war tot – genau wie meine.

»Danke, Rus«, sprach ich leise.

Ich versuchte, Ruhe zu bewahren, und schloss meine Augen für eine Weile um runterzukommen. Als ich sie wieder öffnete, war Summer dabei einen Parkplatz zu suchen. Sobald der Wagen zum Stehen kam, stieg ich aus und rannte ins Krankenhaus ohne auf die anderen zu warten. Aber Rus und Summer waren dicht hinter mir, als ich mich zur Rezeption begab.

Die Angestellte dort teilte uns die Zimmernummer mit. In dem Moment, in dem wir zum Aufzug eilten, kam Leire durch den Eingang. Ihre Augen waren geschwollen. Sie erblickte mich und lief mit offenen Armen auf mich zu, sofort kamen uns beiden wieder die Tränen.

»Oh, Daisy. Ich bin so froh, dass du da bist. Ich wüsste nicht, wie ich das ohne dich schaffen würde.«

Mein Herz schmolz dahin, bei ihren liebevollen Worten. Ich war also doch zu etwas gut an diesem schrecklichen Tag.

Ich nahm sie fest in den Arm und flüsterte ihr eine Versprechung ins Ohr. »Es wird alles gut. Ihm wird es gut gehen.«

War es möglicherweise ein Fehler, ihr mein Wort darauf zu geben? Keine Ahnung. Ebenso wusste ich nicht, ob ich es war, die dieses Versprechen mehr brauchte, oder Leire. Aber ich hatte es ausgesprochen und nun musste ich mich an diese Hoffnung klammern und daran glauben.

Im Flur war alles still, das grelle Licht und der Geruch nach Desinfektionsmittel entfachten ein unwohles Gefühl in meinem Körper. Ich hasste Krankenhäuser. Seit Tamis Tod hatte ich keines mehr betreten. Laut Anweisung sollten wir hier auf den zuständigen Arzt warten, der uns sagen würde, wie es um David stand. Ich hatte so große Angst, dass es anfing in meinem Bauch zu rumoren. Am liebsten würde ich mich in eines dieser Betten legen und einschlafen. Hoffen, dass das alles nur ein mieser Alptraum war.

Aber das war es nicht.

Endlich erklangen Schritte. Ein Mann, vermutlich anfang vierzig mit dunklem Haar und weißem Kittel kam auf uns zu.

»Sind Sie die Angehörigen von Mr. Del Gazzio?«, fragte er.

»Ja, ich bin seine Mutter, sie hier seine Freundin, sein Bruder und dessen Freundin. Wir sind seine Familie. Sagen Sie uns bitte, wie es meinem Baby geht«, mogelte Leire ein wenig vor.

Ihr spanischer Akzent kam deutlich hervor, wenn sie sprach. Aber das machte sie nur noch liebenswürdiger.

»Ich kann Ihnen sagen, dass Sie sich keine Sorgen machen müssen. Er hatte sehr viel Glück und ist mit einigen Verstauchungen und Prellungen davon gekommen. Außerdem hatte er eine leichte Gehirnerschütterung, aber da er den Helm auf hatte, als er auf den Boden geprallt ist, ist auch da nicht mehr passiert. Wir haben seinen Arm eingegipst und ihm etwas gegen die Schmerzen gegeben. Er wird also noch viel Ruhe brauchen.«

»Ay dios mio«, seufzte Leire erleichtert auf und zeichnete ein Kreuz an sich.

Ich fasste es nicht.

Es ging ihm gut.

Okay, nicht wirklich gut aber nichts, was nicht in wenigen Wochen verheilt war.

Er lebte. Er würde nicht sterben. Er war immer noch bei mir.

Meine Erleichterung ließ sich kaum zum Ausdruck bringen. Alles zu was ich im Stande war, war weinen. Aus Freude, ihn nicht verloren zu haben und wegen meiner vorherigen Gedanken. Die Angst, dass ich ihn hätte verlieren können. Dieser Schmerz hätte mich umgebracht.

Zum ersten Mal verstand ich so richtig, wie Cyrus sich wohl gefühlt hatte, als er Tami verlor. Da eilte ich direkt zu ihm und ließ mich um seinen Hals fallen.

Ich weinte mich an Rus' Schulter aus, als er mir den Kopf streichelte und »Sch« in mein Ohr flüsterte.

»Es tut mir so leid, dass du das durchmachen musstest«, schluchzte ich leise.

Er verstand, denn er antwortete nur, »Es ist okay, Dizee. Ich habe es geschafft. Ich bin noch hier. Und du hättest es auch geschafft, weil du eine der stärksten Frauen bist, die ich kenne. Aber ich bin unbeschreiblich froh, dass dir diese Erfahrung erspart bleibt.«

Wir drückten uns noch einmal fest. Dann ließen wir einander los. Rus trocknete meinen Tränen und schenkte mir ein wunderschönes Lächeln. »Lass uns zu David gehen.«

Ich nickte ihm stumm zu. Tami hatte mir Rus als einen Bruder zurückgelassen. Ich war so dankbar dafür, ihn zu kennen. Ihn in meinem Leben zu haben.

Wir wollten uns eben auf den Weg zu seinem Zimmer begeben, da stürmte Syd durch den Eingang des Krankenhauses.

»Ich bin so schnell gekommen, wie ich konnte. Wo ist er? Wie geht es ihm?«, fragte sie besorgt.

Wir beruhigten sie und gaben ihr die Infos weiter, die wir selbst eben erst erhielten.

Syd fasste sich ans Herz und atmete besänftigt aus.

62 David

Noch in der Dunkelheit versunken, spürte ich, wie jemand meine Hände festhielt.

Meine Augen zu öffnen entpuppte sich zu seiner schweren Herausforderung. Nur mit viel Geduld schaffte ich es, diese zu meistern.

Es war, als hätte mich ein Lastwagen überrollt. Ich wollte einfach nur weiterschlafen. Doch das Unwissen, was passiert war und wo ich mich befand, überzeugte mich davon, aufzuwachen.

Grelles Licht schien mir entgegen. Alles war weiß. Der sterile Geruch kroch mir in die Nase.

Ich war in einem Krankenhaus.

Langsam erinnerte ich mich wieder. Ich fuhr über eine rote Ampel, da rammte mich ein Wagen und ich flog vom Motorrad. Es passierte alles so schnell. Ich war sicher, dass es mit mir vorbei war.

Alles, woran ich in dem Moment dachte, alles, was ich gesehen hatte, war sie.

Ich bewegte meine Augen zur rechten Seite. Da sah ich Dizee meine Hand halten, ihr Kopf lehnte an unseren Händen. Mein Daumen strich sanft über ihre Hand, wodurch sie abrupt zu mir aufsah.

»David!« Ihre Stimme war ein gebrochenes Flüstern.

Ihre Augen waren vom vielen Weinen geschwollen.

»Hey«, krächzte ich.

Cyrus und Summer standen von ihren Stühlen auf und stellten sich hinter sie. Auf der anderen Seite waren Syd und meine Mutter, die ebenfalls wie Dizee meine Hand festhielt und verheult aussah.

»Hey Kumpel. Du hast uns ganz schön Angst eingejagt«, sagte Rus, hatte aber ein Lächeln im Gesicht, was nur bedeuten konnte, dass ich wohlauf war.

Mir ging es gut und ich würde nicht sterben. Ich hatte Glück gehabt.

»Sorry«, antwortete ich ihm.

Er blinzelte die Tränen weg, die ihm eben gekommen waren, und schüttelte mit dem Kopf, »Ich verzeih dir, Mann. Aber nur das eine Mal.«

Ich schmunzelte.

»Oh mein Baby, ich bin so froh, dass es dir gut geht«, sagte Mom und stand von ihrem Stuhl auf, um mir einen sanften Kuss auf die Stirn zu geben.

»Ich bin froh, dass ihr alle hier seid«, bringe ich langsam mit kratziger Stimme hervor.

»Und wir sind erleichtert, dass dir nichts allzu Schlimmes passiert ist.«

Ich sah an mir runter und erkannte erst jetzt, dass mein linker Arm von einem Kompressionsverband umgeben war. Außerdem fiel mir das Atmen etwas schwerer als sonst und ich fühlte mich vom Schmerzmittel benebelt. Aber ansonsten fühlte ich mich gut. Es hätte mich deutlich schlimmer treffen können.

Mein Blick traf Dizees.

In meiner Brust wurde es eng, wenn ich sie so sah. Dieser Schmerz in ihren Augen ... Den kannte ich von Rus', nachdem er Tami verlor.

Ich hatte ihr Angst gemacht. Ihr weh getan.

Meiner Mutter war wohl aufgefallen, dass wir reden mussten, denn sie sagte, »Wir lassen euch zwei ein wenig allein. Na kommt, Kinder.«

Syd, Cyrus und Summer folgten ihr.

»Bis gleich«, sagte Rus bevor er die Tür hinter sich schloss.

Die Sekunden verstrichen, als immer noch niemand ein Wort sprach.

»Dizee ...«, fing ich meine Entschuldigung an, doch sie unterbrach mich sofort.

»Du hättest sterben können.«

Das Leid in ihrer Stimme ließ mich erschaudern.

»Ich weiß«, flüsterte ich. »Aber ich bin es nicht. Ich bin hier, bei dir.«

Die Tränen kamen zurück in ihre Augen, doch sie hielt sie davon ab, hinauszufließen.

»Ja, David, das bist du.« Sie machte eine Pause. Dann seufzte sie kurz, »Ich hatte so eine schreckliche Angst davor, dich für immer verloren zu haben. Ich wüsste nicht, wie ich das überleben sollte.«

Oh Daisy ... Meine süße, wundervolle Daisy.

Ich schmolz dahin, wenn sie solche Dinge sagte.

»Ich werde dich niemals verlassen.«

»Versprichst du es?«, fragte sie.

»Aber natürlich. Ich verspreche es dir.«

»Gut, denn ... Ich liebe dich, David. Ich liebe dich mehr als alles auf dieser Welt und wenn es dich nicht in meinem Leben geben würde, gäbe es keine Farben mehr. Ich bin zwar dein Licht, aber du bist meine Reflexion, die alles um mich herum in bunte Farben taucht. Ohne dich wäre ich auf ewig in einem grauen Gemälde gefangen, das mich verschlucken und nie wieder rausrücken würde, verstehst du?«

Ich liebe dich, David.

Ich bin zwar dein Licht, aber du bist meine Reflexion, die alles um mich herum in bunte Farben taucht.

Nie hatte jemand so etwas Schönes zu mir gesagt.

Ich war der glücklichste Mann des Universums. Und das obwohl ich mich in diesem Moment total erschlagen fühlte und einen Unfall hinter mir hatte.

Doch diese Worte, endlich aus ihrem Mund zu hören, nach all den Jahren, in denen wir uns hatten wiederfinden müssen – das war das wahrhaftig schönste Gefühl, dass ich je empfand.

»Ich liebe dich auch, Dizee. Ich liebe dich so sehr.«

Sie lächelte traurig, Tränen fielen von ihren Wangen herab und sie machte ein Geräusch, das eine Mischung aus Schluchzen und Lachen war. Daisy drückte mir einen zärtlichen Kuss auf die Lippen, der nach Salz schmeckte.

»Dann hat sich der Unfall ja doch gelohnt«, machte ich einen Witz, da sie mir endlich ihre Liebe gestanden hatte.

Dafür verpasste sie mir einen leichten Schlag gegen die Schulter. »Aua!«

Sie wich erschrocken zurück. »Merde! Excuse-moi, mon chérie.«

Ich grinste. Ich liebte es, wenn sie Französisch sprach.

»Ist schon verziehen.«

Die anderen kamen samt Arzt wieder zurück ins Zimmer. Mir wurde erklärt, dass ich eine Gehirnerschütterung hatte, einige Rippen geprellt und mein Arm verstaucht waren. Alles davon sollte aber in zwei bis maximal vier Wochen verheilt sein, sodass ich dann wieder ganz der Alte war.

»Das heißt, ich schaffe es doch noch zur Filmpremiere.«

»So ein Glück, ohne dich wäre ich da nicht hingegangen«, antwortete Rus.

»Du bist so ein schlechter Lügner«, erwiderte ich darauf.

»Ich weiß.«

»Darf ich denn schon nach Hause, Doc?«, richtete ich mich an meinen Arzt.

Er schien nicht begeistert von der Idee.

»Sie brauchen noch sehr viel Ruhe und müssen sich schonen.«

»Das kann ich doch auch zuhause.«

»Eigentlich schon. Allerdings sind Sie nicht entsprechend ausgerüstet, sollte es zu Komplikationen kommen.«

Ich schaute enttäuscht drein. Ich würde mein erstes Silvester mit Dizee im Krankenhaus verbringen und allen den Spaß verderben.

Prima.

Niemandem hier entging meine Enttäuschung, denn auch sie waren nicht begeistert von dieser Idee. Cyrus meldete sich zu Wort. »Wir werden es ruhig angehen lassen und dafür sorgen, dass er Ruhe hat. Sollte es zu Problemen kommen, werden wir nicht zögern, ihn schnellstmöglich wieder herzubringen.«

Jeder nickte zustimmend und hofften auf ein Ja seitens des Doktors.

Er war nicht gerade überzeugt, dennoch antwortete er mit, »In Ordnung. Ich gebe ihnen noch die notwendigen Tabletten mit und wir besprechen, wie und wann sie diese einnehmen und was sie sonst noch tun können, um ihren Körper von Anstrengung zu entlasten.«

»Danke, Doc.«

Er nickte mit einem stumpfen Lächeln im Gesicht.

Voller Freude darauf, gleich wieder zuhause zu sein, wo meine Daisy war, lächelte ich ihr entgegen.

Sie schenkte mir ebenfalls eines, das von Mitgefühl und Liebe bestimmt war.

Und dann überraschte sie mich.

Sie küsste mich sanft auf die Lippen. Vor den Augen der anderen.

Wir hatten nie über unsere Beziehung gesprochen, doch dass wir mehr als Freunde waren, war klar. Ebenso das Wissen darüber, dass wir einander liebten. Dennoch hatte Dizee nie den Anschein gemacht, dass sie eine ernste Liebesbeziehung mit mir eingehen wollte. Warum wusste ich bis heute nicht. Auch nicht, weshalb sie sich so dagegen wehrte, mir ihre Gefühle zu gestehen. Aber darüber würde ich mich demnächst unter vier Augen mit ihr unterhalten.

Es musste einen Grund für ihre Unsicherheit geben.

Egal, was es war, wir beide würden es schon schaffen.

63
Dizee

Ich fand keine Worte für meine Erleichterung. Gerade kauerte ich noch im von mir randalierten Badezimmer auf dem Fußboden und schluchzte vor mich hin, und im nächsten Moment saß ich überglücklich mit David auf dem bequemen beigen Sofa in unserem offenen Wohnzimmer.

»Wollen wir uns immer noch schick machen für den Abend?«, fragte Rus und sah dabei zu David rüber, der sich neben mir in Schlabberklamotten langgemacht hatte und meine Hand hielt.

»Wegen mir müsst ihr nicht drauf verzichten.«

Ich war sonst immer darauf aus, mich hübsch zu machen, was Tolles anzuziehen und Fotos zu schießen, bei einer Feier oder sonstigem Anlass. Aber diesmal, war es mir völlig egal. Alles war mir egal. Ich wollte nur mit David und unseren Freunden einen schönen Abend verbringen, ins neue Jahr hinein und der Welt dafür danken, hier zu sein.

Bei ihm.

Mit ihm.

»Ich hol meinen Pyjama. Syd, Summer, soll ich euch einen leihen?«

Sie lächelten und stimmten meiner Idee sofort zu. Als wir in mein Schlafzimmer liefen, rief ich Rus hinunter, »Du kannst einen von David haben, ich bringe dir einen.«

»Okay!«, rief er laut ins höhere Stockwerk.

Ich kramte in meinen Sachen herum, bis ich etwas Passendes für die beiden fand. Wir hatten nicht genau dieselbe Größe, aber sie passten dennoch in meine Klamotten.

»Danke Dizee, ich liebe es«, quiekte Syd über ihr Rüschenpyjama in Weiß und Lila und einigen Spitzenverzierungen auf dem Oberteil.

»Hast du die entworfen?«, fragte Summer.

Vermutlich hatte Rus ihr von mir erzählt, weswegen sie von meiner Berufung wusste. Ach ja – oder sie hatte sein Buch gelesen. Das vergaß ich ständig.

Ich nickte. »Nur so zum Spaß. Meine Kleider sind eine deutlich größere Herausforderung.«

»Die sind echt super, Dizee. Ich meine bei Pyjamas denkt man sich immer, *sind nur Pyjamas,* aber deine sehen einfach unglaublich aus. Man könnte damit auf die Straße gehen und es würde keinem auffallen, dass es Schlafanzüge sind.«

Gelobt zu werden war ein schönes Gefühl. Vor allem, wenn man oft an sich zweifelt und Angst hatte, seinen Traum niemals zu erreichen, obwohl es alles ist, was man wollte. Es pushte einen, ließ einen wieder mehr an sich selbst glauben. Lob für die Arbeit, die Leidenschaft, für die man brannte, war ein erstaunliches Gefühl.

Aber es war von Summer. Ich war noch immer nicht mit ihr warm geworden. Ich wusste einfach nicht, wie ich sie finden sollte. Sie schien sehr nett zu sein und doch lässt mich das Wissen ihrer Geschichte mit Tami nicht los.

»Danke, es freut mich sehr, dass euch meine Arbeit so gut gefällt«, erwiderte ich dennoch und versuchte, ein aufrichtiges Lächeln aufzubringen.

Es war sehr aufmerksam von Summer so an David gedacht und ihm eine Tasche mit nötigen Sachen gepackt zu haben. Auch, wenn er die – zum Glück – nun doch nicht brauchte.

Wir alle spürten die Anspannung im Raum, deswegen war ich froh, als Syd sich als erste wieder Richtung Treppe bewegte und Summer ihr folgte. Ich zog mich ebenfalls schnell um und holte noch einen bequemen Schlafanzug für Rus.

Unten angekommen saßen die Männer zusammen und tuschelten etwas. Ich reichte Cyrus den Pyjama und hoffte, er würde ihm passen, da er deutlich breitere Schultern als David hatte.

»Könnte oben rum knapp werden«, ließ ich ihn wissen.

»Wenn seine Muskeln damit betont werden, hast du den perfekten Pyjama rausgesucht, Dizee«, witzelte Summer und formte tonlos die Worte »thank you«.

Wieder ein aufgesetztes Lächeln meinerseits.

Sie versuchte es wirklich. Ich war nicht blöd, ich merkte es. Irgendwie tat sie mir leid, weil ich ihr nicht entgegenkam, aber ... Nein. Nein, sie tat mir nicht leid. Sie konnte nicht erwarten, dass wir nun die besten Freundinnen wurden. Niemand könnte meine Tami ersetzen, vor allem nicht Summer. Dass das bei Rus klappte, war seine Sache.

»Dizee?«

Meine liebste Stimme riss mich aus dem Gedankenstrudel.

Ich schaute mit weit geöffneten Augen zu David.

»Was? Was hast du gesagt?«

Cyrus und David tauschten Blicke aus. Daraufhin stand Rus von seinem Platz auf und ging mit Summer und Syd in die Küche, um uns allein zu lassen. Weswegen auch immer.

»Komm her«, David klopfte mit seinem linken Arm auf den Platz neben sich.

Ich ging seiner Aufforderung nach.

»Woran denkst du?«

Ich blieb still, wusste aber, dass er nicht nachgeben würde. Ein leises Seufzen entfuhr mir.

»Du kannst Summer noch immer nicht ausstehen, was?«, flüsterte er, damit sie es nicht mitbekam.

»Bin ich ein schlechter Mensch?«, antwortete ich mit einer Gegenfrage.

Er schüttelte den Kopf. »Oh nein. Du bist einer der besten Menschen, die ich kenne. Die anderen sind meine Mom und die drei, die da in der Küche stehen, damit wir dieses Gespräch führen können.«

Mein Ellbogen stützte sich auf dem Sofa ab, wie mein Kopf in meiner rechten Hand.

»Ich höre da ein »aber« heraus.«

Er schmunzelte. »Du bist kein schlechter Mensch. Du bist ein verletzter Mensch, der seine beste Freundin vermisst. Aber ...«

»Ich wusste es.«

»Aber, wenn du Rus verzeihen kannst. Dann auch ihr. Du kennst ihre Geschichte nicht, Dizee. Rus hat mir davon erzählt. Glaub mir, wenn ich dir sage, dass sie von allen am wenigsten Schuld an Tamis Tod trägt, sich aber genauso schuldig fühlt, wie Rus es in Wahrheit ist.«

Ich schluckte.

Ich vertraute David. Immer. Wenn er sagte, dass es so war ...

Merde.

»Es ist nur ... es ist einfach eigenartig, Cyrus mit ihr zu sehen. Es ist, als hätte Tami ihm nichts bedeutet. Wenn ich mich nun auch mit ihr anfreunde ... Das fühlt sich alles so falsch an.«

»Oh, mon ceur«, flüsterte er und strich sanft über meine Wange. Ich liebte es, wenn er in meiner Muttersprache redete.

»Ich habe Cyrus erlebt, als er sich in Tami verliebte. Ich habe ihn erlebt, als sie zusammen waren. Als er sie verlor. Und als er es endlich schaffte, sich neu zu verlieben. Er hat Tami mehr geliebt, als ich es je beschreiben könnte. Jeder Spruch, wie sehr man einen lieben kann, reicht hierfür nicht aus. Aber sieh ihn dir an. Er hat es überwunden, lebt endlich sein Leben weiter. Tami ist nicht mehr hier, aber sie wird auf ewig in seinem Herzen bleiben. Genau wie in Summers, in meinem und auch in deinem. Eine Freundschaft mit Summer würde nichts daran ändern. Oder glaubst du das?«

»Natürlich nicht.«

Ich ließ mir seine Worte durch den Kopf gehen.

»Wann bist du eigentlich so Weise geworden? Hat der Unfall was damit zu tun?«, zog ich ihn auf.

Er zuckte mit den Schultern. »Du weißt doch, Baby, ich bin einfach in allem der Beste.«

»Oh Gott ...« Ich rollte mit den Augen und hielt mir die Hand an die Stirn.

Er lachte laut auf, was er im Nachhinein sofort bereute.

»Alles in Ordnung?«

»Ja ja alles gut. Es tat nur kurz weh, wegen der Rippenprellungen. Aber es ist alles gut.«

»Äh, Leute, soll das Essen vielleicht mal in den Ofen geschoben werden?«, meldete sie Rus aus der Küche.

Das Essen hatte ich seit unserem Aufbruch ins Krankenhaus total vergessen. Wie aufs Stichwort meldete sich mein Magen.

»Ja, ich komme sofort!«

»Lass nur, ich mache das schon«, antwortete Summer.

»Danke!«, sagte ich und meinte es nun wirklich ernst.

David grinste mich stolz an.

»Sieh mich nicht so an.«

»Wie denn? Als wäre ich froh darüber, dass du ein so weiches Herz hast?«

»Pscht! Das ist ein Geheimnis!«

Wieder brachte ich ihn zum Lachen, was ihm Schmerzen bereitete.

»Oh Shit, es tut mir so leid.«

»Muss es nicht. Ich war noch nie so glücklich wie in diesem Moment. Aber das werde ich wohl jeden Tag denken, solange du bei mir bist.«

Worte reichten nicht, um ihm eine Antwort darauf zu geben, was er mit meinem Herzen anstellte, wenn er sowas sagte. Deswegen drückte ich nur meine Lippen auf seine.

Ich liebte diesen Mann so sehr.
Und das würde ich auch mein Leben lang tun.

David

Als das Essen fertig war, saßen alle am Esstisch und genossen Daisys zubereitete Mahlzeit. Ich sollte heute besser noch nichts essen, was die reinste Qual war, weil es so verdammt lecker roch. Ich blieb auf dem Sofa sitzen, hier war es bequemer für mich. Außerdem sollte ich mich so wenig wie möglich bewegen. Ich wollte ohnehin keinen Finger rühren.

Im Hintergrund lief leise Musik, damit es hier nicht so still war. Es sah schon etwas merkwürdig aus, wie alle da am schön gedeckten Essenstisch in ihren Pyjamas saßen. Echt witzig aber auch süß, wegen ihrer Rücksicht auf mich.

Sobald sie fertig waren, gesellten sich alle zu mir.

»Wie wär's, wenn wir auf den Alkohol verzichten und mit Wasser und Softdrinks anstoßen?«, schlug Dizee vor.

»Das aus deinem Mund zu hören ...«, schmunzelte Rus, woraufhin Dizee ihre Augen verengte und ihm einen gefährlichen Blick zuwarf.

Sofort presste er seine Lippen zusammen und rutschte beängstigt an Summer ran.

»Ihr müsst wegen mir nicht darauf verzichten«, gab ich zu wissen.

»Ich finde die Idee toll!«, antwortete Summer.

Syd stimmte zu.

Rus holte die Getränke und genügend Gläser. Dann reichte Dizee mir ein Glas Wasser mit Strohhalm. Die anderen schütteten sich ebenfalls ihre Softdrinks ein.

»Also dann, was machen wir jetzt?«, fragte Syd in die Runde.

»Erst mal stoßen wir an«, sagte Rus und erhob sein Getränk.

»Auf meinen besten Freund. Wir sind dankbar, dass du noch bei uns bist und mit uns ins neue Jahr gehst, das weitere große Dinge für dich bereithält.«

Oh ja, und wie es das tat, dachte ich und sah dabei zu Dizee. Auch wenn Rus vermutlich meine Karriere gemeint hatte, mein Leben bestand nun aus mehr, als nur Filmedrehen.

»Auf David!«, rief Daisy und die Gläser klangen beim Anstoßen.

»Danke, Leute. Ihr seid die besten Freunde, die man nur haben kann. Also auch auf euch«, gab ich zurück und erhob mein Wasserglas. Besser als nichts.

»Wie wär's mit ein paar Spielen?«, schlug Summer vor.

Ehe man sich versah, hatten wir drei Brettspiele hinter uns, nun war Scharade dran, was bisher das beste Spiel von allen war, weil wir uns allesamt totlachten.

Summer erwies sich als sehr offener und lustiger Mensch, denn was auch immer sie da versuchte zu veranschaulichen, war nicht jugendfrei. Aber wirklich total komisch.

»Du bist eine Stripperin«, erriet Dizee schließlich monoton.

Oh, Shit.

65 Dizee

»Richtig!«, Summer lachte.

Ich überlegte aufzustehen und kurz den Raum zu verlassen. Aber diese Idee schüttelte ich sofort wieder ab. Ich stand zu meinem Beruf. Zu mir. Und ich hatte nicht vor, es weiter zu verstecken. Schon in Sunmond hatte ich mit dem Strippen angefangen, um genug Geld zu haben, für die Miete, das Studium und für Lebensmittel. Dank dieses Jobs konnte ich mir noch mehr leisten, als ich eigentlich benötigte.

Außerdem liebte ich das Tanzen. Das Gefühl, sexy zu sein, denn das war ich. Und ich war verdammt nochmal selbstbewusst!

Damals hatte ich es Tami und unseren Freunden verschwiegen, aus Angst, verurteilt zu werden. David und Syd wussten es bereits. Cyrus würde mich immer akzeptieren. Summer musste es entweder hinnehmen oder sich von mir Fern halten. Also ...

»Nur hast du es falsch dargestellt und eher ins Lächerliche gezogen.«

»Ach ja? Und woher weißt du das, Dizee? Bist du Stripperin?«, fragte Rus mich und lachte dabei.

»Ja«, beantwortete ich schlicht und einfach seine Frage.

Rus schmunzelte und nippte an seinem Bier, nahm meine Antwort als Witz auf. Doch dann blickte er mir erneut ins Gesicht.

Alle waren still und beobachteten die Situation.

»Was, echt jetzt?«

»Ja, Cyrus, echt jetzt.«

Ohne darüber nachzudenken, sagte er, »Beweis es.«

»Hey, alter!«, rief David und warf ein Kissen nach ihm.

»Oh ja, sorry. Hab nicht nachgedacht«, lachte er verlegen und rieb sich den Nacken.

»Es stimmt, David und ich waren in ihrem Club.«

»Du warst in einem Strip Club?«, stellte Summer ihre Frage an Syd gerichtet.

Sie nickte still.

Summer wusste also nichts von ihrer Sexualität. Selbst ich hatte es schnell erkannt und David im Nachhinein gefragt. Er hatte mir ihr Geheimnis anvertraut.

Ob es daran lag, dass Syd etwas von Summer wollte?

Oh man, jede Menge Geheimnisse in dieser Runde. Vielleicht würden wir sie ja heute alle ablegen und im nächsten Jahr mit offenen Karten spielen.

»Also ich finde es total cool, dass du Stripperin bist, Dizee«, entgegnete Sydney.

Ich lächelte ihr dankbar zu.

Sie verurteilte mich nicht, worüber ich sehr froh war. Denn leider war das keine Selbstverständlichkeit.

»Und ich erst«, kam David dazu.

Ist klar, Davy, ist klar.

»Obwohl ich es nicht so toll finde, wenn du auf den Schößen anderer Männer tanzt ...«

Ich sah zu ihm rüber. »Das mache ich schon seit unserer Begegnung nicht mehr. Ich tanze nur noch auf der Bühne, an der Stange. Auch damit bekomme ich genügend Geld zusammen.«

David nahm meine Hand und bedankte sich dafür bei mir. Aber das brauchte er gar nicht. Ich fühlte mich selbst nicht wohl dabei, andere Männer aufzugeilen. Natürlich war das nur Show, um mein Geld zu verdienen, dennoch war mir nicht wohl dabei, mit dem Wissen, was da zwischen David und mir ist. Mir würde es auch nicht gefallen, wenn er mit seinem heißen Körper, die Höschen von anderen Frauen zum Weinen brachte.

Summer fand ihre Stimme wieder, denn sie sagte, »Tut mir leid, Dizee. Ich wollte deinen Beruf nicht ins Lächerliche ziehen. Ich finde es toll von dir, dass du so selbstbewusst bist und dich traust, auf einer Bühne zu tanzen. Das würde ich gerne mal ausprobieren.«

Wow, das kam ... unerwartet.

»Das hast du doch quasi schon mal«, erwiderte Rus.

Keine Ahnung, was er meinte. Da musste ich wohl was verpasst haben.

»Ach stimmt!«, erinnerte sich David.

Er war auch dabei?

Wollte ich es überhaupt wissen?

»Dann will ich aber einen Platz in der ersten Reihe«, forderte Rus.

Ich wusste, dass er es nicht verurteilen würde oder Summer verbieten würde, es auszuprobieren. Er unterstütze uns sogar dabei. Es tat so gut, richtige Männer in meinem Freundeskreis zu haben. Nicht der Typ mit »Mimimi, zieh das nicht an, der Ausschnitt ist zu tief, du lädst Männer damit ein« Gedöns. Das konnte ich wirklich nicht mehr hören. Noch einmal und ich schlug meinen Kopf gegen eine Ziegelmauer.

»Ich nehme dich gerne mal mit und zeige dir alles.«

»Oh, wie cool! Danke«, voller Vorfreude fiel sie mir um den Hals.

War das nicht etwas übertrieben?

Doch ein Blick zu David, der mir zunickte und ich wusste, was ich tun sollte. Ich erwiderte ihre Umarmung und ließ das hier den Beginn unserer Freundschaft werden.

Summer war die erste weibliche Person, die ich umarmte, nachdem Tami gestorben war. Ich hatte zwar meine Freundinnen auf der Arbeit, aber ich hatte es immer irgendwie geschafft einer Umarmung aus dem Weg zu gehen. Doch der heutige Abend hatte gezeigt, dass ich lernen musste, manches einfach zuzulassen. Sie geschehen zu lassen und mich nicht dagegen zu wehren. Und das war so viel einfacher und weniger anstrengend, als sich vor allem zu verschließen.

66 David

»Es ist gleich so weit, Leute!«, rief Sydney.

Alle schnappten sich ihr Softgetränk und begaben sich zur Terrasse. Cyrus und Dizee kamen zurück, um mir zu helfen, dabei fühlte ich mich nach den ganzen Stunden vom Sitzen und Liegen schon besser. Ich konnte sicher selbst aufstehen und laufen.

»Komm her, ich stütze dich.«

»Ich kann laufen, Bro. Es sind nur mein Arm und meine Rippen.«

»Sicher, dass du keine Hilfe brauchst?«, sorgte Dizee sich um mich.

Ich nickte. »Alles in Ordnung. Danke euch, ihr seid die Besten.«

»Wissen wir«, sagten die beiden gleichzeitig und lachten über ihr Timing.

Die zwei waren wirklich wie Bruder und Schwester seit Tami von uns gegangen war. Das erfüllte ihr Herz sicher, während sie von oben auf uns herab sah.

Wir stellten uns auf meine Terrasse und warteten die letzten Minuten ab.

Rus sah auf die Uhr seines Smartphones und rief, »Noch fünfzehn Sekunden!«

Gemeinsam zählten wir die Sekunden runter, bis die Uhr zwölf schlug. Schon ertönte der erste Knall eines Feuerwerkskörpers. Kurz darauf glitzerten die unterschiedlichsten Farben am sternenklaren Nachthimmel und erleuchteten unsere Stadt.

»Frohes Neues«, riefen wir alle durcheinander.

Ich packte Daisy mit meinem unverletzten Arm und zog sie an mich heran. Das Feuerwerk funkelte in ihren dunklen Augen. Meine linke Hand lag an ihrer Wange. Wir kamen uns näher, bis unsere Lippen sich trafen und wir uns leidenschaftlich küssten. Ich wollte nie wieder aufhören sie zu küssen, ihre roten Lippen zu schmecken, die mich immer an Kirschen erinnerten. Dennoch löste ich mich von ihr, lehnte mit meiner Stirn an ihrer und hauchte, »Ich liebe dich über alles, meine Daisy.«

»Und ich liebe dich mehr, als alles auf der Welt, Davybaby.«

Wir kicherten direkt los bei meinem Kosenamen. Schon damals hatte sie mich immer so genannt.

Ich legte meinen Arm um sie, drückte ihr einen Kuss an die Schläfe und wir genossen das Farbenspiel über uns.

Auch Summer und Rus standen engumschlungen da. Nur Syd sah alleingelassen und etwas traurig aus. Auch Dizee fiel es auf, denn sie rief sie zu uns. Sie löste sich kurz von mir, packte sanft Sydneys Gesicht und hauchte einen sanften Kuss auf ihre Lippen.

Scheiße man, diese Frau.

Ich wusste, dass Sydney auf Frauen stand und auch, dass Dizee bisexuell war, dennoch machte ich mir keine Sorgen. Ich wusste, wofür dieser Kuss stand. Sie konnte in Menschen lesen und ich war sicher, sie hatte schlussfolgern können, dass Syd unglücklich in Summer verliebt war.

»Frohes Neues«, wünschte Dizee ihr.

Sydney lächelte traurig und ich glaubte, Tränen in ihren Augen schimmern zu sehen.

»Frohes Neues, Dizee.«

Meine wundervolle Freundin nahm Syd in den Arm und flüsterte ihr etwas ins Ohr. Ich hörte nicht, was es war, aber es zauberte Syd ein noch breiteres Lächeln ins Gesicht, während ein paar Tränen aus ihren Augen kullerten.

Alle von uns bekamen mit, was Dizee tat. Deswegen sagte ich, »von mir bekommst du auch einen. Aber auf die Wange!«

Lesbisch oder nicht, es wäre komisch Syd auf die Lippen zu küssen. Ich wollte für immer nur Dizees Lippen mit meinen berühren.

Ich ging zu Syd rüber und gab ihr ein Küsschen auf die Wange.

»Von mir auch!«, rief Rus und küsste die andere Wange.

»Ich gebe dir auch einen!«, Summer kam rüber.

Syd dachte, sie würde ihr ebenfalls einen Kuss auf die Wange geben, doch Summer spitzte die Lippen und gab ihrer besten Freundin ein Bussi auf den Mund. Syd lächelte auf und wirkte mit einem Mal sehr viel glücklicher als gerade eben.

»Danke, dass du in all den Jahren eine so gute Freundin für mich warst und mich nie verurteilt hast. Ich liebe dich, Syd«, sagte sie und schloss sie fest in ihre Arme.

»Ich liebe dich, Summer. Ich liebe euch alle, Leute«, erwiderte sie und lud uns mit ihren Armen zum Gruppenkuscheln ein. Engumschlungen hielten wir einander fest. Na ja ich legte meinen linken Arm irgendwo dazu, sonst würde ich mir nur weh tun, aber es war dennoch schön.

Ich liebte meine kleine Familie und im Moment war das Leben verdammt gut und unbeschwert. Doch bald wurde es nur noch besser, denn es kam einiges auf mich zu. Angefangen mit der Premiere im Februar zu Rus und meinem Film. Und natürlich die offizielle Eröffnung von Dizees Boutique.

Das neue Jahr konnte beginnen.

67
David
Februar 2025

»Oh Gott, wo sind meine Schuhe?! Merde! Je deviens fou!«

Dizee lief im Zickzack in ihrem selbst designten roten Kleid und suchte ihre Schuhe wie eine Irre. Ihr Kleid war aus Chiffon und mit Federn und Swarovskisteinen verziert worden. Tüll schmiegte sich ab ihrer Taille bis über die Knie, während das Kleid an sich bis zum Boden reichte.

Sie war eine wahre Künstlerin.

Seit wir zusammen waren, hatte sie ihre Haare nicht mehr nach geschnitten – bis auf ihren Pony – , sie fielen ihr nun bis zu den Schultern und somit sah sie dem kleinen Mädchen von damals wieder sehr ähnlich. Das Mobbingopfer der Schule, mit den schönsten langen Haaren – auch wenn sie nicht so lang waren wie damals – und dem hinreißendsten Gesicht, das man je gesehen hatte. Doch sie war schon lange nicht mehr dieses Mädchen. Damals hatte sie jede Beleidigung geglaubt, die man ihr Tag für Tag eingetrichtert hatte. Ihr Selbstbewusstsein wurde von ein paar dummen Teeniegirls zerstört, genau wie ihre Psyche und das, obwohl sie es zu Hause schon so schwer hatte. Dass sie trotz ihrer harten Kindheit zu so einer selbstbewussten, starken und unabhängigen Frau geworden ist machte mich unsagbar stolz.

Dizee wusste, was sie zu bieten hatte. Sie wusste, wer sie war, was sie wollte und ließ sich nie mehr schlecht behandeln. Alles, was sie erreicht hatte, war nur ihr Verdienst. Ihrer ganz allein. Sie verlor ihr Ziel nie aus den Augen, entwickelte sich immer weiter und gab nie auf, egal, wie oft ihr Steine in den Weg gelegt wurden. Ich hatte ihr lediglich die finanziellen Mittel zur Verfügung gestellt für den Laden und die Modenschau, die bald sein würde.

Selbst die Einrichtung ihrer Boutique – sie hatte alles selbst geplant, designt und bezahlt. Unsere Freunde und ich hatten bei der Renovierung geholfen und als es dann endlich fertig war, trauten wir unseren Augen nicht. Im Vergleich zu vorher hatte Dizee mit ihren Vorstellungen einen Palast aus diesem alten Gebäude gezaubert.

Ach, und sie hatte ihr Versprechen mir gegenüber wahr gemacht – sie hatte mit dem Rauchen aufgehört.

Diese Frau begeisterte, faszinierte und inspirierte mich.

»Nein, du wirst nicht verrückt. Du entspannst dich jetzt«, versuchte ich sie zu beruhigen. »Wir suchen zusammen. Welche Schuhe genau sind das, Babe?«

»Na die schwarzen Lederpumps von Christian Louboutin.«

Heimlich schlich ich mich ins Schlafzimmer und holte eine Kiste mit neuen Schuhen aus meinem Versteck heraus.

Ich lief zu Dizee und überreichte sie ihr.

»Wo hast du ...?«, sie öffnete die kleine Kiste und sah, dass es gar nicht die Schuhe waren, die wir suchten. Diese hatte sie vor wenigen Wochen in einem Schaufenster gesehen, während wir spazierten.

Es waren Alexander Vauthier Pumps aus einem dunkelgrünen Leder-Mix. Unserer Meinung nach gab es keine besseren Schuhe, die zu diesem Kleid passten, also musste ich sie ihr einfach kaufen.

»Du sagtest, die würden perfekt zu deinem Kleid passen, dass du auf der Premiere tragen würdest. Also bin ich nochmal rein und hab sie geholt.«

»Oh Davy ...« Sie schlang ihre Arme um meinen Hals und knutschte mich überall ab.

Dann fing sie an zu lachen. »Du hast jetzt überall rote Lippenabdrücke auf dem Gesicht.«

»Ich lasse sie einfach drauf, damit alle wissen, dass du mir gehörst und ich dir.«

Erneut lachte sie auf, schlug aber wieder einen ernsten Ton ein. »Danke, das wäre nicht nötig gewesen.«

»Ich weiß, aber ich wollte dich glücklich machen.«

»Das machst du immer. Dafür brauchst du mir keine teuren Schuhe kaufen. Du kannst mir auch einfach ein Gänseblümchen vom Straßenrand pflücken.«

Ich grinste. »Ich weiß. Deshalb hast du es umso mehr verdient. Wir beide haben die Möglichkeit, uns Dinge zu leisten, von denen andere nur träumen können. Wir sollten dankbar sein und genießen, was wir haben.«

Ich nickte zustimmend. »Da hast du recht.«

Dizee blieb kurz still, bevor sie sagte, »Wir sollten etwas von unserem Glück abgeben.«

Ich lächelte sie an. »Das sollten wir.«

»Aber darüber unterhalten wir uns morgen. Heute werden du und Rus erst mal gefeiert!«, sagte sie voller Stolz auf ihre Liebsten.

»Dann zieh die schicken Teile schnell an und auf gehts!«

68 Dizee

Wir fuhren in einer verdammten Limousine zum roten Teppich in L.A..

Es war nicht zu glauben, dass das mein Leben war.

Konnte mich mal jemand zwicken?

Ich lebte einen verdammten Traum. Und bald würde ich auch noch *meinen* Traum leben. Bald eröffnete meine Boutique und die erste Modenschau war auch in den Startlöchern. Ich realisierte das alles noch gar nicht.

David schaute zur Menschenmenge, ehe er sich an mich richtete. »Bist du so weit, Madame Roux?«

Ich schüttelte den Kopf.

Er lachte, »Na dann los«, und stieg einfach aus dem Wagen.

Die Menge kreischte seinen Namen und das Blitzlichtgewitter wurde immer stärker.

David stand vor der Wagentür und wartete darauf, dass ich meine Hand in seine legte.

Ich blieb noch einen Moment im Auto, gab mir dann aber einen Ruck. Ich ergriff seine Hand und als meine Füße den roten Teppich betraten, hörte man ein Raunen der Menge. Ich war mir jedoch unsicher, ob das nun tatsächlich mir galt. Das Kribbeln der Aufregung in meinem Bauch ließ sich nicht mehr ignorieren. Aber es war kein schlechtes Kribbeln. Im Gegenteil. Dieses Gefühl, dieses Erlebnis war nahezu berauschend. Es kam mir vor, als wäre ich hier der Filmstar, dabei waren das eindeutig Summer und Darren.

Wenn sie bei David und mir schon so durchdrehten, wie würde es dann wohl bei den beiden werden?

Hinter mir stiegen Cyrus und Darren aus dem Wagen.

Gleich würden wir herausfinden, wie sehr die Menge tobte, wenn sie Summer sahen. Denn unsere Limo fuhr fort und eine Weitere, die unserer ähnelte, hielt genau da, wo wir eben ausgestiegen sind. Zuerst kam ein großer, breitgebauter Mann im Anzug aus dem Wagen, der so wie David, vor der Tür stehen blieb und auf die Hand einer jungen Frau wartete. Bereits jetzt wurde ihr Name von mehreren Leuten gekreischt. Immer mehr bekamen es mit und stiegen mit ein.

»Summer Joy Atkins!!!«

Sydney stieg als Erste aus. Sie trug ein dunkelviolettes Kleid, das perfekt zu ihrem gewellten Haar und ihrem Hautton passte. Ihr Make-up war dezent gehalten, dennoch betonte es die Augen. Und wow, die Schuhe waren der Wahnsinn. Sie schlängelten sich mit silbernen Bändern aus Satin hinauf bis zu den Knien. Sie war umwerfend.

Und dann kam Summer. Sie lächelte ihren Fans und den Reportern entgegen, winkte ihnen zu, als sie aus dem Wagen stieg. Passend zu ihrem blonden Haar und den blauen Augen, trug sie ein blaues Kleid, dass sie aussehen ließ wie eine Prinzessin. Die glitzernden Jimmy Choos rundeten dieses Bild ebenfalls perfekt ab.

Rus wartete mit einem stolzen breiten Lächeln im Gesicht auf sie. Sie machte ihn so glücklich. Wie konnte ich da sauer auf sie sein?

Er umfasste sofort ihre Taille und raunte ihr Sätze ins Ohr, die sie zum Kichern brachten und rot werden ließen. Dann küssten sie sich vor der ganzen Menge und machten somit ihre Liebe offiziell.

Die beiden so zu sehen, ließ meine Mundwinkel nach oben gleiten.

»Dizee Roux hat ein weiches Herz«, flüsterte David plötzlich hinter mir in mein Ohr.

Ich schmunzelte, drehte mich zu ihm um und nahm seine Hand in meine.

»Du weißt, dass das für immer unser kleines Geheimnis bleibt.«
»Natürlich, ma petite«, antwortete er.

David sprach mir zuliebe manchmal französisch und hatte gelernt, was die Wörter bedeuteten, die ich häufig benutzte.

Was meistens dann passierte, wenn ich im Stress war oder wütend.

»Komm, lass uns deinen Film ansehen, Regisseur Del Gazzio.«

Während David interviewt wurde, stand ich daneben und sah hübsch aus, da ich nicht viel sagen konnte. Ich war nur seine Begleitung. Doch als er gefragt wurde, wer die schöne Frau an seiner Seite war, hatte er geantwortet, »Das ist meine beste Freundin und Geliebte, Daisy Roux. Und Tamaras beste Freundin.«

Eine Gänsehaut überlief meinen Körper.

Ich lächelte stolz. Ja, ich war ihre beste Freundin. Ob sie hier war oder nicht.

»Dizee, die, die Tami ein selbstgemachtes Kleid zum Geburtstag geschenkt hat? Ist das wirklich passiert, Miss Roux?«

Ich nickte. »Ja, ich habe ein Kleid für sie genäht, das perfekt zu ihr gepasst hat.«

»Und kann man dieses Kleid nun kaufen?«

Sie meinte, jetzt wo Tami es ohnehin nicht tragen konnte.

Ich antworte selbstbewusst und ehrlich. »Dieses Kleid wird niemals zu Verkauf stehen. Aber Sie werden es betrachten können. In meiner Boutique, die ich bald eröffne. Ich bin mir sicher, da finden Sie noch andere einzigartige Kleider, die Sie kaufen wollen.«

Die Reporterin grinste. Es schien, als hätte ihr meine Antwort gefallen.

»Vielen Dank, David und Daisy«, beendete sie das Interview. »Sie sind eine bemerkenswerte Frau. Es hat mich gefreut, sie kennengelernt zu haben.«

»Merci beaucoup.«

»Und wie sie das ist«, bestätigte Davy.

Danach gingen wir endlich rein.

Wie würde es für mich werden, den Film zu sehen? Ich hatte so ein mulmiges Gefühl dabei. Das Leben meiner besten Freundin und ihren Tod auf einer Leinwand. Eine Angst überkam mich, als die Lichter ausgeschaltet wurden und der Film anfing.

Dass er großartig werden würde, daran hatte ich keinen Zweifel, schließlich war mein David der Regisseur und Rus wusste auch, wie das alles auszusehen hatte.

Aber ich würde alles davon nun erneut erleben. Ich wusste nicht, ob ich das durchstand. Doch ich würde es schaffen müssen, für David, Cyrus, Summer und für Tami.

Und was sollte ich sagen ...

Als der Abspann erschien, saß ich mit verheulten Augen auf meinem Sitz und hielt Davids Hand ganz fest in meiner. Ich hatte mehrfach ein lautes Schluchzen unterdrücken müssen. Mein Herz schmerzte. Immer wieder bekam ich Gänsehaut, während des Films.

Ich wusste, dass die beiden unbeschreiblich ineinander verliebt waren, aber das ... ich hatte nun ihre ganze Liebesgeschichte gesehen mit diesem Scheiß unfairen Ende und das brach mir einfach das Herz. Es brach, zerriss, zersprang in tausend Teile ... doch als ich zu Cyrus sah, der mit Summer sprach, beide ebenfalls mit geröteten Augen ... da wurde es wieder zusammengeflickt. Da wusste ich, dass wir einfach alles überstehen konnten. Eine der schlimmsten Schmerzen, die man empfinden konnte, hatte sich Rus zum Opfer gemacht.

Aber er war hier. Mit einer schönen Frau, die er liebte und die ihn liebte. In einem Saal, wo seine Buchverfilmung gespielt wurde. Die Geschichte von ihm und Tami. Die würde nun auf ewig weiterleben.

Sie und deren Liebe würden für immer am Leben sein. Das machte mich so glücklich und doch war ich auch nach diesem Film am Boden zerstört.

Als wir den Saal verließen, zögerte ich nicht.

Ich eilte sofort zu Summer und schloss sie fest in meine Arme. Sie erwiderte es, drückte mich ebenso fest. Wir hielten uns, ließen nicht zu, dass einer von uns zu Boden fiel. Dann strich sie sanft über meinen Rücken und wir ließen beide still unsere Tränen zu.

»Danke, dass du ihn glücklich machst«, flüsterte ich in ihr Ohr.

Doch sie antwortete nur, »Es tut mir so leid, Dizee. Es tut mir so so leid.«

»Ich weiß. Ich weiß«, ließ ich sie wissen und strich durch ihr Haar.

»Ich vermisse sie so sehr«, Summers Stimme brach.

»Ich auch. Und wie ich sie vermisse.« Auch meine Stimme gab nach.

»Es tut mir leid, dass ich -«, ich wollte mich gerade erklären. Wollte mich entschuldigen, dafür, dass ich die Schuld von Tamis Tod auf sie ablud und deswegen sauer auf sie war, nicht mit ihr gesprochen hatte. Aber sie unterbrach mich.

»Ich weiß und es ist okay. Wirklich. Ich verstehe dich.«

Wir waren nun still. Keiner von uns sprach noch ein Wort. Aber das war egal. Es war alles gesagt, was gesagt werden musste.

Wir umarmten uns weiter, bis wir bereit dazu waren, einander loszulassen. Das war der Beginn unserer Freundschaft.

Dizee

Mai 2025

Heute war es so weit.

Die Eröffnung meiner Boutique.

Die Eröffnung mit einer verdammten Modenschau, auf der meine allererste Kollektion zu sehen sein würde.

Mein großer Traum wurde heute zur Wirklichkeit.

Jahrelang hatte ich an meinen Kleidern gearbeitet, mit Frustration und Selbstzweifel gekämpft. Aber nun stand ich hier.

Die letzten Gäste trudelten ein. Dank der Filmpremiere, bei der ich mit David auf dem roten Teppich entlang lief, kannte die Presse mein Gesicht. Und dank der Reporterin wusste die Welt auch, dass ich Modedesignerin war. Das hatte mir geholfen, wichtige Leute an Land zu ziehen, die heute dabei sein würden. Doch der größte Traum wäre, wenn Hyun-jin Chung auftauchte. Er war mein Vorbild, meine Inspiration und ein Meisterkünstler der Kleidermode.

David und unsere Freunde hatten uns nicht nur bei der Renovierung meines Ladens geholfen, sondern auch beim Aufbau der Catwalkbühne und der ganzen Sitzplätze.

Wie versprochen, saß David in der ersten Reihe, wo all die wichtigen Leute sitzen würden, genauso wie meine Freunde.

Ich zog das Jackett über, malte meine Lippen blutrot an und versuchte die Aufregung, die sich durch meinen ganzen Körper schlich, hinunterzuschlucken. Doch das Gefühl, mein Herz spränge mir gleich aus der Brust, ließ leider nicht nach.

Ich nippte an meinem Weinglas und begab mich dann hinter den Kulissen ins Lager, wo die Models angekleidet wurden. Nicht alle von ihnen waren groß, einige waren ebenso klein wie ich.

Ich achtete darauf, die Schönheit einer Frau in allen Facetten zu zeigen, und nicht nur die, die die Medien uns auftischten und somit mit Komplexen fütterten. Hier waren Mädels mit wunderschönen Kurven aber auch flachen Bäuchen. Europäische sowie Afrikanische und Asiatische Naturschönheiten. Ein exotischer Mix, eine Vielfalt von verschiedenen Frauen, die allesamt auf ihre Art und Weise schön waren. Das war mir von Anfang an wichtig gewesen.

Meine bunten Kleider im Mix mit dem dazu passenden Styling der Models war ein Anblick, den ich niemals vergessen würde. Es sah alles so wunderschön aus und ich hätte auf der Stelle heulen können, weil ich noch immer nicht fasste, was hier passierte.

»Miss Roux, es ist mir eine Ehre, Ihre Kleider präsentieren zu dürfen«, sagte eine der Models zu mir.

»Mon dieu, bring mich nicht zum weinen, ich bin schon kurz davor!«, antwortete ich ihr und nahm sie vorsichtig in den Arm, ohne dem Kleid zu schaden. »Ich danke dir, das bedeutet mir viel.«

In fünf Minuten war es so weit. Ich sah mir im Spiegel entgegen und übte die kurze Rede am Ende meiner Show.

»Hey«, ertönte eine Stimme hinter mir. David erschien im Spiegelbild.

Ich drehte mich zu ihm. »Davy, ich schaff das nicht.«

»Du bist Dizee Roux, natürlich schaffst du das.«

Ich schüttelte den Kopf.

»Hey, sieh mich an«, seine Hände legten sich an meine Arme.

»Du bist selbstbewusst und hast ein großes Talent. All diese Leute sind gespannt darauf. Du wirst ihnen zeigen, dass du zu deinen Kleidern stehst.«

»Was, wenn sie aufstehen und gehen?«

»Also erstens: Du glaubst nicht allen Ernstes, dass jeder von ihnen aufstehen und gehen würde oder? Und zweitens: Wenn welche gehen, dann scheiß auf sie. Nicht jeder muss mögen, was du kreierst. Es wird immer Menschen geben, die daran etwas auszusetzen haben. Konzentriere dich auf die, die an deiner Seite stehen.«

Ich gab ihm einen liebevollen Kuss auf die Lippen. »Danke für alles. Ich liebe dich.«

»Ich liebe dich. Du schaffst das, ich glaube an dich.«

Ich nickte voll neugeschöpftem Mut. Er küsste meinen Handrücken und begab sich wieder nach vorne, wo er sich auf seinen Platz setzte und auf den Beginn der Schau wartete.

Einmal tief ein- und ausatmen.

»Gib mir etwas von deinem Mut, Tami«, flüsterte ich vor mich hin. Ich zog die Schneiderschere aus meiner Hosentasche hervor und betrachtete sie. Die Gravur »Pointu Soie« glänzte nicht mehr, wie vor elf Jahren, als Ashley mir mit der Schere die Haare abschnitt und meine Schulter verletzte. Denn seither habe ich mit ihr all die Kleider geschneidert, die nun vorgeführt werden.

Ich habe dein kleines Geschenk behalten, Ashley.
Und nun sieh dir an, was ich daraus gemacht hab.

Die Beleuchtung verdunkelte sich, die Lichter des Catwalks wurden angeschaltet und die Beleuchtung, die wir genau darüber aufgebaut hatten, gaben ein klares Licht auf den Laufsteg.

Ich schlich mich ganz rechts zum Vorhang, wo ich den Models dabei zusah, wie sie den Walk begannen und damit die Schau eröffneten.

Die erste trug eine neue Variante von dem Kleid, das ich vor einigen Jahren ausschließlich für Tami erstellt habe. Dieses würde ich aber niemals wieder so produzieren oder gar verkaufen. Es würde in meinem Schaufenster stehen, als eine Erinnerung und ein Kunstwerk zugleich. Als Dank an sie, weil sie die Erste war, die an mich und meine Mode glaubte. Ich wünschte, sie könnte das sehen. Sie würde durchdrehen vor Freude für mich. Und natürlich wegen meiner Haute Couture. Meine Kleider waren Meisterwerke, das musste ich zugeben. Aber wie sie bei dem Publikum ankamen, das war die Frage.

Ein weiteres Kleid, an dem ich lange gearbeitet hatte, bekam ihren Auftritt. Es war dunkelrot, mit drei Abteilungen von Rüschen. Die Erste hatte einen leichten Unterrock, die zweite einen stärkeren und die dritte den stärksten, was das Kleid im ganzen voluminös machte. Der obere Part ist enganliegend und wird von einem schwarzen durchsichtigen Stoff verdeckt, der sich von der linken Schulter quer zur rechten Seite der Taille hinzieht, es hatte mehrere Enden, die ich mit schwarzen Federn verziert hatte. Auch am Rücken ist der Stoff befestigt. Von ihm aus geht ein fixierter schwarzer Flügel nach rechts hin, an dem ebenfalls überall schwarze Feder bestickt wurden.

Sah man sich das Kleid also von vorne an, sah man einen Raben, der einen Flügel ausbreitete.

Ein weiteres, dass ich sehr gerne mochte, zierte den Körper des Models, das nun den Laufsteg entlang lief. Es war ein schwarzes, enganliegendes Minikleid, das sich um den Hals schloss. Eine weiße dünne Schleife, etwas asymmetrisch, zierte den leeren Halsbereich. Das Kleid endete quer, denn der Unterrock zeigte eine voluminöse weiße Rose aus Tüll auf der linken Seite. Dazu trug das Model weiße Handschuhe aus Spitze.

Irgendwann waren fast alle Kleider durch, da schlüpfte ich in meines. Ich würde mich unter die Models schleichen und den Walk beenden. Denn dieses Kleid spiegelte mich wieder, ich wollte diejenige sein, die es vorführte.

Als das vorletzte Model vorne posierte, stolzierte ich los.

Ein Raunen entkam der Menge und ich musste meine Freude darüber überspielen.

Ich sah niemanden an, blieb professionell in meiner Rolle, auch wenn ich zu gern den Gesichtsausdruck meiner Freunde gesehen hätte. Zu meinem Glück hatte ich sie dazu angeheuert, es zu filmen, damit ich es mir selbst ansehen konnte.

Ich stand an der Spitze und posierte, präsentierte ihnen mein Kleid.

In rot gehüllt, trug ich ein kurzes Kleid mit einem voluminösen Ballonrock, der eine breite lange Schleppe hinter sich herzog. Alles davon sah aus wie hunderte rote Rosen. Das Kleid schmiegte sich an meine Haut und am oberen Teil zierten Schmetterlingsflügel, die zwar rot waren, aber von schwarzer Spitze verziert wurden und somit das Bild dunkler machten. Leichter schwarzer Tüll ging von den Flügeln aus und wickelte sich um meine Taille, die hinten mit einer Schleife den Abschluss machte.

Ich lief wieder nach hinten. Noch nie hatte ich mich so beim Umziehen beeilt. Vom Kleid raus und in den eleganten schwarzen Hosenanzug hinein, um die souveräne Designerin zu geben, von der alle glaubten, dass ich sie war. Ich selbst war noch nicht ganz davon überzeugt, da ich gerade verdammt nervös war. Meine Hände zitterten schon vor Aufregung. Ich brauchte gleich dringend ein Glas – nein, lieber eine Flasche – Champagner.

Ich betrat den Laufsteg und der Applaus fühlte sich an, wie das größte Lob, das ich je hätte bekommen können.

Wie Regenprasseln an einem gemütlichen Herbstabend.

»Vielen Dank«, sprach ich ins Mikrofon und strahlte breit grinsend in die Menge. Ich wartete, bis der Applaus langsam stiller wurde und versiegte.

»Merci beaucop. Vielen Dank, dass Sie alle gekommen sind. Das war meine erste Kollektion, ich hoffe, sie hat euch verzaubert und inspiriert. Da das hier nicht nur eine Modenschau, sondern auch die Eröffnungsfeier meiner Boutique ist, können Sie gerne noch etwas bleiben und sich am Buffet bedienen – wir haben keine Kosten und Mühen gescheut, um Ihnen das Beste entgegenzubringen. Ich freue mich schon sehr darauf, Ihnen bald noch mehr von meiner Kunst präsentieren zu dürfen. Vielen Dank.«

Erneuter Applaus und mehrere »Wuhus« von meinem Davy, was das Ganze noch herzerwärmender machte. Ich wischte mir lachend eine Träne aus dem Augenwinkel, dann schickte ich der Menge einen Luftkuss und verschwand hinter dem Vorhang.

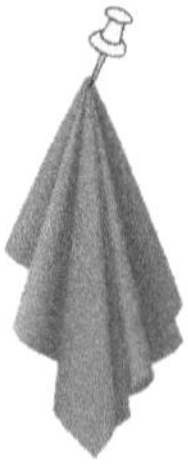
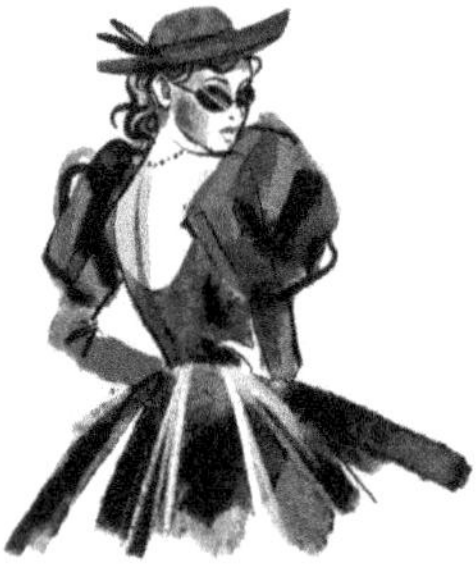
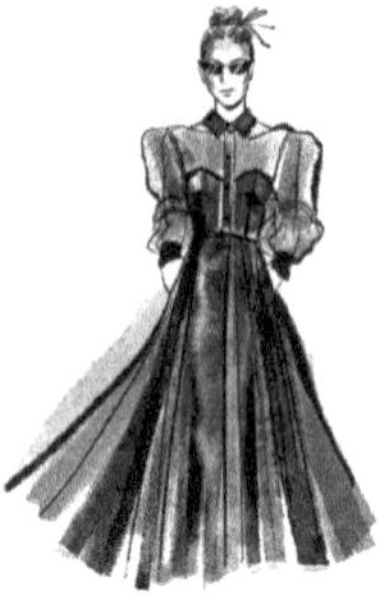
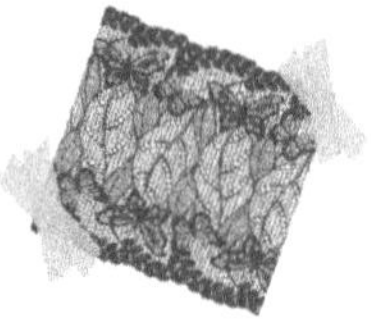
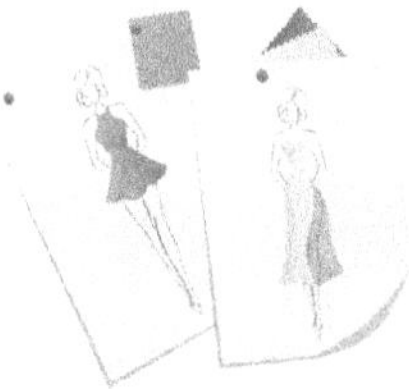
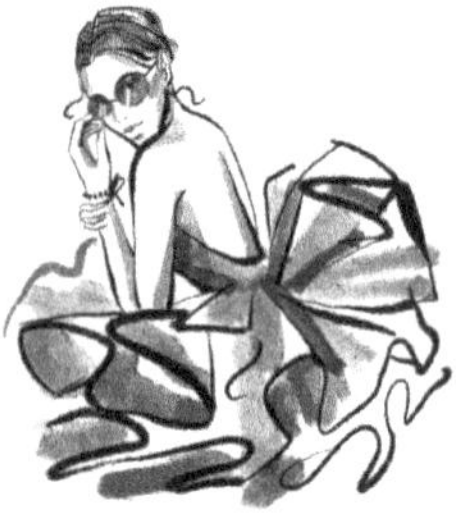
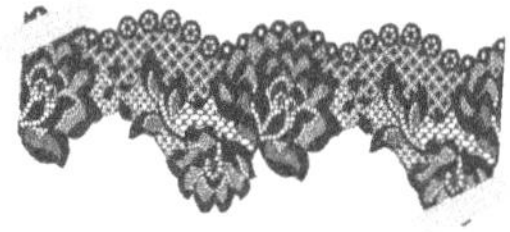
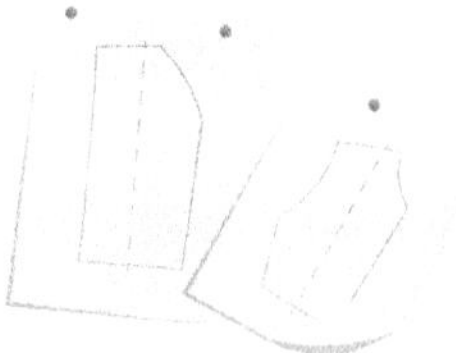
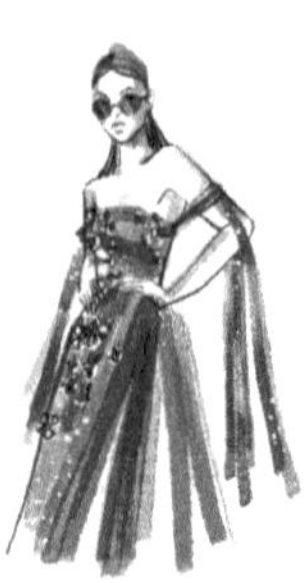
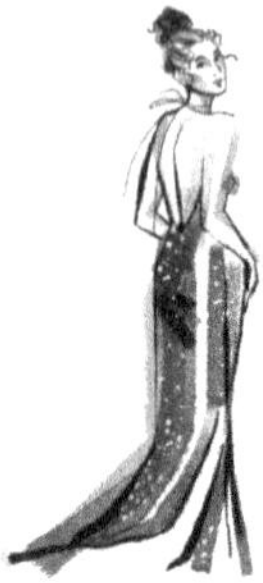
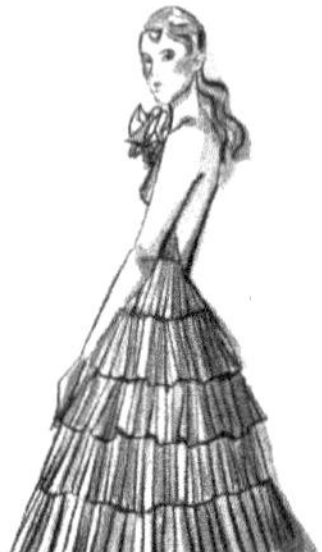

70 Dizee

Wir schalteten die übliche Beleuchtung ein und das Personal, das ich für diesen Abend angeheuert hatte, schob die Stühle beiseite und holte einige Stehtische hervor. Ein paar Kellner und Kellnerinnen begannen den Gästen, die noch geblieben waren, Champagner anzubieten. Ich genehmigte mir selbst ein Glas, ebenso wie all meine Freunde, zu denen ich mich nun gesellte.

»O mein Gott, Dizee, das war unglaublich!«, Summers Begeisterung erfreute mich endlos. Sie drückte mich kurz und quasselte dann weiter.

»Und als du dann das letzte Kleid präsentiert hast, konnte ich es kaum fassen! Du sahst umwerfend aus, diese Kleider sind einfach der Wahnsinn. Gott, ich komme nicht mehr aus dem Staunen heraus. Ich habe noch nie so wunderschöne Kleider gesehen.«

Ich lachte. »Danke, es freut mich, dass es dir so gut gefallen hat.«

»Es hat uns allen Gefallen«, ließ Rus mich wissen und nahm mich ebenfalls in den Arm.

»Ich bin verdammt stolz auf dich und sie ist es sicher auch.«

Tränen brannten in meinen Augen. Ein wisperndes »Danke« entgegnete ich, da ich befürchtete, dass meine Stimme sonst brach.

Auch der Rest meiner kleinen Gruppe lobte mich und meine Modekunst. Gerade als ich mich fragte, wo David steckte, kam er mit zwei älteren Herren zu mir.

Wir gaben uns einen französischen Wangenkuss, dann sagte Davy zu mir, »Du warst einfach großartig, mon amour. Ich wusste, dass du das rocken wirst.«

»Danke, mon cherié.«

»Die beiden hier wollten dich gerne kennenlernen. Das sind Paul und Simon.«

Paul.

Ich sah Paul ins Gesicht und war wie versteinert.

Warum ... warum geschah das *jetzt*?

»Hey Little Daisy.«

Hey? Hey Little Daisy?

Das war das Erste, was er sagte, nach all den beschissenen Jahren?!

David sah mir mein Gesichtsausdruck an und langsam dämmerte es ihm.

»Oh scheiße«, flüsterte er neben mir.

Das hier war meine Eröffnungsfeier, ich würde sicher keine Szene machen, die mich in die Klatschpresse beförderte.

Dennoch, meine Miene blieb hart. Dieser Mann verdiente mein Lächeln nicht.

»Hallo. Dad.«

»Du ... du warst unglaublich da oben, Kleines. Ich kann dir gar nicht sagen, wie stolz ich auf dich bin.«

»Ja, ich bin auch stolz auf mich. Ich habe es allein durch meine Willensstärke und der Hilfe meiner Freunde geschafft, die die einzige wahre Familie sind, die ich habe und je hatte.«

Er nickte sichtlich verletzt.

Simon versuchte die Stimmung wieder zu heben und meinte, »Diese Kleider waren wie aus einem Märchen! Wir haben uns wirklich verliebt. Wenn wir das gewusst hätten, hätten wir unsere beiden Mädchen mitgenommen. Nicht wahr, Paul?«

Wow. Mein Vater war schwul und hatte eine neue Familie.

Und er stand genau vor mir.

Das ist mal eine gelungene Überraschung.

»Ich will, das du gehst«, sagte ich leise zu ihm. »Das ist meine Eröffnungsfeier und du machst sie mir mit deiner Anwesenheit kaputt. Ich weiß, du bist gekommen, um zu reden, aber das ist ganz klar der schlechteste Zeitpunkt dafür. Außerdem habe ich dir nichts zu sagen. Schönen Tag noch.«

Dann lief ich zum Buffet, gefolgt von all meinen Freunden. Nur David blieb bei ihm. Keine Ahnung, was er zu meinem Vater sagte, aber es war mir egal, denn ich sah, wie sie sich zum Ausgang begaben und meinen Laden verließen.

Dizee

Die gestrige Eröffnung war ein voller Erfolg, was mir die Nachrichten und Prominews – ich war in den Prominews! – bewiesen.

Sie schrieben, dass das der neue Laden war, in dem große Stars ihre Kleider für den roten Teppich einkaufen würden.

Kreisch!

Aber nicht nur das, Hyun-jin Chung war da und hat sich mit mir unterhalten. Er war fasziniert von meinen Kleidern, was mich wirklich überwältigte. Er war nämlich ein verdammter Künstler, den ich schon seit vielen Jahre verfolgte und bewunderte. Er meinte, meine Kleider erinnerten ihn an die alten Kollektionen von Chanel, die – unserer Meinung nach – viel besser waren als die heutigen. Ein größeres Kompliment hätte mir dieser Mann nicht geben können.

Viele wichtige Leute unterhielten sich mit mir und waren begeistert. Ich hätte nie mit so viel Anerkennung und Lob gerechnet, es überschüttete und pushte mich mit Selbstbewusstsein.

Kaum zu glauben, dass mein Traum wahr wurde.

»Dizee, können wir darüber reden?«

Ich sah von meinem Smartphone auf, David saß mir am Esstisch gegenüber und legte sein Brötchen weg.

Ich nippte an meinem Chai Latte. »Worüber?«

»Du weißt worüber.«

»Nein, können wir nicht.«

Ich wollte mir nicht anhören, womit mein Vater ihm Honig ums Maul geschmiert hatte.

»Bitte. Du musst ihm doch wenigstens die Chance geben, sich zu erklären.«

»Was soll er denn bitte erklären, huh? Er hat uns verlassen und sich einen Scheiß für mich interessiert. Er war nie da und hat sich nie gemeldet. Meine Mutter ist wegen ihm abgestürzt und ich hatte eine beschissene Kindheit.«

»Er hat mir erzählt, dass es alles ganz anders war, wie du denkst. Ich kann deine Wut nachvollziehen, aber du gibst ihm nicht mal eine Chance.«

»Weil er sie nicht verdient hat.«

»Hatte deine Mutter die Chance verdient, die du ihr geben wolltest?«

Ich wich zurück und wurde blass.

Er schaute entsetzt drein, erschüttert über seine eigenen Worte. »Es tut mir leid. Ich hätte das nicht sagen sollen.«

Ich lockerte meine Schultern und dachte darüber nach.

Davy kam zu mir rüber, hockte sich hin und sah von unten zu mir hinauf.

»Ich habe dich noch nie um etwas gebeten. Mal abgesehen von dem Moment am Flughafen. Tu es für mich, Schatz. Bitte. Rede mit ihm und wenn es dir schwachsinnig vorkommt, was er erzählt, kannst du sofort wieder gehen und ihm eine Abfuhr erteilen. Aber bitte gib ihm eine Chance.«

Wenn ich meinem Vater jetzt nicht die Chance gab und es dann eines Tages zu spät wäre, würde ich es bereuen – das wusste ich genau. Ich sollte nicht das Risiko eingehen, dass es mit ihm genau so ablief, wie mit Maman.

Ich atmete hörbar aus. »Na schön.«

Davy küsste mich an die Schläfe. »Danke, Liebling.«

»Wenn ich heulend nach Hause komme, schuldest du mir was.«

»Natürlich«, entgegnete er, als wäre es selbstverständlich.

Mein Vater hatte David gesagt in welchem Hotel und welcher Zimmernummer er war. Nach dem Frühstück machte ich mich auf den Weg dorthin.

Hoffentlich würde ich das nicht bereuen, aber irgendwie hatte ich bereits ein schlechtes Gefühl, was das anging.

Für David. Nur für David. Verflucht sei er mit seinen glänzend grünen Augen und süßen Grübchen.

Ich parkte mein Auto und lief auf das Hotel zu.

Langsam stieg die Nervosität an.

Der Gedanke daran, sich mit ihm allein zu unterhalten, gab mir kein besonders gutes Gefühl. Ich glaubte nicht, dass er eine vernünftige Erklärung für sein Desinteresse hatte. Mit seinen Taten hatte er doch in all den Jahren schon alles gesagt.

Als ich das Hotel betrat, fand ich problemlos die Aufzüge. Ich drückte den Knopf und wartete darauf, dass der fahrende Stuhl bei mir ankam. Das helle »Ding« ertönte, dann schob sich die Tür zur Seite und offenbarte dasselbe schwule Paar, das gestern in meinem Laden vor mir stand.

»Daisy! Was machst du denn hier?«, freute sich Dad über meine Anwesenheit.

»David hat mich dazu überredet, dir die Chance zu geben, dich zu erklären.«

Er starrte mich still an.

»Also wollen wir?«, fragte ich monoton.

»Ja, ja natürlich. Bis gleich Schatz«, wendete er sich an Simon.

»Sprecht euch aus. Ich bin sehr froh, dass du deinem Vater, die Chance gibst, Daisy«, richtete er sich zum Schluss an mich und ging dann seines Weges.

Er war wirklich nett. Ich konnte nichts gegen ihn sagen.

Mein Vater und ich setzten uns ins Café, gegenüber des Hotels, und bestellten etwas zu trinken. Er einen Kaffee, ich einen Scotch auf Eis, denn den brauchte ich für dieses Gespräch.

»Na dann, fang mal an. Ich höre gespannt zu.«

Dad zögerte nicht und begann seine Geschichte zu erzählen.

»Ich bin damals gegangen, weil ich gemerkt habe, dass ich deine Mutter nicht so liebe, wie ich es einst tat. Als ich ihr die Wahrheit gesagt habe ... also dass ich ...«

»Dass du auf Männer stehst«, führte ich den Satz für ihn fort.

»Ja. Nun ja sie hat mich beschimpft und ist im Allgemeinen auch schon immer ziemlich homophob gewesen, aber bis zu dem Zeitpunkt hab ich das nicht so richtig wahrgenommen. Jedenfalls hat sie den Kontakt zwischen uns beiden untersagt. Wie du weißt, habe ich dir ja dennoch zu jedem Feiertag einen Brief geschickt, aber du hast nie geantwortet, ich dachte -«

Ich richtete mich abrupt auf. »Moment, was?«

»Was?«, Dad war verwirrt.

»Das ist nicht wahr, ich habe keinen einzigen Brief von dir bekommen.«

Die Farbe wich aus seinem Gesicht. »Ich schwöre es bei meinem Leben, ich habe dir zu jedem Feiertag einen geschickt.«

Mein Körper wurde steif. Das konnte doch nicht wahr sein.

Hatte Mom wirklich all die Briefe vor mir versteckt?

»Ich habe dir auch Geschenke geschickt, zum Geburtstag und zu Weihnachten.«

»Ich habe nichts, gar nichts von dir bekommen. Es sei denn ...«

Mir wurde übel. Ich schluckte und versuchte gegen die Tränen, die sich vor Wut bildeten, anzukämpfen.

»Sie hat es sofort verkauft, um an Drogen zu kommen.«

»Drogen? Welche Drogen?«

Meine Augen wurden groß.

»Du wusstest nicht, in welcher Situation wir uns befanden?«

»Daisy, ich habe deine Mutter oft angerufen und wollte mit dir sprechen. Sie behauptete, dass du nichts von mir wissen willst, aufgrund meiner Sexualität genau wie sie. Und auch ihre Mutter bat mich, mich endlich aus eurem Leben rauszuhalten, weil es euch ohne mich besser geht.«

Ich lachte.

Oder weinte ich?

Es war ein Mix aus beidem, der mich wie eine Irre klingen ließ. Diese beiden Frauen haben meine Kindheit wissentlich zerstört.

»Oh Dad ...«, kaum zu glauben, dass ich ihn so nannte. Aber vermutlich war es vernünftig, ihn Dad zu nennen, während ich meine Mutter niemals hätte Mom nennen dürfen. Denn das ist sie nie gewesen.

Mein Vater rutschte aus der Nische und setzte sich neben mich, um mich in seine Arme zu nehmen.

»Es tut mir leid, dass ich nie da war. Aber ich will, dass du ein Teil meines Lebens bist, und ich will ein Teil deines Lebens werden. Ich möchte ab jetzt immer für dich da sein. Ein Vater sein, für dich. Ich hatte wirklich keine Ahnung, was in deinem Leben vorging, als ich nach der Trennung nach New York zog.«

Ich ließ meinen Kopf an seine Schulter sinken und schniefte wie ein kleines Kind vor mich hin.

»Ich will ehrlich zu dir sein, Dad. Es wird ein langer und schwerer Weg. Wir müssen uns erst kennenlernen und unser Vertrauen neu aufbauen. Aber ich wäre froh, wenn es funktioniert.«

Mein Vater lachte und schluchzte zugleich bei meinen Worten. »Das ist das Schönste, was ich seit langem gehört habe.«

Als Dad und ich uns nach einer gewissen Zeit wieder voneinander gelöst hatten, erzählte ich ihm alles, was passiert war, nachdem er uns verließ. Wie Mom mit dem Drogenkonsum begann, dass ich in der Schule fies gemobbt wurde, bis hin zum Kennenlernen mit David und der Verbindung zwischen seinem Vater und meiner Mutter.

»Vom Tod deiner Mutter habe ich gehört«, sagte Dad »ich konnte es kaum glauben. Als ich deine Großmutter anrief, sagte sie mir, dass du nun bei ihr lebst. Aber auch sie wies mich ab und versicherte mir, dass du nun ein tolles Leben hast und mich weiterhin nicht bräuchtest.«

»Mit einer Sache hatte sie recht, das Leben in Sunmond war einer meiner schönsten Zeiten als Jugendliche. Ich hatte eine beste Freundin, die wie eine Schwester für mich war.«

»Warum war?«

Ich sah ihm traurig entgegen.

»Oh Honey, das tut mir so leid«, er nahm tröstend meine Hand. Ich ließ es zu.

»Und dieser David, den du damals kennengelernt hast, ist das derselbe David, den ich gestern kennengelernt habe?«

Meine traurige Miene verwandelte sich in ein Lächeln. Ich nickte.

»Ein wirklich hübscher Kerl.«

»Sowohl von innen als auch von außen«, entgegnete ich.

Dann erzählte er mir, wie er Simon kennenlernte. Simon war der Filialleiter von eines der Chanel-Stores in New York. Durch gemeinsame Freunde kamen sie zusammen und verliebten sich. Dann heirateten sie und adoptieren zwei Zwillingsmädchen, die acht Jahre jünger waren als ich.

»Sie wären ausgeflippt, wenn sie deine Kleider gestern live gesehen hätten.«

Ich lachte. »Das ist schön zu hören.«

»Du hast recht. Es ist allein dein Verdienst. Ich habe nichts dazu beigetragen. Du bist ganz allein zu dieser selbstbewussten, schönen jungen Frau geworden, die ihre eigene Boutique eröffnet hat und ihre eigenen Kleider designt. Ich meine, das ist doch wirklich der Wahnsinn! Aber gerade deswegen bin ich auch so stolz auf dich. Das du trotz der schweren Zeit, zu so jemandem geworden bist.«

»Danke. Es war ein langer Weg, aber ich habe es geschafft. Ich habe mich selbst gefunden und war noch nie so glücklich in meinem Leben.« Zum ersten Mal behauptete ich, dass ich glücklich war, und meinte es ehrlich. Und dieses Gefühl war verdammt schön.

Dizee 72

Nachdem ich mich mit meinem Vater ausgesprochen und versöhnt hatte, fuhr ich nach Hause, wo David mich direkt ausfragte, wie es lief. Er freute sich für mich, da nun die Beziehung zu meinem Vater wieder aufgebaut werden konnte. Doch er war genau wie ich total enttäuscht über das Verhalten meiner Großmutter, und nachdem ich mich bei ihm darüber ausgekotzt hatte, fasste ich den Entschluss sie damit zu konfrontieren. Sie sollte ein Mal in ihrem Leben ehrlich zu mir sein. Ich wollte die Wahrheit wissen, und zwar von ihr persönlich.

David ließ mich allein in meinem Arbeitszimmer und gab mir etwas Privatsphäre für das folgende unschöne Familiengespräch.

»Bonjour Dizee, mein Schatz«, begrüßte mich meine Oma.

»Salut, grand-mère. Ich muss dringend mit dir reden.«

»Ich habe Zeit. Was gibts denn?«

»Ich hatte heute ein Gespräch mit Papa.«

Einige Sekunden war es ganz still, dann antwortete sie, »So? Und was war seine Entschuldigung dafür, dass er dich und deine Mutter verlassen hat?«

»Er hat zu sich selbst gefunden und gemerkt, dass er Maman nicht so liebt, wie sie ihn. Doch darum geht es nicht.«

Ich wollte gerade weitersprechen, doch Grandma kam mir zuvor.

»Nicht so geliebt, wie sie ihn? Der Mann ist von heute auf morgen homosexuell geworden und hat einen anderen Mann geheiratet. C'est vraiment dommage! «

»Wie kannst du nur sowas sagen?«

»Wie bitte?«, fragte sie hörbar entsetzt, dass ich meinen Vater verteidigte.

»Liebe ist Liebe. Das Herz sucht die Person aus, die man liebt. Ich finde es unmöglich, dass du Papa gegenüber so unverständlich bist.«

»Dizee Roux!«, mahnte sie.

»Nein, Grandma. Du hörst mir jetzt zu, was ich zu sagen habe, und bist still.«

Kein Ton mehr. Na also.

»Ich bin dir sehr dankbar dafür, dass du mich aufgenommen und dich um mich gekümmert hast, als Maman nicht dazu fähig war. Aber seit ich bei dir gelebt habe, hast du mich immer nur angelogen. Ich habe jemanden gebraucht, dem ich vertrauen kann, aber auch du hast mich da letztlich nur enttäuscht. Du hast gesagt, Maman will nichts von mir wissen, dabei war sie in Wirklichkeit gestorben. Ich war nicht bei ihr, nicht auf der Beerdigung und ich hatte bis vor kurzem keine Ahnung, dass ich meine Mutter verloren habe! Ich hätte die ganze Zeit meinen Vater haben können, aber Maman hat die Briefe und Geschenke von ihm versteckt, nicht wahr?!«

Wieder war es still. Aber ich gab ihr die Zeit, zu überlegen, ob sie mir gegenüber endlich ehrlich antwortete.

»Ja, das ist wahr. Alles, was dein Vater dir geschickt hat, hat sie mir zukommen lassen. Nun ja, alle Briefe. Die Geschenke hat sie verkauft. Zumindest die, die genug Geld eingebracht haben.«

Langsam fiel ich vom Glauben ab.

Mein Mund stand tonlos offen.

»Du hast die Briefe von Dad die ganze Zeit über bei dir gehabt?! Ich hätte sie lesen können? Ich hätte einen Vater haben können?!«

Ich erwartete keine Antwort auf diese Frage, jeder kannte die Antwort. Doch mein Entsetzten ließ sich nicht verbergen.

Ich hörte meine Oma schlucken und ihre Stimme zittern, als sie antwortete, »Ja. Ja, das hättest du.«

Tränen flossen mir still übers Gesicht. Ich hasste es, wenn sich meine Wut in Tränen wandelte.

»Wie konntest du mir das antun? Du und Maman habt mir meinen Vater weggenommen. Du wusstest, wie schwer ich es bei Maman hatte, und dennoch hattest du kein Mitleid mit mir. Ich hatte keine Eltern mehr, weil ich dachte, dass nun beide nichts mehr von mir wissen wollten. Ich habe mich gefragt, was mit mir nicht stimmt. All die Jahre, dachte ich, ich sei nicht liebenswert genug, bis ich Tami traf und selbst dann hatte ich manchmal noch solche Gedanken. Das alles hätte mir erspart bleiben können.«

»Ich wollte dich nur beschützen, Dizee!«

»Wovor?! Vor einem Mann, der Teil meines Lebens sein wollte und scheinbar voller Liebe war? Nur, weil er verdammt nochmal einen Mann liebte? Sag mal, kommst du dir nicht bescheuert vor?!«

»Dizee!«

Ich hatte noch nie in so einem Ton mit meiner Großmutter gesprochen. Das lag jedoch daran, dass ich dachte, ich könnte ihr vertrauen. Nun, wo dem nicht so war und meine Wut überkochte, war es mir egal, wie ich mit ihr sprach. So sehr wie sie mich verletzt hatte, konnte ich ihr nicht weh tun. Nicht mal ansatzweise.

»Ich will, dass du mir alles von meinem Vater schickst, was du hast. Wenn ich es in den nächsten Wochen nicht erhalte, komme ich persönlich nach Sunmond und hole es ab. Meine Postanschrift findest du auf der Website meines Geschäfts.«

»In Ordnung«, sagte sie nur.

»Ich danke dir, dass du mich aufgenommen hast. Aber mehr auch nicht. Du hast immer mit Maman entschieden, wer Teil meines Lebens sein soll. Heute bin ich alt genug, um selbst zu entscheiden, wer gut für mich ist. Ich werde wieder einen Vater haben. Aber ich will nichts mehr von dir hören.«

»Dizee, es tut mir leid. Aber ich wollte dich nur beschützen.«

Sie sagte zwar, dass es ihr leidtat, doch ihrer Stimmlage nach, war auch das gelogen. Es klang eher nach, »*Es tut mir leid, dass es mir nicht leidtut, aber auch das tut mir nicht leid*«.

Sie hielt ihren Weg für den richtigen, doch sie hatte sich mehr als geirrt.

»Ich glaube dir nicht«, entgegnete ich monoton. »Und um dir diesen angeblichen Verlust leichter zu machen, habe ich noch eine Info für dich: Ich bin bisexuell und habe schon mit so einigen Frauen geschlafen. Au revoir, grand-mère.«

»Hahaha! Das hast du wirklich gesagt?«, lachte David.

Ich nickte, »Und dann einfach aufgelegt.«

»Oh Gott, hoffentlich bekommt sie keinen Herzinfarkt von dieser Neuigkeit.«

»Sie ist total fit und hart im Nehmen. Ich glaube kaum, dass sie das umbringen wird.«

Dave setzte sich zu mir aufs Sofa und nahm mich in seine Arme. »Du hast das Richtige getan, so schwer dieser Schritt auch war. Ich bin stolz auf dich.«

Ich kuschelte mich an seine Brust. »Danke.«

Nach einer Woche kam das Paket von meiner Großmutter bei mir in der Boutique an. Da ich den Laden öffnen musste, sah ich mir den Inhalt erst nach Ladenschluss an. Mich überkam ein Gefühl des Glücks, als ich die vielen Briefumschläge sah. Sie waren alle ungeöffnet, was mich nur noch glücklicher stimmte. Ein paar ausgepackte Geschenke waren auch enthalten. Darunter war ein Schlüsselanhänger, der die Form eines Gänseblümchens hatte. Eine rote Rose, die ewig hielt, war auch darin verpackt. Sogar Stoffe und Nadeln sowie ein Nadelkissen und ein Fingerhut. Schon beim ersten

Blick auf die Stoffe, floss die Inspiration und in meinem Kopf entstanden Ideen von Kleidern und Männermode, die ich bald entwerfen wollen würde. Ich packte die Kiste in meinen Kofferraum und fuhr nach Hause, wo ich einige von den Briefen zu lesen begann. Mit jeder Zeile spürte ich, dass ich ihm fehlte und er mich mehr liebte, als ich mir je hätte vorstellen können. Zu Tränen gerührt, saß ich da und genoss das Gefühl, dass das Kind in mir doch von jemandem geliebt wurde. Papa und ich würden es sicher schaffen, uns wieder näher zu kommen, wenn nicht sogar die besten Freunde zu werden.

73
Dizee
Juli 2025

Die Sonne stand hoch am Himmel und ließ das weite Meer wie blaue glitzernde Kristalle leuchten. Der Wind pustete mir die Haare durchs Gesicht und ließ mein leichtes Sommerkleid fliegen. Da ich sowieso einen Bikini darunter trug, gab es nichts zu verstecken. Unsere kleine Gruppe hatte sich dazu entschieden heute zu segeln und es war die beste Entscheidung, die wir hätten treffen können.

Ich war noch nie segeln, geschweige denn mit irgendeiner Art Boot auf dem weiten Meer. Es war einfach atemberaubend. Dieses Gefühl, die Aussicht. Man fühlte sich frei. Als könnte einen nichts mehr aufhalten.

Heute stand ich hier und konnte ehrlich behaupten, dass ich wirklich glücklich war mit mir und meinem Leben. Ich hatte meinen Laden, den ich »La Boutique de Mariposa« genannt hatte, vor drei Monaten mit einer Modenschau eröffnet.

Und was sollte ich sagen?

Mein Talent wurde sofort erkannt und geschätzt. Der Laden boomt und sieht noch schöner aus als in meiner Vorstellung. David und ich hatten ihn zusammen mit unseren Freunden eingerichtet. Ich hatte alles ausgewählt und gekauft. Deko, Kleiderständer, Lampen, Ankleidepuppen. Welche Farbe der Boden und die Wände haben sollten. Einfach alles. Und nun war das alles wahr geworden.

Mein Traum war wahr geworden. Es gab nichts, worüber ich mich beschweren konnte. Mit dem Strippen hatte ich im Februar aufgehört. Es gab so viel zu tun, was die Boutique betraf, und ich hatte noch jede Menge Kleider vor der Eröffnung fertigstellen müssen. Die Zeit und Energie war dafür nicht mehr vorhanden und ich konnte nun auch ohne das Tanzen genug Geld verdienen. Auch, wenn es mir etwas fehlte. An meinem letzten Tag im Club hatte ich Summer wie versprochen mitgenommen, sie in ein Outfit gesteckt und an der Stange tanzen lassen. Dass sie keine Figuren daran machen konnte, war klar, das erforderte Übung. Aber sie war eine fabelhafte Tänzerin und wahnsinnig sexy. Unsere Freunde saßen wirklich in der ersten Reihe und jubelten uns beiden zu. Warfen gespielt lustig Geld auf die Bühne, wenn wir dran waren. Ich musste sofort schmunzeln, wenn ich daran zurückdachte. Diese kleine Gruppe war die beste Familie, die ich je hatte – zusammen mit Tami.

»Woran denkst du?«, riss David mich aus meinen Gedanken.

»Ach an nichts. Ich genieße das hier nur.«

David schloss mich von hinten in seine Arme und küsste mich an der Schläfe. Ich entspannte und lehnte mich gegen seinen Körper. So standen wir einige Minuten ruhig da und genossen einfach den Moment. Die Ruhe, wir beide allein und der weite Horizont, der uns alles bot, was wir uns erhofft hatten – ein schöne Aussicht in der Ferne für uns beide zusammen.

Musik spielte im Hintergrund, als David sagte, »Komm, gehen wir zu den anderen. Es gibt etwas zu feiern.«

»Ach ja? Was denn?«

»Warte ab.«

Mit unseren bunten Cocktails liefen wir zum Bug des Boots. Syd und Trevor unterbrachen ihre Unterhaltung, als sie uns auf sie zukommen sahen.

»Hey, wo wart ihr Turteltauben denn?«, fragte Trevor.

»Ach nur mal kurz unter uns«, antwortete Davy.

»Ja ja, ich weiß genau was das heißt.«

Ich lachte. »Gott nein, wirklich nicht! Meinst du, mein Lippenstift säße noch so perfekt, nach dem Sex mit ihm?«

Trevor und Syd lachten.

»Warum gesellen wir uns nicht zu Rus und Summer?«, fragte Syd und wollte schon auf die beiden zugehen, als David sie aufhielt.

»Noch nicht.«

Langsam dämmerte mir, was hier vor sich ging.

Und genau dann kniete Rus vor Summer.

»Summer Joy Atkins. Deine Eltern haben sich den besten Namen für dich ausgesucht, denn du bist wirklich die größte Freude im Sommer, die ich fühlen durfte. Ich habe es geschafft, meinen Kummer hinter mir zu lassen. Habe es geschafft, mir zu verzeihen und weiterzuleben. Aber ich habe keine Liebe mehr zugelassen. Ich konnte es nicht. Es war, als wäre etwas in mir kaputt gegangen. Aber das war gut so, denn das bedeutete nur, dass ich noch nicht die Richtige gefunden habe. Und dann kamst du.«

Mein Herz schmolz dahin bei Cyrus' Worten.

»Du hast mich sofort in deinen Bann gezogen. Hast mich in dem Meer der Liebe, das in deinen Augen ist, ertrinken lassen. Und es war noch nie so schön, zu ertrinken. Ich weiß, dass du es bist Summer. Ich fühle es. Und deswegen möchte ich keine Zeit verschwenden und dich fragen ...«

Er holte eine Muschel aus seiner Hosentasche und öffnete sie.

»Willst du mich heiraten und somit meine Frau werden?«

Der Kloß im Hals ließ sich nicht runterschlucken, deswegen schluchzte ich leise vor mich hin und merkte, wie mir Tränen kamen. Als Summer Rus' Frage – selbstverständlich – mit Ja beantwortete und er den Ring über ihren Finger zog, jubelte David laut. Trevor pfiff und wir alle klatschten vor Freude für sie.

Ich nahm Cyrus als Erste in den Arm und gratulierte ihm herzlich.

»Danke, es bedeutet mir viel, dass du dich für uns freust.«

»Natürlich tue ich das«, erwiderte ich.

Es gab keinen Hass, keinen Zorn mehr in meinem Leben.

Und das war mehr als befreiend.

Nachdem Syd Summer gratuliert hatte, tat ich es ihr gleich und gab ihr einen Kuss auf die Wange. Wir drei waren zu besten Freundinnen geworden. Ein Leben ohne die beiden war nicht mehr wegzudenken.

»Zeig her! Wenn Scott dir keinen ordentlichen Ring gekauft hat, werde ich es tun«, sagte ich und forderte ihre linke Hand.

Oh verdammt. Der Ring war traumhaft. Sehr einzigartig – passend zu Summer. Kein Standardring mit einem fetten Klunker oben drauf. Nein, er war aus Weißgold und statt einem fetten Klunker prangte eine weiße Perle in der Mitte des Rings, umgeben von kleinen Diamanten.

Du hast dich selbst übertroffen, Scotty.

»Wow«, kommentierte ich.

»Nicht wahr?«, quiekte Summer überglücklich.

»Sydney, willst du meine- «

Syd unterbrach Summers Frage, »Nein. Ich finde, Dizee sollte deine Trauzeugin werden.«

»Was?«

»Im Ernst. Es ist total okay. Bitte sei du Summers Trauzeugin.«

Ich wollte sie am liebsten Fragen, ob es an ihren Gefühlen für Summer lag oder ob sie bloß nett sein wollte. Vielleicht war es auch eine Mischung aus beidem.

»Dizee? Willst du?«, fragte Summer.

Erneut kamen mir Tränen. »Natürlich werde ich deine Trauzeugin!« Wieder umarmten wir uns fest, beide am Heulen, genau wie vor wenigen Monaten auf der Filmpremiere.

Summer Joy wurde wirklich meine beste Freundin und ich würde ihre Trauzeugin sein, wenn sie Cyrus heiratete.

Vor einem Jahr war all das hier eine unvorstellbare Zukunft.

Doch jetzt?

Ich weinte Freudentränen für meine Freunde, hatte ein unbeschwertes Leben und den einen Mann an meiner Seite, den ich immer an meiner Seite haben wollte.

David Del Gazzio. Der, der gerade auf mich zukam und mich von Summer wegnahm.

»Ich liebe dich, Daisy.«

Er küsste meine rot bemalten Lippen.

»Ich liebe dich, nicht nur, weil du verdammt heiß und die schönste Frau auf dieser Welt bist. Ich liebe dich, weil du Du bist. Deine Art, dein Wesen, dein Charakter. Mit jedem Mal bin ich fasziniert davon, was für ein Mensch zu bist. Ich liebe dich einfach. Und bei jedem Lächeln liebe ich dich noch etwas mehr. Bis ins Unermessliche.«

»O David. Ich weine doch schon und du machst es nicht besser!«

Er lachte auf.

»Es gibt niemanden, der jemals so schöne Dinge zu mir gesagt hat. Ich liebe dich auch, so so sehr.«

Kurz kam mir ein Gedanke, weshalb er all das gesagt haben könnte.

»Du machst mir jetzt aber keinen Antrag oder? Wage es bloß nicht, das ist Summer und Cyrus' Tag.«

»Keine Sorge. Ich mache dir heute keinen Antrag.«

Bei dem Wort »heute« stahl sich ein leichtes Lächeln auf meine Lippen.

»Aber lange halte ich es nicht mehr aus.«

Nun war ich es, die auflachte.

»Da bin ich ganz bei dir. Ich weiß, dass ich auf ewig mit dir zusammen bleiben will. Also warum noch warten. Nicht wahr?«

Er nickte und berührte meine Lippen mit einem liebevollen Kuss.

»Wir beide haben lange genug aufeinander gewartet. Das Warten hat ein Ende. Unsere Zeit ist jetzt.«

Epilog
Dizee
3 Jahre später

Mein elegantes schwarzes Kleid saß wie angegossen. Meine langen Haare hatte ich zu einer Hochsteckfrisur aus meinem Gesicht verbannt, damit meine diamantenbesetzten Ohrringe funkelten und alle Neider erblinden ließen.

Ich stieg in meine Pumps von Dolce & Ghabana, packte meine Clutch und lief ins Schlafzimmer, wo David den dritten Versuch wagte, seine Krawatte zu binden.

»Komm her, ich mach das, Schatz.«

Er seufzte. »Ich werde es einfach nie lernen.«

»Das liegt daran, dass du es nicht lernen willst.«

»Da hast du Recht. Ich habs lieber, wenn du das machst.«

Ich grinste. »So, fertig.«

»Danke, mon ceur«, sagte er und drückte mir einen Kuss auf die Lippen. »Mein Glück, dass du wasserfesten Lippenstift trägst.«

»Jetzt noch. Wenn ich gleich was gegessen habe, war's das mit dem *wasserfest*.«

Ich wollte mich wieder von ihm entfernen, doch David packte mich an der Hand und bedeutete mir, mich unter seinem Arm her zu drehen.

»Du siehst mal wieder hinreißend aus.«

»Merci«, antwortete ich mit einem leichten Knicks.

»Vielleicht sollten wir doch hierbleiben, damit ich dir das Kleid direkt vom Körper reißen kann«, brummte er und begann sich an meinem Hals hinunter zu küssen, bis zu meiner Narbe am Schlüsselbein.

»Non«, erwiderte ich streng. »Du musst dein Versprechen wahr machen.«

Er lachte. »Natürlich. Ich kann dich auch danach als mein persönliches Dessert verspeisen.«

David warf sich sein Jackett über. Dann stiegen wir in seinen Mustang und fuhren los.

Es war bereits dunkel und der Himmel gab eine klare Sicht auf die glitzernden Sterne. Es dauerte nicht allzu lange, bis wir das Restaurant »*like Blossoms*« erreichten. Der Name passte perfekt, denn die Portionen waren tatsächlich so klein wie der Blütenkopf einer Blume, jedoch auch genau so zart und wunderschön.

Das edle Restaurant für reiche abgehobene Leute, an der Ecke, an der David und ich uns immer trafen. Das Restaurant mit der wunderschönen Rosenranke an der Mauer. Zwar waren David und ich nun genauso reich, wie die Menschen, die hier aßen. Aber ich würde uns niemals als abgehoben bezeichnen. Wir sind nie geizig, geben denen die nicht so viel haben etwas zurück und sind beide auf dem Boden geblieben, denn wir kennen auch die andere Seite. Ein Leben, in dem man eben nicht so viel besaß. Ein Leben in Armut. Deswegen spendeten wir auch regelmäßig an Organisationen, die drogensüchtigen Menschen wieder auf die Beine half.

Umso dankbarer sind wir dafür, wo wir heute standen.

Ganz der Gentleman, der David war, parkte er das Auto und befahl mir, sitzen zu bleiben, damit er mir die Tür öffnen und seine Hand reichen konnte.

Ich kicherte, »Ich liebe dich, weißt du das?«

»Hab ich schon einige Male gehört, ja. Aber ich kann mich nicht daran satthören.«

Hand in Hand liefen wir über den Parkplatz hinein in das exklusive Lokal. Schon am Eingang hatte es mir die Sprache verschlagen vor Schönheit. Doch als unsere Bedienung uns zu unserem reservierten Tisch führte und wir den Speiseraum betraten, traute ich meinen Augen nicht. War das hier ein Traum?

Die Einrichtung war einfach atemberaubend. Geschmackvolle Kunstgemälde reihten sich an den Wänden auf, ebenso wie Lampen, die den Saal in ein gedimmtes Licht hüllten. Über uns hingen Kronleuchter, die aus einem Schloss sein könnten. Kerzenständer waren auf allen Tischen verteilt, was das ganze Ambiente noch romantischer machte, als es ohnehin schon war.

Wir hatten einen gemütlichen Platz relativ in der Mitte des Raumes. Sah man von unserem Tisch aus nach links, war dort eine kleine Tanzfläche sowie eine Bühne, wo gerade ein Pianist die Tasten seines Instruments mit leichten Anschlägen streichelte.

David schob meinen Stuhl zurück, ich setzte mich dankend, konnte meinen Blick aber nicht vom Klang des Pianos losreißen. Mein Liebster setzte sich vor mich und die Bedienung fragte sofort, »Welches Getränk darf ich dem Herren und seiner schönen Begleitung denn bringen?«

Verdammt, der Laden gefiel mir immer besser.

Er reichte uns die Speisekarte, als David antwortete, »Wir nehmen eine Flasche Chateau Margaux, nicht wahr, mon amour?«

»Oui, vielen Dank Monsieur.«

»Sehr gerne. Kommt sofort.«

Damit eilte er davon und wir blätterten in der Karte herum. Selbst das Essen klang schon exklusiv und teuer. Ich musste die Preise nicht mal sehen, um zu wissen, welche Preisspanne das Essen hier hatte.

Der Kellner kam mit zwei großen Weingläsern und unserer bestellten Flasche zurück. Er schüttete erst mir etwas ein, dann David. Daraufhin bestellten wir unser Essen. Ich wusste jetzt schon, dass diese Portion mir nicht genügen würde. Es wäre sicher ein kleiner Klecks in der Mitte meines großen Tellers, der so schön dekoriert werden würde, dass man es nicht mal essen wollte. Und dafür meine Damen und Herren, zahlten Menschen mehrere hundert Dollar. Aber

David und ich hatten uns das Versprechen gegeben eines Tages hier gemeinsam essen zu gehen. Und ich hätte nie geglaubt, dass wir je in der Lage wären, dieses Versprechen wahr zu machen. Also genoss ich es, ein Gericht essen zu können, dessen Preis eine Unverschämtheit war.

Während wir aßen, kam David auf das Thema Kinder und fragte mich, »Wie würdest du deine Tochter nennen?«

Die Frage war leicht zu beantworten.

»Tamara Rose«, schoss ich heraus.

Er lächelte. »Der Name ist perfekt.«

Ich lächelte zurück. »Und wie würdest du deinen Sohn nennen? Und sag jetzt nicht Cyrus.«

Er lachte auf. »Nein. Ich denke, ich würde ihn gerne Dastan nennen wollen.«

»Warum?«

»Es klingt ähnlich wie das spanische Wort »Destino«, was Schicksal bedeutet. Und die ganze Geschichte mit dir ist vom Schicksal geprägt. Ich kann es mir nicht anders erklären. Wir beide sind füreinander bestimmt. Tief in mir spüre ich die Verbindung zu dir und ich habe sie auch dann noch gespürt, als wir all die Jahre getrennt voneinander waren. Wir beide sind seelenverwandt.«

Ich blinzelte die Tränen weg und nahm über dem Tisch seine Hand in meine.

»Das sind wir, Davy. Ich spüre es auch. Habe es immer gespürt.«

Wir genossen unser arschteures Essen in vollen Zügen und tranken die Flasche leer. David gab aus, obwohl abgesprochen war, dass wir uns die Rechnung teilten. Ich beließ es jedoch mit ihm zu diskutieren, das würde ohnehin nichts bringen.

Mit gesättigtem Magen holten wir meinen Mantel und sein Jackett von der Garderobe. David half mir in den Mantel, als er plötzlich sagte, »Ach Mist, ich hab etwas vergessen. Geh du doch schon mal raus, ich komme sofort.«

Ehe ich fragen konnte, was so wichtig war, sputete er sich. Dennoch lief ich zum Ausgang und trat nach draußen.

Überrascht blieb ich stehen, als die Tür hinter mir ins Schloss fiel. Normalerweise erleuchteten die Straßenlaternen den Weg, doch ich war gefangen von Dunkelheit. Nur der Mondschein und das Schimmern der Sterne hielten als Lichtquelle her.

Als ich ein paar Schritte ging, spürte ich etwas unter meinen Absätzen. Ich schaute auf den Boden, konzentrierte mich und versuchte, in der Dunkelheit etwas zu erkennen, aber alles war verschwommen.

Und dann, wie vom Blitz getroffen, erleuchtete über mir eine Lichterkette und Batteriebetrieben Lampen in Form von Kerzen, die rechts und links auf dem Weg zum Eingang positioniert wurden. Auf dem Weg waren bunte Rosenblätter und auch ganze Rosen verstreut worden.

Es näherten sich mehrere Schritte, da richtete ich meinen Blick wieder auf.

Rus, Summer, Syd und Trevor kamen mit Laternen auf mich zu. Um Rus' Hals baumelte eine Spiegelreflexkamera.

So langsam dämmerte mir, was hier geschah ...

»Hey Dee!«, begrüßte mich zuerst Rus und dann der Rest.

Ich nahm jeden von ihnen einmal in den Arm.

»Was macht ihr denn hier?«

»Wir bereiten dir eine Freude«, antwortete Summer nur gelassen.

Links standen Rus und Trevor und rechts gegenüber von ihnen Summer und Syd. Alle von ihnen blickten gen Himmel. Verwundert sah auch ich hinauf.

»Wohin schaut ihr?«

Ein paar Sekunden verstrichen, da bekam ich die Antwort von dem Feuerwerk, das hinauf sauste und mit ihrer Explosion am Himmelszelt funkelte.

Noch weitere Raketen schossen in den Himmel. Meine Augen ließen sich nicht davon abwenden, da das Farbspektakel so faszinierend war. Doch nun flogen die Dinger nicht nur in die Luft. Sie zeichneten Bilder mit ihren Flammen.

Eine Rose. Ein Pinsel. Eine Schere.

Und dann tauchten die ersten Worte auf ...

Willst. Du. Mich. Heiraten.

Meine Tränen waren schon nur aufgrund des Feuerwerks und wegen der atemberaubenden Location ganz feucht. Doch nun klopfte mein Herz wie wild gegen meinen Brustkorb. Noch nie hatte ich so etwas empfunden. Nie prickelte mein Inneres so vor Glück, als würden minimale Blitze durch meinen Körper schießen. Elektrisierende Stränge, die mit meinem Blut fließen.

Meine Freunde richteten ihre Blicke hinter mich. Da drehte auch ich mich um.

Und da stand David.

Gott, passierte das wirklich?

Neben ihm eine Staffelei, auf der eine bedeckte Leinwand wartete, präsentiert zu werden.

»Daisy ...«

Ein Schluchzen entfuhr mir, obwohl er noch gar nicht mit seiner Ansprache begonnen hatte. »Entschuldige ...«

Er lächelte leicht. »Du musst dich nicht entschuldigen, niemals, wenn deine Tränen vor Freude fließen. Aber auch nicht, wenn sie durch Trauer hervorgerufen werden. Ich bin immer da, um sie fortzuwischen.«

Meine Freudentränen verschwammen meine Sicht. Auch als ich sie los wurde, kamen wieder neue dazu.

»Seit dem Tag, an dem ich mich getraut habe, dir zu helfen, habe ich nichts weiter getan, als dir ein Freund zu sein. Es war nichts, was du nicht verdient hättest. Nichts, was du dir erarbeiten müsstest. Niemals hättest du dich fragen dürfen, womit du Gutes verdient hattest.

Es war so klarersichtlich. Du bist ein guter Mensch, dem schlechtes widerfahren ist. Eine Frau, die man so weit gebracht hat, dass sie glaubt, sie müsse sich fragen, ob sie Gutes verdient hat. Aber das war früher. Heute ...«

Er machte eine Pause und deutete auf seine Leinwand. Dann packte er das Tuch und enthüllte sein Kunstwerk.

Ich fasste mir ans Herz.

Das Bild, an dem er gemalt und mir nie gezeigt hatte, seit ich bei ihm eingezogen war.

Das war ich. Es war ein Porträt von mir.

Während mein Gesicht in Schwarz und Weiß seitlich porträtiert wurde, umgaben mich alle bunten Farben, wie ein Feuerwerk im Hintergrund. David hatte sich wieder selbst übertroffen. Künstler durch und durch.

»Heute siehst du dich endlich so, wie ich dich sehe«, beendete er seinen Satz und ein Wasserfall brach aus meinen Augen heraus.

»Ich weiß, in dir steckt noch das kleine Mädchen, das in Gedanken an ihre Vergangenheit weint. Aber sie ist lange nicht so präsent, wie die Frau, die heute aus ihr geworden ist. Dieses kleine Mädchen blickt mit dir in den Spiegel und ist verdammt stolz auf dich. Nicht nur das. Sie ist wahrscheinlich sogar total begeistert, genau wie ich. Wie wir alle.«

Das Einzige, was ich tun konnte, war ihm zuzuhören und sein Talent an der Leinwand zu betrachten.

Und zu weinen.

Denn jetzt kniete er vor mir und holte eine kleine Schatulle aus seinem Jackett.

»Dizee Roux, es ist der Tag gekommen, die Zeit gekommen, in der ich all meine Versprechen dir gegenüber wahrmachen kann. Nummer eins war, dich in dieses Restaurant auszuführen. Die Reise nach Teneriffa kommt auch bald. Aber zuerst verspreche ich dir hiermit, weiterhin die Gewitterwolken zu verjagen, die in unserem Leben sicher noch eintreffen werden. Ich will immer für dich da sein und dich zum Lachen bringen, weil ich in meinem Leben noch nie etwas so Schönes gesehen oder empfunden habe, wenn du lachst. All die Jahre waren wir miteinander verbunden, aber dennoch getrennt. Das soll nie wieder so sein, denn diese Zeit war trist und grau, während jede Sekunde mit dir ein abstraktes Gemälde voller bunter Farben ist. Wie du gesagt hast, bist du mein Licht und ich deine Reflexion, die alles um dich herum in bunte Farben hüllt. Glaub mir, wenn ich dir sage, dass ich nichts lieber mache, als dein Leben zu bemalen, es zu gestalten mit Nuancen, Kreativität und Licht, das nur reflektiert und keine Dunkelheit zulässt. Aber auch die Schattierungen werden uns das Glück auf unserem Gemälde nicht nehmen können.«

Ich gab ein lachendes Geräusch von mir gepaart mit einem Schluchzen.

Er lächelte. »Da ist es wieder. Gott, wie ich es liebe«, sprach er über mein Lachen und ich verliebte mich neu in ihn.

»Ich werde dir alles Glück dieser Welt versprechen, wenn du ja sagst. Wenn du meine Frau werden willst, Daisy.«

»Seit du mich damals in der Schule in den Arm genommen und meine Tränen fortgewischt hast, wusste ich, dass ich dich heiraten will, Davy.«

Seine Lippen verwandelten sich in einen Schmollmund und er wischte sich mit dem Handrücken über seine Augenwinkel, um die Tränen nicht fließen zu lassen.

»Ja, ich will deine Frau werden. Mehr als alles andere auf dieser Welt.« Ich streckte ihm meine linke Hand entgegen, dann streifte er mir den weißgolden Ring über meinen Finger. Sobald er sich erhob, sprang ich in seine Arme.

Unsere Freude applaudierten und pfiffen freudig.

»Ich liebe dich so sehr«, seine Stimme brach vor Freude.

»Und ich liebe dich«, auch meine Stimme war belegt von dem Kloß in meinem Hals.

Um das zu feiern, traten wir wieder ins Restaurant. Da sprach der Pianist ins Mikro, »Für das verlobte Paar.«

David hatte wirklich an alles gedacht.

Der Pianist spielte einen Song von GIMS, jedoch langsam. Im Ton des Klaviers klang es wirklich wie ein Lied, zu dem man Tango tanzen konnte.

»Darf ich meine Braut in spe um einen Tanz bitten?«

Ich grinste über beide Ohren. »Und wie du das darfst, Ehemann in spe!«

Das Tanzen war lange her, darum freute ich mich sowas von über diese Überraschung.

Scheiße, ich war mit David verlobt und tanzte nun heiß und romantisch in einem überteuerten Restaurant mit ihm.

Ich war ein verdammter Glückspilz und lebte meinen Traum.

Auch unsere Freunde schwangen ihren Hintern auf die Tanzfläche und hatten ihren Spaß.

»Dizee, wie du dich bewegst ...«, raunte David mir ins Ohr.

Ich kicherte leise. »Zuhause zeige ich dir, wie gut ich mich wirklich bewegen kann.«

»Oh, das weiß ich doch, Baby, aber ich bin jedes Mal erneut fasziniert von dir.«

»Und ich bin jedes Mal erstaunt darüber, wie viel Liebe du mir geben kannst.«

Wir küssten uns sanft aber voller Liebe, während wir einander hielten und im Takt der Musik wippten.

Ich konnte es kaum erwarten, mein ganzes Leben mit diesem Mann zu verbringen.

David

»Scheiße, ich bin so aufgeregt.«

Ich sah in meinen Spiegel und richtete die Fliege.

»Aber du bekommst keine kalten Füße oder?«, fragte Rus mich.

»Niemals. Ich will diese Frau schon heiraten, seit ich vierzehn war.«

Er klopfte mir auf die Schulter. »Ich freu mich sehr für euch zwei.«

»Danke, Kumpel.«

»Klopf, klopf«, ertönte eine helle Stimme.

Summer kam herein und streichelte dabei ihren Babybauch. Rus ging zu ihr rüber und küsste sie auf die Stirn.

»Hey mein Schatz. Hallo Baby!«, sagte er in einer piepsigen Stimme und beugte sich zum Bauch seiner Frau hinunter, um auch seinem ungeborenen Kind einen Kuss zu geben. Sie war im fünften Monat. Nur noch ein paar Monate, dann würden sie ihr Mädchen im Arm halten. Auch ihr Name stand schon fest, nachdem Dizee und Rus sich über Tamis Namen stritten. Letztlich hatten sie sich darauf geeinigt, dass Dizee ihrer Tochter den Namen Tamara geben durfte und Rus nannte sein kleines Mädchen Sunny Tamara. Er hatte sich mit dem Zweitnamen zufriedengegeben und da Tami ohnehin immer Sonnenschein genannt wurde und Sunny perfekt zu Summers Namen passte, empfanden somit alle Genugtuung.

Ich hatte Rus noch nie so glücklich gesehen und freute mich sehr für meinen besten Freund. Außerdem wurde ich bald Onkel!

»Sind unsere Männer so weit?«, fragte Summer fröhlich.

»Und wie. Nicht wahr?«

Ich nickte. Ich war absolut bereit. Doch ich freute mich so sehr, dass es mir im Magen schmerzen versetzte.

»Dann wollen wir euch mal verheiraten. Ich bin so aufgeregt!«, quiekte sie.

»Wem sagst du das?«, erwiderte ich, woraufhin sie lachte und gleichzeitig weinte.

Ich lief mit Summer und Rus den langen Weg entlang zum Altar. Rus als mein Trauzeuge stellte sich hinter mich, Summer als Daisys Trauzeugin stand auf ihrem Platz und wir alle warteten nun gespannt darauf, dass Daisy den weiß ausgerollten Teppich entlang lief, auf dem wir Rosenblätter verteilt hatten.

In den ersten Reihen saßen unsere Familien. Meine Mutter, meine Tante Maria, Tamis Vater Benjamin und seine Frau, Dizees Vater sowie sein Partner und ihre Töchter und Trevor und Syd mit ihrer Freundin, die sie ironischerweise auf Summers Hochzeit kennengelernt hatte. Und mehr hatten wir auch nicht eingeladen. Wir wollten es in unserem privaten Kreis halten, das hatten wir von Anfang an festgelegt. Bei der Feier würden weitere Freunde und Bekannte dazu stoßen. Doch für die Vermählung wollten wir nur unsere Familien dabei haben.

Ich hatte das »*like Blossoms*« gemietet und alles vorbereiten lassen, damit wir hier die Trauung vollziehen konnten.

Das war der perfekte Ort dafür. Hier hatte unsere Geschichte angefangen, hier hatten wir uns verlobt und nun würden wir uns hier vermählen. Die Hochzeitsfeier würde heute Abend aber in der Vibiana Kathedrale stattfinden.

Es ertönte die Melodie vom Hochzeitsmarsch, alle erhoben sich und schauten gespannt zum Torbogen.

Und da war sie.

Sofort füllten sich meine Augen mit Tränen.

Ich durfte diese verdammt schöne Frau heute heiraten.

Ich konnte mein Glück einfach nicht fassen.

Ihr langes braunes Haar reichte ihr bis zur Hüfte, trotz der leichten Locken. In diesem weißen Kleid sah sie aus, wie ein Engel, der gerade vom Himmel auf die Erde geschwebt war, und das nur für mich. Während das obere Teil aus Spitze bestand und aussah wie die Wurzeln und Ranken wilder Blumen, die sich an ihre Haut hafteten, befanden sich auf dem voluminösen Rock aus Tüll mehrere Blumen als Verzierung. Im Licht erkannte man, dass die oberste Schicht Tüll glitzerte, was dem ganzen Kleid einen leichten Prinzessinnenstil verlieh. Oh man, ich hatte echt zu viel von Dizees Modewissen aufgeschnappt.

Sie hakte sich im Arm ihres Vaters ein und lief im Takt der Pianomusik zu mir rüber. Kurz vor mir blieben sie stehen. Sie ließ ihren Vater los, der ihr einen Kuss auf die Stirn gab und mir die Hand schüttelte. Dann setzte er sich auf seinen Platz und Dizee stellte sich genau vor mich.

Ihre Lippen waren wie immer rosenrot geschminkt. Ansonsten war ihr Make-up dezent gehalten. Diese Frau hätte auch ohne Schminke mit einer fettbefleckten Jogginghose vor mir stehen können und ich hätte sie geheiratet.

Sie tupfte vorsichtig an ihrem Augenwinkel herum, damit die Tränen ihre Schminke nicht ruinierten.

»Du siehst einfach unglaublich atemberaubend traumhaftschön aus.«

»Ganz schön viele Adjektive«, lachte sie.

»Im Gegenteil, diese haben noch nicht ausgereicht.«

Als ich diese Frau, als *meine* Frau küssen durfte, wusste ich, dass ich nun alles im Leben erreicht hatte.

Wir feierten unsere Hochzeit jung und wild. Ich hatte natürlich dafür gesorgt, dass genügend Lieder von »GIMS« auf unserer Hochzeit gespielt wurden, darunter ihr Lieblingssong »Apres vous madame« und »Hola Senorita«, weil der Song einfach perfekt zu uns passte.

Wir führten einen wahnsinnig romantischen und emotionalen Tanz für unsere Gäste auf zu dem bekannten Klavierstück aus dem Film Amelie. Es war eine Party mit viel Gemisch aus Spanien und Frankreich, sowohl bei der Musik als auch beim Essen. Unsere Location war der Wahnsinn, genau wie die fünfstöckige Torte, die Rus Mutter selbst gebacken und mit James verziert hatte. Alles war einfach perfekt und kaum in Worte zu fassen.

Irgendwann war es so weit, dass wir genug hatten und uns zurückziehen wollten.

»Vollziehen wir jetzt gemäß der Regel die Ehe?«

Dizee prustete los, was sich nach einem Nein anfühlte. Doch ehe ich mich versah, wurden wir unsere Kleider los und sie saß rittlings auf mir.

In zwei Tagen flogen wir endlich nach Teneriffa. Unser Leben war großartig. Ich konnte es kaum erwarten, meine Zeit nun mit dem richtigen Menschen zu verbringen und die farbenprächtigsten Erinnerungen mit ihr zu formen. Seit wir uns wiederfanden, erinnerten wir uns daran, wie es ist zu fühlen.

ENDE

Danksagung

Wow, wie fange ich diese Danksagung bloß an?

Denn das hier ist das Ende meiner ersten Trilogie. Das Ende einer Reise, die 2019 mit der Idee »Gedächtnisverlust« und Tami begann. Und das liegt schon fünf Jahre zurück. Nun heißt es Abschied nehmen. Irgendwie sind da ganz gemischte Gefühle in mir. Ich freue mich auf neue Geschichten, neue Figuren und Herausforderungen. Bin froh, diese Trilogie jetzt hinter mir zu haben. Aber wenn ich an all meine Charaktere denke, ist es, als müsste ich meiner Familie Lebewohl sagen. Vielleicht werde ich ihnen eines Tages einen Besuch abstatten. Schließlich interessiert mich brennend, wie Sydney ihrer Freundin begegnet ist ... *zwinker*

Schon bevor das Buch erschien, habe ich auf Instagram einige Sätze oder Szenen aus dem Buch geteilt und verraten, dass persönliche Erlebnisse hier miteinspielen. Doch die waren in diesem Buch nur angeritzt. Irgendwann schreibe ich eine Geschichte, indem ich euch mehr von mir offenbare. Doch so ein Schritt erfordert Mut und ein »Bereit-sein«, welches ich noch nicht empfinde.

Aber allein schon Sätze wie »Ritz' dich zu Tode« oder »Stirb!«, die zu mir gesagt wurden, waren ein großer Schritt für mich, um sie mit der Welt zu teilen. Meine Teenagerzeit war schrecklich und ich will mich hier nicht nur in eine Opferrolle stecken, denn wenn ich ehrlich bin: Einiges hab ich mir selbst zuschulden kommen lassen. Ich wünschte, ich könnte euch erzählen, dass ich so war wie Dizee. Jemand, der zurückschlägt oder die Mobber nicht sehen lässt, dass es einen trifft und die Psyche sowie die Selbstwahrnehmung nichts davon abbekommen hat. Aber das kann ich nicht. Ich war das Gegenteil. Und es hat meine Psyche sowie meine Selbstwahrnehmung kaputt gemacht, was mich bis ins Erwachsenenalter beeinträchtigt, in allmöglichen Bereichen des Lebens. Dieses Jahr werde ich 24 und doch habe ich noch immer nicht gelernt, wie ich mich selbst liebe, und ich habe große Angst vor dem Alleinsein, weshalb ich vieles mit mir machen lasse. Seid nicht wie ich. Bitte.

Ich erinnere mich noch, wie ich mal mitten auf dem Schulhof weinend zusammengebrochen bin. Ein Kreis von Schüler:innen hat sich um mich gebildet, um mich auszulachen, zu filmen, oder in hörbarer Nähe zu lästern, wie ich da am Boden liege, bis Lehrer:innen mich gepackt und zum Büro der Direktorin geschleift haben. So, als wäre es meine Schuld, dass ich mit meiner Kraft am Ende war.

Und wisst ihr was? Es gab nur einen einzigen Lehrer, der mir das Gefühl gegeben hat, sich für meine Probleme zu interessieren. Ich weiß noch, wie er mit mir geredet (da war ich 13 oder 14) und gefragt hat, warum ich mit niemandem darüber spreche. Ich hab geantwortet, dass es Menschen gibt, die es schlimmer haben und dass es größere Probleme gibt, als das, was ich durchmache.

Und er hat geantwortet: Ja, aber das heißt nicht, dass deine Probleme weniger wichtig sind.

Und ich bin einfach still geblieben. Ich habe über diesen Satz nachgedacht und war perplex. Ich habs nicht verstanden und fühlte mich gleichzeitig zum ersten Mal gehört, wichtig. Das war was Neues, weil ich schon so tief in dem Glaubenssatz war, dass ich absolut nicht wichtig war und dass die Welt und das Leben anderer besser wäre, wenn ich nicht existierte. Das ist eine Kernerinnerung. Ich denke noch heute an diesen Moment, an diesen Satz.

Danke an David, meinen ehemaligen Politiklehrer. Die Welt braucht mehr Menschen wie dich.

Danke an meine Mama, die meine schwere Teeniezeit und die Angst, ihr Kind könnte sich etwas antun, überstanden hat. Mich und meine Launen, meine Respektlosigkeit und bösen Worte ertragen hat, nur, um mir weiterhin alles zu geben, was sie hat und »Ich liebe dich« zu sagen, während ich es nicht mal zu mir selbst sagen kann. Danke für einfach alles, weil du die einzige wahre Freundin bist, die ich je hatte, die mich immer so hinnimmt und akzeptiert, wie ich bin und für mich da ist, obwohl ich so oft nicht da war. Es tut mir leid – alles.

Danke an meine Cousine, zu der ich keinen Kontakt mehr habe, die zu der Zeit aber meine beste Freundin war und eine der wenigen, die mir das Gefühl gegeben hat, wichtig und besonders zu sein. Ich verdanke dir, dass ich zu so einer Zeit noch geschafft habe, so sehr zu lachen, dass ich mir den Bauch halten musste und auch noch einige schöne Erinnerungen sammeln durfte.

Danke an meine damaligen wenigen Freunde, die mich nie verurteilt haben, obwohl ich mein jüngeres Ich noch immer verurteile. Ohne euch alle, wäre ich vermutlich innerlich tot. Wenn nicht sogar längst unter der Erde.

Danke an mich, dass ich diese Zeit durchgestanden und niemals einen Versuch gewagt habe, mir das Leben zu nehmen.

Nun wird es etwas leichter mit der Danksagung, versprochen. Jetzt geht es um das Buch und nicht um die persönliche Note.

Also Danke an Flo. Du hast mich von Anfang an bei meiner Reise als Autorin begleitet. Ich habe dir von meinen Ideen erzählt, Szenen vorgelesen, dich komplett miteinbezogen, obwohl es gar nicht deine Welt ist. Dennoch bist du immer fasziniert gewesen, hast mir aufmerksam zugehört und mir ehrliches Feedback gegeben. Du bist (mit meiner Mutter) die erste Person gewesen, die mein Talent erkannt hat, noch bevor ich es getan habe. Du hast stets an mich geglaubt und tust es weiterhin. In den letzten Jahren haben mich oft Selbstzweifel geplagt, aber du hast mich aufgebaut und immer begeistert von mir und meinen Büchern gesprochen. Du bist mein erster Supporter gewesen, der mich auf diesem Weg bei allen Höhen und Tiefen erlebt hat. Ohne dich wäre ich heute nicht hier, mit dem Wissen, dass ich gute Geschichten schreibe und dem Glaube daran, eines Tages als Autorin noch weit zu kommen. Danke für dieses große Geschenk.

Danke an Bianca, für dieses verführerisch schöne Cover. Ich kann mich nicht daran sattsehen. Ich bin froh, dich gefunden zu haben.

Danke dir für die Zusammenarbeit und den Austausch untereinander. Du bist ein sympathischer und wundervoller Mensch und es freut mich, dich kennengelernt zu haben! Auch wenn wir erst mal nicht mehr zusammen arbeiten, werde ich dich weiterhin an alle Selfpublisher*innen empfehlen!

Danke an mein Bloggerinnenteam. Noch immer frage ich mich, wie ich so viel Glück haben konnte, euch Mädels gefunden zu haben. Ihr wart stets herzlich, ehrlich, hilfsbereit, verständnisvoll und leidenschaftlich, wenn es darum ging, Beiträge für meine Bücher zu erstellen. Es macht mich traurig, zu wissen, dass unsere Zusammenarbeit jetzt endet. Ich hoffe, wir werden uns dennoch weiterhin austauschen! Ich danke euch ganz herzlich, dass ihr mich so treu unterstützt habt, ohne euch, hätte diese Reihe nicht so viele Leser:innen gefunden. DANKE!

Darunter ein Danke an die dadurch resultierte Freundschaft zu meiner Charlie. Mit dir zu schreiben, dir Geheimnisse und Schmerz anzuvertrauen, tut so gut, weil man sich immer verstanden und gehört fühlt. Du bist nicht nur treue Supporterin und Buchbloggerin, du bist eine Powerfrau, die alles schafft und vor allem: meine Freundin. Danke für alles, was du für mich getan hast. Danke für dein Du-sein. Ich hab dich lieb!

Danke an meine Cousine, die sich trotz Alltagsstress noch für mich an den Tisch gesetzt und mir drei wunderschöne Charakterkarten gemalt hat. Ich liebe dein künstlerisches Talent!

Danke an all meine Leser*innen, von denen ich dachte, sie nie zu haben. Mein Herz geht auf, wenn ich eure Rezensionen lese, eure schönen Bilder sehe oder auch Nachrichten von euch bekomme. Niemals hätte ich gedacht, mehr als drei Leute zu finden, denen diese Bücher gefallen. Niemals habe ich daran geglaubt, dass jemand eines meiner Bücher als Jahreshighlight, geschweige denn Lebenshighlight betitelt! Ich bin einfach nur so froh, dass meine Bücher euch berühren und große Gefühle in euch auslösen. Froh, euch zu haben. Und ich kann euch hiermit versprechen: Diese Reihe war noch gar nichts. Das hier war Kindergarten. Die nächste Buchreihe, an der ich arbeite, wird so viel mehr sein. Viel mehr bedeuten. Euch viel mehr in den Bann ziehen, euch eintauchen lassen, in eine Welt, die es so noch nicht gegeben hat. Also bleibt gespannt. Ich werde euch weiterhin mit einzigartigen und emotionalen Geschichten versorgen, die ihr nicht aus der Hand legen könnt!

Danke an alle. Für alles, was in diesem Jahr passiert ist. Denn vor einem Jahr war das alles noch ein weitentfernter Traum. Und eines Tages wird ein noch größerer Traum in Erfüllung gehen – watch me.

Über die Autorin

Pati Lyn wurde im Jahr 2000 in einem deutsch-russischen Dorf in Russland geboren und wanderte mit ihrer Familie 2004 nach Deutschland aus. Seither lebt sie in NRW.

Die erste Berührung mit Büchern hatte sie als Kind. Durch die Inspiration ihrer liebsten Autorin »Colleen Hoover« fasste sie 2019 den Entschluss, dass auch sie Geschichten erzählen möchte, die andere berühren. Also begann sie an der Schule des Schreibens ihre Schreibfähigkeiten zu verbessern und das Handwerk einer Autorin zu erlernen, welche sie Anfang 2023 erfolgreich abgeschlossen hat.

»don't forget to remember« ist ihr Debüt und der Auftakt der emotionalen Don't-Forget-Trilogie.

Erfahre mehr über die Autorin und ihre Bücher:

PATILYNPATI

Triggerwarnung

Dieses Buch enthält Elemente, die triggern können.

Diese sind:

Drogenmissbrauch, Mord, Tod, Verlust, Mobbing, Gewalt, Depressionen, Suizidgedanken, Missbrauch, Belästigung.

Milton Keynes UK
Ingram Content Group UK Ltd.
UKHW031209111124
451035UK00006B/567